THE STAIRWAY OF THE TIME

An Anthology of Chinese Contemporary Science Fiction

Edited by
Toya Tachihara

時のきざはし

［現代中華SF傑作選］

立原透耶［編］

新紀元社

目次

目次

THE STAIRWAY OF THE TIME
An Anthology of Chinese Contemporary Science Fiction

Edited by Toya Tachihara
2020

With cooperation of Future Affairs Administration (FAA)
Supported by Pan Traductia, LLC.

Published by Shinkigensha Co Ltd

時のきざはし

現代中華SF傑作選

THE STAIRWAY OF THE TIME

An Anthology of Chinese Contemporary Science Fiction

序

中華圏のアンソロジーを出したい、それがわたしにとっての悲願であった。このたびそれを叶えることができ、言葉に表せないほどの喜びを感じている。このアンソロジーを編むにあたって注意したことは、年代や性別、作風に偏りがないこと。あらゆる世代から幅広く作品を選出し、中華圏ＳＦの「いま」を伝えること、それができるように努力したつもりである。

作品を選出するにあたっては、北京に本社のあるＳＦ産業バックアップ組織、未来事務管理局にもご尽力をいただいた。この場をお借りして謝意を述べさせていただきたい。

さて、本アンソロジーについて少々述べておきたい。

最初に選んだのは中国ＳＦ四大天王と呼ばれるうちの三名。王晋康（ワン・ジンカン）氏の作品ではゲーム的な雰囲気のある、古い作品とは思えぬ新しさ、ミステリ的要素を重視した。韓松（ハン・ソン）氏は最近の作品から、悪夢めいたものを。氏の作品の中にはこういったシュールレアリスティックなものも少なからず存在し、ゾッとするような描写に優れている。また不条理に満ちた内容も選んだ理由の一つである。何夕（ホー・シー）氏は初期作品から、しっとりした叙情的な作風の多い中、あえて異なった作風を選出した。現在の我々に通じる強い何かを感じ取ったからである。

ベテランはもう一人、今回唯一の台湾からの参加となる黄海（ホアン・ハイ）氏である。台湾ＳＦを長らく牽引し今も現役で若者たちを指導している氏の近作から、あえて異質の作風であるドタバタを選んだ。翻訳は氏とつき合いの長い林久之氏に依頼したが、その甲斐あって、飛び抜けた日本語になっており、読者を驚嘆させることだろう。

中堅は以下の通り。ファンタジー作家としても、詩情あふれる作品としても有名な潘海天（パン・ハイティエン）氏からは、クールな作品を選んだ。これまでの作風とは異質だが、本作品もまた氏の代表作の一つである。残酷描写のある作品だが、それはひとえに編者の趣味である。日本でもすでに単著の翻訳があり人気作家である陳楸帆（チェン・チウファン）氏は、未来のオリンピックを舞台にした作品を採録した。これは本書の発売と本来であれば同年の夏に東京で行われるはずだったオリンピックを重ね合わせたからである。残念ながら現実のオリンピックは延期になってしまったが、せめて氏の作品で擬似オリンピックを楽しんでいただければ幸いである。ハードSFの旗手、江波（ジアン・ボー）氏は短いながらも心をうつハードSFを選んだ。やはりハードSFはいい。しかし短編となるとなかなか見つかりにくい（どうしても設定上、長編が多い傾向にある）ため、貴重な一篇といえよう。イタリアのカルヴィーノに比される作家、飛氘（フェイダオ）氏からは代表作の一つであるロボットシリーズから選んだ。他にも歴史SFや映画SFなどでも評価は高く、その文学的要素の高い作品を味わっていただきたい。清末スチームパンク小説の書き手として著名な梁清散（リアン・チンサン）氏の作品は、中国SF界でもミステリ界でも大絶賛された清末歴史SFミステリを。二〇一九年にはSFの大賞を受賞し（偶然にもわたしもその授賞式に居合わせた）、現在最も勢いのある作家の一人である。

新進気鋭の若手作家たちは次のとおりである。滕野（トン・イエ）氏はここ数年でメキメキと実力を発揮し、次々と受賞している期待株である。その代表作の一つである時間SFを収録した。すでに名前も作品もご存知の方も多いであろう陸秋槎（ルー・チウチャー）氏には本書のために特別に書き下ろしていただいたナチ政権下のドイツ人作家の物語を、虚実織り交ぜて。歴史ＳＦでもある。

本書では女性作家も多く収録している。凌晨（リン・チェン）氏は中国ＳＦ界では最初に活躍した女性作家の一人で現在もトップバッターとして活躍している。ハードＳＦの書き手として著名だが、本書ではあえてハードＳＦではなく、市民の日常を細やかに描いた作品を選んだ。このような描写に優れていることこそ、彼女の作風の特徴だからである。また優れたジェンダーＳＦとしても読み解くことができるだろう。糖匪（タンフェイ）氏は代表作と名高い短編を選出した。著者本人も芸術家である彼女らしい作品で、芸術家の一生とその家族、それが美しくも切なく繊細な筆致で語られ、それが宇宙と繋がる技巧の素晴らしさに感嘆してほしい。呉霜（ウー・シュアン）氏の作品からは短いけれど幻想的な光景が浮かび上がる歴史ＳＦを。「宇宙の果てのレストラン」シリーズが有名な作者だが、こういった歴史ＳＦにも優れた作品を残している。双翅目（シュアンチームー）氏の作品からは異星人の生態を描いたものを選んだ。短いが、凝縮されたものを感じ取れるのではないだろうか。靚霊（ジン・リン）氏はファーストコンタクトものを収録したが、同時に言語ＳＦとしても理解することができる。親子の情などしみじみとした情趣にあふれている。言語学が専門の昼温（ジョウ・ウェン）氏の作品からは彼女らしい、言語ＳＦミステリを採録した。ＳＦとしての設定の上にミステリ要素が加わり、さらにそこに恋愛や肉親の情などが重なり合う複雑な構成は一見の価値がある。

以上、すばらしい作品が多数ある中、頭を悩ませながら選んだ十七篇。二〇〇七年に初めて中国ＳＦ界と接触して以来、中華圏のＳＦを日本に紹介することが自分の使命だと思い込んでひたすら走ってきた。今回、このような本を出せたことは望外の幸せであり、ただただ感謝の念にたえない。

常に寄り添い協力してくださった編集諸氏、応援してくださった皆様。そして本書を手に取ってくださった全ての方々に心からの御礼を申し上げたい。

何よりも、ＳＦは一つの言語形態であること。だからそれは国や文化を超えて、人々に共通の物語を、思想を、哲学を、思いを、伝えることができる。ＳＦが日本と中華圏を繋ぐ架け橋となるなら、こんなにも嬉しいことはない。

立原透耶

装画　鈴木康士
装丁　鈴木久美

太陽に別れを告げる日

江波（ジアン・ボー）
大久保洋子 訳

その日がついにやってきた。

無限量子号（バウンドレス・クアンタム）は相変わらず果てしないダスト雲に取り囲まれていた。星の光は届かず、太陽は影も形も見えない。けれど船長は僕に、今日こそ太陽に別れを告げる日だと言った。ワームホールが開き、無限量子号はもう一つの時空に向けて飛び込むのだ、と。

長い間待ち焦がれてきたはずなのに、僕は少し疑っていた。

「すぐに準備しろ。一番いい服を着るんだ。宇宙で作業をするぞ」船長は僕にそう命令した。おかしな命令だ。乗組員はみな、二着しか服を持っていないのだから。一着は清潔で、もう一着は少し汚れている。一番いいも何もない。

けれど僕は反論せず、うなずいただけで船長室を出た。

強（チアン）が外で待っていた。

「言われたか？」強（チアン）が尋ねる。

僕はうなずいた。

強（チアン）は一番の親友だ。僕たちは火星基地で知り合った。火星の喜望峰深宇宙探査基地を出発してからというもの、無限量子号は僕たちの家になった。二年半の間に、木星、土星、海王星と旅して、惑星を訪れるたびに僕たちはペアを組んだ。今回もそうなる。

「やったぜ！」強（チアン）は腕を振り回した。「うんざりしてたんだ。やっと船から出られるぞ」

「でも、ここには何もないよ。天体なんてどこにもないし、ワームホールはなおさらだ」僕は疑問を口にした。「それに、おかしいと思わなかったか？　命令を出すだけで済むのに、一人一人船長室に呼ぶなんて。

しかも話す内容は全部同じときてる……」

「考え過ぎだって！」強は耳を貸さずにそう遮ると、僕の肩に手を置いた。「さあ、準備をしよう。今度は絶対に一位を取るぞ！」

僕はうなずいた。「一位を取る」は強の口癖で、こだわりとも言えた。実際には、僕たちがペアを組んでからというもの、一位になったことは一度もない。せいぜい二十位が良いところだ。けれど、トップを取るという強の信念は一度も揺らいだことがない。

強は拳を突き出した。僕も同じようにした。二つの拳をぶつけ合い、すぐに離すと手を開き、今度は手の平を叩き合う。「パン」と澄んだ音が快く響いた。

これが僕たちの出発前のルーティンだ。

今回の出動はやはりいつもと違っていた。デッキは人でいっぱいで、少なくとも百人は下らない。たぶん、学生全員が船長に送り出されたのだ。

巨大な船窓越しに、外の世界が見える。船首にはいつも光が瞬いている。それは原子収集装置が気体分子を捕まえた合図だ。希薄な水素雲の中はとても危険で、シールドに守られていなければ、宇宙塵が宇宙服を腐らせてしまう。そこは宇宙遊泳には少しも向かない。

太陽は？　太陽の姿はまったく見えない。火星では、太陽は空にかかる赤い球体で、一〇センチの距離で見る一元コインくらいの大きさだった。冥王星の軌道に入っても、太陽は最も明るく輝いていた。ほかの星ほど大きくは見えなかったが、明るさでは一番だった。でもここでは、ガス雲の奥深くでは、太陽は少しも見えない。この場所で太陽に別れを告げるなんて、おかしな気がする。

船長の放送が響き渡った。

「学生諸君、君たちはみな勇敢な探検者だ。これまで君たちがさまざまな苦しい任務を達成してきたことを誇りに思う。今日、我々は最後の任務を遂行する。そして、君たちは学院を卒業し、人類を代表して深宇宙の旅に踏み出すのだ」

通信回路が一時的に遮断され、会話ができなくなったので、学生たちはお互いに目配せし合っている。僕と強（チアン）は目を合わせた。強（チアン）は僕に笑いかけ、親指を立ててみせた。

「今回、本部は特定の任務を指示しない。君たちは二人一組になり、小型探索艇で周囲の空間を自由に捜索したまえ。いつでも捜索を中止し、無限量子号に戻ってかまわない。さあ、始めよう」

船長の話は終わった。意外にも、太陽と別れることには触れなかった。不思議に思っていると、ヘッドホンから強（チアン）の声が聞こえてきた。「さあ、木頭（ムートウ）（訳注）、後れを取るわけに行かないぞ！」

機敏な学生は、もう探索艇を起動させて出発している。

僕と強（チアン）は二〇八四号探索艇に乗り込んだ。

強（チアン）は慣れた手つきで探索艇を操縦し、射出口から離脱した。

僕たちの艇は他の艇を一つまた一つと素早く追い抜いていく。一つ追い越すたびに、強（チアン）は興奮して歓声をあげた。

「これじゃ、長く飛べないよ」僕は警告した。

「かまうもんか。一位を取れればいいんだ」

一時間足らずで、僕たちは最後の目標を追い抜いた。実際には目標などなかったのだ。どの艇も目指す方向などなく、好き勝手に飛んでいただけだったのだから。少なくともこちらの方向では、僕たちが無限量子号から一番離れた場所にいた。

「この後どうする？」強（チアン）が尋ねた。彼もようやく、達成すべき目標など何もないことに気がついたようだ。

「おかしな任務だよな」彼はまた言った。「目標もないのに、母艦からずいぶん離れちまった」

僕はうなずいた。

「何かアイデアを出せよ！」強（チアン）は少し苛立っている。

「戻ろうよ」僕は言った。ここに何もない以上、戻って船長の話を聞いてみるしかない。

強（チアン）は僕の意見に返事をせず、突然、驚きの叫び声をあげた。「無限量子号が……無限量子号が爆発した！」つかえながら言葉を絞り出す。明らかに激しいショックを受けていた。

素早く振り返ると、果たして真っ黒い宇宙の中に、巨大な炎が燃え盛っていた。そこは無限量子号がそれまであったところだ。発信されていた信号も消えてしまっている。

どうしてこんなことが！　心臓がきゅっと縮み上がった。「太陽に別れを告げる」というのは、船長のたとえ話だったのか？　事故が起きると知っていたのだろうか？

他の学生たちも気がついたようで、方向転換して無限量子号の方へ飛んでいく探索艇もいくつかあった。

「俺たちも戻ってみよう」強（チアン）はそう言って、後に続いた。

無限量子号が本当に爆発したのなら、戻っても何の意味もなかったのだが。

「エンジンを切って、自然に飛ばせた方がいい」僕は提案した。

「どうして？」

「装備を点検しないと。爆発してしまったところへ戻っても、何の役にも立たないよ」

「でも、万が一まだあったら?」強は反論した。

「それなら、向こうが僕たちを見つけるよ」僕は冷静に答えた。

強はしばらく黙り込み、操縦桿から手を放した。「そうしよう。俺はまず酸素を調べてくる。十分な酸素が残っているといいな」

そう言いながら、早くも身体を起こし、後部キャビンへ移動する。

二〇八四号探索艇は慣性に任せて、ガス雲の中を飛行した。他の探索艇の行動はさまざまだった。ほとんどは無限量子号が立てる激しい炎の周りをうろつき、苛立ちながら情報を待っている。どんなに呼びかけても、通信回路は沈黙を保ったままで、何の反応もない。それはたった一つの答え、無限量子号が本当になくなってしまったということを示していた。

慣性飛行の間に、僕と強は探索艇の装備を点検した。緊急冬眠カプセルの収容人数は一人で、二十四時間仮死状態になる。残りの酸素は二人で十六時間分しかない。ほかに宇宙服が一着、付属の酸素ボンベは満タンで、およそ六時間は呼吸でき、簡易型の移動装置も備えていた。

点検を終えて、僕と強は黙り込んだ。

最大で四十時間以内に母艦に戻れなければ、僕たちは死ぬ。

無限量子号はもう消えてしまった。それはつまり、冬眠したとしても、四十時間以上は生きられないということだ。

強は苦笑した。「一人が冬眠すれば、もう少し長く酸素をもたせられるな」

でも、それも大した違いはなかった。人類の文明から遠く離れたこの場所で、数時間生き永らえたところで、絶望の時間が伸びるだけだ。

「お前、冬眠しろよ」強(チアン)は言った。「俺が操縦して、無限量子号に少しでも近づける」

「いや、強(チアン)が冬眠しなよ」僕は言った。「強(チアン)は僕より背が高いから、酸素の消費量も多い。僕がここにいれば、少しでも長くもたせられる。そうだろう？」

強(チアン)は一瞬ぽかんとしたが、すぐに答えた。「よし、そうしよう」こいつは普段、いかにも自分の考えを持っているように振る舞っているが、実際にはいつも僕の意見に素直に従う。彼は僕を信じていた。僕が彼を信じているように。学院の中で、僕たちは一番優秀とは言えなかったけれど、一番よくわかり合っていた。けれど、どれだけわかり合っていようとも、残された時間はわずか四十時間に過ぎない。

強(チアン)は冬眠に入った。システムが起動するとき、彼は僕を見て言った。「目が覚めないかもしれないから、先に別れを言っておくよ」

「助かろうと助かるまいと、起こしてあげるよ」僕は答えた。

強(チアン)は笑い、手を振った。それが最後の別れだと思ったのだろう。

僕も手を振った。僕は、それが最後だと知っていた。ただし、死ぬのは僕の方だ。

強(チアン)は冬眠の訓練を受けたことがないから、知らないのだ。二十四時間の仮死状態というのは、二十四時間後に覚醒しなければ、冬眠した人は永遠に目が覚めないということではない。二十四時間の間は体内の酸素が消費され、二十四時間を超えてからは、酸素の供給さえ遮断されなければ、冬眠状態はずっと維持される。一年、十年、さらには百年までも。蘇生装置と正しい方法さえあれば、強(チアン)には生還するチャンスがあるのだ。

僕は素早く制御コンピュータで軌道を計算し、無限量子号があった場所を探索艇が周回できる可能性を探した。

だが結局僕はあきらめた。それはどうしても不可能だった。制御なしでは、探索艇の燃料が尽きてしまえば、無限量子号のあった場所からますます遠ざかってしまうだろう。

でも、火星への軌道を設定することはできる。正しい加速方向をとり、正しい位置で惑星の引力を利用して加速しさえすれば。それは学院で出されるスタンダードな試験問題だった。答えは八年後、探索艇は火星の軌道に入り、軌道上で二年間周回する。それでも助けが来なければ、探索艇は火星に墜落する。それは一番ひどい結末だったが、故郷の土に還るともいえた。けれど火星基地の人間は、正体不明の飛行物体に対して、二年もの間、無関心でいるほど鈍くはないはずだ。彼らはきっと行動し、強(チアン)を助け出してくれるに違いない。

僕は長く長く息をついた。

僕が行動する番だ。強(チアン)が冬眠状態のまま火星に到達できるように、残りの酸素はすべて彼に残しておかなければ。

あの宇宙服は、僕が使う。

船を出るのだ。ハッチを出た瞬間から、僕の生命は残り六時間となる。断末魔の苦しみのあまりキャビンに戻ってしまわないように、僕は宇宙服の動力装置を最大に設定し、探索艇からできるだけ離れ、ダスト雲の奥深くへ漂っていくつもりだった。

僕は冬眠中の強（チアン）をちらっと見ると、カプセルを拳で軽く叩いた。

お別れだ、強（チアン）。別の相棒を見つければ、一位がとれるかもしれないぞ。

ハッチを開け、僕は飛び出した。これが僕にとって最後の宇宙遊泳になるだろう。

だが、目の前の光景に僕は驚愕した。無限量子号が！　まだそこにある！

僕はしばらく茫然としていた。

宇宙服のヘッドホンから再び声が聞こえてきた。「李子牧（リ・ズームー）、探索艇に戻りなさい。試験は終了です。艇内で結果を待ちなさい」

これが試験だって⁉　僕は自分の耳が信じられなかった。

母艦は健在で、僕はまだ生きられる。なんてこった！

自分でも気づかないうちに、僕は泣いていた。

三十時間後、すべての探索艇の試験が終了した。

これは仮想現実によるブラインドテストで、僕たちが見た爆発は、探索艇内に投影された仮想的拡張現実だったのだ。一人しか収容できない冬眠カプセルや、六時間しかもたない宇宙服など、探索艇の設備も周到に用意されたものだった。二人一組のペアも考え抜かれていた。冬眠カプセルについて、一人は生命を長時間維持できると教えられているが、もう一人は二十四時間仮死状態になることしか知らない。しかし、冬眠カプセルの酸素供給には外部の助けが必要で、さもなければ仮死状態の初期に酸素濃度が高すぎて中毒を起こすか、酸素が薄くなって窒息してしまい、どうやっても生きて出ることはできないとされていた。

百十二艘の探索艇のうち、七十五艘で争いが起き、殴り合いになって試験を中止せざるを得なかったケースもあった。

二十三艘では、冬眠する者は勝手に冬眠し、起きている方も助けを講じることはなかった。

十三艘では、何も起こらず、二人揃って静かに死を待っていた。

僕と強(チアン)の探索艇だけ、違うことが起きていた。

船長室で、僕は再び船長に会った。

「星間旅行には高度な危険が伴う。専門知識だけでなく、自己犠牲の精神がより一層必要になる。合格おめでとう」船長は言った。

「でも、これに何の意味があるんです?」僕は尋ねた。

「もちろん、言った通り、今日が太陽に別れを告げる日だということだ」

僕はよく分からず、船長を見つめたまま、次の言葉を待った。

「君は支援艦隊の一員としてケプラー星に向かい、第二の地球の建設に加わるのだ。我々は無限量子号と無畏先駆号(フェアレス・パイオニア)の間に量子伝送艇を出す。必要な設備を除けば、学生二人しか伝送することができない。君に敬意を表そう、君は人類の先駆者になるのだ」

僕は十数秒かけてその知らせを消化し、しばらくしてようやく尋ねた。「それじゃ、もう一人の学生って誰ですか? 強(チアン)ですか?」

「もう一人は君が選びたまえ。丁子強(ディン・ズーチアン)を選ぶのなら、それでもいい」

それなら、僕たちはこのままペアでいられる。

すべてがはっきりとした。長かった学院生活は終わりを迎えようとしている。僕たちは念願かなって、星海の旅へと足を踏み出すのだ。

「君に与えられた準備時間は二時間だ。これは休暇だ。二時間後、デッキで君たちを見送ろう」

僕は船長に敬礼をして、部屋を出た。

二時間ではどこにも行けない。

無限量子号はダスト吸収装置を起動した。人工的に作られていたダスト雲がたちまち消え去り、星空が少しずつ姿を現す。

僕はすぐに、果てしない星の海の中に太陽を見つけた。それは輝く画鋲のように、天空に突き刺さっている。地球と火星は小さすぎて、少しも見えない。太陽に別れを告げる。それは星の海を漂う人類が一番願っていることなのだ。

無限量子号は星々の中で眩しい光を放っている。

「木頭（ムートウ）！」強（チアン）の呼び声が後ろから聞こえてくる。

僕は微笑みを浮かべた。

【訳注】

木頭：「うすのろ」という意味のあだ名。「木」の発音は本名「李子牧」の「牧」と同じ。

異域

何夕（ホー・シー）
及川茜 訳

一

足を踏み入れるなり、頭の中にグワングワンと音が響き、当初目の前にちらついていたほのかな白い光はぱっと黄昏に変わった。辺りには気圧されるほど丈の高い植物が茂っており、名状し難いざわめきが胸をかすめた。思わず振り返って藍月（ラン・ユエ）を見たが、彼女はなんでもない様子だったから、またかすかな羞恥を感じた。戈爾（ゴア）は俺の後ろ、さほど離れていないところで装備を整理している。計器はすでにスタートしており、目下の座標は俺たちがちょうど予定のエリアにいることを示していた。後方二〇メートルほどにある楕円形の紫のエリアは、任務を完了した後に撤退するためのパスコードゲートだ。

今回の作戦はまったく大袈裟すぎるという気がずっとしていた。世界中から数百名の最先端の人材を緊急召集しておいて、低レベルの作戦に参加させるだなんて、どう考えてもやりすぎだろう。手にした最新式のM‐42型レーザー銃をちらりと見る。その黒く輝くボディにはだれもが例外なく畏敬の念にうたれずにいられない。だがこれほど先進的な武器で屠るのが牛だと考えると、言葉にならない可笑しさがこみあげてくる。

「二号、後ろについて来なさい、絶対に遅れないように」。藍月（ラン・ユエ）が俺を呼んでいる。本音を言えば、彼女の声は好みじゃない。つまり優しさが足りないってことだ、特にこんな口調で俺に命令するときには。

「俺は何夕（ホー・シー）だ。二号じゃない、あんたのことも一号とは呼びたくないね」。俺は不満を込めて彼女を一瞥した。俺の口調には幾分やっかみも混じっていたことは白状しよう。演習で彼女に負けたので、プライドの高い俺は完全に気を腐らせてしまった。自分の能力に匹敵する相手なんているはずがないと思っていたのだ。

藍月（ランユエ）は意外そうな顔で俺を見た。そよ風が彼女の前髪を吹き乱し、どうしたわけか、その黒目のくっきりした瞳に俺はつい動揺してしまった。もし客観的な立場から見るなら（もちろん今の俺には無理な相談だが）、藍月（ランユエ）はたしかに東洋的な品のある美人だ。この妙なデザインの警察の制服ですら、彼女がまとえば今秋の最先端のファッションといっても通用するだろう。これがあの色黒で貧相な藍江水（ランジアンシュイ）教授の娘だとはとても信じられない。基地を出発するとき、藍江水（ランジアンシュイ）はわざわざ娘を見送りに来ていたが、なんともこせこせしたさまだった。人材がひしめくこの地球最大の科学研究基地にあって、藍江水（ランジアンシュイ）はなんの成果も挙げたことがない無名の人物だが、基地の最高執行首席である西麦（シーマイ）博士の恩師であるというだけの理由で、大して重要でない部門の責任者に、どうにか任じられているという。藍江水（ランジアンシュイ）は娘の出発が気がかりでならない様子で、藍月（ランユエ）の手をずっと握ったまま別れを惜しんでいた。俺たちの今回の任務がなんなのかは彼も知っているはずだし、危険どころか、ちょっとした刺激にすらならないものなのに。もちろん、人の親の気持ちというものは俺にもまあわからないでもないが。

それから、西麦（シーマイ）博士が機嫌良く、最初に出動する俺たち特殊部隊に向けて注意すべき問題をいくつか説明したが、その言葉はしばしば喝采によって遮られた。これまで俺は西麦（シーマイ）博士と直接会ったことはなかった。普段メディアで目にするよりずっと親しみやすく、言葉や仕草からは偉大な科学者だけに備わるみなを心服させる風格が感じられた。西麦（シーマイ）博士はこの時代の伝説的人物だ。地球の食糧問題に根本的な解決をもたらしたのが彼で、現在の世界が三百億の人口を養えるのはその研究成果あってのことだった。俺のような門外漢にはそれがどんな成果だったのかはわからないが、俺も含めてこの世界のあらゆる人間は、西麦（シー・マイ）農場から絶え間なく輸出される生産物が俺たちに豊かな生活をもたらしてくれていることを知っていた。西麦農場はこの世界で唯一の農場で、俺ぐらいの年齢ならほとんど生まれてこの方ずっとその恩恵を受けている。西麦農場は当初それほどの規模ではなかったが、今の面積はすでにオーストラリアを凌駕している。長年の間には、基地の付近に位置する西麦農場は人類にとっては聖地といってもよいほどになっていた。もちろん同時に西麦（シー・マイ）博士の声望も中天の太陽のように高まり、今や彼は地球連邦の副大統領だった。次の選挙ではまちがいなく大統領に当選するだろうという見方が一般的だ。西麦（シー・マイ）博士が話している間、俺は無意識にちらりと藍江水（ラン・ジアンシュイ）に目をやった。彼の眉間の皺は深くなり、その視線は定まらぬまま遠くに漂っており、そこになにか彼を不安にさせるものがあるかのようだった。だがそれを見て俺がなにか追究してみたくなったというわけではまったくない。俺はただの警察だ。自分に関係のないことにはさほど興味を感じない。

　そのとき、戈爾（ゴア）がシガレットをくわえてやって来た。彼はこの分隊では三号だ。戈爾（ゴア）は虫の好かないやつだった。もちろん今の世界では彼のようなやつが大半なのだが。酒と煙草を好み、脂の乗った肉とダイエットの薬を好み、五〇才にもならないくせに九人もの子供がいて、しかもそのうちの三人はわざわざ薬物によって生み出した三つ子だという。分隊に分かれた当初、俺は彼と一緒になるのは気が進まなかった。戈爾（ゴア）は俺たちの分隊ではだれより図体が大きく、背負う装備も多いので、その点に限ってはまあいくばくかの好感を持たないでもなかったが。戈爾（ゴア）は俺たちの分隊でただひとり実戦経験があった。二〇年あまり昔のことで、当時はいくつかの国家が食糧とエネルギー問題のために激しく争っていた。面白いのは後に西麦（シー・マイ）博士が現れたことで、まさに勝負がつこうという矢先にその戦争は意義を失ってしまった。というわけで、戈爾（ゴア）は軍人から警察官に転身したのだった。将軍になれなかった無念さを時折口にしていたが、俺に言わせればちっとも将軍なんて相じゃない。この作戦に参加するよう選ばれたときから、記憶にある限り戈爾（ゴア）の顔はずっと得意げに輝いていて、獲物を見つけた豹のように興奮していた。禁酒まで宣言したくらいだ。そのことで俺はいくらか彼を軽蔑していた。たかが狩りで、そんなにむきになることもなかろう。西麦（シー・マイ）博士によると俺たちの任務は、西麦農場に行って脱走した家畜を囲いに追い込み、必要があればその場で消せということだった。だが実を言えば、俺はこの期に及んでまだこれのどこが農場なのか理解できない。俺の眼には、高い木々が茂ったこの土地は森にしか見えない。遠くに濃く茂る植被から時折数頭の牛や羊が跳びだしては、俺たちの姿を見て慌てて逃げていった。俺はため息をつき、銃を手に取ろうという気持ちをすっかり失った。

「四号、五号、六号および第五分隊は我々の付近にいる、彼らは今のところターゲットを見つけていない」

戈爾（ゴア）は慣れた手つきでポータブル通信機の情報をチェックしていたが、その声が突然うわずった。「待て、六号が緊急救援信号を出した、攻撃を受けたんだ。どうもなにかが……」

「急いで行こう」藍月（ラン・ユエ）は言いながらもう駆け出していた。俺はレーザー銃を引き抜いてすぐ後に続いた。

……

目の前に広がった光景はぐちゃぐちゃで、三名の隊員が血だまりの中に倒れていた。ひと目でもう助からないとわかった。そこにあったのは互いにべったりくっついた、三体の血まみれの残骸だったからだ。

地面は血の海で、ちぎれた筋肉と内臓組織が至るところに飛び散り、折れたところから骨が白々と突き出していた。俺は無意識にちらりと藍月（ラン・ユエ）を見やった。彼女は顔を背けており、必死に嘔吐をこらえているのがわかった。周囲は静けさを取り戻していた。静まりかえった西麦農場がこんなに恐ろしいものだとは始めて知った。自分の心臓の鼓動がはっきりと聞こえ、空気中には強烈な死の気配が漂っていた。信じたくはなかったが、眼前の光景が明らかに告げていた――彼らは喰われたのだと。調べてみると、ひとりの隊員のレーザー銃には使用された形跡があったが、現場にはレーザーで焼かれた痕跡はなかった。

戈爾（ゴア）の唇はかすかに震えていた。彼は恐怖を色に浮かべてあたりを見回しており、手には銃をかたく握りしめ、数分前とはまったく別人のようだ――だが俺だって同じことだった。事態の発生はあまりに突然だった。アラートを受けてから現場に駆けつけるまで絶対に十分間以上は経過していない。だがこんなに短時間で三名の完全武装した特殊部隊の戦士を襲撃し、喰らい尽くすことができるなんて、まさかこの世には本当に怪物なんてものが存在するというのか？

ほぼ瞬間的に、俺たち三人は互いに背中をぴったりくっつけて立っていた。周囲の風や草のそよぎさえも突如として恐怖をかき立てるものになった。そのときになって、俺はようやく周囲の景色の見慣れない奇妙さに気づいた。あの木々ときたら！　勘弁してくれ、なんて巨木なんだよ？　ほとんど同時に、藍月（ラン・ユエ）と戈爾（ゴア）も振り返り、俺たちは顔を見合わせた。ややあって、やはり藍月（ラン・ユエ）が沈黙を破った。彼女は無理に笑い顔を作り、「本当にここは農場なんだな」と言った。

藍月（ラン・ユエ）の言葉は正しかった。ここは確かに農場で、俺たちは畑のどこかにいた。さっきまで樹木だと思っていた植物はなんとみな——トウモロコシだった。

二

戈爾（ゴア）は先に立って道を探り、わざと大きな音を立てた。最初からそういう計画だったのだろう。狩人が野生の獣を追うときにはそうするものだからだ。だがその手はここでも通用するんだろうか。三名の隊員の死にざまからすると、俺は狩人なのか獲物なのかも怪しいものだ。俺たち特殊部隊の任務は、七キロ先の管理センターに行って設備を検査し修理することだった。そこは西麦農場の中枢で、もともと数分おきに西麦農場は外に生産物を出荷するようになっていたのだが、その慣行は一日前に不意に中断された。どうやら俺たちの内心の疑念に答えを見出せるのはそこだけのようだ。作戦の前、俺たちはほかの四つの分隊に通知したが、なんの反応も得られなかった。もちろん、それがなにを意味しているのかについては、だれも詮索したくなかった。

藍月（ラン・ユエ）は道々ずっと考えごとをしているらしく、口を真一文字に結び、まだ先ほどの恐怖の一幕から抜け出せていないようだった。その姿に俺の胸にはつい柔らかな感情が生まれ、近づいて彼女の肩から補給袋を下ろすと自分のリュックに入れた。彼女はちらりと俺を見て、断ろうとしたようだったが、俺は意を曲げなかった。先に立って獣よけの声を上げ続けている戈爾（ゴア）に目をやると、藍月（ラン・ユエ）の顔に浮かんだ憂いの色はいっそう濃くなった。

「あまり気を張るなよ」俺はなんでもないような口調で言った。「さっき基地に信号を送っておいた、救援の人員がすぐに来るさ」

「救援？」藍月は突然奇妙な調子で俺の言葉を繰り返した。「本気で救援が来ると思ってるのか？」

俺は意表を突かれて彼女を見た。「当たり前だろう。出発のときに西麦博士は言ったじゃないか、危険に遭遇したら救援信号を出すようにと。忘れたのか？」

藍月は俺に深い眼差しを投げたが、答えることはなく、うつむいてなにか考えているようだった。しばらくして顔を上げると、重大な決断をしたかのように口を切った。「救援部隊なんているはずはない、そんなことはあり得ない」

俺はぎょっとして、「どういう意味なんだ。今回派遣されたのは俺たちも含めて五つの分隊だけだろう。特殊部隊の大半は基地で指令を待っているのに、どうして救援を派遣できないんだ？」

藍月は答えず、一枚の紙切れを取り出して俺に渡した。「これは出発の直前に父にこっそり渡されたもの。読んでみて」

俺は紙切れを受け取った。字は乱れており、慌てて書いたものだと見てとれた。

西麦農場では人間の想像を超えた恐ろしい事態が起きている可能性が高い。くれぐれも慎重に行動するように。危険に遭遇したらすぐに逃げろ、絶対に抵抗するな。よく覚えておいてくれ。

「どういう意味だ？」俺は尋ねた。「科学者の言葉は難解だな」

「実を言えば私にもよくわからない」藍月（ラン・ユエ）はなにか思うところがあるように言った。「もしかするとなにか言えない事情があるのかもしれない。しかもあのときは時間が切迫していたし、こんなわけのわからないことを書くのが精一杯だったのかも。でもこれだけは確かだ、基地は援軍を送ってきたりしない」

「なぜだ？」

「多くを知ってるわけじゃないけど、基地が私たちの救援信号を受信できないのは確かだ。無線電波は基地と西麦農場の間を超えることはできないから」。藍月（ラン・ユエ）は断言した。

俺は霧の中に迷い込んだようだった。「でも俺たちは基地のそばにいるじゃないか、記憶が正しければ、基地と西麦農場の間を隔てているのは壁一枚だったんじゃないか」

「でもその壁がなにを隔てているかわかる？　この奇怪なトウモロコシの木と、十分間に三人を喰らい尽くせるようなあんな……」藍月（ラン・ユエ）は言葉を切った。彼女もどんな言葉であれを表現すべきかわからないようだった。「このすべてが異常すぎるとは思わないか？」

「それはつまり……」

「そう、私が言いたいのは、ここは常識で説明できる世界じゃないということ」藍月（ラン・ユエ）の口調はますます奇妙な調子を帯びてきた。「または、ここはそもそも私たちの世界じゃないということ」

「じゃあここはどこなんだ？」俺はすんでのところで叫び出しそうだった。藍月（ラン・ユエ）の言葉が暗示するものに言い知れぬ恐怖を感じた。「俺たちはいったいどこにいるんだ？」

戈爾（ゴア）が突然前方で叫んだ。「早くついてこい、センターに着いたぞ！」

三

あたりは異様なほど静かだった。センターのエントランスは開いており、安全システムがもう作動していないのは明らかだった。俺たちはまっすぐエントランスから入ったが、中も死んだように静まりかえっていた。これまでこんな巨大な建築物を見たことはなかった。大体、天井の高さは三十メートル以上あり、まるで室内の大平原という具合だ。類を見ないほど巨大な機械があちらこちらに寄せて置かれたままで、眠っている岩石のようだが、ちょっと見た限りではその使途は不明だった。

「みんな気をつけて！」藍月（ラン・ユエ）が突然叫び、すぐさま手にしたレーザー銃を発射した。ほとんど同時に俺も危険の所在を察知し、地面に転がった瞬間、手にした武器が火を噴いた。煙とほこりが舞いあがり、焦げた臭いが広がった。

激戦の間は時間が遅く流れる。俺と藍月（ラン・ユエ）は再び立ちあがってから、敵だと思ったのは二メートルほどの怪獣のような姿の機械だったことに気づいた。それは六本の脚と二本の腕を備え、口の部分にはノコギリの刃のような高圧放電機が取りつけられていた。先ほど俺たちが命中させたのは頭部で、ばらばらの集積回路の塊が露出したところを見ると、どう見てもロボットだった。

「早く来て見ろ！」戈爾（ゴア）が驚きの声を上げた。俺と藍月（ラン・ユエ）が走って行くと、彼を驚かせた正体がわかった。その怪獣の爪と歯には砕けた動物の骨が大量に挟まっており、その獰猛で兇暴な様子とあいまって、肝が冷えるのを感じた。俺は息を吸いこんで、振り返って藍月を見た。彼女は黙ったままあたりを見回しており、顔には疑念の色が浮かんでいた。

「こいつのしわざか？」俺はぼそぼそと呟いた。ロボットが制御を失い、大事故を起こすという事件が近年しばしば起きており、西麦農場の異変もそのためであるように思われた。

「こいつに決まってるさ」戈爾はいまいましそうに言い、腹立ちがまだ収まらないように、またレーザー銃で怪獣の脚を撃ち落とした。「なんだってこんな武器を作らなきゃならないんだ？」

「なんだか変な感じがする」藍月は言った。「気づいたか、こいつのナンバープレートには『採集者２９４型』とある。名前から見る限り武器じゃなく、農業機械みたい。家畜を捕獲するための機械じゃないか？　しかもほら、ほかの巨大な機械は収穫機みたいだろう――ちょうどトウモロコシを刈り取るのに良さそうだ」

俺は頷いた。「その説明の方が合理的だな。だがこいつらはどれも壊れているようだ」

「部品にはどれも傷はない。動かない原因はセンターのコンピュータ中枢が破壊されてから、行動の指示を受けられなくなったせいだと見ていいだろう。まず周囲を捜索してみよう、なにか別の手がかりがないか」藍月は冷静に指示を出した。

俺たち三人は横一列に並んで機械の雑然とした群れの中を捜索したが、ジャングルの中を歩いているようだった。電力の供給が途切れたため、ホールのほとんどの場所には闇がわだかまり、俺たちの作業はなかなかはかどらなかった。時折響いてくる金属がぶつかり合う音を除けば、ここは墓場のように静まりかえっていて、はっきりと互いの呼吸の音が聞こえた。どの機械も似たり寄ったりの姿だったが、俺の胸には次第に異様な感覚が湧き上がってきた。何度か足を停めてその感覚の出所を突き止めようとしたが、なにも見つけ出すことはできなかった。

およそ十五分が過ぎた頃、俺たちはようやく管理センターのコンピュータ機関室に到達した。中の設備はどれもこれも生気を感じさせなかった。俺はリュックを開け、高エネルギー電池を出して機関室の電源盤に接続した。不規則な光が閃いた後、機器が起動した。

藍月(ラン・ユエ)は熟練した手つきで操作しながら、眉をひそめた。俺のコンピュータ技術は戈爾(ゴア)よりいくらかましだったが、藍月(ラン・ユエ)よりはずっと下だった。だから、空気を読んで戈爾(ゴア)と一緒に警備に回った。

「どういうこと?」藍月(ラン・ユエ)は顔を上げてつぶやいた。「システム全体がダウンしたのはエネルギーの供給が断たれたせいだ。システムの最終実行時刻は……九一七四〇二年の七月四日」

「待ってくれ、何年だって?」俺はぎょっとなって尋ねた。

藍月(ラン・ユエ)はちらりと俺の方に目を走らせて言った。「勘違いだ、すまない」

俺はうつむいて操作に戻った藍月(ラン・ユエ)に疑いの目を向けた。今の言葉は明らかにとりつくろったもので、彼女はきっとなにかを隠している。だが九一七四〇二年とはどういう意味だ? この時間に意味があるというのか? 意味があるとすればそれはなんだ? 今回の任務はそう単純ではないどころか、ますますやばい気配を感じる。藍月(ラン・ユエ)はどうもなにか秘密を知っているようだ。俺に話すべきなのに、明らかになにかをはばかっている。

戈爾(ゴア)は傍らでいらついたように行ったり来たりして、幾度も藍月(ラン・ユエ)を急かした。彼にはもう当初の壮志は残っていないようだった。だが、俺はこのとき逆に彼を見下す気持ちがなくなった。残酷な戦争の洗礼を受けた彼のような連中は腰抜けなんかじゃないし、危険を恐れたりしないのはわかっている。だが俺たちが直面しているのはどうやら超自然の存在であり、それこそ戈爾のようなやつがもっとも恐れるものなのだ。

「もっと急げないのか？　あと一分たりともここにいるのはごめんだ」

藍月は我に返り、戈爾に言った。「システムがダウンする前のデータをコピーしているんだ、基地に持ち帰って技術分析にかけられるように。何夕と一緒に機関室の裏のエリアを見てくるから、コピーが終わったらディスクを持って来て」

機関室の裏手にはセンターのほかの場所と同様に、収穫機のような機械が積まれていた。どういうわけか、さっきのあの異様な感覚がまたよみがえった。俺は思わず足を緩めた。

藍月はちらりと俺を見やった。「感じた？」

俺は驚いた。「感じる？　どんな感じだって？」

藍月はその「採集者」という機械らしいものを指して言った。「これは最初に見たのとどこが違うと思う？」

俺はただちに不安の原因がわかった。目の前のこの「採集者」は形状としては最初のものと別に差はないが、ただ体積がはるかに大きく、高さは六メートル以上あった。俺はようやくこれまでの「採集者」が確かに次第に大きくなってきたことを思い返した。異様な感じを与えていたのはこれだったのだ。その巨大な機械に近づいてみると、ナンバープレートには「採集者４１０７型」とあった。型番からいえば、２９４型より新しい製品だ。俺は測りかねて藍月を見つめた。だが彼女は予期するところがあったようだった。どういうことなのか尋ねたかったが、彼女の冷たく人を拒むような表情を見てその念頭は消えた。

藍月は突然立ち止まり、なにかに撃たれたように凍りついた。

「どうした？　あんた……」俺は尋ねたが、すぐにどういうことか理解した。雲つくばかりのそれを目にしたからだ――「採集者２７９９９型」を。世界に本当に巨大と称するに足るものがあるとすれば、これをおいてない。これに比べれば「採集者４１０７型」は小物にすぎない。二〇メートルを余裕で超すこの巨体が動くはずはないと自分に言い聞かせたが、それでもわななきを抑えることはできなかった。藍月の分析では、家畜を捕獲する機械だろうというが、一体なんて家畜だ！　たちまち背中には冷や汗がつたった。

そのとき、戈爾の声が聞こえた。データのコピーが終わったのだ。藍月は呆然としている俺を引っ張って言った。「さあ、ひとまず基地に戻ろう」

四

帰路は実際よりずいぶん長く感じられた。藍月と戈爾も同じ思いだろう。幾度か奇怪な物音が辺りの農作物の林から響いてくるのを耳にし、俺たちは三人とも銃を抜いて射撃した。もちろん、トウモロコシの木の茎にいくつか穴を開けたほか、なんの収獲もなかったが。初めのうちこそ俺たちはほどよい歩調を保っていたが、後になって、みな確かに死にものぐるいで走っていたことは認めざるを得ない。緊張が極点に達したとき、ついにパスコードゲートがかなたに見えた。

「待って」藍月（ラン・ユエ）はゲートをくぐろうとする俺と戈爾（ゴア）を押しとどめた。「ほかの四つの小隊に通信すべきだろう。出てしまったらもう連絡できないから。みな戦友じゃないか、救援が必要かもしれないし」

戈爾（ゴア）はぜいぜいと息を切らしており、疲れきった様子だった。「無理だ、こんな場所に一秒でも留まっていたくない。早く脱出しよう」

藍月（ラン・ユエ）は下唇を噛み、漆黒の瞳で俺を見た。俺はどぎまぎしてうつむいた。実を言えば、戈爾（ゴア）の台詞はちょうど俺の考えていたことで、むしろ焦っていたのは俺の方かもしれない。

戈爾（ゴア）は大声で藍月（ラン・ユエ）に言った。「これは俺たち三人に関することだ。今のところ一対一だ、何夕（ホー・シー）の票で決めよう」

俺は数秒沈黙した。力が抜けそうだった。だがとうとう口を切った。「もうしばらく待とう」

藍月（ラン・ユエ）は感謝のまなざしで俺を見たが、なにも言わなかった。彼女は信号を送り、さらに四十秒に一度の間隔で繰り返されるように設定した。「三十分待とう、反応があるかどうか」

俺は藍月（ラン・ユエ）の隣に腰を下ろし、黙って彼女を見つめた。しばらくして、彼女は落ちつかない様子で振り返ると、尋ねた。「どうしてそんな目で見るんだ?」

「どうして知ってることを俺たちに教えないんだ? 不公平だろう」俺は平静な口調を保つようつとめた。

藍月（ラン・ユエ）の頬に微かな赤みが差した。「なんの話? 意味がわからない」

その態度は俺を激昂させた。俺は耐えかねてわめいた。「最初からたくさんのことを俺たちに隠していただろう。ここがどんな場所だかよくわかっていた筈だ。ここでなにが起きたかも知っていたのに、どうして俺たちにはっきり言わないんだ？　死の危険を冒したのに真相のかけらも知る権利がないってのか？」

戈爾（ゴア）が近づいてきたが、明らかに俺の味方だった。俺たちはまっすぐに藍月（ラン・ユエ）を睨みつけた。

藍月（ラン・ユエ）はうつろな目で遠くを眺めており、俺の言葉は耳に入っていないかのようだった。随分経ってから、ようやくふっとため息をついて言った。「わざと騙そうなんて思ったわけじゃない。西麦農場が操業を始めてからこのかた足を踏み入れた者はいない。私だってここに来てようやく色んなことがわかってきたんだから。これまでも、君たちが思うように全ての出来事の因果関係を知っていたわけじゃない。でもそんなに真相を知りたいのなら、知っていることを全部教えよう。どっちみち基地に帰ったら、どういうことなのかはっきり思い当たるだろうし。発端は三十二年前にさかのぼらなきゃならない。当時、父は人生最大の研究成果を挙げたところだった。その年、『時間尺度保存の原理』を発見した。難しく聞こえるけど、意味するところは単純だ。この原理によると、保存の原則に背かない限り、人はある任意の区域の時間の速度を変えられる。例えば、一定の数量の物質を含むある区域の時間の速度を元の二倍にするとしたら、同時に、同じ数量の物質を含む異なる区域の時間の速度を元の二分の一にすることになる」

俺はぞっとした。「西麦農場は時間速度の変えられた区域だというのか？」

「正確に言えば加速された区域だ」藍月（ラン・ユエ）は訂正して、「私たちが西麦農場に入ってからもう五時間が経ったが、基地に帰ったら、時間は五時間前に留まっていることに気づくはず。見送りの人たちはまだそこにいて、彼らからすれば、私たちはゲートをくぐったかと思うとすぐ出てくることになる。この五時間は私たちにとってのみ意味を持つ。西麦農場で数十年間過ごしても、それどころか年とって死ぬまでいたとしても、彼らにとっては十数時間が経過したに過ぎない。機関室で私が読みあげた〈九一七四〇二年〉という時間を覚えてるか？　人類にとっては、西麦農場は二十数年前に建設されたが、西麦農場の内部ではとっくに九十万年以上も種まきと収穫を繰り返しているってわけ。つまり、西麦農場の時間の速さは正常な世界の四万倍以上になる。西麦農場の一年間はせいぜい正常なタイムゾーンの十数分間でしかない。だから、私たちの世界では西麦農場はいつもこの時間周期で循環して農産物を出荷する。私がこの時間を目にしたときの恐怖が君たちにわかるはずはない。西麦農場の九十万年あまりの生産でやっと、地球の三百億人のこの二十年間の豊かな生活がまかなわれたことになるんだから」藍月はそう言って振り向くと戈爾を見つめた。「君は九人の子供がいるって言ってたね」

　戈爾は不意を突かれて、「そうだ、写真があるが見たいか？」

「待ってくれ」俺は戈爾の言葉を遮った。「よくわからないところがあるんだが、君のお父さんがその原理を発見したのなら、どうして農場は西麦博士の手で建設されたんだ？」

「それが父の心にはしこりとなっている。当時父はこの原理を発見して、すぐに食物エネルギーなどの問題の解決に応用できると気づいた。でもほとんど同時に、もうひとつの問題にも気づいた。恐るべき問題と形容するのがふさわしいようなね。考えてもみろ、私たち人類も実は下等生物から順を追って進化してきたんだから、もし今のところは人類より下等な生物を、私たちより何倍も速いタイムゾーンに送り込んだらどうなるか……」藍月はそれ以上先を続けようはしなかった。その必要はないことがよくわかっていたからかもしれない。俺たちはその結果をすでに目にしていたのだから。

「だから、父は一生をかけて奮闘してきた成果を断腸の思いで諦め、世界のどこにも公開しなかった。でも予想できなかったのは、いちばんの愛弟子であり助手であった男の裏切りだった」

「西麦（シー・マイ）博士のことか？」

「その通り」藍月（ラン・ユエ）は苦笑した。「彼は外界から隔絶された西麦農場を建設し、高度に集中した太陽光束を農場のエネルギーにした。正直なところ、西麦（シー・マイ）もまれに見る天才だ。『時間尺度保存の原理』から西麦農場まではかなり距離があった。アインシュタインの$E = mc^2$から原子力発電所まではるかな距離があったのと同じことだ。父が気づいたときにはすべては後の祭りだった。西麦（シー・マイ）はもう人類の英雄になっていた。父に唯一できたことは、恐れていたことが起こるのをできる限り避けるだけだった。でもすべてはやはり起こってしまった」

「どうしてもっと早く気づかなかったんだ？」俺は余計な質問をした。

「初めのうち、西麦農場の時間は正常な時間の倍速程度にすぎなかった。だが人間はすぐに満足しなくなった。もっと生活水準を上げたいと繰り返し要求するようになったんだ。それで、西麦農場は農場の時間を速めた。しかし人間の要求はますますエスカレートして、そのうちに需要に応じるよう生産量を高めることになった。人間が西麦農場に生産計画を下ろしさえすれば、農場のコンピュータが時間速度を自動管理するようになった。最終的にすべてはコントロールを失ってしまった。西麦農場に行って働きたい人はだれもいない。それは実質的に親しい人との永遠の別れを意味するからだ。だから、人々はすべてをコンピュータの管理に委ねた。あれらの機械を見ただろう、あれはすべて農場のコンピュータが需要に応じて自動で設計したものだ。機械のバージョン更新の速度だけをとっても、農場の生物の進化がどれだけ速いか想像できるだろう。もし正常なタイムゾーンから西麦農場を観察することができたら、どんな光景が目に入るか？」

藍月（ラン・ユエ）はそれ以上言葉を継ぐことなく、視線は揺らいだ。実際は彼女に説明してもらうまでもなく、どれほど恐ろしい情景か想像がついた。昼夜は飛ぶように切り替わり、そのせいで空はほとんど灰色に見え、人工の太陽が空を飛ぶように幾筋も途切れることのない光の線を描く。風雨と雷電、雲や霧といった自然の景観が走馬灯のように頻繁に出現し、永遠に終わることはない。植物はコマ落とし撮影の映画のように目まぐるしく茂っては枯れ、まるで動物のように見えるだろう。そして本物の動物はといえば蚤のように跳んだり跳ねたりして、あらゆる生物は人類より一千倍も一万倍も速く成長し、繁殖し、遺伝し、変異する。死は想像を絶する速度で生を追いかけ、同時にまた新たな生命に追われることになる。造物主はこの加速した実験室でたゆみなく生命の最大限の可能性を証明している……。

長いことだれも口を開かなかった。俺はただめまいを覚えていた。藍月（ラン・ユエ）が示した光景に肌が粟立った。戈爾（ゴア）にしても俺よりましなわけではなく、彼は力なくへたりこんで、虚脱状態を呈していた。

藍月（ラン・ユエ）は時刻を見て言った。「三十分経ったな。基地に帰ろう。でも、今日話したことは絶対に秘密にして」

藍月（ラン・ユエ）がうつむいて通信機を手にしたとき、戈爾（ゴア）は突然飛び上がった。彼の視線は俺の背後に文字通り釘づけだった。同時に、俺も自分の足下に巨大な影が現れたのを目にし、なにが起こったのかをたちどころに悟った。本能に突き動かされるように、俺は即座に藍月（ラン・ユエ）を押し倒して脇に転がると、レーザー銃を手にしていた。だが戈爾（ゴア）の銃が先に火を噴いた。はらわたのちぎれるような叫び声が響いた。千万頭の野獣がいちどきに雄叫びをあげているような声だ。だが振り返ったとき、眼に入ったのはまだ揺れ動いている踏み荒らされたトウモロコシの林ばかりで、俺と藍月（ラン・ユエ）がさっきまでいた場所には三十センチほどの深さの何本かの爪痕が残されていた。

戈爾の目は大きく見開かれ、眼窩から飛び出しそうだった。彼の腰から下はなくなっていて、地面には血だまりができていた。俺は黙って近づき、彼のまだ動いている唇に耳を寄せた。なにをつぶやいているのか聴き取ろうとしたのだ。長いこと経って、俺は顔を上げ、手で戈爾の見ひらいたままの瞳を閉じてやった。

「なんて言ってた?」藍月は青ざめた顔で俺を見た。「彼はなにを見たって?」

「二字を繰り返していた」俺は低い声で言った。「妖獣と」

五

二日間というもの藍月に会っていない。今回の作戦のただ二人の生還者として、俺たちは基地に帰るとすぐに引き離され、休む間もなく状況を報告することになった。俺の頭には経験したことを思い出すのを助けるために様々な機器設備が接続され、そうやって整理された素材はすべて直接西麦博士のもとに送られて閲覧に供せられた。俺はもちろん藍月との約束を破ることはなく、俺の口から二人の間で交わされた話を聞き出すことができた者はいなかった。この二日間、藍月の姿がいつも目の前にちらついていた。彼女の眉と長い髪、彼女の声、それからなにかもの思いにふけっているような表情。自分では認めたくなかったものの、心の中ではほがらかなささやきがしつこく問いかけていた。彼女を好きになったんじゃないのか？　ときには、この言葉は俺の口から突然出てきたりして、自分でも驚いた。

今日はどうも邪魔されずにすみそうだ、十時を過ぎたのにだれもうるさく訪ねてこない。もちろん時間を無駄にするものか、いつもの通り、どうしたって意味のあることをしなければならない。それはつまり藍月のことを考え続けるということだ。今なにをしているんだろう？　食事は済んだだろうか？　なにを食べたんだろう？　それから普通の女の子の格好をしたらどんなだろうと想像してみた。だれにも邪魔されなければ、俺はこのままうつけたように日がな一日考え続けていられただろう。今になってようやくわかったのだが、男だってどこまでもくどくどと女々しくなれるものだ。だが今日は数分間魂が抜けただけですぐに現実に引きもどされた。武装を固めた藍月の姿が現れたからだ。俺の出したただ一つの結論は、彼女は正規のルートでやって来たのではないということだった。すぐに俺は数人の見張りがみな部屋の外の床に倒れ伏しているのを目にしたからだ。

「待ってくれ」全力疾走しながら俺を引っ張っている藍月の手を力をこめてふりほどいた。「こんなわけもわからないまま一緒には逃げられないぞ」

藍月は足を止めた。彼女の頬は走ったせいで赤みがさしていた。「君は無邪気すぎる。西麦は西麦農場のおかげで人類の英雄になったんだ。君が隠れた真相を暴露するのを放っておくと思う？　まだ知らないだろうけど、西麦は自分の地位を確かなものにするために新しい農場を作ろうとしているっていうのに」

「それじゃ元々の農場はどうするんだ？　パスコードゲートが今のところは農場と俺たちの世界を隔てているとはいえ、あんな……ものが……進化を続けたら、ゲートはいずれ突破されてしまうだろう。これから西麦博士が新しい農場を作ったとしても、数十年後には今の西麦農場と同じことになるだけだろう？」

藍月（ラン・ユエ）は含みを持って笑った。「もし西麦（シー・マイ）が科学者だったら、確実にそう考えるだろうけど、でも彼は今ではもう政治家だ。西麦農場が彼の資本のすべてで、それを手放したらなにも残らない」

「それなら少なくともまず西麦農場の時間の流れを正常に戻すべきだろう。さもなければこのままでは恐ろしいことになる」

「それができるくらいなら、父もあのとき秘密にしておく必要はなかった」藍月（ラン・ユエ）は冷たく言った。「とにかくさっさと逃げよう、車はすぐそこにつけてある。父は安全な場所で待っている」


藍江水（ラン・ジアンシュイ）教授は前回会ったときよりも痩せたようだった。会うなり俺の手を握りしめ、「藍月（ラン・ユエ）の命を救ってくれたそうだな。本当にありがとう」

藍月（ラン・ユエ）は素早く俺に目をやり、顔をわずかに赤らめた。「だれに聞いた？　自分でも危険は察知していたけど、ただ彼に助けられたような形になっただけ」

藍江水（ラン・ジアンシュイ）は色をなした。「恩知らずなことをしてはいけない、早くお礼を言いなさい」

俺はもちろん慌てて断り、話題を藍月（ラン・ユエ）が言ったあの問題へと転じた。

藍江水（ラン・ジアンシュイ）ははっとした様子で、すぐには答えずに煙草に火をつけた。彼の手がかすかに震えているのが注意を引いた。「若い頃は今と比べて、多くの問題に対する見方が異なっていた。簡単に言うと、あの頃は科学を扱う態度についてはずいぶん楽観的だった。科学が最終的には人類の直面するあらゆる問題を解決できると信じていたのだ。同時にこうも考えていた。科学の発展が負の影響をもたらすことがあるとしても、一時的なものに過ぎず、科学のさらなる発展によって、そうした問題は科学自身によって円満に解決されるのだと。しかし数十年後の今となっては、もうそんな風に楽観的にはなれない」

「なぜですか？」

「今でも私はこう考えている。科学研究とは絶え間なく自然の謎を解き明かし続けることだと。しばしば考えるのだが、造物主はなぜその謎を深く隠したのだろう？　核融合はなぜ数百万度の高温下でしか発生しないのだろう？　入射粒子はなぜ数千万億電子ワットのエネルギーの衝突の際にしか人間にその内部構造を見せてくれないのだろう？　反物質はなぜ極度に苛酷な条件下でしか生まれないのだろう？　だがもう私には答えがある、あるいは自分ではこの問題には答えが出せたと思っている。試しに考えてみるといい、もしこれらの反応が通常の条件下でも発生するのであれば、石器時代や青銅器時代の人類、あるいは太古の火遊びするサルですらこの世界を滅ぼしうるということになる。今でも、人類が絶対になにひとつ失敗せずすべてをコントロールできるなんてだれに保証できるだろう？」

　いくらか彼の言いたいことは理解できたが、やはり尋ねた。「『時間尺度保存の法則』もそうした謎の一つなのですか？」

「その名称を聞くのはずいぶん久しぶりだ。藍月(ラン・ユエ)に聞いたんだな？　この原理を知る者は世界に十人といないが、本当にその核心をつかんでいるのは私と西麦(シー・マイ)だけだ。西麦農場で起きたことは取り返しがつかない。その時間をさらに加速することはできるが、二度と減速することはできないんだ。それに対応するタイムゾーンの状況はちょうど逆になる」。藍江水(ラン・ジアンシュイ)の顔が無意識にひきつった。彼は煙草を深く吸い、その顔は濃く立ちこめる煙の中で、ぼんやりとかすんだ。「科学研究に携わる人間にとって、一生の間なんの成果も出せなければ辛いことだろう。だが最も辛いことはそれだけではない。農学者が一生をかけて新たな品種の作物を開発したのに、香り高く美味なその実が猛毒を持っていると知ったようなものだ。当時の私の気持ちもまさにそうだった。それから先のことは君も知る通りだ。今日になっても、私はときにはやはり耐えきれず悔いはないかと自分に問いかけることがある。だが慰めとなるのは、たいていは心の底から悔いはないと答えられることだ」

「じゃあ僕たちはどうすれば？」

藍江水（ラン・ジアンシュイ）は煙草をもみ消した。「西麦（シー・マイ）と話しに行くつもりだ」

藍月（ラン・ユエ）は悲鳴を上げた。「ダメだよ、西麦（シー・マイ）は考えを変えたりはしない。彼はもう科学者じゃなくて政治家なんだから！」

藍江水（ラン・ジアンシュイ）はちょっと笑った。顔に刻まれた皺のせいで実際の年よりずっと老けて見えた。「この世界で実は私がいちばん西麦（シー・マイ）を理解している人間だと言っても、君たちは信じないだろうな」

「信じるわけないでしょう」俺は大声を出した。「あなたはあいつとは全然違う」

「しかし事実として私は確かに彼を理解している」藍江水（ラン・ジアンシュイ）は静かに言った。「私自身もわずかの差で西麦（シー・マイ）になっていたかもしれないのだから。安心しなさい、私は大丈夫だ。この件はもう二十年以上引き延ばしてきたんだ、決着をつけなければならないときだ」

「じゃあ僕たちはどうすれば？」俺はさらに尋ねた。

「君たちにできる、そしてしなくてはならない唯一のことは――西麦農場に戻ることだ」藍江水（ラン・ジアンシュイ）はこれ以上なくきっぱりと断言した。

六

まさか二日後に、俺に西麦農場に戻る度胸があるとは夢にも思わなかった。正直言って、俺には英雄的な気概なんてない。だが藍江水（ラン・ジアンシュイ）教授が言うように、こうするほか選択肢はないのだ。

出発前に、藍江水（ラン・ジアンシュイ）は俺と藍月（ラン・ユエ）に言った。「西麦農場の生物には恐るべき進化を遂げている種がある。前回の「採集者」から抽出された局部組織標本の分析結果から見る限り、この種の生物の知能レベルはもう人類と大差ないところまで来ている上に、あれだけの強大な自然の力を備えているのは言うまでもない。もし今のうちに問題を解決しなければ、遠からぬ将来、人類は滅亡の日を迎えることになるだろう」

俺たちは今再び西麦農場に来ている。正常なタイムゾーンでの二日間は西麦農場ではほぼ二百年に相当する。俺たちが二百年前に通った周囲の密林地帯を見回しながら、胸には言葉にできない感覚がこみあげてきた。滄海（そうかい）変じて桑田（そうでん）となるという決まり文句の最良の注釈がここにある。管理の手が入っていないため、当時の農作物はあらかた消え失せ、草たけ数メートルに達するより生命力の強い野草に土地を譲っていた。適者生存の法則はこの土地ではっきりとその力を示していた。

我々の今回の目標は単純だった。藍月（ラン・ユエ）は前回コピーしたシステムを分析し、西麦農場のコンピュータシステムのエネルギー供給部分がある種の生物によって故意に破壊されていたことを確かめた。恐らくあの妖獣だろう。この点ひとつ取っても、連中がすでにどれだけ発達した知能を備えているかということが十分に証明される。俺たちは今回システムを修復し、西麦農場のスーパーマシーンを利用していまだにどんな姿をしているのかも知れないそれらを片付けようとしていた。痛ましい教訓から、今回は俺と藍月（ラン・ユエ）の装備と防護措置はずっと厳重なものになっていた。だがそれでも、俺の胸はやはり不安に苛まれていた。藍月（ラン・ユエ）の方は俺よりいくらかましだろうか。

センターまでの道では数回ひやっとすることこそあったが、どうにか切り抜けられた。牛や羊といった家畜の成れの果てを多く目にしたが、二百年あまりの放任の末、もう野獣といってもよかった。こうした連中は時々息せき切って我々のそばを走り抜け、ひどく用心深そうだった。どんな生態システムであれ、食物連鎖の頂点には一種類の生物しかいない。どうやら連中も妖獣のご馳走にすぎないようだった。

藍月（ラン・ユエ）はもうセンターの端末の前に座ってシステムの修復にかかっていた。すべてはなかなか順調だった。ソーラー発電所が最初に稼働を始め、続いてすぐにセンターの照明も復旧した。外から次々に機器の起動音が聞こえてきて、赤外線センサー監視システムの大きなディスプレイには西麦農場の全体図が映しだされ、黄色い輝点がいくつも移動して機器の起動を示している。藍月（ラン・ユエ）は満足げに俺に笑いかけたが、その美しさに眩暈（めまい）がしそうだった。

そのとき、不意に雄叫びが聞こえてきた——思い出すだけで身震いが出る声だ。藍月（ラン・ユエ）の顔色もたちまち変わった。声から判断するに、妖獣は百メートル以内にいる。

「早く、採集の命令を出してくれ！」俺は大声で叫んだ。

「コマンドメニューを探してるんだ。今探して……」藍月（ラン・ユエ）は高速で操作している。

大地が激しく震えはじめ、ほとんどまっすぐ立っていられないほどだった。こんな場合、コンピュータは破損しやすい。壊れる前に採集の命令を出せなければ間に合わなくなってしまう。俺は大声で藍月（ラン・ユエ）を急かしたが、焦りのあまり声がうわずっていた。

「今探してる」藍月（ラン・ユエ）はやっとのことで答えたが、その声はべそをかいているようだった。「……見つかった、これで……」

巨大な震動が襲来し、俺と藍月（ラン・ユエ）はともに地面に投げ出された。同時に、機関室の天井が引き剥がされ、俺たちの目にはたっぷり十五メートルの高さのなにかが映った。あれが妖獣だろう。どんな生物から進化したものなのかはわからないが、四肢を備えていて後ろ足で歩いている。後ろ足は六メートル以上あり、筋肉は分厚く発達しており、前足は敏捷で五本の指には黒い尖った爪がついていた。首は一メートル以上あり、この上なく大きい頭部が載っていて、口からむき出された鋭い歯は、見るからに強力な武器だった。べとべとした涎（よだれ）が口から滴り、腐臭を放つ。このとき俺はやつの目を見た。その巨大な頭部を見ただけでは、高度な知能を備えた生物だとは信じられなかったが、その目は別だ。そいつと目が合い、目には軽蔑の光が宿っているのがわかった。相手の思惑なんてすべてお見通しと言わんばかりの居丈高な視線だ。知能のある生物だけが持つまなざしだ。激震の中で、俺はこのときに感じたものを言葉にするすべを持たない。最初の、そして唯一の感覚はそいつがあまりに強大だということで、そいつの前では俺たちは笑えるほど弱々しく、二匹の蟻みたいなものだった。銃を抜こうという気すら起きなかった。なんの役にも立たないとわかっていたからだ。

藍月（ラン・ユエ）が突然こちらを向いて俺に抱きつき、顔をぴったりくっつけてきた。そこにはいっぱいに涙が伝っていた。こうして気持ちを示してくれたことに心をうたれ、胸は幸福に満たされた。一瞬、死神が目前に迫っていることなんて忘れかけていた。それとも俺の眼にはもう死神は映っていなかったのか。だが、俺が涙をこらえられなかったのは、自分が死に瀕していたからではなく、俺たち人類が瀕している災難のためだった。もともと俺は自分が気高い人間だなどと考えたこともなかった。それでもだれであれこの場にいたなら同じように涙を流しただろう。種全体に比べれば、個体の運命など実際は取るに足らないものだ。そのとき、妖獣はゆっくりと右の前足を持ち上げ、言葉にならない速度で俺たちに襲いかかった。すさまじい風のうなりが聞こえた。

しかし奇跡が起こった。「採集者２７９９９型」が駆けつけてきたのだ。どうやら藍月（ラン・ユエ）はぎりぎりの瞬間に命令ボタンの押下に成功していたらしい。妖獣の相手ではないのは確かだったが、二、三度の攻撃でくず鉄と化す間に、俺と藍月（ラン・ユエ）は十分危地を脱し得た。俺たちはひたすら走り、四方からは身の毛もよだつような雄叫びが聞こえてきた。

西麦農場は戦場と食肉解体場へと変貌した。それは生命を持たない「採集者」と生命を宿した妖獣との闘いだった。機械の爆発音と妖獣の吠え声が入り乱れ、炎と血煙が混じり合った。妖獣は巨大な口をぱっくりと開け、「採集者」の合金のボディを、一枚の薄紙を引きちぎるように引き裂いていた。「採集者２７９９９型」の他に、敵となる者がいないのは明らかだった。

「採集者２７９９９型」の轟音は耳を聾せんばかりだったが、そののこぎり歯の間から突然青みがかった白い光が弧を描いたとき、空には大地ですら戦慄する雷鳴が轟いた。同時に肉の焦げる臭いが広がり、胃の腑が裏返り胃液まで吐きそうになった。採集者の方が妖獣よりはるかに無慈悲だった。もともと捕獲から肉製品への加工までを担う複合機器だったからだ。妖獣が一頭打ち倒されるたび、採集者は加工プログラムを一セットまるまる起動し、妖獣の死体をばらばらに引き裂いて肉をそぎ取るので、血と肉片があたりに飛び散り、阿鼻地獄さながらの有様だった。

俺は藍月（ラン・ユエ）とパスコードゲートを目指してひた走り、その間にもセンターと無線でつながっているポータブルコンピュータが絶え間なくこの戦争の進捗状況を示していた。採集者を表す黄色い輝点と妖獣を表す赤い輝点はどちらも急速にその数を減らしていた。俺は焦りつつ力の比率の変化を注視していた。幾度か採集者が明らかに優勢に立ったが、すぐまた圧倒された。俺は心の中で採集者に声援を送った。採集者が敗北した場合にこの闘いがどんな結末を迎えるかは想像したくなかったし、血に飢えた妖獣たちが我々の世界をどう扱うかも想像したくなかった。赤い輝点が次第に優勢を占め、黄色い輝点が一つずつ消えるにつれ、俺の心も深淵に沈んでいった。最後に、赤い輝点が六個残った。六頭の妖獣だ。

無意識に藍月（ラン・ユエ）を振り返って見ると、その瞳は灰色に沈んでいた。俺は半ばヒステリックに言った。「ぜんぶ雄か、でなきゃぜんぶ雌に決まってる。絶対にそうだ、そうに決まってる。神は人間を守ってくれる」

俺はこらえかねて幾度もこの言葉を繰り返した。唯一の希望につながる呪文を唱えるように。

藍月（ラン・ユエ）は苦笑した。「妖獣にも彼らの神がいるでしょう。六頭の妖獣がみな同じ性別だって可能性はすごく低い。今は生きて逃げて知らせることだけ。核兵器のほかには、殲滅させられる武器はないだろうね」

俺は絶望して首を振った。「人間が核戦争を準備するには相当の時間がかかる。通常の世界の一日が西麦農場では百年に当たるのだから、そのときになったら妖獣の数がどれほど増えているか知れたものじゃない。しかも西麦農場のような宏大な土地に核兵器を使ったら、妖獣は殲滅できたとしても、それから数年間続く核の冬のために人類が払わなければならない代価は想像に余りある」

藍月(ラン・ユエ)はしばらく黙りこくっていたが、「なら私も一緒に神に祈ることにしよう、それが私たちに唯一できることだから」彼女は祈りの姿勢を取った。そのとき彼女はなにかを思い出したように、ディスプレイを指して言った。「六つの赤い点はずっと同じ場所から動かないけど、怪我でもしてるのか？」

しばらく観察してから、俺はレーザー銃を抜いて言った。「行こう、どうであれまず見に行こう」

荒れた農園を通り抜けて南部の開けた地帯に来たとき、目の前に広がった光景には唖然とさせられた。俺たちが足を踏み入れたのは明らかに、次第に形をとろうとしている都市だった。整然とした洞窟、完璧な給水システム、大量の食物を備蓄した倉庫、さらに集会に使える広場。どうやら、妖獣たちはすでに彼らの社会システムを備えており、人類の社会とはただ量的に異なるだけで、質的にはなんら択ぶところはなかった。

都市の片隅の洞窟に、俺たちは探していたものを見出し、ようやく知った。なぜ赤外線探知システムの画像では六つの点がじっとして動かなかったかというと、六頭の幼獣だったからだ。巨大な妖獣がほど近いところに斃れていたが、「採集者27999型」の胴体を食いちぎろうとした姿勢のままだった。この幼獣たちを守ろうとして最後の一滴の血を流したのだろう。六頭の幼獣はなにが起こったのか理解しておらず、長いこと父母が餌をくれないのに気づいたためか、洞窟の中で口々に鳴き声を上げていた。俺と藍月(ラン・ユエ)を見て恐れるどころか、集まってくると精一杯頭を俺たちにすり寄せ、機嫌を取るように、同時にせっつくように鳴いて餌をねだった。

「雌が四頭、雄が二頭」藍月(ラン・ユエ)は簡潔に言うと、振り返って俺を見据え、一言も発しなかった。

藍月（ラン・ユエ）の言いたいことはわかった。実際、俺自身もちょうど心を決めねばならない矛盾の中にいたのだ。実を言えば、鳴いて餌をねだる六頭の仔たちとあの血に飢えた妖獣とを結びつけることができずにいた。とりわけふわふわした頭をくるぶしにこすりつけられては。妙なもので、たとえ獅子や虎のような猛獣でもその仔は愛くるしいものだ。だが俺の胸でははっきりと大きな声が告げていた。こいつらは妖獣だ！　こいつらは人類の宿敵だ！　生かしておいてはならない！　たとえそれを造り出したのがほかならぬ人類だったとしても。

「任せておけ、見たくなければあっちの風景でも眺めて来るといい」俺はそっと藍月（ラン・ユエ）に言った。それから銃を抜き、順番に一頭ずつ幼獣の額に狙いを定めて引き金を引いた。連中は死ぬそのときまで俺がふざけているのだと思っていた。

銃声は耳に快かった。

すべてがついに終わった。俺は山の斜面に立って今さらのように恐怖を味わいつつも辺りを眺めた。まだ信じられないが、ついにこの不可能とも思われた任務を完遂したのだ。立ちこめた血の臭いは消えようとしており、黄昏の原野にはすがすがしい風が吹いていた。人工の太陽は地平線上に連綿と連なる草の波に向かって滑り降りてゆくところで、害のない小さな獣たちがそこに出入りしていた。西麦農場にも普通の農場と同様に田園風景が広がっていることはほとんど初めて意識した。俺と藍月（ラン・ユエ）はここを去ろうとしており、二度と訪れることはないのだと思うと、意外だが離れがたい気がした。振り返って藍月（ラン・ユエ）を見ると、彼女も同じように辺りを眺めており、なにか考えているような目をしていた。

「なにを考えているんだ？　お父さんのことか？」

藍月（ラン・ユエ）は答えようとせず、きびすを返した。「行こう、私たちの世界に帰ろう。神のおかげで、もう二度とここには来なくて良い」

だがほどなくして、藍月（ラン・ユエ）も俺も間違っていたと悟った。西麦農場は幽霊のようなもので、初めから強大無比な力で目の細かい網を張りめぐらしており、俺たちは末代まで逃げられない運命だったのだ。

七

西麦農場での十数時間に及ぶ冒険は通常の世界の一秒間に過ぎなかった。この落差にはどうしても夢を見ているような感じがつきまとった。もちろん、夢の中に藍月（ラン・ユエ）がいさえするなら、目覚める必要があろうがあるまいがどうでもよかった。そう考えると、思わず藍月（ラン・ユエ）に微笑みかけてしまったが、彼女のまなざしにも同じ思いがひらめいたのに気づいた——心が通うとはこういうことだろう。悪くない感じだ。

「これからどこへ行くんだ?」俺は藍月（ラン・ユエ）に尋ねた。この頃はもう藍月（ラン・ユエ）に決めてもらうのが習慣になっていた。

「西麦（シー・マイ）のところへ」藍月（ラン・ユエ）は前もって考えていたようだが、その口調にはかすかな懸念がうかがえた。「父は彼と話をつけられたかどうか」

西麦（シー・マイ）の基地内の官邸は厳しい警備がしかれており、俺と藍月（ラン・ユエ）のような優秀な特殊警察でももぐり込むにはかなり手こずった。幸い入口の難関をいくつかくぐってしまえば、中には特に障害は設けられていなかった――わざわざ檻の中のような生活をしたがる人もいないだろう。

「早く来て」藍月の声だ。俺は駆けつけると、客間の隅に、血だまりに倒れている藍江水と西麦を見つけた。藍江水の手には旧式の銃が握られており、西麦を射殺した後で自殺を図ったのは明らかだった。

藍月が呼びかけ続けるうち、藍江水の目はゆっくりと開いた。そしてつっかえながら尋ねた。「彼は死んだのか？」

俺は後ずさりしてきて藍江水に告げた。「死にました」

西麦の様子を見ると、瞳孔はすでに開いており、いつも叡知に満ちていた瞳はうす気味が悪かった。

藍江水は極めて複雑な表情をかすかに浮かべ、一分間あまり黙ったままだった。しかしそれでも最後には喜色を見せて言った。「それでいいんだ、この世界で『時間尺度保存の法則』を把握している二人の人間はついに死ぬんだ。もともとはただ西麦農場の再建を断念するよう説得するだけのつもりだったのに、彼は聞き入れなかったから、こうせざるを得なかったのだ。西麦のことはわかっている。悪いやつではないし、この件に関して彼に大した落ち度があったわけでもない。もし彼のせいだというなら、それも人間の要求に応じたためにすぎない。実際、私の学生の中で、だれより自慢の弟子だった。西麦は私より五歳若いだけだったし、学生というより助手だと思っていた」藍江水は話しながら、手を伸ばして西麦の冷たくなった手をつかむと、悼むようにさすった。「一緒に死んでゆくのも結末としては悪くない、ことによれば黄泉の国でまた師弟の縁をつなぎ、また……一緒に実験ができるかも……」

藍月は慟哭した。「お父さんは死なない、なんとかして助けるから！」

藍江水の目はしだいにぼんやりとしてきた。「小さい頃から科学に身を捧げ人類のために貢献したいと思ってきた。それがまさか、人類への生涯最後の贈り物が自分の成果をこの手で破壊することだとはな。自分でもこれが正しかったのかどうかはわからないが、ただ言えるのは、さらなる災禍の発生は食い止められただろうということだ。だが西麦農場がなくなれば、地球の三百億人の大多数は数ヶ月のうちに最も惨めな形で死を迎えることになる。彼らのことを思うと、私の霊魂は永遠に安息を得ることはできないだろう……」

藍江水（ラン・ジアンシュイ）の声はしだいに小さくなり、ついにはほとんど聞き取れなくなり、ふた粒の濁った涙がその老いた目の縁からすうっと流れ、とうとう彼の深く愛した土地、かつて無数の彼と同様に名もない人々を埋めた土地に吸いこまれていった。

死者はこの世の憂いから離れた。

わずか数日で、藍江水（ラン・ジアンシュイ）が死の直前に予見したのがいかに恐ろしい光景であったかに思い至った。備蓄されていた食糧はたちまち不足し、人類の誕生以来この星で最も恐ろしい飢餓が始まった。三百億の口が大きく開かれ、無数の暗い穴さながらだった。政府は大規模な耕地面積の拡大を指示したが、大多数の人々にとっては間に合わないことが明らかだった。恵まれた生活に慣れきった人間たちは危機に瀕して極めて脆弱で、大規模な死が訪れようとしていた。近いうちに、この星の隅々まで人間の死体が折り重なることだろう。なんと恐ろしい光景か！　だが、俺と藍月（ラン・ユエ）が生きのびられることに疑念はなかった。日頃から特殊部隊で訓練を受けており、生存能力は常人よりずっと高いからだ。人口の減少に伴い、食糧危機は次第に緩和されてゆくだろう。最も困難な一時期を耐えきれば、あとはよくなるはずだ。世界は混乱状態となり、俺と藍月（ラン・ユエ）はこの飢餓の惑星を流浪していた。

「気が狂いそう」藍月（ラン・ユエ）は苦しげに俺の肩に顔を埋めた。栄養不良と精神の受けている大きなストレスで、彼女はずいぶん痩せていた。「これはすべて本当に父がもたらしたのか？」

俺は慰めるように彼女の背中を叩いた。「君のお父さんのせいじゃない。人類が自然界に求めたものに対して払わなければならない代価なんだ。求めること自体は昔からやむことなく続いていたが、西麦農場の建設に至ったとき、自然界の未来から求めることになったんだ。人々が求めたのはそもそも自然界には与えることが不可能なものだった。もし西麦農場がなかったら、世界にこんなに多くの人間はいなかっただろう。今飢餓によって死ぬか、将来妖獣に殺されるか、同じくらい苦い果実だが、人類はどちらかを味わわなければならない」

ここまで話したとき、俺はふと立ちつくした。遠くに向かってぽかんと口を開けたまま言葉が出せなかった。藍月（ラン・ユエ）はようやくのことで俺を我に返らせたが、ショックで泣きそうだった。

「どうしたんだ？」藍月（ラン・ユエ）は脅えたように俺の顔を撫でた。

俺は無理に笑みを浮かべた。「あることを思い出したんだ。まだ十数日しか経っていないが、どうやらまた戻らなければならないらしい」

八

一千年の時が過ぎた西麦農場には、荒涼たる風景が広がっていた。「採集者」のステンレスの胴体は変わらず傲岸に天にそびえており、妖獣の残骸は跡形もなかったが、当時ここに骨を埋めた仲間たちの姿はまざまざと目に浮かんだ。およそ千二百年前に藍月（ラン・ユエ）とこの奇怪な土地で出会い、親しくなり、それから一千年前のあの人類の運命を決定した惨烈な戦役を経たのに、どこか別世界のことのような気がしていた。それらはすべて夢の中の光景だったのではないかと疑ったほどだが、ただこのときに握っている藍月（ラン・ユエ）のほっそりした手が確かに告げていた。すべては現実に起きた出来事なのだと。

そうだ、我々はまた戻ってきた。そして今度はもう去ることはない。俺と藍月（ラン・ユエ）は手紙を書いているところだ。しばらくして、この手紙をパスコードゲートから送り出した後、俺たちはこの唯一の出口を二度と使えぬように破壊してしまうのだ。この手紙の中で、俺たちは西麦農場にまつわる秘密をすべて世の人々に向けて説明するが、藍江水（ラン・ジアンシュイ）と西麦（シー・マイ）という二人の天才の間の是非と恩仇については、恐らく世人の批評に任せるほかないだろう。

……この手紙を読むことができる者が幾人いるか定かではないし、さらに我々の行為を理解できる者が幾人いるかは知り得ない。今日我々が西麦農場に戻ったのはやむを得ぬことだ。妖獣はいなくなったが、それは一時的なものだ。人間世界より四万倍以上も速く時間が流れる区域では、どんなことでも起こりうる。厳密な進化の観点からすれば、西麦農場にいるあれらの無害な動物や植物から、最終的には確実に人類よりはるかに高度な生物が生まれ、人類は永遠に相手にならなくなるだろう。異なる知能の生物どうしが和やかに共生できるという神話を信じさせようとしても無駄だ。仮に可能だとしても、より高度な生物の側による施しに過ぎない。我々人類がほかの生物のために国立公園を設けるようなものだ。しかも最大の可能性は、西麦農場の生物たちが将来のある時点で農場を飛び出し、人類に滅びをもたらすことだろう。もしそれがすべて現実になるとしたら、亡き父藍江水（ラン・ジアンシュイ）氏の魂は永遠に地獄の底に堕ちることになる。

　ゆえに我々は西麦農場に戻ることを決断した。少なくとも今はまだ我々は西麦農場の最も高等な生物だ。我々はこのタイムゾーンに暮らし、この地のあらゆる生物と同じリズムで進化する。もし大きな事故がなければ、我々とその子孫は進化において引き続き――あるいはずっと――優勢を保てるだろう（我々の楽観的な予測が正しいことを祈るばかりだ）。この優勢によって、我々は人類のためにこの西麦農場という制御の失われた土地を守るのだ。だが我々の多難な故郷はあれほどまでに美しく、後ろ髪が引かれてならない。永遠に別れを告げなければならないと思うと、潸然と涙が下る。

　我々が今なにより問いたいのは、こうしたすべては一体なぜ起きてしまったのかということだ。よもや人間は自然に対して永遠に飽くことなく求めつづけるのか？

　ことによると程なくして（君たちの時間観念に即してのことだが）、我々の一族は人類とまったく異なる生物に進化するかもしれない。いつか相まみえることがあったとしても、我々がかつては人間であったことを知るすべすらないかもしれない。造物主がどのように取り計らうかだれに知ることができようか。だがいずれにせよ信じてほしい。我々の心臓は永遠に人類とともに鼓動している。そして我々はこの心を世々代々子孫に伝え、彼らが我々と同じく永遠に自分の根を忘れぬようにさせよう。

何夕（ホー・シー）、藍月（ラン・ユエ）　絶筆
西麦農場にて
時暦九一八六五三年十二月七日

鯨座を見た人

糖匪（タンフェイ）
根岸美聡 訳

“看见鲸鱼座的人” by 糖匪

――〝私はどうすればいいの？　漆黒の夜の中で灰に変わるのを待つの？〟

一

彼女はあの夏の日を忘れたことはない。父親の巨大な影が落ちてくる。彼女は宿題のノートから顔を上げる。

「莉蓮」父親は机の前にしゃがみこんだ。窓の外のクリムゾンレッドの雲が彼の肩の上に掛かっている。父親はまた彼女の名前を呼んだ。そして、もう一度。その様子はとても滑稽だった。こんなにも娘の名前が好きな男など存在したことがない。

彼女は笑ってしまった。「なあに？」

「何してるんだい？」父親は彼女が急いで宿題をしているところだということをよくわかっていたが、普段どおりに父と娘のとりとめのない会話を楽しんだ。

母親は、父親は話し下手で人前ではほとんど口をきかないと言う。莉蓮には、そんな父親の様子は想像がつかなかった。しかし、彼は確かに話し方を知らない人間だった。仕事で家を空けると半月は出て行ったままで、帰ってきて顔を合わせれば、くだらない話をするばかりだった。

父親が莉蓮の横に立って、彼女の宿題を見下ろした。パソコンはすでにスクリーンセーバーに切り替わっていた。真っ黒な画面にアップルグリーンのハート型の雲が一つずつ跳びだしてくる。父親の手が、さっと画面に触れた。窒化ガリウムのスクリーンの真ん中から忽然と絵が現れる。絵は縦方向の奥行きを持った電車の車両の内部を描いたものだ。車窓の風景が流れていく。車両の中では十四匹のピンクの金魚が、一つの長いすに襟を正して腰掛けている。金魚の体は車両の揺れに合わせて前後へ動き、その目は車内を飛び回る雲をきょろきょろと追っている。これは父親が彼女だけのために作ったプログラムだ。

全宇宙に一つだけ。彼はいつでも、彼女のために不思議で特別なプレゼントを作る労を厭わなかった。

父親はコンピュータを持ち上げ、定められた順序に従って金魚の頭を叩いた。コンピュータのロックが解除された。

「これ、夏休みの宿題だろう？　もう学校は始まったんじゃないのか？」

父親はもちろんこれが夏休みの宿題だということを知っていた。母親が彼に宿題の様子を見に来させたのだ。

「明日提出するよ」

父親は真剣に見た。しかし、ただの十歳の子供であっても、彼女には目の前のこの男が困っていると察しがついた。彼はこういうことをするのは不得意なのだ。

「この課題はどうして真っ白なままやっていないのかな？」父親が問う。彼のほかに問うことができる人もいないだろう。問いに対する答えは明らかで、その上、きまりの悪いものだった。きまり悪さから彼女は口を開くことができなかった。

「夏休み中の忘れられない星間旅行について書きましょう」父親は大きな声で題目を読み上げた。そして、すぐに理解した。

外はもう暗くなっている。近くの高速道路から自動車の走りぬける細く鋭いひゅうひゅうという音が伝わってくる。

彼らはまるで突然落っこちてしまったかのようだった。広く雑然とした世界から目の前のこの小さく古いアパートに落ちてきたのだ。絶えず剥がれ落ちる外壁に比べれば、ぼろぼろの家具はまだ見られるものだった。

貧富に関わらず、人はみな尊厳を持って生きることができる。美しく生きることができる。母親が彼女にそう教えてくれた。父親も母親もそうしていた。できる限り家のしつらえは快適で見栄え良くなるようにし、できる限り彼女には級友たちと同様の学習環境を用意した。たとえお金がなくてマイクロパソコンを設置することができなくても、父親は知恵をしぼって彼女の旧式のグラファイトタブレットパソコンをレトロな雰囲気に飾り立てて、級友たちをたいそう羨ましがらせた。

彼らは苦しい生活を乗り越える術をどんな時でも持ち合わせていると、彼女は信じていた。

この題目を見るまでは。

忘れられない星間旅行？　彼女の家がそんな費用を負担できるはずもなかった。たとえ月での集団サマーキャンプへの一度の参加であったとしても。彼女は両親にこのことを言わなかった。なぜなら、今回の件は彼らでも為す術がなかったからだ。級友たちがグループに次から次へと外の星の映像資料を公開していく。ユニット船室の中で撮られた親密そうな集合写真。月面の最初の足跡。木星の第二衛星エウロパの表層の海洋漂流物。もちろん鳳凰座銀河の地球型惑星に建つ記念建築も少なくない。

彼女はと言えば、家の中で過ごしながら、取り憑かれたように一回また一回と級友たちの情報を更新し、それらの千篇一律の旅行記と映像に誰よりも熱中した。新学期が始まった日、彼女は学校へ行かなかった。学校へ行かなかったことを先生はきっと母親に知らせただろう。それで、母親はちょうど帰ってきたばかりの父親をよこしたのだ。彼女は級友全員の前で先生にこっぴどく叱られてもいいから、こんな風に父親と向き合いたくはなかった。

「私もう資料もたくさん入れたし、三十分くらい使って組み合わせればできあがるよ」彼女は言った。

「あのスクリーンセーバー、もう少し手直ししてもいいなあ」父親は突然両眼を輝かせて、話しながら十本の指で飛ぶように速くキーボードを叩いた。

「雲が金魚に当たった時に、金魚に大きな水泡を吐かせるっていうのはどうかな？　どうだ、素晴らしいだろう？」

何年も過ぎた後でも、彼女はあのキラキラとした表情を覚えていた。彼女の父親は古い映画の中で花火をする小さな子供のように、今まさに創造している新奇なものに集中していた。彼はきまりの悪さを避けようとしていたのではない。そんなことはとうに忘れてしまっていた。

二

そのグラファイトタブレットパソコンを莉蓮（リーリエン）はずっと手元に置いておいた。それは梱包されて、数少ない家財道具と一緒に旅行鞄に入れられ、彼女と共にたくさんの場所へ行った。骨董品ではあったが、性能は安定しており、外観も良く保たれていた。腹を立てた大家たちに何度か家の外へ投げ出されても、何ともなかった。

二十二歳の時、彼女はある人の前でこのパソコンを開き、彼に父親の設計した小さなプログラムを見せた。その人は驚嘆した。彼は彼女がもう十年以上このパソコンを開いていないことなど知らなかった。彼女が当時、自分がその人を愛していることを全く知らなかったのと同じように。彼らは莉蓮(リーリエン)の宿舎の区切られた小さな部屋の中に座っていた。外は雨が降っていた。しとしと。彼は彼女が小さい頃の話をゆっくりと話すのを聞いていた。父親のしたくだらない事や、小学校の夏休みの宿題のあの課題も話題に上った。彼はあの課題を覚えていた。

「あの課題、僕は満点だったんだ。初めての満点」

「すごい」

「君は？」

彼女の指がスクリーンをなぞった。あの真面目くさった陸上金魚だ。雨音は細くひっきりなしで、他の音の入る隙はない。一筋の風が皮膚に入り込んでくる。彼女は身を縮めて丸くなった。「父が私の代わりにあの課題をやってくれたの。三日間もかけて」だが、それは決して人を信服させるものではなかった。先生は、彼女の記録した星は物理法則に反していて、そもそも存在しないものだと考えた。課題はインチキ扱いをされ〇点だった。父親は彼女よりもずっと怒り、先生を捕まえて説得し、成績を及第点に改めさせることに成功した。

「本当は、先生の言ったことも間違っていないの。『私の星間旅行』なんてものはそもそもなかったし。

あの星も父が適当にでっち上げたものだと思う。どうして父があんなに怒ったのかわからない。この課題のために学校中の先生と言い争って、一日二十四時間インターネットフォーラムに張り付いて。終いに先生は父が怖くなったんでしょう。全く面倒だと思って成績を改めたのよ。普段は話もはっきりできない人なのに、口論に勝ってしまった」

しかし、どんなことにも対価が必要だ。この一件からほどなくして、彼女は停学を命じられた。

「停学？　どんな理由で？」

「理由なんてない。ただある日突然、通知を受けたの」

「君のお父さんは何て？」

「父はいなかったの」彼女は笑った。夏休みの宿題の件が済むと、彼はすぐに他の町へ行ってしまった。仕事のせいで彼はほとんどの時間をよその土地で過ごしていた。それに、たとえその時彼が家にいたとしても、力になることはできなかった。彼女が停学になったことを知ると、彼は遠距離ビデオ通話の中で、もごもごと彼女の名前を繰り返すばかりで、どのように謝罪と後悔の気持ちを示せばいいのかわからなかった。それだけ口下手な人でも、心の中の最も重要なことのためなら、人と言い争って、その上徹底して最後まで一歩も譲らないことができた。例えば、宿題の中で再現した景観は間違いなく実際に存在する星から撮ったものであるということ。どうあろうとも先生には、星は現実のものである、あの作品は事実である、と認めてもらわねばならない。彼が守らなければいけないと考えている他の事と同じように、どのような対価を支払うことになろうとも、彼は死ぬまで守り通さなければいけなかったのだ。

だから、あの課題は、あるいは「本当にあのような星が存在している」という事実は、彼女とは比べものにならないくらいに重要だった――あれだけ長い年月が過ぎた中で、今初めてそんな考えがはっきりと莉蓮（リーリエン）の心に浮かんだ。

これより前に、彼女はなぜ辛くなるのか考えたこともなかった。

思い出さなければ、考えることもない。

原因がわからなければ、もっと辛くなることもない。

莉蓮（リーリエン）は深く息を吸い、黙って心拍を数え、鼻の奥がツンとしなくなるのを待った。まるで大波が過ぎ去った後、暗く冷たい水の中から海面に浮かび上がるように、ちょうどその時、その人の声が聞こえた。陽の光が差し込んできたかのようだった。

彼は言った。「お父さんはいつも家にいなかったの？」

「パフォーマンスアーティストってわかる？　父は、それ」

「それって俗に言う大道芸人？」

「そんなところかな。身体表現と装置、それから演劇的要素を一つにして、生（なま）の経験と個人の主張を伝える芸術家。でも、俳優とは違う」

「ずいぶん堅いんだね」その人は目を見開いて彼女を見た。

「そんなことないわよ」彼女は笑って話題を変えた。しかし、その人はこの件を再び持ち出した。

「何年間かパフォーマンスアーティストがもてはやされていたのを覚えてるよ。パーティーを開くにも、パフォーマンスアーティストを呼ばないと本物のパーティとは見なされなかった」

商業的なパフォーマンスだけでなく、早期のパフォーマンスアーティストは、政治的な主張を表明して政府の決定に影響を与えるために雇われることもあった。しかし、彼女は彼の発言を訂正しなかった。

「うん。でも、私の父は普通のパフォーマンスアーティストでしかなかったの。全然売れなかったし、稼ぎも何とかギリギリ食べていけるくらい。でも、父は本当に自分の仕事が大好きだったわ」

「その後は?」

「その後はないの。最後までやっぱり流行らない人だった」彼女は机の上の小さな四角い箱に目をやった。てっぺんで緑色の光が点滅している。「私、古い映画を何本かダウンロードしたの。一緒に見ましょう」

彼らはVRヘルメットを被った。感応ベルトを大脳の特定の位置に固定する。映画の展開に合わせ、微量の電流が感応ベルトの針を通じて対応する脳の領域を刺激し、幻覚を作り出して、その場にいるように感じさせるのだ。

真実の幻。

人はその中に落ちる。これは偽物だと理性が絶えず繰り返しても、身体は全ての感覚器官と共に既にしっかりとVR世界に入り込んでしまい、奇怪な冒険譚を経験し、憎悪、恐怖、愛、愉悦などのフェロモンを分泌する。これはもう真実と言えるだろう。

お金を払えばいいだけのことだ。人々が殺到しないわけがない。バーチャルムービーという巨大な産業は末端までの繋がりでどれだけの人を養っていることか。その中には転職したパフォーマンスアーティストも含まれている。

しかし、父親はこのような観点にはきっと同意しない。

彼は転職することもないだろう。
もし彼が生きていたとしても。

彼らは一緒にフェリーニの『甘い生活』を見た。始まって二十分が経った頃、その人は眠ってしまった。だから、彼女はもう何度もこの映画を見たことがあり、そのうちの一回はフィルム版だったことを彼に伝えることはなかったし、だから、彼女は映画に出てくるマルチェロが彼女の父親に少し似ているとずっと思っていたことを彼に伝えることはなかったし、だから、彼女はそのマルチェロに似た父親が後に発狂して人を殺し、今もまだ潜伏していることを彼に伝えることもなかった。

その晩は雨が降り続けていた。映画を見終わると、彼はすぐに帰って行った。借りていかれたレインコートは、ずっと戻って来ていない。

三

あれから過ぎ去った十年のうちにも、いくつかの古い物が次々に借りられていった。彼女の身辺にも、借りたきり返していない物が一つ二つ出てくることがあった。そういうことは年を取るにつれて、だんだんと少なくなる。彼女は一人きりで、努力すべきことへと完全に没頭していった。誰かと余計な関係を持つことも、誰かに貸し借りを作ることも、街で知り合いに声を掛けられることもなかった。

そのため、初め彼女は向かいのソファシートの老人が彼女を呼んでいることに全く気づかなかった。

「莉蓮(リーリエン)、久しぶり」

彼女はその笑い声を思い出した。「こんにちは」

プロのパフォーマンスアーティストはみな、それぞれの営業の手伝いをしてくれるマネージャーが必要だ。父親は特にそうだった。目の前にいるこの老人は恐らく、この世でただ一人、父親と一緒に働くことのできるマネージャーだった。父親が失踪してから、彼は引き続き父親の業務を処理し、舞台装置や映像資料、それからグッズを売りに出し、毎月定期的に彼女たち母娘に送金してくれた。

「まったく冷たいなあ。お前についての記事を見たよ。来週だったね。人類史上初のワームホール通過」

「私あまり宇宙飛行士らしく見えないでしょう」

「少なくとも小さい頃はそう見えなかったな。本当にすごいよ」

皆いつだってこんな風に言う。小さい頃に親しくしていた人は特に。彼女のような片親の貧困家庭で育った子供が、一筋に這い上がり、最終的にエリート宇宙飛行士になるには、少なくない苦しみを味わったに違いない、と。

彼らは、自分たちはわかっていると思っている。しかし、彼らはわかっていない。

苦しみというものは、想像によって理解できるような事柄ではないのだ。

「呼ばれたから来たけど、何かご用ですか?」

老人は時間をちょっと確認すると、体を起こして言った。「すまないね。来週には出発するというのに、お前を呼び出してしまって。でも、お前が出発する前に渡したいと思っているものがあってね。しばらくいられるんだろう？　私の仕事場が上の階にあるんだ。すぐに商売相手と会わなきゃならない。四十分くらいで終わるから、その頃に上がってきて私のところに来ておくれ」

彼女はどうやって断ろうかとまだ逡巡していたが、もう遅かったようだ。

老人はもう喫茶室の入り口まで歩いていた。「そうだ、お母さんは元気かな？」

「七年前に亡くなりました」

老人は振り向いた。「それは残念だ」

彼女は笑った。「いいえ、あなたはちっとも気にしてない」

彼女の言ったことは事実だ。しかし、そんな風に言うのは彼に対して不公平かもしれない。マネージャーとして彼は十二分に働いたのだ。父親はそもそも老人の下にいる者の中では最も稼ぎの悪いパフォーマンスアーティストであり、その上あの悪名高いパフォーマンス中の事故のあと失踪し、今日まで顔を見せていない。彼には父親との終身契約を解除する理由が十分にあった。しかし、彼はそうしなかった。幸運なことに、猟奇的な興味によって、事故後、父親の作品は突如販路を得た。老人は大した苦労もなく、たびたび彼女たちに少額の金を送ることができた。そのおかげで、彼女たちは多くの困難を乗り切った。

母親は老人に対して心から感謝していた。彼は商売人としての考えから契約を履行していたにすぎないのだが。莉蓮（リーリエン）は母親が理解できなかったが、彼女が羨ましくもあった。あんなにも多くのことがあった後でも、依然としてこの世界に対する希望に満ち溢れていることが羨ましかったし、最後には温かい感謝の心を持ってこの世を去っていったことが羨ましかった。

　彼女も母親のようにしてみたかったが、だめだった。

　しかし、彼女にもかつて受けた恩に免じて、喫茶室の中にしばらく座っていた後、上がっていって挨拶をすることはできた。

　莉蓮（リーリエン）は注意深くお茶を一口含んだ。こんなところで二杯もお茶を飲む必要などない。

「まっすぐに、恐れることなく、彼のこの世界に対する理解がそこに展開された。あなたは残酷で血なまぐさい行為の中に、愛の可能性を予見することができます」顧客の誰かがケーブルテレビをつけた。一人の眉目秀麗な男性のホログラフが喫茶室の中央のスペースに投影された。顔立ち、姿勢、声音はパーフェクトと言わざるを得ない。それから、グラスファイバーの生地にぴったりと張り付いたあの美しい肉体は、同性でさえも色々と想像させる。彼は自信に溢れている。人々が彼の何に食いついてくるのか、彼は知っているのだ。

　莉連はこの顔を覚えている。地球上で最も権威のある芸術評論家だ。

　テレビを見なかったとしても、この顔を見逃すことはないだろう。彼はどこにでもいる。莉蓮（リーリエン）はあまりにも退屈で、この身体を維持修繕するための費用を計算し始めた。これは時間をつぶすには良い方法だった。この足し算を終えた時、おおよそ老人に会いに行くのに動き出さなければいけない時間になった。評論家はちょうどヨーゼフ・ボイスについて話し始めたところだった。彼は滔滔と話し続ける。口からこぼれる文字は、まるで真珠が玉の器にこぼれ落ちるように、噴き出しては飛び散った。

　彼の話で足が濡れてしまう前に、莉蓮（リーリエン）は早足で喫茶室を出た。

老人の仕事場は彼と同様に古めかしく、二十世紀のニュークラシックスタイルだった。本革のソファー。抽象画。もちろんマホガニーの机も欠かせない。

「いかがかな？」老人は両手を広げて尋ねた。

彼女は少し笑ったが、声は出さなかった。

「うん。お前はお前の父親によく似ているよ。私が路上で彼を呼ぶと、やはり喉が枯れるほど叫ばないと気づいてもらえなかった」

街中でよく知る人に出会うことなど、あまりあることではない。しかし、彼女はそう説明することはなかった。「何かあったの？」

「うん。最近、お前の父親の作品が勢いづいているんだ。コレクターは競って高値をつけて彼のインスタレーションとパフォーマンスの映像を買いつけている。大衆はこれに流されて彼に関連するあらゆる商品を買いあさっている。彼の顔写真が印刷されたポストカードだけでも一日に数十万枚も売れるんだ」

「よくわからないんだけど。一体だれが父の物を買うの？」彼女はことのほか驚いた。これまで父親の作品が人気があったことなどない。

「そうだね。あいつは自分のことだけ考えてやってきた。他人がどんな気持ちになるのかなんて考えていなかった。スポンサーにはみんな無理を言ってどうにかあいつのパフォーマンスを受け入れてもらったんだ。それから、あいつはいつだって何だかおかしな事をくどくどと話していたな」

「純粋な美学治療によって、この世界のヒステリーから救い出すんだ」彼女は父親の口調を真似しながら言った。

老人は椅子の背もたれに倒れかかって大笑いした。

彼女は笑わなかった。

最終的に、狂ってしまったのは彼女その人だった。

ヒステリーから救い出そうと試みた人間が、終いにはヒステリーの最終的な産物となってしまった。母親は彼女があのパフォーマンスを見ることを阻み続けた。ひどいことに、臨終の時まで彼女に永遠に見ないことを誓うように言った。しかし、彼女は見た。それも一度にとどまらない。最も状況がひどかったあの頃、彼女はそのシーンを取り憑かれたように何度も繰り返し見た。認めたくなかったが、彼女は同じようなヒステリーを感じとったように思え、戦慄した。もしかしたらその戦慄の中では、あの問いのわからない答えに限りなく近づくことができるのかもしれない。


父親の最後のパフォーマンス。彼は自身と一頭の子象をコンテナ大のガラス部屋に閉じ込めた。すべての壁には宇宙の誕生と変遷を模した映像が瞬いていた。超新星爆発、星雲の形成、無数の塵やガス、主系列星の形成、ガス惑星の形成、惑星群が連星の公転を取り巻き、ある時自転を止めた死星が半々の凍土と灼熱の地獄へと成り下がり、大気の希薄な星では全ての湖面が沸騰する。高速の早送り。不断の繰り返し。人類の計算を遙かに超えた時間と空間が、その瞬間、コンテナ大のガラス部屋へと凝縮されていた。

一頭の象と一人の人間の宇宙。

映像は、名状しがたい恐ろしい地鳴りのような音と共に、間断なく流されている。

七時間後、子象はみずからの糞尿の中で発狂した。叫び声を上げながら、壁や父親に激突し、もはや血肉の区別もつかなくなった体を全身の重さを使って押し当て、そして転がった。

血液、内臓、砕けた骨、飛び散った眼球。それらが宇宙の奥深くの星々の映像の上に落ちていた。

パフォーマンスが終わった。

復元不可能な一人分の死体と一頭の狂った象による幕引き。

初めての驚きの中、人々はパフォーマンスアーティストが本当に死ぬはずがないと思い至った。彼は、自身のクローンを身代わりにするような恥知らずのトリックを使って、死のパフォーマンスを完成させたのだ、と。「この残忍な殺人は、法を踏みにじっているだけでなく、更には美学と道徳に対する汚辱であり、人としての最後の一線を越えている」この点を率先して指摘した人物——やはり、あの評論家が非難して言った。

警察はすぐに捕獲を試みた。ハッカーは父親に関する情報を奪い合い、彼のプライベートを白日の下に晒し、賞金稼ぎや民間のパトロールがこの殺人犯を捕らえるために、一切の対価を惜しまず、次々と動き出した。それでも、彼に逃げられた。

巨大な捜索網の下、彼は自身の手で作り出した喧騒の中に身を潜め、二度と姿を現すことはなかった。

十年後突然に、芸術家、収蔵家界隈が、この悪名高い殺人犯を受け入れられるようになったのか。

「あの人たちは、父を許したの？」彼女は老人に問うた。

老人は肩をすくめただけで、コメントはしなかった。

そろそろ帰らなければ。彼女は体を起こして別れを告げる準備をした。老人は彼女に留まるように言い、引き出しから大きな箱を出した。

彼女はその蓋を開けると、固まった。

「これは、今ならきっと、ものすごい高値で買い取る人間がいるだろうが、私はお前が持っているべきだと思うんだ」老人は言った。

梨の木で作られた立体鏡。

のぞき箱の上の遮光カバーと仕切り板はどちらも光が漏れておらず、レンズの状態は悪くない。架台のレールの動きも正常で、レール上の銅製のつまみねじは新品のように輝いている。立体鏡はよく保存され、見た目は十二年前に父親が彼女に見せたときと同じように真新しい。

もちろん、あの写真も箱の中にあった。

彼女はそれらに触れようとしてこなかった。

十二年が過ぎた。写真は微かに黄ばんでいるだけだった。

「私の夏休みの宿題」彼女がつぶやいた。

「ということは、本物だ。私は彼が冗談を言っているのかと思っていたよ。無茶が過ぎるな。これを素材にするなんて」老人は驚きの表情で彼女を見つめた。

「写真は本物？　それとも合成？」

「父は本物だって言ってた」彼女はそれ以上は何も言わず、さっと箱に蓋をした。

突然、部屋にもう一人の人物の声が響いた。予約した時間にテレビの電源が入ったのだ。よく知ったシルエットが彼らの前に現れた。

「今、お前の父親に対するこの人の評価は特に高い。最も権威のある芸術評論家だぞ」老人が彼女に向って言った。

この顔を莉蓮（リーリエン）が見るのは、この一時間のうちで二度目だった。彼女は顔を背けた。

「そんな風にするな、莉蓮（リーリエン）」老人は彼女の目を見つめて言った。「もう過ぎたことだ」

「彼、若返ったように見えない？」

「お前の父親のことで、彼を責めることはできない。彼は評論家だ。あれが彼の仕事だよ。それに、もうずっと昔のことだ」

四

十二年前、そう遠い昔ではない。

当時、大評論家はまだ二線級の評論人にすぎなかった。年は五十を過ぎ、同業者を蹴落とすことにてこずり、頭角を現すことができないでいた。偶然のきっかけで、彼は父親に出会った。

市政広場の辺りの劇場の中で、大評論家は真っ暗な客席へと案内された。手には観客に配られた望遠鏡のようなものを持っていた。係員は彼に、それは観屏鏡（かんへいきょう）という名だと言った。一束の青い光が舞台前方の客席を照らした時、彼は指示に従って観屏鏡を持ち上げた。彼は宇宙服を身にまとった男がちょうどステージに飛び上がるのを見た。光の束が彼の後について真っ暗な舞台の奥へと少しずつ移動していく。明かりが消された。宇宙飛行士は暗闇の中へ消えた。

突然、強い光が放たれた。劇場全体が夏の日の白いトタン屋根のようだ。彼が目を開いた時には、すでに別の世界にいた。あれは木だろうか。暴雨のようにびっしりと広がる雲のような木。

木の幹は細い黄金色の管でできていた。管は規則的に巻きついて複雑な三つ編み様の形態を一つ一つ構成している。おびただしい数の三つ編みがさらに目もくらむような形で一つにまとまっている。上へいくと、幹は無数の細い枝を広げており、枝はさらに細く広がり分かれていく。このように分岐を続けながら肉眼では見分けられなくなるまでアルブミンホワイトの天空に満ちるように広がっている。幹の下には上の枝とそっくりの鏡像があり、木の巨大な根も同様に魂を揺さぶるような様子で蔓延り、髪の毛のような根が銀色の岩の表面に垂れ下がるまで不断に拡散している。

ちょっと見ると、このよくわからない生物は中空に浮かぶ木のようだ。

なぜこの画像が一本の木だと思ったのか。明らかに多くの箇所に違和感がある。それが存在している場所は目の届く限りまるで未開の地のようで、人の影はない。白色の空と大地を除けば、たくさんの巨人のような大木があるのみだ。

評論家は初めの震撼から抜けたとき、この場にいるのは彼一人ではないことに気がついた。馬鹿みたいに重い宇宙服を身にまとった宇宙飛行士は彼と一緒に馬鹿みたいに大きなものに対峙し、動くこともできずにいた。

大評論家は観屏鏡を下した。

周囲は真っ暗闇だ。彼はまた客席の中へと戻ってきた。ステージのスクリーンには二枚の同じような大きさの画像。彼はこの二枚の画像がほぼ同じものであることに気がついた。一本の銀白色の世界に浮かび上がる大樹。

宇宙飛行士はまだそこにいた。彼はヘルメットを取って、客席へと向いた。

「私の娘に捧げます。これは彼女の宿題です」

客席からぱらぱらぱらと拍手が起こった。数にしてそう多くない観客が立ち上がりゆっくりと出口に向かって歩いて行く。

「あなたの作品は何を表現しているんですか?」大評論家が父親の近くに来た。

パフォーマンスアーティストは自分の作品の意図を説明したことがなかった。父親はただ微笑んで言った。「三十分後にもう一度パフォーマンスします。残ってもう一度観ていっても構いませんよ」

「これ、観屏鏡というんですか?」彼は質問を替えて尋ねた。

「ええ、二組の光学反射鏡を組み合わせてあって、視線を平行にできます。ご存じでしょうが、人の左右の目が観ているイメージは完全に同じものではありません。視差が存在するのです。ちょうど一定の距離で隔てられた二つのカメラレンズで、一つの物体を同時に撮影した写真のようなものです。観屏鏡は視線を平行にさせて、左右の目に見えている二つの異なる写真を一つに結び合わせて立体効果を生み出すことができるのです」

「写真?」

「本物の写真です。３Dプリンターで作った宇宙望遠鏡を使って、フィルムカメラで撮影して拡大しました。言いましたよね、初めは娘を手伝うために代わりにやった夏休みの宿題だったって。その時にこの二枚の写真を撮影したんです。私はまず小さな立体のぞき箱を作りました。その後、写真を拡大して、ここで使っているんです」

「この画像は合成したのではなく、実際の星の景色なんですか？　どの星ですか？」

「鯨座のδ（デルタ）３です」

　大評論家はパフォーマンスアーティストを全く信用していなかった。彼が調査した結果は彼の予想通り、人類の現在の科学技術のレベルでは、鯨座のδ３を観測する方法は存在しなかった。特にその付近の第二恒星がちょうど爆発し、惑星状星雲を作り出していることを考えると。外に向かって放たれる塵やガスは鯨座δ３の観測への重い障害となっているのだ。こんなにはっきりとした近影を撮ることなどできるわけがない。

　先ほど彼が身を置いた写真は廉価な偽の画像に過ぎなかったのだ。

　パフォーマンス全体についても結局はただの一枚の廉価な偽のイメージに過ぎなかった。大評論家は馬鹿馬鹿しいと思い、すぐに観覧記を書き記し、一篇のからかったりふざけたりした評論を完成させた。『無邪気な騙し方』――発表する前の最後の一分間で評論家は彼の文章にそう名付けた。

　評論家はこの無名の人物が正に運命が彼にもたらした贈り物であることに全く気づいていなかった。筆に任せて書いたこの評論が今までになく注目され、肯定されたのだ。評論での個性の強い気ままな嘲弄は人々に深い印象を残した。また彼のパフォーマンスに対する全面的な否定は誠実さと勇気の現れだと見なされた。多くの人が彼の評論を読んだ後、パフォーマンスに病みつきになった。

一時期、彼は世間から追われる対象となり、芸術界の寵児となった。彼の嗜好はあらゆる人の嗜好となり、彼の意見はあらゆる人の意見となった。大評論家は本物の大評論家となったのだ。

そんな時に彼と表立って対立しようとするほど間抜けな人間などいない。

当事者なら、なおさらだ。

しかし、父親はやってのけた。彼は声明を発表し、躍起になって写真が真実であると証明し、自分の作品の価値を守ろうとした。これは彼の最も不得手とする二つの事柄だった。論争と自己の証明。評論家との数回の対戦の中で、彼は弄ばれてきりきり舞いになり、幾度となく用意された落とし穴に落ちた。その多くは彼自身の手で掘られたものだった。無数の人がこの壮大な嘲弄に加わった。彼の発言やわずかな表情の全てが捕捉され拡大されて、芸術界、エンターテイメント、お笑い芸人、民間のライターの素材となった。人々は彼を「あの鯨座を見た人」と称した。

こうして、父親は人々に常に意識され追いかけられる対象となった。その頃、彼らは評論家を愛している分だけ父親を憎んだ。その頃から、彼には一人のクライアントもいなくなった。

彼が狂い始めたのはその頃からなのだろうか。

クライアントがいなくなっても、父親は依然としてパフォーマンスを諦めなかった。ある意味、彼は評論家との論争も諦めなかった。新しい作品はどれも、彼の得意なやり方による、大評論家に対する宣戦布告であった。大評論家は同様に彼の最も手慣れている方法で反撃した。外から見ていると、父親は負ける度に惨めさが増していった。そして、大評論家は更に注目を集めていった。望むと望まざるとに関わらず、好むと好まざるとに関わらず、彼らの出会いはお互いの運命の重要な分岐点となったのだ。

勝者が勝てば勝つほど、敗者は自分自身にまで負けていく。

二人の戦いは偽物の写真から始まって、偽物の自殺で幕を閉じた。

もしかしたら、彼は本当にあんな風に死ぬことを望んでいたのかもしれない。

あの人は、いつでもどんなこともはっきりと言わず、いつでも誰も理解できないことをしていた。何を根拠に彼は他の人にはない純粋さを例外的に持つことができるなどと勘違いしていたのだろうか。

大評論家がいなかったとしても、彼がただ落ちぶれていってどん底に落っこちるという運命には、何の違いもなかった。

あの鯨座を見た人。

老人が言ったことは間違っていない。評論家とは関係がない。その上、長い年月が過ぎ去ったのだ。彼女が理解できないのは、どうして今頃になって評論家が父に対する考えを変え、彼の作品に高い評価を与え、惜しむことなく当時の彼の評論をひっくり返すのかということだ。もちろん、大衆はそんなことは覚えていないだろうが。

しかし彼女は覚えている。彼女は父親のあらゆるパフォーマンスの映像を見たし、評論家のあらゆる評論も読んだ。

箱を抱えて老人のところから出て来ると、彼女はまっすぐ帰宅した。いつも居心地の良い小さな部屋は、箱の存在によって、突然落ち着くことのできない場所になった。彼女は結局箱を開けた。立体鏡。写真。それから一枚の紙切れ。

これは老人のものに違いない。かつて、彼は父親に対して言うべきことがあるのに口にしづらいと、こんな紙切れに書きつけていた。

「莉蓮（リーリエン）、お前が知っておかなければいけないことがある。実際、もしお前が外の世界に対して少しでも関心を持っていたならば、お前はもう知っていたはずだ。最新のＤＮＡ鑑定によれば、当時パフォーマンスの現場に残されていた血液には変異の痕跡があり、コピーされたばかりのクローン人間のものである可能性はない。もとより、あのパフォーマンスはお前の父親自身が行ったものだ」

彼女は紙切れを見つめた。そこに記された文字の意味を何とか嚙み砕こうとした。彼女の目は歯でいっぱいになった。彼女の心は歯でいっぱいになった。彼女の大脳の言語中枢は歯でいっぱいになった。この鉄よりもずっと硬い文字を嚙み砕く。歯と鉄がこすれる。その音は彼女をくすぐった。

彼女の父親は死んだ。

十二年前のあのパフォーマンスの最中に、彼女の父親は彼自身を殺したのだ。

それは本物の死のパフォーマンスだった。

そのことがはっきりとわかると、彼女はそれ以上耐え切れず大声で笑った。

五

「顔色がいいね」すぐ側の宇宙飛行士が言った。

たった今、人類史上初のワームホール突入に成功したところだった。莉蓮(リーリエン)は何も言わなかった。彼女はまだいくらかの眩暈が残っており、筋肉は緊張していた。ワームホールを通過したという事実は彼女にとって、まるで宇宙のように巨大すぎた。人類の現時点でのワームホールに対する理解では、まだワームホールと同等の環境を作り出すことはできないため、飛行訓練を行うこともできない。理論上、ワームホールを通過する技術を把握することはできたが、実験し検証することはできなかった。宇宙航空局の高官に言わせれば、今回は試験飛行だそうだ。成功しさえすれば、核融合ロケットに乗るだけで、遥か数百光年離れた星にまで到達することができるのだ。人類はこのような誘惑に抗う術を持たない。

彼女は実験台にされることは全く気にしなかった。それどころか、彼女一人で操縦して、GU型人工知能をもう一人の乗組員の代わりにすることまで提案した。彼女は彼らが請け合うだろうと考えた。しかし、結局彼らは傍らにいるこの人をよこした。

計算したとおり、彼らがワームホールを通過する時期は、鯨座のδ星がちょうど明るく輝く時期だった。彼らはすぐにδ星の脇のアイスブルーの小さな光を見つけた。それこそが彼らの目的地―鯨座δ3だった。宇宙船は減速を開始する。

すべて正常だ。

その星の表面の凍岩層につま先が触れたその瞬間、電流のようなものが走った。彼女は痛みを覚えた。痛みのために、ヘルメットのスコープは水蒸気で曇り、涙は髪の先を濡らした。（この星の重力は地球の四分の一だ。）

彼女は突然あの夏の日を思い出した。誰かの影が彼女に向かって俯いていた。彼の肩の上には雲が掛かっていた。

「どうかした？」彼女のパートナーが制御室から尋ねる。

「前にある森が見える？　金色の巨大な木が集まった森よ」

「木なの？　大きい？」

莉蓮（リーリエン）はしゃがみ込んだ。泣いていて声にならない。

「どうしたの？」パートナーが尋ねる。

「何でもない。ただ突然、ここに来なければならなかった理由を思い出しただけ」

沈黙の音節

昼温（ジョウ・ウェン）
浅田雅美 訳

一

十三歳の時、一番私を可愛がってくれた父方の叔母が事故に遭った。

学校でその不幸なニュースを知った時には、叔母はもうＩＣＵに担ぎ込まれていた。

両親からの説明はあまりなかった。彼らは医師と治療計画を話し合ったり、親戚に連絡して献血を頼んだり、警察に事件処理の進捗具合を確認しに行ったりと、叔母の事でばたばたと慌ただしくしていた。だから、私の心に人知れず微かな変化が起きたのに誰一人として気付く者はいなかった。

大人たちが漏らす断片的な言葉は、死に対して子供が抱く漠然とした認識と共に大きな恐怖を私の心に湧き上がらせた。

人の最後というのは、この世界から消え去ってしまうということを、私はこの時初めて本当の意味で知ったのだ。

この世の人々は全て死へ向かう道を歩んで生きている。

一番好きだった叔母は、まさにこの道の果てにいる。そこは何も感じられない、真っ暗な底なしの淵で、跳び降りれば、その闇に溶けて二度と戻っては来られない。

今はまだ大丈夫だが、いつでもその可能性はある。そして最後には必ずそうなるのだ
私はとても怖かった。この数年来、叔母がもたらしてくれた温もりや喜び、示唆や激励があったから、

私は成長することができた。叔母のいない日々など到底想像もできなかった。

だが、危篤通知書が何度も出され、叔母との別れはもう時間の問題となっていた。

教室では、午後になるといつも不安に駆られ始めた。氷のように冷たい不安は時間の経過に伴い益々強くなり、放課後にはピークに達した。あの頃、私は宿題の指示を出す教師の声もはっきり聞こえなくなり、授業終了のベルが鳴ると、飛ぶように病院へ向かっていた。病院のメインエントランスに到着すると、徐々に歩みを緩め、一歩一歩足を運び階段を上っていった。歩くスピードはどんどん落ちるが、心臓の鼓動はどんどん速くなった。絶望の嘆き、そして行き交う親戚たちの口から漏れる不吉な言葉を聞くのが怖かったのだ。張り詰めて折れてしまいそうな心を抱えながら通い慣れた廊下を歩き、昨日と同じように疲労の中に一縷の望みを抱いた両親の顔を見て、やっと私は長い溜息をつき、一時の安堵を得ていたのだった。

こんなローテーションが繰り返される毎日に、私の脆弱な神経はサンドペーパーで容赦なく研磨されるかのように磨り減っていった。

ついに、叔母は世を去ってしまった。

訃報を知らされた日、苦しみという名の津波が遥か遠方の地平線から懐かしさを巻き込みながら、私の全てを飲み込んでしまいそうな凄まじい勢いで襲ってくるのが見えた。私は細かく震え、怖くなった。身も世もなく泣き崩れてしまうかもしれない、考え過ぎて始終不安に苛まれるかもしれない、打ちひしがれ破綻してしまうかもしれないと。

突如、私の心の奥から邪悪な囁きが聞こえてきた。「忘れろ、叔母さんのことを忘れたら、苦しくなくなるぞ」

溺れている人間が藁にすがりつこうとするように、私は必死で頷いた。情け容赦ない大きな両の手が記憶の奥深くに差し込まれ、叔母の声や姿、私と叔母の楽しい思い出をきれいさっぱり削除する様子を、私は思い描いた。そして、叔母の遺品をしまい込んだ屋根裏部屋には、二度と足を踏み入れなかった。

心を囲う壁が轟然と打ち建てられ、全ての思い出と悲しみは遮られた。

それから、私は自分が今まで大事にしていたものを一つ一つ心の奥底から取り出し、偽りのない愛、そして愛されることを一切拒絶するようになり、何もかもどうでもよくなっていった。

ルックス、夢、健康、身内。私の予想通り、この恐るべき世界で生きていると、失ってしまうものが多すぎるが、それに耐えなければならない。だがその後の私には、失って打ちのめされるほどショックを受けるものは何も無くなっていた。

叔母の葬儀の時でさえ、私は一滴の涙も流さなかった。

私の冷淡さは徐々に皆に知られるようになったが、私の心は雪原のように静かだった。

二

大学三回生の時、私は楊淵（ヤン・ユエン）と知り合った。

異なるキャンパスのサークルとの会合だったのをぼんやりと覚えている。全員が顔見知りというわけではなかったが、全体的な雰囲気は活気に溢れていた。一人自信たっぷりに話をする男子学生がいた。彼は巧みにテーブルの話題をリードしては、しばしばジョークを飛ばし皆を大笑いさせていた。

私は彼を見ながら、何度か酒の入ったグラスを取って数回口にし、口から出そうになる言葉を全て抑え胸の中へ押し戻した。

数年前の私は、その男子学生と同じ役割を常に担っていた。全ての視線を自分に集め、然るべき場面で然るべき話をし、数十人、果ては数百人もの感情を駆り立てたものだ。一般的に感情をかき乱されにくい人間はこういうことに長けており、私はその点については特に優秀だった。そうしようと思えば、いつでも心を死水の如く静かに保つことができたのだ。

六度目に言葉を呑み込んだ時、突然自分の左側で話しかけてくる人物がいるのに気が付いた。

「ねえ、君は顎関節症なんだろう」

私は呆気にとられた。振り返ると青白い青年が私の方を向いて笑みを浮かべていた。

「ああ、僕は楊淵（ヤン・ユエン）っていうんだ」

「あなた一体……？」

「頬骨の辺りにコイン大の鬱血があるけど、きっと頻繁に瀉血治療を受けているんだね。内向的でもないのに発言を拒むのは、関節の磨耗を避けるためだろう。あくびをする時も苦心して口の開け具合を調整しているのは弾発を避けるため。僕の言ってることは合ってるかい、周可音（ジョウ・コーイン）さん？」

「どうして、私の名前を……？」

「工学部の先生の仕事を手伝っていたとき、君に関するファイルを目にしたことがあるんだ」

私が眉を顰めるのを見て、楊淵（ヤン・ユエン）は急に少し取り乱した。

「あっ、わざとじゃないよ、ただ写真を見て少し見覚えがあって、それで……」

「大丈夫よ」

私は素っ気ない口調に戻った。

「その病気に悩まされているんだろう」

「それほどでもないわ」

四六時中関節が痛み、時には激痛が走って、少しであっても固い物は食べられず、キャスターになるという夢を諦めるしかなく、ファンデーションを塗っても隠せない青あざが顔に二つあるほかは、それほどでもなかった。

楊淵（ヤン・ユエン）は注意深く私を見ていたが、何か言いたげだった。

私はまた一口お酒を飲み、彼に少し言葉を選ぶ時間を与えた。

「僕の家はその病気を研究しているんだ」

「中国医学？」

「違うよ」

三

ソーシャルメディアでは本当の交流はできないと、私はずっと思っていた。

その一連の文字の羅列は会話の残骸に過ぎないと、私は幼くして知っていた。語気、声のトーン、一つ一つ発音される音節、それこそが重要なのだ。アクセントを置くのは注目点を意味し、語尾の長短は性格を暗示し、国訛りからは成長環境を判別することが可能だ。そして私は、時に言葉の旋律を聞いただけで嘘を見破ることさえできた。

スマートフォンを片時も手放さない遠距離――心理的距離であろうと、生理的距離であろうと、物理的距離であろうと――恋愛中の恋人たちが本当に愛しているのは彼／彼女ではない。なぜなら、画面に残された文字の残骸以外、彼／彼女の全ては自分の頭で勝手に想像したものだからだ。アンドレ・ジッドが「私は思いました。私たちが書いた手紙は巨大な幻でしかなく、私たちは自分で自分に手紙を書いていただけだったのです。私は深くあなたを愛していますが、遠くにいる時の方が、もっとあなたを深く愛していたと、絶望的な気持ちで認めてしまうのです」と言っていたように。

そんな私だが、楊淵（ヤン・ユエン）と頻繁にウィーチャット（中国のメッセンジャーアプリ）をするようになってからは、そこに何かを感じ取っていた。彼が毎日送ってくる「おはよう」や「おやすみ」、祝日や休日に送ってくるきめ細やかな挨拶、彼がネットで集めてきた様々などうしようもない笑い話を見ながら。

私は時々考えた。彼が愛する私は、一体どのような人間なのだろう。

だが、それよりも、私は楊淵（ヤン・ユエン）の母親が勤めている音響学研究所により興味を引かれた。彼の母親は孫素懐（スン・スーホワイ）といい、学校に楊淵（ヤン・ユエン）を尋ねてきた際に何度か会ったことがある。名が体を表すように、孫（スン）女史はいつも清楚で上品な出で立ちをし、話し方も全く起伏を感じさせず非常に落ち着いていた。こういうタイプの人物にはあまりお目に掛かったことはないが、何事も全く気に掛けず、冷めた見方をしているか、警戒心が強く、文面通り以外の情報をそぎ落とすことができるか、どちらかだ。

こういう能力は訓練して得られるものではないし、また彼女は科学者だ。私の大脳は判定プロセスをほとんど経ずに彼女は前者のタイプだと結論づけた。

三ヶ月後、私はガールフレンドとして楊淵(ヤン・ユエン)について孫(スン)女史の所へ見学に行った。

堀沿いに立つ旧式の小さな三階建ての建物は埃だらけで、全く目立たなかった。だが私が驚いたのは、そこには世界で五ヶ所目、中国で三ヶ所目の無響室があったことだ。

幼い頃、やはり叔母がくれた科学読み物の雑誌で、私は初めてその神秘的な部屋のことを知った。その雑誌の記事ではアメリカのミネソタ州にあるオーフィールド研究所内の無響室が簡単に紹介されていた。部屋の内部はマイナス九デシベルまでノイズを低減可能で、世界一静かな部屋としてギネスに認定されており、普通は製品のノイズチェックに使われるそうだ。

それはきっと、内部には何も無く、四方は真っ白で滑らかな壁に囲まれ、外部の全ての音をシャットアウトできるような部屋に違いない、そう私は想像した。

まるで私の心の中を描写しているようだ。

この部屋に四十五分以上とどまれる人間はいないらしいが、彼らの心の落ち着きが足りないからではないかと私は思った。

だが、孫素懐(スン・スーホワイ)女史が擁するこの部屋は私の想像とは全く違っていた。

スペースは狭く、壁・天井・床の六面はいずれも材質不明で茶色をしており、縦横に走る手のひら半分ほどの幅で腕の長さぐらいの奥行きがある溝で埋められ、とても奇妙な感じがした。足を取られて転ばないように、床には目の細かいネットが敷かれていた。

その後、孫女史は無響室の傍らにあるモニタリングルームへ私を招き入れた。そこで私たちは画面を通して無響室の様子を見ることができた。だが、特別な設定をしなければ、物音は聞こえず、窓の外を流れる堀の逆巻く水音しか聞こえなかった。

モニターでは、楊淵がそっとドアを閉め、中央にある椅子と机の方へ歩いて行くのが映っていた。椅子はよくある黒い塗料で塗装された鉄製の折り畳み椅子で、縁の部分はひどく磨り減り、金属の銀白色が露わになっていた。一人用のテーブルは小さく、Ａ４用紙が一枚上に置かれていた。

楊淵は腰を掛け、紙を手に取ると、素早く一通り目を通し、それからモニター装置に向けて手でＯＫの合図を出した。一緒にモニタリングルームにいた孫素懐女史がボタンを押すと、無響室の一角で赤いランプが光り始めた。

楊淵はその方向をちらっと見ると、すぐに視線を手にした用紙に移し、書かれてある文字を読み始めた。

彼の読み方はゆっくりで、一文字ごとに数秒のポーズを入れ、目を閉じてひとしきり思索を巡らせた。

そして、彼は頷いたり首を振ったりし、それからやっと次の文字を読んだ。

この時孫女史は彼の反応に基づきコンピュータにマークを入れていた。

これは顎関節症の予防と進行を予防するための新しい実験なのだと、楊淵はかつて私に話してくれた。

顎関節症という病気は、人の命を奪いはしないが、とても厄介である。

活発明朗な多くの若者が、私と同じように悩まされているが、最も病状が深刻で患者の数が多いのはやはり高齢者だ。彼らは関節に激痛が走り、ひどい場合は開口障害で食事もできなくなる。

現代文明は人の寿命を益々延ばしているが、私たちは原始人の体を引きずったまま生きている。多くの器官の「工場出荷時設定」には充分な長さの耐用年数がちゃんと書かれていない。だから、癌を始めとして、限られた寿命の古代人にとってはほとんど縁の無かった病気が悠久の時間の中で次々に登場し、人類の健康を脅かす最後の刺客となっていった。

顎関節もそうだ。長期間の磨耗のせいで、以前のような弾力性は失われ、重負荷運転に対し痛みによる抗議を開始したのだ。

磨耗のプロセスは不可逆的なので、この病気も緩和のみで根治が不可能な「不治の病」だ。

四

孫（スン）女史の説明により、口腔系の想像を遥かに超える複雑さを実感した。

嚥下・咀嚼・呼吸・発語・接吻、粘膜・関節・血管・唾液・神経、最も弾力のある筋肉、最も硬い骨。人々が会話という高度機能を作動させる時、血の通った精密機械は極めて複雑な方式で動き始める。舌の位置は高・中・低に、口腔の位置は前・中・後に区別される。清音・濁音・軟口蓋音、歯音、鼻音、声門音。一声、また一声が、牽引、共鳴、磨耗を伴う。

それぞれの発音ユニットで口腔内の動かし方が異なるので、一つの文字、一つの言葉、一つの文それぞれで発音に伴う磨耗の程度は異なってくる。

孫女史たちが力を入れているのは顎関節が最も磨耗しやすい発音の究明だ。それにより関係者にそのような字句の発音を抑制するように注意喚起し、特に関節の老化を加速させる「悪魔」の字句については言語中から削除することにより、全ての人々が健全な口腔を保つことができるという。

楊淵(ヤン・ユエン)が無響室で行っていた作業は、この計画の一部分だ。楊淵(ヤン・ユエン)の耳は特に敏感で、電波吸収体を敷き詰めた部屋の中で、自分が発話する際の関節の摩擦音を聞き分け、さらにその発音が関節をどれくらい磨耗させるかも判別することができるのだ。

この計画は原始的で面倒そうだが、機械が代わりに行うことは不可能だ。コンピュータは発音の物理的プロセスをシミュレーションできるが、人類の音声に含まれる抽象的特徴や心理的特徴を再現することはできない。中国語のピンインや英語の音声記号の音素には限りがあるが、隣接する音の違いにより、同一の音素でも無数の変異音を持ちうる。

英語で、/p/はpairとspanでは発音が異なり、前者はわずかに気流を伴うが、後者は無気音である。中国語でも似た例がある。ごくごく簡単な「一(イー)」という字だが、(後ろに第四声《下がり調子の発音》の字が続く)「一律(イーリュー)」「一块(イークワイ)」の「一」はどちらも本来の第一声(高く平らな発音)から第二声(上がり調子の発音)に変化するのに対し、「一番(イーファン)」「一端(イードワン)」の「一」は「第一声の字の前では第四声に変化する」という法則に則っている。

また、その差は時に極めて微細だ。例えば、/iː/という音は、leadとleaveでは音の長さに百分の一秒レベルの違いがある。よって、人類に代わって自然言語に対する精密精確な判定を下せる機械或いはモデルは今のところ存在しないのだ。

だが、字・語・文の組み合わせはほぼ無限だ。効率アップと楊淵（ヤン・ユエン）の作業量軽減のために、孫（スン）女史は別の方法を考え出した。

彼女と彼女の同僚は顎関節症の若者を募集し、同意を得た後、彼らにポータブル・レコーディング・デバイスを提供した。このツールは患者の毎日の発話を一ヶ月にわたって追跡記録することができるものだ。記録は回収後、スーパーコンピュータで発音単位の出現頻度を抽出し、非顎関節症患者と比較する。こうすれば、孫（スン）女史のチームは患者の発話において平常時の出現頻度が非患者の場合よりも高い発音ユニットを抽出でき、顎関節症磨耗テストを適切に行うことが可能になる。

このプロジェクトは、立ち上げから実施まで何年もかかっている。

「途中で事故が起こり、しばらく中断していたんだ」楊淵（ヤン・ユエン）は言った。「だけど、今は順調だよ」

「あなたがあの時私に声を掛けたのは、私の日常発話をデータベースに組み入れたかったから?」

「違う違う違う、収集作業はとっくに終了してたよ。僕はただ君のことが、わりと、ええと、見覚えがあるな、と」

私は冷たい笑みを浮かべると、それ以上尋ねなかった。私に似た昔の恋人の話がもっと引きずり出されるのではないかと、心配だったのだ。

楊淵（ヤン・ユエン）は少しがっかりしたようだ。彼と話をする時、私は彼の声の中に心拍数とほぼ同じくらいの小さな震えを感じ取っていた。彼はきっと私を愛していて、私に自分への関心を持って欲しいと思っているに違いない。

だが、彼の事を、私はあまり尋ねなかった。実際、楊淵（ヤン・ユエン）の仲間たちはみなそれを羨ましがっていた。

彼らのガールフレンドたちは軟体動物のようにべったりくっついて離れないか、毎日スマートフォンをいじくり回すかどちらかだったから。

「外で食事していても何をしているか確認する電話が五回も掛かってくる。これでも人間らしい生活といえるのか！」

だけど私といえば、楊淵（ヤン・ユエン）に一年で五回以上電話を掛けることなどないだろうし、こちらから彼に連絡するのも稀だ。

だが、私はガールフレンドとしてのあらゆる責任を尽くしている。

身繕いをきれいに整えて彼と一緒に食事会に参加し、バレンタインデーには共にディナーを楽しみ、病気の時は生活に色々と気を配った。

だだをこねない。自分で自分の首を絞めるような事はしない。プレゼントを強要しない。申し分ない模範的なガールフレンドだ。

でもそういう女の子たちの事も理解できる。気になるから、男の子の不注意な一言、或いはごく単純な振る舞いに傷付いてしまうのだ。

なんて言ってたかしら？　恋愛をすると人は肋軟骨のように弱くもなり、鎧を纏うように強くもなる。

そして私は、鎧があればいい。

楊淵（ヤン・ユエン）の目には、私は間違いなく人間味に欠ける人物だと映っているだろう。

しかし、楊淵（ヤン・ユエン）を失った時、悲嘆に暮れる格好があまり無様になりすぎませんようにとだけ、私は思っている。

五

「可音（コーイン）、猫飼ったことある？」

私は首を振った。

「こういうことだよ……僕が思うに、人に対して素っ気ない態度をとる人は、猫とかを飼ってる人が多いんじゃないかと……」

私はにっこりした。楊淵（ヤン・ユエン）はやはり私の事をあまり理解していない。如何なるものも私の胸の内に入れることはないというのに、どうしてペットに愛情を注げるというのだろう？

「実際猫はすっごくいいよ。我が家では何匹か飼っていたことがあるんだ」

「へえ」

「知ってるかい、猫の多くは鼾（いびき）をかくんだ。そしてネコ科の動物の多くはある周波数、二十五ヘルツの鼾をかくことができる」

「うん」

「この周波数の音は、傷口を塞いだり、獲物の全力追跡により引き起こされた肉離れや腱の伸び過ぎを緩和する効果があるらしい。母猫の鼾はさらに分娩時の痛みからの回復や、小猫の骨格の成長を促すことができる。またこういう音を録音して理学療法に用いる人もいるんだよ」

私はただ彼を見ながら微笑んでいた。私が聞いていることを彼はわかっていた。

「だから、時々音というものはとても不思議なものだと感じるんだ」

突然、長らく静まり返っていた私の心が、微かに素早く震えた。

楊淵（ヤン・ユエン）はこの事にさえ気付いたようだった。

「可音（コーイン）、どうしたの?」

「何でもないわ。ただ、私ただ誰かの所で似たような話を聞いたことがあるようで」

「誰なの?」

叔母の顔がぼんやり私の脳裏に浮かび上がり、また沈んでいった。

「誰でもないわ」

「一体誰なんだい?」

楊淵（ヤン・ユエン）は両手で私の肩を持って頭を傾け、私の俯いている顔に眼差しを向け、声には温かさが満ちていた。

私はいつもの如く、わがままに振る舞って彼の問いには答えなかった。頭をあげると、ちょうど楊淵（ヤン・ユエン）の両の眼と相対した。

私が冷淡でよそよそしいせいで、私たちがこんなに接近したのはこれが初めてだった。私の心臓の鼓動は加速した。

楊淵（ヤン・ユエン）が少し動いた。近付こうとしているようだ。だが、最終的に彼は片手を上げて、私の頬骨の鬱血した部分に軽く触れただけだった。

彼の指の温度を感じたほんの一瞬、熱いものが心の内から稲妻のように走り抜け、私は戦慄を覚えずにはいられなかった。

私は彼の手を逸らした。

「ごめん……」

「大丈夫よ」

彼は手を放し、モニタリングルームのディスプレイの方を向いた。この時、孫(スン)女史はちょうど無響室のA4用紙を片付けているところだった。

「どんな感じなの？」

「え？」

私から話を振ることは稀なので、楊淵(ヤン・ユエン)は少しびっくりしていた。しかし彼の対応は素早かった。

「ああ、実験室の中のことだね。静かで、本当に静かなんだ。中に居る時間が充分に長ければ、心の内なる声を聞き取ることができるそうだよ」

私は彼の方を見た。彼はすぐに私の視線の意味するところを理解した。

「僕に聞いているのかい？　僕はまだ試したことはないよ。実を言えばとても恐いんだ。万が一心の中にいる小悪魔が出て来たらと思うとね」

私はまたモニターの方を向き、孫(スン)女史が部屋から出るのを見ていた。

「ちょっと入ってみるかい？」

「ええ」

六

無響室に入ると、そこはまるで別世界に来たようだった。

普段耳にこびりついて離れない様々なノイズが全て消失したのだから。

遠くに聞こえる蝉の声、ノートパソコンのブーンという音、堀の水が緩やかに流れる音、全てが聞こえなくなった。

私の心音は加速した。原始人の大脳は安否を判断する根拠を失い、自ずと緊張状態になった。

部屋の中心まで逝くと、足音は雷鳴の如く大きくなった。古びた金属製のシングルチェアは元の場所にあったが、私は座らなかった。

歩みを止め、注意深く耳を澄ませた。

静寂が徐々に薄れ、別の音の群れがどっと押し寄せてきた——それは私の体の内部で発せられた音だった。

心臓の鼓動、血液の流れ、胃腸の蠕動、内蔵の摩擦、微かな音一つ一つが無限に増幅される。

この体との付き合いは二十年以上になるが、体が動く時の音をこんなにもはっきりと聞いたのは初めてだった。

私は口を開けようとした。顎関節は不吉なザリザリという音を発し、まるで砕かれた骨が攪拌されているようだった。

慌てて口を閉じると、上下の歯の衝突は脳内でまるまる五秒間響き渡った。私はこれまで本当に乱暴に口の開け閉めをしていたようだ。

それから、私は楊淵（ヤン・ユエン）の言葉を思い出した。

「中に居る時間が充分に長ければ、心の内なる声を聞き取ることができるそうだよ」

本心を言えば、心を空っぽにしてから、自分の心から何か音が発せられるとは思っていない。だが、私はそれでも目を閉じた。

体中の器官が発する音はなお一層増幅され、しばらくすると耳鳴りまでそれに加わった。

トク、トク、キイ、キイ、ゴト、ゴト、ブーン、ブーン、ブーン。

何も奇妙な音は聞こえてこない。私の心は予想通り一面の荒野だった。

私は満足した。自分はやはり難攻不落なのだと。

急に、何かがおかしいことに気が付いた。

ますます大音量になる耳鳴りの中に、微かな人の声が加わったのだ。

私は楊淵（ヤン・ユエン）ほど敏感ではないので、この時、音の識別に全身の注意力を集中させた。

ブーン、ブーン、ブーン。

ちがう、その音じゃない。

可音（コーイン）、可音（コーイン）、可音（コーイン）

聞こえた。誰かが私の名前を呼んでいる。でも、誰なの？

徐々に、同じ声が低い呼吸音からも、胃の蠕動音からも、心音からも聞こえてくるようになった。

可音（コーイン）、可音（コーイン）、可音（コーイン）。

可音（コーイン）、可音（コーイン）、可音（コーイン）、可音（コーイン）！

それは私が言葉を覚え始めた頃、原書の『小公子』を静かな声で読んでくれた時の呼び声。それは関節の激痛に見舞われた折りに、優しく温湿布を貼ってくれた時の呼び声。それは葬儀の席で冷たい表情をしていた時に天国から宗教音楽と共に聞こえてきた呼び声。

可音（コーイン）！　可音（コーイン）！　可音（コーイン）！

叔母の声だ。

耳を塞ぎショッキングな訃報を耳に入れさえしなければ、遥か遠方に去って死後の始末に関わりさえしなければ、過去の思い出一つ一つを心から取り出し、彼女の声や姿を一つ一つきれいさっぱり削除しさえすれば、「永遠の喪失」という苦痛に耐える必要は無くなる。私はこれまでずっとそう考えていた。

だが私は間違っていた。叔母はまだそこにいて、一声、また一声と、しきりに私を呼んでいる。

可音（コーイン）。可音（コーイン）。可音（コーイン）。

「可音（コーイン）!!!」

七

楊淵（ヤン・ユエン）の優しい呼び声が瞬時に私を現実に引き戻した。

いつからそうだったのかはわからないけれど、体の力が無くなって地面に倒れ、赤ん坊のように丸く縮こまり、ぶるぶる震えていることに、やっと気が付いた。

楊淵（ヤン・ユエン）が部屋に飛び込んできて、私を抱き締めた。

私も彼をきつく抱き締めると、数年来蓄積されてきた涙がこの時堰を切ったように溢れ出した。

ひたすら遮ってきた悲しみがとうとう心の壁を打ち破り、私の肌という肌に喰らい付いた。だが、苦痛は想像よりは遥かにましだった。私は楊淵（ヤン・ユエン）の胸に抱かれ声を上げて激しく泣いた、やっと何か重荷から解放されたような気がしたから。

楊淵（ヤン・ユエン）は私を抱いて部屋を出た。私は彼の燃えるように熱い胸に顔を密着させ、この上ない安らぎを感じていた。

彼もきっととても驚いていたに違いない。彼と知り合ってから長い時間が経っているが、私が初めて冷たい微笑みの仮面を取り去り、本当の感情を露わにしたのだから。

だが、彼は決して理由を尋ねず、ただ私を抱き締め、私が落ち着きを取り戻すまで待っていてくれた。

「大丈夫、可音（コーイン）、僕がいるから」

帰省してから、私は決心した。

「お母さん、一体なぜ叔母さんは死んだのか教えてくれない？」

母の表情が彼女の驚きを物語っていた。

母も私もはっきり覚えている。数年前、母が言葉を濁しながらこの事を私に知らせてくれた時、私はただ「へえ」と一声答えただけだった。

何も尋ねず、何も言わず、黙って部屋に戻った。翌日学校に戻ると、まるまる二ヶ月帰省せず、叔母の葬儀の時に顔を出し、冷淡でこわばった表情をしていた。

この件で母はかなり心配していた。一貫して独身だった叔母が一番私を可愛がっていたことを知っていたので、私がショックに耐えられず、心理的問題を抱えてしまわないか恐れていたのだ。だが、私は学校では全く正常で、模擬試験の成績にさえ影響は見られず、母も再びその話を私の前で持ち出すことはなかった。

だから、今回私の方から叔母の件を尋ねたことで、母は実際のところ少し安堵していた。冷淡さのほかに、私に幾許か人間味が残っていたことを意味していたからだ。

「あの時まだ幼いと思っていたから、あなたにはあまり説明しなかったけど、実は当時おかしな事だらけだったのよ」

この時初めて知ったのだが、叔母は焼死だった。

現場の状況は不可解だった。黒焦げの死体は応接間に横たわっていたが、そばにあった紙やソファーそして電気製品などには燃えた形跡は見られなかった。警察も来て現場を調べたが、侵入された形跡は何も見つからなかった。その後、その頃叔母と親しくしていた人たちも調査したが、何も収穫は何も得られず、最終的に死因を「人体自然発火現象」と結論付けるしかなかった。

「人体自然発火現象？」

母は頷いた。

「人体自然発火現象」という語は、幼い頃『ＵＦＯ探索』のような雑誌でしか見たことがないが、人が何の予兆も無いまま自然発火して死亡してしまうと書かれてあり、如何にももっともらしく有名な例が列挙されていた。だが私は、これはネス湖のミステリーと大差無い伝説で、本当に身の周りで発生することなんてあるものかと思っていた。

「お母さん、叔母さんはあの頃何をしていたの？　どんな人と付き合っていたの？」

「ええと……あの頃、あなたいつも顎が痛いって言ってたじゃない？　彼女はそれで顎関節治療の学会の会員になって、数年間ずっと研究していたわ」

叔母さんが私の病気を気に掛けてくれていたと聞き、私は胸が熱くなり、涙がまた溢れそうになった。

「可音（コーイン）、実は……、いえ、何でもないわ」

母は何かを言いかけて止めたが、私はとても耳障りに感じた。

「話があるなら言ってよ。もう子供じゃないんだから、大丈夫」

「実は――私も彼女を嫌っているわけではないわ。だけど、あの事は、私、本当あまり……」

「言ってちょうだい」

「彼女、巧曼（チアオマン）があんなにも顎関節の研究に精力を費やしたのは、実は、実は、大部分が罪悪感からなの」

「それは誰に対する?」

「あなたよ」

元々、私が顎関節症になった原因は全て叔母にあると母は考えていた。ある意味、これは確かに真実だろう。私がまだはっきり「パパ」と言えなかった頃、言語学に精通していた叔母は私に対する発声トレーニングを開始した。彼女は種類の少ない中国語共通語の音節だけに拘泥することなく、私の音域をできるだけ広げ、同時に口腔内のあらゆる筋肉のコントロールを強化しようとした。

最良の時期を逃さないように、叔母は高強度のトレーニングを施した。まさにこの練習が原因で関節の磨耗は加速され、幼くして私は関節の病気を患い、母親はとても心を痛めたのだ。

だが、私は少しも後悔していない。

叔母の指導の下、私はこの世界の如何なる言語の如何なる音もほぼ正確に発音できるようになった。舌端を歯で挟んで発音する英語の/th/と日本語の軽く発音する〝つ〟から、歯茎ふるえ音を持つ〝churrería〟(スペイン語「チュロス屋」)と口蓋垂音を持つ〝bonjour〟(フランス語「こんにちは」)、さらには様々な一般向けではない発音方式まで。ほかの子供たちが似た発音の漢字で英単語の読み方を注記していた頃、私はIPA(国際音声記号)に基づき世界中のどのような言語でも発音してみせることができた。

叔母はかつて私に、それは中々できないことなのだと教えてくれた。一定の言語環境下で成長した子供には筋肉の記憶に深く埋め込まれた固定発音モデルがあり、後天的に改めることは難しい。また、言語的な素質も若干必要だ。だから、様々な訛りが生まれたり、共通語普及の際に「下着下着下大了(降っているうちに降りが激しくなった)」を(方言の影響で〝下〟を〝哈〟《一部方言で〝喝(飲む)〟に相当》の発音で読んでしまう）「下着下着哈大了（降っているうちに酒を飲み過ぎた）」と言うネタが広まったり、自分の母語でさえ正確に発音できない人が存在するのだ。

言語の旋律に耳をそばだて、発話者が話していない内容を探り出すのも、この能力の延長だ。

叔母はこういう能力を備えた人のことを「千語者」と呼んだ。

八

激しく湧き上がる懐かしさが徐々に穏やかな大海へと流れ込み、それから私は叔母の死について調査を始めた。

ネットで調べてみると、人体自然発火に関する仮説はなんとも多かった。私はそれらを分類して小さなデータベースを構築し、可能性の高い順に虱潰しに調べていくことにした。

見たところ、もっとも信憑性が高いのは「人体ロウソク化発火仮説」だ。着衣の人物を内外が反転したロウソクと仮定し、服をロウソクの芯、人体の脂肪をロウと考える。この場合、仮に小さな炎であったとしても、皮膚を通り抜け脂肪に点火すれば、ロウソクのようにゆっくりと持続的に燃焼する。

あたかも人体ロウソクの如く、叔母の体の内側から外へ向けて炎が燃え上がった様子を思い浮かべ、私はしばらく震えが止まらなかった。

だがネットでは、豚肉を使って関連実験を行った人がいたが、成功しなかったとも述べられていた。また叔母はかなり痩せ形で、充分な脂肪があったとは考えにくい。

ほかに球電仮説もある。これも以前、SF小説で読んだことがある。球電はどこからともなく現れて跡形もなく消え、まるで恐ろしい化け物が、少し触れるだけで人を焼き尽くしてしまうかのようだ。球電仮説では、人体だけが燃え、それ以外の物は影響を受けないが、これは叔母の当時の状況と符合する。

私はあれこれ考えてみた後、また母親を訪ねた。

「あの日、どんな天気だったかって？　あまり覚えていないわ」

「ええと、雷雨じゃなかったかしら、お母さん、覚えてない？」

「そんなはずないわ。あの日、巧曼(チァオマン)には来客があったの。彼女はずっと一人暮らしだったでしょ、もし彼女の同僚が訪ねて来なかったら、発見がいつになっていたか……」

「同僚？」

「そう、その人は彼女の葬儀にも参列してくれたわ。写真を探してみるわね……」

叔母が顎関節症関連の研究に従事していると聞いた時、私は彼女が孫(スン)女史と知り合いではないかと考えた。しかし最近はこの病気を研究する組織も多く、私はやはりそんな都合の良い話はないだろうと思った。

その写真を受け取るまでは。

その写真を見ると、あのぼんやりとした午後に戻ったかのような気がした。写真に写っている人たちはみな喪服を着て、俯いて涙を流しており、私だけが顔を上げ、遥か彼方に思いを馳せているようだった。

幼稚な自分には目を遣らず、私はその他の人たちの顔を詳しく観察した。写真の反対側の端で、ちょうど涙を拭っている女性が孫(スン)女史と背格好が少し似ていた。そして、彼女のそばに立っている背の高い男の子は、絶対見間違えようがない、楊淵（ヤン・ユエン）だった。

九

「あなたが巧曼（チアオマン）が言っていた千千（チエンチエン）なの？」

昔の同僚の話になり、孫（スン）女史の目は潤んだ。

「そのプロジェクトを進展させるには、巧曼（チアオマン）が不可欠だった。私はビッグデータの研究者で、口腔医学分野の研究に携わることになるなんて夢にも思っていなかったから。彼女は私のもとを訪れ、スーパーコンピュータを利用して頻度の高い音節の統計をとるべきだと提案した……なぜそんなに執着するのか、職場の高等教育機関からあんなにリソースを引っ張ってくるのかと、彼女に言ったわ。……理由はあなただったのね……知ってるかしら、あの頃無響室はまだできていなくて、彼女は自分でまず選び出した音節ユニットを用意し、ドアを閉め切って繰り返し繰り返し読み上げ、吟味し、電話が掛かってきても取らなかったけれど、それは関節を一番酷く磨耗させる発音を早く探し出そうとしていたのね……思いも寄らなかった……」

私は頭をうなだれた。胸には後悔の念が溢れていた。自分の幼稚な執着、喪失に対する恐怖のせいで、ここ数年来叔母の墓参りは一度もしていなかった。天上に召された叔母の魂が意識を持っているなら、どんなに傷ついているだろうか！

「道理で、どこかで君に会ったことがあるような気がするって言っただろう」

楊淵（ヤン・ユエン）がしっかりと私の手を取ったが、私はそれを拒まなかった。

「可音（コーイン）……」

「おばさま、仰ってください」

「以前巧曼（チアオマン）が言っていたのを聞いたのだけれど、あなたも千語者なの？」

私は頷いた。

「あなたもそれについて知っているのですか？」

「もちろんよ。実験が停滞したのは、巧曼（チアオマン）を失ったから。あなたも知っての通り、ここの無響室はオーフィールド研究所の支援無しには作ることができなかった。そして彼らが支援を決めたのは、我々に研究範囲を多言語に展開してもらいたかったからなの。だから私たちの収集した音節の大部分は外国語で、一部には数種類の言語をミックスしたものもある。これらの発音ユニットは厳密な意味では頻度の高い音節ではないし、通常の人間同士のコミュニケーションでは基本的に出現不可能なものさえあるけれど、コンピュータシミュレーションで算出された「絶対磨耗」音節であり、それらが口腔を磨耗させる状況を研究し磨耗の限界をテストすることはとても必要なことなの。全ての音節を正確に発音できるのは、千語者だけなのよ」

孫（スン）女史は一呼吸置いた。

「巧曼（チアオマン）は当時我々が見つけた唯一の千語者だった。巧曼（チアオマン）を失ってから、私は楊淵（ヤン・ユエン）に長期にわたり訓練を施し、彼になんとか通常音節の読み上げ作業を担えるようになってもらい、実験を再開させることができた。でも、少し複雑な音節になると彼には無理なの」

「じゃあ、叔母さんの死後、どうしてすぐ私を訪ねて来なかったのですか？」

「訪ねて行ったわ。でもあなたのお母様は我々にあなたの心理状態を説明し、あなたとの接触を許してはくれなかった。また、会えたとしても、叔母様の死を拒絶しているあなたが、私たちに協力してくれるはずがなかった。ああ、残念ながら当時私はあなたの愛称しか知らず、会ったこともなかった。そうでなければもっと早くにあなただとわかったのに……」

孫（スン）女史の声は相変わらず落ち着いていたが、悲痛な表情を浮かべていた。

わたしはそっと彼女を抱き締めた。

「これからは私にやらせてください。叔母さんに代わり未完の事業を完成させられるよう努力します」

十

それ以後、私と楊淵（ヤン・ユエン）の関係はまた一歩前進した。私はもう彼のことを拒絶しなくなり、自分を抑え付けることもなくなった。私は彼の思いの全てを受け入れ、私も自分のできうる限りの対応をした。

私は叔母に対する悔いを楊淵（ヤン・ユエン）で繰り返したくなかった。

私は彼と忘れがたい二人の時間を過ごし、また実験のため彼に連れられ研究所にもよく行った。実験のサポートを引き受け、音節に関する資料も受け取ったけれど、大部分の時間はやはり楊淵（ヤン・ユエン）が行っていた。

一つは読みにくい音節ユニットはやはり比較的少数なため、もう一つは私の顎の病気のためだ。数多くの中から選りすぐられたこれらの音節は、どれを取っても関節に強烈な摩擦を生じさせるのだ。

楊淵（ヤン・ユエン）が無響室で真剣に関節の発する音を感じているのを見る度、私はあの時聞こえてきた呼び掛けを思い出してしまう。そもそも、私が如何に抵抗しようとも、心に残っている人は去って行きはしない。両親を心から愛し、楊淵（ヤン・ユエン）を心から愛し、私のことを気に掛けてくれる全ての人を心から愛そうと、私はこの時決心した。

だが生活のリズムはここで緩やかになることはなく、間もなく運命の高音が私の目の前に横たわったのだ。

その日、私はいつも通り研究所にやって来た。孫（スン）女史と楊淵（ヤン・ユエン）はモニタリングルームで資料の整理をしていた。私を見ると、彼らは私に一枚の紙を手渡した。

「可音（コーイン）、今日のこの十個の音節はとても難しいから、お願いするよ！」

「お願いね、お嬢さん」

私は手を伸ばして受け取ると、書かれてある内容にざっと目を通したが集中できず、まるで上の空だった。

変だ、声が変なのだ。

楊淵（ヤン・ユエン）は声の調子が高くなり、震える音もそれに伴って大きくなった。これは彼の心臓の鼓動が加速しているのを意味する。

孫（スン）女史の声は相変わらず落ち着いており、いやもしかすると、これまで以上に落ち着いていたかもしれない。もし彼女が普段から発声系統の厳格なコントロールにより本当の感情の露見を防いでいるというなら、この時彼女は全身全霊を傾けて声の平静を保っていたのだろう。彼女は何を隠しているというのか？

顔を上げて二人に目を遣ると、彼らは私に温和な微笑みを見せた。

――楊淵（ヤン・ユエン）、まさか私にプロポーズを？

私は顔を紅潮させると、この現実からかけ離れた考えをすぐに打ち消した。

無響室に入ってから、私はやっと今回読む最初の音節ユニットを真剣に観察し始めた。

私はすぐに違いに気付いた。これまで、私が読んでいた音節は、例えばドイツ語・フランス語・ロシア語・ハングルを含む"ÄhnlichInéligibilitéвысший귤"（Ähnlich：ドイツ語「似ている」、Inéligibilité：フランス語「不適任」、высший：ロシア語「最上」、귤：ハングル「蜜柑」）などのような、ほとんど少数言語の単語ユニットだった。

全部で百七個の単独字母、五十六個の発音区別符合、そして超分節要素を含む発音記号体系は、厳格に一音一符の基準に従い、長きにわたる発展と修正の過程を経て人類の既知音声をほぼ全て表示できるようになっている。

以前私が読んだ音節ユニットには時々補助的に発音記号が付けられていたが、今回孫（スン）女史は完全に語の形態を取り去って発音だけ記している。これは、私がこれから発音しようとしている音がすでに全言語で可能性のあるユニットを超越し、全く未知の音声の領域に足を踏み入れたことを意味している。

だが、これは私を困らせるものではなかった。幼い頃から叔母の指導の下、国際発音記号を熟知していた私にとって、これ以上難しい発音でさえ簡単に対処できた。

私は頭の中で一度簡単に思い返すと、咳払いをし、読み始めた。

「/r//ɳ//œ/……」

最初のユニットを読み終える前に、私の顎関節は激しく痛み始めた。私は我慢できず小さな声で叫ぶと、カメラに向けて実験中断の合図を出した。

部屋を出ると、親子二人は気遣うように温湿布用の湯たんぽを渡してくれたが、その言葉には失望が滲んでいた。

楊淵（ヤン・ユエン）と孫（スン）女史はきっと私に何か隠している、きっと。

十一

これはたぶん実験に関係があり、私に関係があり、なおかつ非常に重要なことだろう。

楊淵（ヤン・ユエン）親子と知り合った日々を頭の中で遡っていて気付いたのだが、彼らの、特に孫（スン）女史の言葉の旋律から何かを読み取るのは本当に容易ではなかった。言い換えれば、彼女との会話は、一人遠距離でウィーチャットをやっているようなもので、文字の残骸以外、全ての内容は実際のところ私の勝手な想像なのだ。でも楊淵（ヤン・ユエン）については、彼を深く恋い慕う気持ちが邪魔をして私の判断能力は大いに削がれていた。

これは正常ではない。多くの場合、人が発する言葉から、私はたやすく本当の感情や言外の意味を汲み取ることができていた。

孫（スン）女史は、叔母の音声分野における長年の同僚で、彼女の死の第一発見者でもある。そして後、息子の楊淵（ヤン・ユエン）がうまい具合に私に声を掛けてきた。

これは恐らく偶然ではないだろう。

答を見つけたければ、心の奥底にある最後の堰を爆破するしかない。

私は心を決めた。叔母の死に真正面から向き合う時が来たのだ。

私は実家に帰ると、長い間閉ざしたままだった屋根裏部屋の扉を開けた。パソコン、ノート、書籍、見慣れた数々の品物には埃が厚く積もっていた。背後から陽の光が注ぎ込まれ、追憶が埃と共に目に入り、目を開けていられなくなった。私は黙って中央に立ち、涙が全てを流してしまうまで待っていた。

全ての資料を片付けるのにまるまる一晩かかってしまい、さらに自分の誕生日で叔母のメールボックスのパスワードを試すこともやってみた。膨大な量のノート、ファイル、日記、メールなどから数年前に起こった全ての事を蘇らせた。私が驚愕状態から正気に戻った頃には、東の空はもう白んでいた。

楊淵（ヤン・ユエン）の声に混じりごまかせなかった心臓の鼓動は、私に対する好意からではなく、嘘をついているからだったと、その時私はやっと悟ったのだ。

十二

十二歳の時、顎関節症が重症化した。叔母は私に対する罪悪感を強く感じ、その当時抱えていた教育の仕事を一時中断し、ビッグデータを専門とする孫（スン）女史にコンタクトをとった。

叔母が持ち込んだプロジェクトを詳しく検討してから、孫女史は必ず強力にサポートすることを約束し、職場の高等教育機関から多くのコンピュータリソースを移動させることさえした。また二人は十重二十重の障害を克服し、オーフィールド研究所の職員を訪ね中国で三ヶ所目となる無響室の共同建造も行った。

叔母は当時の日記で孫女史への感謝の気持ちを述べると同時に、彼女の物事にこだわらず我慢強い性格についても触れていた。

「素懐はすごい。彼女はやろうと思う事を心の奥底に秘め、何も言わずに成し遂げる。彼女と協力すれば、千千の病気の緩和法もすぐに見つかるだろう。だけど、時々彼女が何を考えているのか本当にわからないことがある」

無響室の建造中に、孫女史はビッグデータから得られた高頻度音節の資料を叔母に渡していた。孫女史がかつて私に言ったように、叔母は家でドアを閉め切り、数万個の音節ユニットを一つ一つ発音し、事細かに吟味した。

その時、叔母は音声の関節磨耗に対する限界をテストするために、多言語の「ゼロ頻度音節」を探すことも提案していた。孫女史は複雑なモデルを作り、コンピュータに大方の人間の生理機能を超越した長い綴りの音節ユニットを列記させた。当然、コンピュータのシミュレーションは正確ではないので、千語者に直接発音してもらい、その中から本当の「磨耗音節」を見つけ出す必要があった。

問題が生じたのはこの時だ。

叔母は音節ユニットを読んでいるうちに、その中の一つが聞いている人間にあまり心地良くない生理反応を引き起こすことに気が付いた。彼女は簡単な対照実験を行い、最終的に音波の物理的属性を研究する音響音声学によりこの現象を最も説明しうる理論に辿り着いた。

この部分の記述はとても難しく、私が今まで目にしたことがないような固有名詞や長文の注釈で溢れていた。言語学畑出身の叔母が物理学という不案内な分野でどれだけ努力したのかが見て取れるものだった。

「……音波の通過時、分子内外の自由度の間でエネルギーの再分配が起こり、それにより規則正しい音エネルギーから不規則な熱エネルギーへの変化、つまり音波の緩和吸収が引き起こされる。……」

この抜き書きの大部分は読んでもあまり理解できなかったが、なんとなく知っているような、どこかで読んだことがあるような気もした。でもそうではないかも知れない。結局のところ、理解しがたい物理学用語の羅列が私に与える感覚に大差は無い。叔母も当初は、あまり理解できていなかったようだが、物理を専門とする同僚を訪ね、録音した資料を残していた。

冒頭は「トン」という音が鳴り、聞いた感じでは、誰かが人差し指で厚い木のテーブルを叩いているようだった。続いて、男性の声。

「音がこのテーブルを通過して広まる時、テーブルのミクロ構造は振動により膨張・圧縮を起こし、以前の均衡状態を喪失し、均衡状態に戻ろうとする。すると、分子は――」

「熱量を消耗しますか?」叔母の声だ。

「いいえ、熱量を散逸します」

「生物の体内も同じですか?」

「そうです。音波は生体媒質中では様々なエネルギー減衰を起こし、とくに緩和過程では、大量のエネルギー散逸が引き起こされます。一部特殊な音波は分子の強力な再結合運動を引き起こし、激しく発熱し、もしすぐに放熱しなければ、その物体は自然発火を起こすでしょう。でもこれは理論の上の話ですが」

この聞き覚えのある語句を耳にし、私は遂に思い出した。大雑把に構築した「人体自然発火現象」データベース中の「分子緩和吸収仮説」という名のフォルダにその文章が静かに横たわっていたのだ。本当に叔母の死は音波と関連しているというのか？　これと彼女が読んだ音節と関係があるのだろうか？　疑問を抱きながら、私は聞き続けた。

「特殊な音波は……人類言語に出現するでしょうか？」

「ハハハ、呪文のことを言っているのですか？」

「馬教授、ご冗談を」

「実際、可能性がないこともないのです。音声殺人伝説は昔からあるでしょう、それぞれの文明にはいずれも呪文に関係する神話があります。もし記憶に間違いがなければ、二千年前、人類言語学が古代インドで創始された頃にもそれに関連する記載がありました」

「はい」

「しかも、周波数が合っているなら、どんな音波も刺客になりえ、それに対応する特定の物体を破壊することは充分可能です。けれど……」

「どうされたのですか？」

「そのような音波を見つけるのは全く容易なことではありません。なぜなら自然に発生した音声により殺された人の肉体は恐らく完全に消滅しているでしょうから」

「つまり、現存する全生物にもそれぞれに対応する致命的な音波があるということですね。でも、一般的に自然界には出現しないのではないですか?」

「ええ。少し厳密に言うなら、地球上での出現は難しいかもしれません。いつか他星に到着し、異星人の『こんにちは』という一言で、宇宙飛行士全員が焼き尽くされてしまうかもしれませんよ」

「うーん。実は、私は最後に一つ疑問があるのですが、こういう特殊な音節はコンピュータシミュレーションで見つけることはできるでしょうか?」

「理論上は可能です。しかし、コンピュータによる人声のシミュレーションはあまり良い結果を得られておらず、呪文が必要とする正確な音節を見つけても、人類が発音できなければ効果を確認することはできません。それから、周（ジョウ）君、君が何を見つけたのか知りませんが、こういう隠された音節を見つけるなんてこと、私はどうにもお勧めできません。音声というものはコピーや拡散が容易で、もし秘密が露見し、誰もが口を開くだけで容易に人が殺せるようになれば、後の結果は想像に耐えないものになるでしょう」

「わかりました。ありがとうございました」

十三

叔母は録音記録に登場するあの物理学の教授に対して決して余計な話はしていないし、最近自分が行った実験についても触れていないが、孫（スン）女史には全てを話している。だが、メールを読むと、二人の見解には徐々に隔たりが生じ始めていた。

「巧曼（チアオマン）、これは千載一遇の絶好のチャンスよ！　二人で協力し、私がコンピュータシミュレーションで最も可能性の高い音節をはじき出して、あなたが最終鑑定をすれば、歴史に埋もれていた悪魔の呪文を見つけることは絶対できるわ！」

だが、孫（スン）女史の情熱溢れる提案に際し、叔母はメールで再三断った。

「素懐（スーホワイ）、それは危険すぎるわ。言ってるでしょ、『ゼロ頻度音節』を探すプロジェクトは中止にしてほしいの。馬（マー）教授の『自然音声選択学説』を聞いて、致命的な呪文が、関節を甚だしく磨耗させる発音ユニットの中に本当に隠されていそうだと私は思っている。生物体の長い進化の過程で、人体は大脳が気付かない状況で自動的に利に向かい害を避けられるようになった。死の音節を読み上げ深刻な磨耗が引き起こされた口腔構造が保存できて初めて、人類の各言語で無意識に使用が避けられてきた発音ユニットだという保証になるの。今私たちがしている事は、少しずつパンドラの箱を開けているようなものだわ。馬（マー）教授の意見はもっともだわ。万が一本当に歴史の大河で失われた呪文が見つかれば、その後は間違いなく想像に堪えないものになるでしょう」

「巧曼（チアオマン）、あなたは考えすぎよ。全部仮説に過ぎないじゃない。それにこの実験にはすでに莫大な資金が投入されていて、無響室も建造中なのに、そんな時に中止の提案だなんて、どう上に報告すればいいの？」

「素懐（スーホワイ）、じゃあ私は実験から手を引くしかないわ。全ての結果は私が責任を持つから」

「周巧曼（ジョウ・チアオマン）、あなたの手に負えるの？」

……

この時期二人のメールの遣り取りは頻繁で、激しい言葉も少なくなかった。優しく穏やかに見える孫（スン）おばさまがこんなにも強気だったのかと、私は初めて知った。

でも、叔母さんの口調は穏やかだったが、一向に譲歩することはなかった。ただ、最終的に二人は折り合いを付けた。叔母はあと十セットの「ゼロ頻度音節」を読んで関節の磨耗状況を記録したら、この段階のレポートを作成し、孫女史はその時間を利用して他の「千語者」を探し出し実験を継続することになったのだ。

続く二つの事実に、私はこれまで以上に身の毛がよだった。

一つ目は、叔母と孫女史は莫大な量のメールの中で、何度も私について触れており、私と叔母が一緒に写った写真も大量に送信されていること。これはつまり孫女史と楊淵が早くから私のことを見知っていたということになる。

そして二つ目は、叔母さんの事故の前日、孫女史が最新の「ゼロ頻度音節」を送信していたことだ。

十四

私はベッドでまるまる一日横になっていた。

寝ているのか起きているのかもはっきりしないまま、一切合切が頭の中で分解され再構築されていた。

新生児が少しずつこの未知の世界を認識していくように、私は自分が知った事柄の背後にある意味を認識し始めていた。

最終的に目が覚めたとき、私は以前のように何事も意に介さない人間に戻っていた。かつて楊淵（ヤン・ユエン）によって溶かされてできた心の大海原は凍り付き一面の氷原と化していた。

最大の可能性が目の前の空気中に横たわっている。あたかもすぐさま虚空から実体を現すかのように。あと少しで、私はそれを証明できる。だが自分がこのような厳しい現実を受け止めきれるのか、私に確信はなかった。

いや、それを証明するだけでなく、彼らに代償を払わせねばならないのだ。

しばらく体を休め調整を行い、薄化粧をしてやつれ顔をカバーした。化粧品はやはり叔母が生前私に残しておいてくれた物だが、当時私はまだ幼く、あまり使うことはなかった。少し思案し、今度は髪の毛を引っ張り、かんざしで固定した。この時鏡に映った自分を見て、この方が叔母に似ているなと思った。

その日の晩に私は研究所に戻った。無響室の傍らにあるモニタリングルームで、孫（スン）女史は私を見て少し呆然とした。彼女は素早く身を翻すと、設備の調整を始めた。楊淵（ヤン・ユエン）はそばに座りリンゴの皮を剥いていた。彼の細長い指はとても軽快に動き、同じように細長いステンレス製ナイフを完璧に操って果物の表面を滑らせ、悠々と何かアート作品を作っているようだった。

私はかつて彼のこういう所が好きだったのに、今はただ恐ろしさを感じるだけだ。

「可音（コーイン）、関節は痛まない？」

「うん」

「君はもう少し何日か休むべきだと思っていたんだけど」

「大丈夫」

「どうしたの？」

楊淵（ヤン・ユエン）は手に持っていたナイフを置き、私に寄り添った。

「かんざし、素敵だね」

「叔母の物なの」

私は少し笑い、横を向いて彼から逃れ、コントロール台の上から前回読み終えていない音節を手に取った。

最後のテストが始まろうとしていた。

十五

叔母の命を奪った死の音節はこの中に潜んでいるのだろうか？

私はこの十個の音節ユニットに視線を素早く走らせ、口を素早く開けたり閉めたりして声は出さずに二度見返した。楊淵（ヤン・ユエン）は元いた場所に座り、リンゴの皮を剥き続けたが、孫（スン）女史はそばで黙って私を見ていた。

実験室中に響いていたのは、機械の「ブーンブーン」という音、リンゴの皮剥きの音、そして窓の外を流れる堀の緩やかな波の音だけだった。

私は視線を上げちょっと彼らを見ると、また俯いて一行目に目を遣ったが、上下の唇がとても重たい感じがした。

私にはわかっている。ひとたび私が口に出せば、全てもう後戻りできなくなる。

白い紙に書かれた黒い文字の上で、叔母が私に向けて微笑んだ。

「/r/、/ŋ/、/œ/ ——」

「カラン」と音がし、楊淵（ヤン・ユエン）が手に持っていたナイフとリンゴが床に落ちた。

「ごめん、手が滑った」楊淵（ヤン・ユエン）は腹這いになってテーブルの下へ拾いに行き、孫（スン）女史は真っ直ぐに私の目の前へやって来た。

「可音（コーイン）、その音節は関節へのダメージが大きいから、無響室で読みなさいね」彼女の声は落ち着いていたが、強硬に私の手からその白い紙を抜き取った。

私は止めなかった。

私は彼らを見て、笑った。

「/r/。/ŋ/。/œ/。/d/ ——」

「可音（コーイン）、あなた……」

「可音（コーイン）!」

「——/ɐ/、/k/、/t/、/ʊ/、/r/。」

ビブラートの余波が宙を舞い、楊淵（ヤン・ユエン）と孫（スン）女史はその場で硬直した。

三人とも静かに何かを待っていたが、何も起こらなかった。誰も燃え出さなかった。

私は恐怖を隠せない二つの顔をじっと見て、自分は間違っていなかったのだと感じた。三日前、彼らは見ていたのだ。弾が一発装填されたリボルバーを持って私が無響室に入るのを、私が自分の頭に銃口を押しつけるのを、私が死へ向かっているのを。

七年前、彼らが弾を装填して叔母に渡した時も、やはりこうだったのだろうか？　叔母が一発一発自分の体を撃っている時、彼らは何を考えていたのだろう？　最後に弾が叔母の命を奪った時、彼らは一体どのような心持ちだったのだろうか？

叔母は彼らのために理論を実証し、範囲を絞り込んだ。そして私は、おそらく呪文を最終的に確定させるための道具なのだろう。

十セットの音節、一発が命取り。

「このセットではなさそうね」

私は沈黙を破った。

「ねえ、あなた何を言っているの？」孫素懐（スン・スーホワイ）は気遣うような表情をし、近付いてきて私の腕をつかんだ。

化粧品の臭いまでかぎ取れるほど接近してこの年長者の顔を見るのは、これが初めてだった。適切に手入れされ、目の際に細い皺はあるものの、それがメイクやヘアスタイルと呼応し、逆に威厳と穏健さを兼ね備えた女性教授の気質を際立たせていた。もし叔母が存命なら、こんな風に成熟した優雅さを醸し出しているだろう。

ここまで考え、私はもはや躊躇しなかった。

「/a/ /θ/ /d/ /ɑ/ /r/ /ʁ/ ――」

彼女は私の口をぐいと塞いだ。

「ねえ、当時私はあんな風になってしまうなんて全く知らなかったの」彼女は私の耳元で、「あれは偶然、悲劇だったの。本当に申し訳なく思っているわ。ここの消防設備は万全だから、すぐに温度を下げれば、あなたが危険にさらされることはないわ」と言った。

私が自分のことを睨んでいるのを見て、孫素懐（スン・スーホワイ）は補足して、「あなたに伝えなかったのは、あなたに責められるのが恐かったから。いずれにせよ巧曼（チアオマン）が亡くなったのは私の責任よ。ごめんなさい」と言った。

孫素懐（スン・スーホワイ）は非常に悲痛な眼差しを向けていたが、今回は騙されない。母が言っていたが、孫素懐（スン・スーホワイ）は叔母の死体の第一発見者だ。私が先ほど持っていた紙は、孫素懐（スン・スーホワイ）が叔母の焼け焦げた手から奪い去った物なのだ。

孫素懐（スン・スーホワイ）には私とそっくりな面があることに私は初めて気が付いた。彼女も心が空っぽなのだ。何者も心の中には入らせず、また何者を傷付けようとも意に介さない。

彼女の手を引きはがすと、私は三セット目の音節を読み上げた。

「楊淵（ヤン・ユエン）！」孫素懐（スン・スーホワイ）は素早く後ずさりし、大声で叫んだ。

男はだいぶ前から潜んでいて、この時猛スピードで突進してきた。私は激しい衝撃を受け、バンッと窓にぶつかり、目の前に火花が散った。ガラスは全て割れ、欠片の一部は堀に落ち、一部は私の後頭部を切った。私はヨロヨロと脇に避け、温かい血が体から流れ出すのを感じていた。

寒風が吹き込み、すぐに私は正気を取り戻した。目の前では、かつて私を導き乾き切った世界から抜け出させてくれた人、かつて全ての温もりを私に与えてくれた人、かつてあんなにも思いやりがあり優しかった人が、この時ついに本性を露わにしていた。

楊淵（ヤン・ユエン）は私を壁にきつく押しつけ、顔にはこれまで見たことがない凶暴な表情を浮かべていた。鋭利なフルーツナイフが私の喉に押し当てられ、その刃は皮膚の表層を傷付けた。

「習ったことがあるんだよ。君の声帯を取るにはナイフ一振りで充分だ」

私は顔を上げ、かつて安らぎを与えてくれたその胸が息もできないほど強く自分を押さえ付け、涙を拭ってくれた右手が余裕たっぷりに鋭利なナイフを操りながら、私の発声器官の位置を探っているのを感じ取った。

残照の中、孫素懐(スン・スーホワイ)は遠くない場所から全てを見ていたが、その顔は死人のように冷ややかだった。

「楊淵(ヤン・ユエン)」

私は苦しみながら声を出した。

「あなたは彼女が恐くないの？」

「彼女は人類のためを思っている。進歩には犠牲がつきものなんだ」

私は藤の蔓が山の岩を引っ張るように、しっかりと彼の手を握った。

「彼女があなたを犠牲にしないか不安にならないの？」

山の岩が微かに揺れ動いた。

「僕は彼女の息子だ」

「私が死ねば、今度はあなたが千語者に最も近い人間ということになるわ。そして、あなたも知らないはずないでしょうけど、モニタリングルームでは無響室内の音は聞こえないわ」

楊淵(ヤン・ユエン)は少し呆然とした。この機に乗じ、私は彼の手を引き離して勢いよくしゃがみ込み、なんとか抜け出すことができた。そして、髪の毛に挿してあるかんざし――その叔母のかんざしは研ぎ上げられ、これ以上鋭くできないほど先が尖っていた――を抜き、楊淵(ヤン・ユエン)の右手に容赦なく突き刺した。

そのかんざしは彼の色白で細長い手を貫通し、古い壁に打ちつけた。楊淵（ヤン・ユエン）の苦しみに満ちた叫び声が響く中、私は四セット目の音節を読み上げた。

十六

「/a/、/v/、/ɐ/。」

発音の抑揚に伴い、心の奥から突然凄まじい恐怖がこみ上げてきた。読み上げるのを止めたいという衝動を抱え、両手で自分の口を塞ぎたいとさえ思った。しかし私は、生き物としての本能であるこの衝動に打ち勝つことができた。

「/ɖ/、/ɑ/、/k/、/ʈ/。」

私の錯覚かも知れないが、孫素懐（スン・スーホワイ）と楊淵（ヤン・ユエン）もこの恐怖を感じているようだった。彼らはドアの方へ突進し始めた。

「/ʋ/。/r/。」

最後の音節の発音後、恐怖感はピークに達した。全身の細胞が一瞬にして燃え上がり、私は烈火の中へ落ちていくような感覚に襲われた。いや違う、烈火は私の体の表面を打ち破り出てきたものであり、炎は全てを舐め尽くした。

私は死ぬ。

自分の甲高い叫び声と共に、楊淵（ヤン・ユエン）と孫素懐（スン・スーホワイ）の鋭い悲鳴も聞こえてきた。だから叔母さん、この結果もそんなに悪くないでしょう、ねえ？

叔母は空中で微笑みながら私を見て、私の背後を指差した。

同時に、私の頭の奥深くから、ある男性の声が聞こえてきた。それは叔母の録音資料に収められた馬（マー）教授の声だった。

「一部特殊な音波は分子の強力な再結合運動を引き起こし、激しく発熱し、もしすぐに放熱しなければ、その物体は自然発火を起こすでしょう」

放熱。

私は窓台にすがりつき何とか立ち上がると、体を前傾させ、頭を沈めると下へ落ちて行った。

十七

堀から救助され、私は病院に半年入院していた。

孫素懐（スン・スーホワイ）と楊淵（ヤン・ユエン）の死は実験室の事故と判断され、警察へあれこれ説明するために頭を絞る必要もなかった。

もちろん、呪文の事など誰にも言っていない。

この音節により引き起こされる関節の磨耗は私の想定レベルを遥かに超越していた。無理をして読み上げた後、私の関節はほぼ廃物同然となり、深刻な開口障害を患って、食事にさえ問題が生じるようになった。だが、重度熱傷に比べれば大したことではない。

一年後、私は両親に別れを告げ、姿をくらませた。

青々とした山河に隠れた研究所で、世界中のあらゆる発音ユニットを極め、人類にとって有益な音波をより多く見つけようと、私は決心した。

その研究所に私はフォトウォールを設え、そこ一面に見つけた昔の写真を全て貼り付けた。

その中には叔母がいる。写真の中の彼女は、永遠に若く、生き生きとした表情を見せ、私を見て微笑んでいる。

【参考文献】

Williams, Roland Terry, and G. Yule. The Study of Language. The study of Language. 外语教学与研究出版社、二〇〇〇

胡壮麟『系统功能语言学概论』北京大学出版社、二〇〇五

ハインリヒ・バナールの文学的肖像

陸秋槎（ルー・チウチャー）

大久保洋子 訳

これらすべては美しかった。そして自身で非常に強く美しいと感じていた。それは残酷美、絶対美的に美しく、ほかならぬ詩人たちがみずからに許す、厚顔にも一切の関係を絶った、冗談めいた無責任な精神において美しかった、――詩人たちのこういうやりかたは、私がこれまでお目にかかったうちで最もひどい審美的な非行であった。

――トーマス・マン『ファウスト博士』（関泰祐・関楠生訳、岩波文庫版下巻より）

バナール中尉とその妻マチルダの第二子であるハインリヒ・バナールは、一八七八年四月十二日、ハプスブルク家が統治するオパヴァに生まれた。兄のヨセフはその二年前に生まれ、一歳になる前に百日咳で死んだ。シュテファン・ツヴァイクはこの時代について次のように書いている。「財産のある者は、毎年いかほどの利益を得られるかを正確に計算することができ、公務員や軍人は、暦を見れば、何年に昇格、あるいは退職するかを知ることができる」バナール中尉も同様だったが、彼の仕官の道は三十五歳、すなわちハインリヒが二歳の時に断たれた。肺結核を患ったのである。二年後、病苦に堪え難くなったバナール中尉は、拳銃自殺の道を選んだ。夫を失ったマチルダは、ハインリヒを連れてインスブルックの実家に戻り、五年後、ウィーンで診療所を営むハンス・ギュンダーローデ医師と再婚した（マチルダの遠縁の伯母がギュンダーローデ医師の患者だったことから、この伯母が二人を引き合わせた）。それ以来、ハインリヒ・バナールはこの世を去るまで、生涯ウィーンに暮らした。

再婚した時、ギュンダーローデ医師はすでに五十歳に近かった。彼はかつて円満な家庭を営んでいた。

馬車の事故で妻と二人の子どもを失うまでは。当時のウィーンにおける絶対的多数の知識人と同じく、ギュンダーローデ医師も文学と音楽を好み、大劇場の常連客で、いくつかの短い詩を雑誌に発表することもあった。同業の医師であるアルトゥル・シュニッツラーの紹介で、ギュンダーローデ医師は、当時最も前衛的だった文学団体「若きウィーン派」に加わり、カフェ・グリーンシュタイドルでの集まりにしばしば参加し、何度かは、当時ギムナジウムの生徒だったバナールを連れて行った。

当時の帝国教育省は、ギムナジウム生が文学創作に従事することを奨励していなかったが、ある天才の登場が、文学好きな少年たちを励ました。その天才とは、バナールと同じギムナジウムで学び、バナールより四歳年上のフーゴ・フォン・ホーフマンスタールである。ホーフマンスタールは十七歳で「二枚の絵」などの成熟した作品を匿名で発表し、詩人シュテファン・ゲオルゲが主催するサロンへの加入を許され、ゲオルゲが主宰する『芸術草紙』に、今もなおドイツ語文学の傑作と言われる「ティツィアーノの死」を発表した。

ある一時期、ホーフマンスタールはバナールの目標だった。だがその後のさらに長い時間において、彼はバナールにとって最も消え去ってほしい仮想敵となった。ヘルマン・ブロッホはホーフマンスタールの作家人生をまとめた文章の中で、「彼の生は象徴、消えゆくオーストリアの、消えゆく貴族の、消えゆく演劇の高貴な象徴であり――真空の中での象徴であったが、真空そのものの象徴ではなかったのである」と書いている。それに引き替え、バナールの一生は「真空そのもの」であった。

バナールは四十四歳の時に友人にあてた手紙の中で、かつてギムナジウム時代に義父と賭けをしたことについて触れている。ギュンダーローデ医師は、もしも彼が卒業する前に一篇でも雑誌に作品を掲載できたら――詩であろうと小説であろうと、あるいは単なる書評であろうと――自由に進路を決めて良いと約束した。だがもし掲載されなければ、ウィーン大学医学部に進学し、卒業後はギュンダーローデ医師の診療所で働かねばならなかった。この賭けは最終的に義父の勝利で幕を下ろした。事実が証明するように、彼はホーフマンスタールのような文学の天才ではなかったのだ。おそらくまさにこの時から、バナールの胸にホーフマンスタールへの敵意が芽生えた。

ウィーン大学医学部に在学中、バナールはついに念願かない、月刊誌『ヴェール・サクルム』に最初の作品を発表した。「まだ見ぬ兄に捧げる挽歌」と題する一連の詩であった。全部で二十節からなっていたが、一節はわずか数行であった。この詩の中で、バナールは古代ギリシャの墓碑銘を翻訳、模倣、翻案していたが、どの節もアナクシマンドロスの箴言「万物はそこより発生し、そこに還る。すべて必然性に従う」で終わっていた。その後も彼は短詩を発表したが、ほぼすべて紀元前の詩人の模倣で、ドイツ語版の模倣であることもあった。これらの作品はあまりにも古めかしく、陳腐で、誰からも注目されなかった。

当時、医学部を卒業するためには、少なくとも十学期間、学ばねばならなかった。バナールは規定通りにすべての課程を修了し、ヨーゼフ・ブロイアー教授のもとで腎臓病の研究をした。これは彼の医師としての専門分野でもある。ウィーン大学で学んだ五年の間に、彼は暇を見つけてはグイド・アドラー教授の音楽学や、フランツ・ヴィクホフ教授の美術史の授業も聴講した。これらの知識は四十年後、彼が悪名高き「キルケの島」を書いた時にようやく役に立った――この二種類の芸術を落としめるのに用いたのではあったが。

医学博士号を取得した後、バナールは約束通り義父の診療所の助手となった。その頃から、彼は小説創作に転じた。おそらく、古代ギリシャには模倣できるような小説が何もなかったためだろう。今回彼は、ドイツ語を母語とする作家に目標を移した。

一九〇二年、バナールは『ディー・ツァイト』誌に中編小説「スカルダネッリ」を発表した。この小説はビューヒナーの「レンツ」のほとんど引き写しで、ただ狂気に陥る主人公レンツをヘルダーリンに置き替えただけだった。作品内ではヘルダーリンの詩を数篇、引用していたが、バナールがそれと偽って自作したものもいくつかあった。だがその水準はひどく低かったため、鋭敏な読者には一目瞭然だった。その後、彼は続けざまに、さして優れたところのない短編を発表した。バナールが最も得意としていたのは、二つの相容れない作風を混在させることで、たとえばアーダルベルト・シュティフターの筆致でフランク・ヴェーデキント風の物語を書いたり、あるいはその逆をやることだった。これらの短篇は発表後、激しい批判を蒙るか、さもなければ全く反響がないかのどちらかであった。

この時期の作品で唯一、少しばかり好評を博したのは「クリスティーナ・フィールズ」という三十頁に満たない短編小説だった。この作品は「デイジー・ミラー」風に始まる。金持ちで世事に疎いアメリカの女性がウィーンを訪れ、腹に一物ある幾人もの崇拝者の間を行ったり来たりするのだが、その後の展開はヘンリー・ジェイムズが夢にも見たことのないものだった——作品と同じ名前を持つ女主人公は、追随者とともにザルツブルク付近のとある修道院を訪れた時、突然聖母に感化され、出家して修道女になることを決意するのだ。当時のある評論家は、この小説の後半部分の宗教的体験の描写は実に真に迫っていると称賛した。おそらくこうした評価に励まされたのだろう、バナールは次いで最初の戯曲「聖女リドヴィナ」を書いた。

一九〇五年六月二十二日、「聖女リドヴィナ」はブルク劇場で上演された。この物語は十五世紀の聖女伝説を踏まえたもので、女主人公のリドヴィナは全身が麻痺し、四肢が耐えずただれているのだが、彼女には聖母の霊験や、天使が自分を取り巻いて座っているといった幻が見える。この戯曲はメーテルリンク風の象徴的手法とシュニッツラー風の独白を融合させていて、場面はほぼすべて、女主人公ががらんとした何もない空間に向かって独り言を言うというもので、極めて冗長かつ難解、全幕の上演には四時間を要した。

新世紀に入るその時、欧州の舞台では破滅的とも言える舞台の初演が相次ぎ、劇場では野次や罵り声が絶えなかった。これに比べれば、「聖女リドヴィナ」に対する観客の態度はずっと温かいものだった。初演時、半数以上の観客が最後の一幕まで辛抱しきれずに立ち去り、最後まで残った観客も芝居を見ていたとは限らず、おそらく柔らかな座席で眠っていたに過ぎなかったからである。他の都市での初演も同様に、評判は芳しくなかった。毒舌で知られるカール・クラウスは、彼の個人評論雑誌『ファッケル』に辛辣な劇評を書いた。「我々はまずバナール医師に祝辞を述べねばならない。彼は不眠症の治療を大きく進展させた。この研究は医学の歴史そのものを書き替える可能性がある。だが惜しいことに、この療法には今のところ重大な欠陥がある。これによってもたらされる苦痛は、『琥珀の魔女』に描かれた様々な酷刑にも劣らず、意志がさほど強くない患者は、治療が功を奏する前に、我先にと逃げ出してしまう」

翌年、バナールは「解剖授業」と題する独幕劇を書いた。これもまた退屈極まりない作品だった。作品は、ある教授が数名の医学生を率いて空っぽのベッドに向かい、死体を解剖する仕草をしてみせるというもので、台詞は難解な医学用語に満ち、不可解な、哲学的意味をもった言葉もいくらかあった。おそらく「聖女リドヴィナ」の失敗を受けたためだろう、「解剖授業」はすべての劇場から門前払いされ、バナールは結局、自腹を切って小劇場を借り、ようやく上演を果たすことができた。バナールはウィーン各界の名士に招待状を送ったが、多くの人が口実を設けて辞退してきた。カール・クラウスも、招待券は受け取ったが見に行かなかった、と率直に語っている。彼はさらに付け加えて、「ザッハー＝マゾッホが描く主人公のように、苦痛の中にも快感を得られるのでないなら、バナール医師の芝居を再び見ようという者がいるだろうか？」と書いた。

バナールが二十九歳の時、義父ギュンダーローデ医師が卒中で世を去った。この一年前から、バナールはすでに体調が優れないギュンダーローデ医師に代わり、診療所を任されていた。自身をより成熟して信頼できる人間に見せようと、バナールはひげを蓄え始めた。今、我々が目にすることのできる彼の写真はすべて、三十歳以降に撮影したもので、そのどれもが彼のあの特徴的な頬ひげを蓄えている。多忙のため、バナールの文学活動は停滞し始め、第一次大戦勃発までの数年間は、数篇の短詩を発表したに過ぎなかった。

彼は三十二歳の時、大学の同期生の妹であるカタリーナ・シュティーアと結婚した。カタリーナは当時まだ二十四歳だったが、すでに人生の最も輝かしい時期を通り過ぎていた。彼女は四歳から神童として舞台でヴァイオリンを演奏し、十六歳でその活動は頂点に達した。もちろん、見識のある者ならばみな、カタリーナは技巧の上では何ら人に勝る点はなく、ただ美しい容貌と年齢の上で優位に立っているに過ぎないと知っていた。このため当然のことながら、彼女は二十歳を過ぎるとたちまち忘れ去られてしまった。二十四歳のカタリーナにとって、個人の診療所をもつ医師に嫁ぐことは、ともすれば最良の選択だったのかもしれない。二年後に長女ベッティーナが生まれ、次女エリザベートが続いた。この二人の娘は、後にそれぞれの面でバナールの創作に影響を与えることになる。

戦争が始まると、バナールは軍医として東部戦線に赴いた。だが惜しいことに、この経歴が彼にハンス・カロッサの「ルーマニア日記」のような傑作を生み出させることはなかった。バナールは最も悲惨な戦況を目撃しながら、戦争と帝国を讃える一連の詩と、ロシア人を風刺する短い戯曲を書いたに過ぎなかった。ロシアとの戦争が終わると、バナールはウィーンへ戻った。ほどなくして、母親のマチルダがスペイン風邪で死んだ。

一九二〇年代に入っても、バナールの文学事業には何の進展もなかった。彼は二〇年代を通して、いくつかの詩と評論を発表しただけだった。これらの詩はやはり模倣と寄せ集めの痕跡に事欠かない。一時期、彼はスティーブン・ゲオルゲの作風すら模倣し、名詞の頭を大文字で書くのをやめ、さらにゲオルゲが発明した句読点をも盗用した。これは当然、ゲオルゲのグループの不興を買い、彼らは相次いでバナールの作品を攻撃した。このためバナールは以後二年もの間、新作を発表しようという気になれなかった。

一九二三年に出版された『文学動物大百科』で、フランツ・ブライはバナールに関してわざわざ単独の項目を立てている。「ハインリヒ・バナールは飽くことなくむさぼり続ける一匹のリスである。目の届く範囲の木の実は、すべて口に入れたがる。口の中には拾った木の実が一杯に詰め込まれ、彼は咀嚼することすらできず、消化などはもってのほかである。木の実が口から転がり出ても、彼はそれが他人のところから拾ってきたものだと覚えておらず、彼が体内で育んだ、結石のようなものだと思い込んでいる」この評価は、彼の一九三〇年代以前の創作をまとめる上で、まさにぴったりである。

彼の創作人生を貫いたものは、他人の真似や剽窃のほかに、ホーフマンスタールへの敵意であった。日記や書簡によれば、バナールはずっと、いつか文学上の成果でホーフマンスタールを超えることを夢見ていた。だが相手が世を去るまで、彼は相手と並び称される資格を得ることができなかった。

ホーフマンスタールの幾多の名作のうち、一九〇二年に『デア・ターク』紙に発表された「チャンドス卿の手紙」は定番中の定番といえるだろう。この小編で、ホーフマンスタールは筆を折って二年になる架空の詩人、チャンドス卿を創造し、フランシス・ベーコンにあてた手紙の中で、創作を絶った理由について説明させている。この小説の発表後まもなく、バナールは悪意に満ちた批評を書いて『現代展望』誌に掲載した。バナールは医学的見地から、作中のチャンドス卿がなぜ言葉に対して焦りを抱いているのかを説明し、多くの同時代の学者による失語症の研究を援用していた。その中にはフロイトの論文もあった。批評の最後で、彼は医師としての口ぶりでホーフマンスタールに忠告している。もしもあなたがチャンドス卿のように言葉に対して焦りを抱いているのならば、早めに医師に見せた方がいい、病状が悪化しないうちに、と。

バナールが日記や書簡でホーフマンスタールに加える攻撃は、ますます遠慮がなくなってきていた。正直に言って、彼の日記は同時代のものの中では面白みがなく、多くの場合、毎日起きた事柄を機械的に記録しているに過ぎず、批評も加えていない。彼は自分が見た芝居や歌劇、音楽会をすべて記録しているが、演目や曲目、出演者、場所を書き記すのみで、内容や観客の反応に筆が及ぶことは極めて少ない。たとえば一九〇八年十二月二十一日の日記には、シェーンベルクの弦楽四重奏曲第二番の初演を聴きに行ったと書いているものの、わずかに触れているだけで、耳目を驚かせたその音楽や、聴衆たちのさらに驚くべき反応については、一言も書いていない。しかし、ことホーフマンスタールに関わる作品となると、彼はインクを惜しまずその内容について大いに批評を加え、皮肉に全力を尽くし、リヒャルト・シュトラウスがホーフマンスタールの戯曲を改編した歌劇にすら容赦はしなかった。

宿敵の新作を可能な限り早く観賞するため、バナールは一九一一年一月、わざわざ蒸気機関車に乗って、ドリスデンに『薔薇の騎士』の初演を観に行った。彼がその日の日記に書いたこの歌劇についての批判は、ほとんど言いがかりといっても良いもので、メゾソプラノ歌手が男性主人公に扮したということすら彼の不満を招いていた。冒頭で主人公と元帥夫人が愛を語る場面について、バナールは「オペラ史上最も不道徳的な一幕で、売春宿の女同士の見世物を歌劇場の舞台に持ち込んだ」と罵っている。『ナクソス島のアリアドネ』を観賞した後には（この歌劇の改訂版は一九一六年にウィーンで初めて上演されたが、当時バナールは東部戦線におり、上演を知って、劇場に行くことができないのを残念がった）、再びこの点にこだわり、矛先を作曲家にまで向けている。「シュトラウスのような立派な人が、なぜメゾソプラノに作曲家の役をさせることに同意したのか、まったく理解に苦しむ。まさか彼は自分をそのように考えているわけではあるまい」

これと明らかな対照をなすのが、一九一八年十月十四日の日記で、彼はリヒャルト・シュトラウスの歌劇『サロメ』のウィーン初演を鑑賞している。この台本は明らかにもっと過激なものだったが、ワイルドによって書かれ、ホーフマンスタールによるものではなかったため、バナールは上演場所と主演歌手の名前を機械的に記すにとどまっている。

もしもバナールがホーフマンスタールのように一九二〇年代末に亡くなっていたら、彼は「ウィーンの世紀末」の取るに足りない脚注の一つとして、該博なドイツ語文学研究者にのみ知られる存在となっていただろう。我々が今、文学史上でハインリヒ・バナールの名を見ることができるのは、完全に彼の一九三〇年代以降の創作によるものだ――彼はドイツ語文学史上、また空想科学文学史上、最も荒唐無稽な作品を書いている。また、三〇年代以降は、次女エリザベートが彼の誇りとなり、長女ベッティーナは彼の悩みの種となった。

ベッティーナは二十歳になるまで、両親の支配の下に暮らしていた。当初、カタリーナは彼女を、自分のような音楽の神童に育てようとした。ベッティーナのヴァイオリンは幼年期のカタリーナにいささかも劣らぬ腕前だったが、戦争と戦後の混乱の時代にぶつかり、誰からも注目されなかった。娘の音楽活動が頓挫するのを目にして、バナールは彼女を自分と同じ医師にすることを決めた。ベッティーナは女学校を卒業後、父の手配でウィーン大学医学部に入学した（バナールがかつて学んでいた頃、医学部はすでに女子学生の募集を始めていた）。

しかし、当時のバナールのように、ベッティーナは医学にはさほど興味を持たず、モーリッツ・シュリック教授の論理実証主義哲学に惹きつけられた。彼女はあるハンガリーの友人の紹介でそのグループに入り、二年後に独断で哲学部に編入した。これは当然、バナールの怒りを買い、彼は父娘の関係を断ち、ベッティーナの学費を支払わないと脅したが、娘を大人しく医学部に連れ戻すことはできなかった。二人の冷戦はその後二年間続いた。

これに引きかえ、エリザベートが育った環境はずっとゆるやかだった。カタリーナは彼女をかまう暇がなかったために、祖母のマチルダに養育を任せたことすらあった。エリザベートは十歳の時、家族とともにモーツァルトの『後宮からの誘拐』を観に行き、オペラ歌手になることを決意した。ちょうどベッティーナの音楽活動が行き詰っていた時期で、カタリーナはエリザベートに声楽を学ばせることには賛成しなかった。だが明らかに、バナールはヴァイオリンよりも歌劇を好んでいた。その時から、父親の援助の下、エリザベートは高額な声楽のレッスンに通い始めた。彼女は十八歳で実家を離れ、ザルツブルク・モーツァルテウム音楽院に入学し、ソプラノ歌手のマリー・グートハイル＝ショーダーに師事して声楽を学び始めた。

一九二〇年代初期から、バナールは歌劇の台本を書く考えを抱いていた。これは主に、宿敵ホーフマンスタールに挑戦するためだった。だが彼の台本はすべて失敗作で、当然、どの作曲家の興味も引き起こさなかった。三〇年代以降、作曲家から頼まれてもいないのに、バナールは歌劇の台本を続けざまに書き上げた。これは一つには、ホーフマンスタールの逝去が、自分にも入り込む余地があると彼に思わせたのだろう。さらに、彼はエリザベートに自分の作品を歌わせることを夢見ていた。

バナールは一九三二年六月に最初の歌劇台本「ジークフリート号の出航」を完成させた。タイトルの「ジークフリート号」とは、ツェッペリン硬式飛行艇のことである。バナールは三一年にツェッペリン伯爵号がウィーンに着陸するのを見物し、そこからインスピレーションを得た。この作品はバナールの創作人生における転換点と呼べ、これにより彼は伝統文学に完全に別れを告げ、同世代のドイツ語作家が極めて少ない領域――空想科学へと足を踏み入れた。もちろん、これは彼が稚拙な模倣を捨てて独創的な作品を書き始めたということではない。まったく反対に、バナールが空想科学創作に転向したのは、主に当時流行していた未来小説の影響を受けたためだった。彼の後期の作品における多くのアイデアも、これらの未来小説から直接取り込んだものであった。

二〇年代後半から、バナールの日記には未来小説の読書メモが頻繁に登場する。これらの小説は多くが粗製乱造で、欺瞞的な民族主義を鼓吹しており、あらすじはドイツ民族が何らかの最先端技術を手に入れて世界の覇権を握るというものがほとんどであったが、肝心の最先端技術については、少しも推敲されていないことが多かった。バナールが特に好んだ作品は、ケーテ・レーゼ＝シュトランクの「自由の光」(一九二〇)、ヴィルヘルム・ゲレールトの「三つの世界大陸の悲劇」(一九二二)、ハインリヒ・インフェーアの「アリス。新しきドイツ植民地」(一九二五)だった。これらの作品のうち、彼に最も直接的な影響を与えたものとしては、エルンスト・オットー・モンタヌスが一九二一年に発表した「西洋の救出——現代のニーベルンゲン物語」を挙げることができる。この小説が彼に、後の四部劇の創作につながる発想を与えた。

「ジークフリート号の出航」に戻ろう。この歌劇は三幕からなる。

第一幕は劇中劇風で、講和成立を祝うために開催された音楽会の模様である。バナールの設定では、上手に腰掛けを並べて劇中の観客席とし、政府要人や傷病兵役の俳優を座らせる。物語はすべて下手で進行する。その内容は平和を讃える独唱や合唱、各国の特徴あるバレエである。第一幕の終わりに、ヒロインのマリアが舞台に登場し、「目覚めよ、ドイツの魂よ」と題されたアリアを歌う。歌唱が半ばに達すると、舞台上の「観客」も共に歌い出し、大合唱となる。合唱の終わりに、オーケストラが最も強い不協和音を奏でる——首都が敵軍の奇襲を受けたのだ。歌劇院も難を逃れることができず、爆撃の対象となる。

第二幕は火の手の上がった歌劇院が舞台である。危急存亡の時、舞台の下に座っている主人公、フィッシャー少尉がヒロインを守る。二人は炎の中を共に脱出する。第二幕の終わりに、救助隊と合流しようとする二人は、敵国の女性歌手がシャンデリアの下敷きになっているのを発見する。主人公はシャンデリアを持ち上げて彼女を救出する。だがその女性歌手はひどい傷を負い、もはや助かる見込みはない。彼女は臨終に際して二人に、自分は軍の計画をとうに知っていたが、祖国のために犠牲にならざるを得なかったと告げる。二人が救出された後、ヒロインは、劣等民族の女性ですら祖国のために死ぬことができるのに、自分は後方で安穏と生をむさぼっていたくない、と話す。彼女は主人公の乗った飛行艇に乗り、将兵たちのために歌うことを決意する。

タイトルに掲げられた「ジークフリート号」は第三幕にようやく登場する。第三幕は飛行艇が停泊している駐機場が舞台だ。この歌劇の中で、最も空虚で退屈な場面である。前半はすべて、主人公とヒロインが「ジークフリート号」がいかに素晴らしいかを褒めたたえる内容である。彼らは飛行艇がなぜ飛ぶのかや、モーターの型番、搭載している武器などを細かく説明する。バナールはさらに、兵士が飛行艇に超大型高性能爆弾「ノートゥング」を装填する場面を設けている。第三幕の後半は、ジークフリート号が戦場へと旅立つ場面である。女声合唱団が扮する市民たちが下手に、男声合唱団が扮する飛行艇に乗った兵士たちが上手に、主人公とヒロインが中央に立つ。歌劇は最後に、「激しく燃える炎の中にこそ、祖国は」と題する大合唱の中で幕を下ろす。

「ジークフリート号の出航」の初稿を完成させた後、バナールは自らこれを清書し、マックス・シュタイニッツァーを通してリヒャルト・シュトラウスに渡した（シュタイニッツァーはシュトラウスの友人であり、最初の伝記の作者だった）。当時、リヒャルト・シュトラウスはシュテファン・ツヴァイクとともに歌劇『無口な女』を創作している最中だった。ツヴァイクに宛てた手紙で、シュトラウスはバナールの戯曲について触れているが、そこには嘲笑が幾分か含まれている。「私は想像したくない」と、食堂のメニューにも曲をつけることができると称されたこの作曲家は書いている。「『ガトリング砲』や『マイバッハ社のエンジン』などという言葉をテノールが歌うのを聞いたら、観客は一体どのように反応することか」だが、彼のバナールへの返信は非常に丁重なもので、単に、自分は別の仕事を抱えているため、この歌劇に曲をつける力が残っていない、と書くにとどまっていた。のちにバナールは、台本を人づてにハンス・エーリヒ・プフィッツナーに渡したが、今度は返事すら受け取ることはなかった。

この挫折を受けて、バナールはさらに大規模な執筆計画を練り始めた。彼は、目下のドイツ語世界にはワーグナー風の楽劇（ムジークドラマ）が必要で、とりわけ『ニーベルンゲンの指輪』のような大型の作品こそが民族を鼓舞することができると考えた。「西洋の救出——現代のニーベルンゲン物語」などの未来小説の影響を受けて、バナールは一九三三年、彼の一生において最も長大な作品——ゲルマン民族が人類を率いて異星の文明に対抗するという四部作の構想を始めた。彼はこの構想を「宇宙楽劇（ヴェルトラオムジークドラマ）」と呼んでいる。

当初、バナールは「ジークフリート号の出航」を四部作の第一部とするつもりだったが、すぐにその考えを改めた。かつて彼の診療所で助手をしていた青年が、ドイツからウィーンに戻ってきたのだ。バナールは日記の中で彼を「ヨーゼフ」と呼んでいるが、彼の氏名や生い立ちを調べるすべはない。我々が知り得るのは、彼がドイツでナチ党員になり、「任務を帯びて」ウィーンに戻ってきたということだけである。このヨーゼフという青年は、一九三四年十一月にバナールを訪問し、ニュルンベルクで開かれた党大会の様子をまるで手に取るように鮮やかに語って聞かせたが、そこにはかなり誇張があったかもしれない。話を聞いたバナールは、四部作の第一部を書き直す気になり、この上演不可能と運命づけられた作品を、壮大で気迫あふれる閲兵式から始めると決めた。彼は一九三六年末に、この「前夜劇」の初稿を完成させ、「帝国の行進」と名づけた。

あらすじから考えると、「帝国の行進」の退屈さはレニ・リーフェンシュタールの「意志の勝利」に勝るとも劣らない（両者はいずれも一九三四年のニュルンベルク党大会をきっかけに生まれた作品だ）。作品の前半では兵士たちが行進し、次に青年団の行進、最後は一般市民である。これらの行進はバレリーナによって演じられる。総統は舞台上には登場しない。行進がすべて終わると、バナールが最も好む大合唱がもちろん行われる。この合唱で、彼は「ハイル・ヒトラー」という、よりあからさまな歌詞を書いている。

歌劇の後半は各種「新型兵器」の披露である。軍医であったとはいえ、バナールは兵器には通じておらず、歌劇に登場するいわゆる「新型兵器」は、ほとんど彼が読んだ未来小説から引いてきたものだった。例えばカール・バルツ『一九六〇年の戦争』の「消音キャノン砲」や「失明ガス」、アルフレート・ライフェンベルク『邪神モロクの最期』の「死の光線」などだった。他には、球形の飛翔体や球形の潜水艇、球形の魚雷もあった。彼はなぜか、何でも球形にすれば新しく見えると考えていたらしい。登場する兵器の中で、バナールの（医学以外の）自然科学の水準を最もよく明らかにするのは、「地底レーダー」だろう。彼はわざわざ歌唱の場面を設けて、この「地底レーダー」の動作原理を説明している——帝国の潜水艇が北極に行き、北極点にある穴から地球の中心に到達し、地球内部でレーダーによって敵軍の潜水艇を探査するというものだ。明らかに、「地球空洞説」を信奉する狂人しか、このレーダーの効果を信じることはないだろう。

バナールが「帝国の行進」の創作に没頭している間、ベッティーナとエリザベートの生活には大きな変化が起きていた。

ベッティーナと父親の冷戦は一九三四年に終わり、二人はそれまでのように、毎朝コーヒーを片手に閑談するようになった。彼女は時折、科学界の最新の成果について語り、ウィーン学団のメンバーの研究に触れることもあった。「宇宙氷説」を信じていたバナールが、ベッティーナが何を話しているかを理解できたとは考え難い。だが数年後、バナールは確かに娘から聞いたと思われる学説を創作に用いて、破滅的な結果をもたらしている。

一九三六年初頭から、ヨハン・ネルベックという名の男子学生がベッティーナに熱をあげ、拒絶されると彼女に付きまとようになった。ベッティーナはシュリック教授に助けを求め、これによってネルベックはシュリックを恋敵だと思い込んだ。六月二十二日、彼は教室棟の廊下でシュリックを撃ち殺した。ベッティーナはその惨劇を目の前で見た。シュリックの死はウィーン学団の解散をもたらし、ベッティーナを短期的な精神錯乱状態に陥れた。のちにバナールの手配で、ベッティーナは治療のため欧州周遊の旅に出発し、ウィーンという傷心の地に二度と戻ることはなかった。彼女は一九三八年からスイスのバーゼルに居を定め、ある女学校で数学を教え、一九七七年に交通事故で死んだ（ちなみに、当時は多くの民族主義者がシュリックをユダヤ人であると誤解し、人殺しのネルベックを民族的英雄だと讃えた。ドイツがオーストリアを併合した後、ネルベックは釈放されてナチ党に入った。彼は一九五四年まで生き、クラフトが著書『ウィーン学団』で彼を「精神が錯乱した元学生」と書いたことについて、名誉毀損の訴えを起こした）。

一九三六年はエリザベートにとって活動の始まりで、一時的に頭角を現した年だった。八月、彼女はグートハイル＝ショーダーの推薦でザルツブルク音楽祭の『薔薇の騎士』の公演に加わり、ゾフィーを演じた

（グートハイル＝ショーダー自身は元帥夫人を演じた）。自分が書いた歌劇に出演する前に、エリザベートがホーフマンスタールの編んだ作品で歌ってしまったことは、バナールにとって小さからぬ打撃だっただろう。もしかすると、彼が娘の初舞台を見に行かなかった原因はこれであったかもしれない。彼自身の説明では、精神錯乱に陥っていたベッティーナの世話をする必要があるというものであったが。結局、カタリーナが一人で公演を見に行った。

それ以降、エリザベートは地方の小劇場で主役を演じるようになった。彼女は小柄で痩せており、肺活量も役柄の幅にも限界があった。彼女が最も得意としていた役は『魔笛』のパミーナだった。「ああ、わたしにはわかる、消え失せてしまったことが」を彼女ほど美しく悲愴に、息も絶え絶えに歌えるソプラノは、さほど多くはなかっただろう。

バナールはドイツによるオーストリア併合の前夜に四部作の第二部「ヘルマン計画」を完成させた。「ジークフリート号の出航」のように、今回のヒロインもソプラノ歌手だった。誰をモデルにしてヒロインを書いたのかを知らない人がいないよう、バナールは彼女にエリザベートという名――自分の次女と同じ名をつけた。今回の主人公はエリザベートの父親だった。幸い、彼はこの役に「ハインリヒ・バナール」と名づけるほどの自己愛はなく、コルマーという大学時代の同期生の名前を使った。ヴァルター・コルマーは実際には医学教授で、当時はすでに亡くなっていた。芝居の中では、理論物理学者になっていた。

「ヘルマン計画」は政治的陰謀に満ちた作品である。表向きは、コルマー教授と娘のエリザベートは逃亡者で、帝国で不公正な待遇を受けたため、アメリカに政治的庇護を求める。だが、その背後には人に告げられぬ目的、ある秘密の任務があった。それがすなわちタイトルにある「ヘルマン計画」である。台本では多くの紙幅を費やして、アメリカの堕落——青年たちが幻覚剤におぼれ、抜け出せないさまを描いている。バナールの筆によると、アメリカ最大の製薬会社は幻覚剤用のエンコーダーを発明し、幻覚剤の一粒一粒が使用者にもたらす幻を正確に計算することができた。この方法によって、彼らは使用者にどのような光景を見せ、どのような体験をさせるかをコントロールすることが可能であった。

計画に従い、コルマー教授はある秘密文書を米軍当局に入手させる。文書には新エネルギーの獲得方法が記載されている。だが実際には、アメリカ人が文書に従い実験を行うと、壊滅的な結果をもたらすことになっている。文書の信頼性を高めるため、コルマー教授はそれを直接軍当局に渡さず、彼らが自ら盗んでいくように仕向ける。この任務を達成するには、娘エリザベートの助けが必要だった。

二人から情報を得るため、あるアメリカ軍人がエリザベートに近づく。エリザベートもうまく調子を合わせる。ある日、彼が父娘の住まいを訪れ、彼女に幻覚剤を飲ませようとする。彼女はこれを拒まない。その後の場面はすべて彼女が見た様々な幻覚である。目を覚ますと、軍人はすでに立ち去っており、秘密の文書も持ち去られている。幕切れ、アメリカ人たちは文書に従い実験を行い、「マイクロ波の放射」(これはバナールがベッティーナから聞いた言葉に違いない)によってアメリカ全土の電力系統が破壊される。こうして、帝国軍は一人の兵卒をも費やすことなく、アメリカを占領する。

四部作の前半二作を完成させた後、バナールは再び歌劇の作曲者を物色し始めた。この頃、リヒャルト・シュトラウスは、ユダヤ人のツヴァイクに協力したために面倒に巻き込まれていた。そこでバナールは、前回返事をよこさなかったハンス・プフィッツナーに、もう一度台本を送った。今回、プフィッツナーは礼儀正しく返事をよこしたが、自分はすでに高齢であり、家庭内のことも彼をひどく消耗させていて(娘アグネスの自殺のことを指していると思われる)、このように長大な歌劇を創作する時間がない、と率直に書いていた。

再び壁にぶつかったバナールは、四部作の第三部「怒りの日」を引き続き書いた。彼の構想によれば、これはアメリカ人が反撃を試みるも帝国に鎮圧される物語で、幕切れでは異星の文明が地球に侵攻を始めることになっていた。しかし、彼は結局、この戯曲を完成させることはなかった。第四部に至っては梗概すら残っておらず、彼がタイトルを「人類の曙光」とするつもりだったことしかわからない。

一九三九年九月、バナールと妻はザルツブルクにエリザベートを訪ね、そこでナチス政権が現代芸術を誹謗するために開催した「退廃芸術展」を見た。この悪名高い巡回展覧会で、近代美術は「退廃芸術」のレッテルを貼られ、屈辱的な方法で展示されていた。これと対比させるため、ナチスは「大ドイツ展」を同時に開催し、当局が評価する写実的な作品を展示した。この体験にバナールはヒントを得て、「怒りの日」の執筆を一時中断し、中篇小説「キルケの島」の執筆へと転換した。この何気なく書いた作品が、バナールの運命を変えることになった。

「キルケの島」は人類史上最も辛辣で、悪意に満ちた小説であろう。これに比べれば、カール・クラウスの情け容赦のない批評は寝物語のように優しい。この小説は冒険小説の体裁をとっているが、その本質は芸術評論に近い——適切な表現でいえば、近代芸術に対する手ひどい中傷である。小説の冒頭で、あるドイツ人画家が海難事故に遭い、絶海の孤島に流される。島では野蛮人が原始的な生活をしており、彼らは英語とフランス語が混ざり合った奇怪な言語を話す。後半の筋書は、単にこれらの野蛮人の芸術を列挙しているに過ぎない。

野蛮人たちは、「芸術の殿堂」と彼らが呼ぶ洞窟の壁いっぱいに作品を描いている。主人公はたいまつを持ち、野蛮人に導かれて洞窟を見学する。洞窟の全体像はバナールがザルツブルクで見た「退廃芸術展」とそっくりで、横穴の一つ一つに特徴のある絵画が展示してある。ある横穴では、壁画の人物はみな、小さな球から数本の触手が伸びているかのように描かれ、奇妙な色に塗られている。別の横穴の壁画では、人物はすべて黒い小人として描かれている。主人公はさらに、野蛮人が絵を描くさまを目撃する。ある者は自分を逆さまに吊るし、意味不明の色の塊を壁に塗りつけている。また別の者は自分の全身に顔料を塗り、何度も壁にぶつかっていき、最後には頭から血を流して地面に倒れる。

絵画のほか、近代音楽もバナールの攻撃の対象となっていた。彼の描写によれば、これらの野蛮人たちは十以下の数の計算すらできないが、十二平均律は正確に算出することができる。だが不幸なことに、彼らは「調性」に関するいかなる知識も持っていない。このため彼らにとって、作曲とは音符をでたらめに配置することに過ぎない。明らかに、バナールはここに、シェーンベルクが創始した「十二音技法」を投影している。この部分を書くために、彼はわざわざシェーンベルクの弟子アントン・ヴェーベルンに手紙を書いて教えを乞うている（バナールが大学でグイド・アドラーの音楽学を聴講していた時、ヴェーベルンはちょうどアドラーに師事して学んでいた。彼らの間には四十年近い交情があった）。ヴェーベルンは惜しむことなく、返信の中で「十二音技法」の作曲原理を詳しく説明し、バナールは彼の言葉をほとんどそっくりそのまま引き写した。ただし小説では、これらの言葉は食人族の長老の口から語られていた。

バナールはさらに、当時はまだ流行していなかった「微分音音楽」も批判した。彼は、一部の野蛮人作曲家は十二平均律に不満を抱き、一オクターブを六百六十六の音に分解したと書いている。だがその微妙な違いは一般人の耳では聞き分けることができず、毒キノコを食べたり性病にかかった人だけが鑑賞することができるのだという。

小説の末尾で、主人公は野蛮人の目の前で「ドイツ芸術」を描いてみせる。野蛮人たちは「真の芸術」を目にして次々と発狂し、海に飛び込んで死んでしまう。その夜、第三帝国旗を掲げた軍艦が着岸し、主人公を「偉大なる祖国」へと連れ帰る。

「キルケの島」は一九四〇年六月に出版され、美術学者のパウル・シュルツェ＝ナウムブルクとヴォルフガング・ウルリッヒに称賛され、ウィーン総督に就任したばかりのバルドゥール・フォン・シーラッハに注目された。バナールはこれにより、シーラッハの招きを受けた。シーラッハ本人は音楽愛好家で、父親は歌劇院を経営したことがあり、姉ロザリンドは優れたソプラノ歌手であった。バナールが四部作の計画を立てていると知り、シーラッハは彼に適当な作曲家を見つけることを請け負った。

シーラッハはすぐにその約束を実現し、ウィーン・フィルハーモニー管弦楽団の実質的権力者でナチス党員のヴィルヘルム・イェーガーにバナールを紹介した。イェーガーもまたグイド・アドラーの学生で、音楽理論に通じ、非常に優れたコントラバス奏者だった。だが彼の作曲水準はきわめて低く、枠組みが小さく、古めかしい作風にこだわっており、バナールの四部作の作曲には明らかに不釣り合いだった。シーラッハの歓心を買うため、イェーガーはバナールの短詩のいくつかに曲をつけ、一九四一年五月のシーラッハの誕生会の席上で、彼の一番のお気に入りであるバリトン歌手、ゲルハルト・ヒュッシュにそのうちの二曲を歌わせた。だが、イェーガーは「帝国の行進」の作曲を始めてすぐ、この仕事はいささか自分の手に余ることに気づいた。彼はまず第一幕の幕切れの「ハイル・ヒトラー」の大合唱を完成させたが、それはハイドンの「私たちの救い主の十字架上での最期の七つの言葉」のフーガに似ていた。シーラッハは試演を聞いてひどく機嫌を損ね、別の作曲者を探すことを決めた。彼が挙げた候補には、パウル・グレーナーとヴェルナー・エックがいた。

この二人の作曲家と打ち合わせをしていた頃、ナチスの御用監督であるファイト・ハーランがシーラッハを訪ね、オーストリアで映画を撮りたいと考えており、オーストリアの作家に脚本を書いてほしいと言った。こうして、ハーランの新作の脚本執筆の仕事がバナールに回ってきた。昔ながらのウィーン人として、バナールは映画という新興芸術にまったく興味を持っていなかった。だが彼はシーラッハの依頼を断るほど時流に鈍感ではなかった。

当時、ドイツはすでにソ連に対する攻勢を強めており、戦争は白熱化していた。ハーランは、一介の兵士が総統に身を捧げる内容の映画を撮りたいと考えていた。協議を経て、主人公は総統の警護員で、彼が敵の総統暗殺の陰謀を打ち砕くあらすじに決まった。これは非常に簡単に書けるテーマ付き作文だったが、バナールは未来小説への嗜好をついに手放すことができず、出しゃばりをした挙句、すべてをぶち壊しにした。

バナールは物語の舞台を、自分の母校であるウィーン大学に置いた。彼の設定によれば、当時、ある教授がタイムマシンを研究しており、人を過去へと送ることができた。この研究はすでに初期の成果を収めていた。総統はその教授の実験室を視察する準備を進める。主人公は総統の身辺を守る警護員で、視察の安全を確保しなければならない。しかし視察終了後、総統は実験室を出るや否や狙撃され、その場に倒れ絶命する。総統が目の前で殺害されたのを見て、主人公は教授が引き留めるのもきかず、未完成のタイムマシンに乗り、数時間前に戻る。

そこで主人公は刺客を捕らえることに成功するが、総統が実験室のある建物を出て行くと、突然一台の自動車が彼に衝突し、敵の陰謀はまたも達成される。こうして主人公は再びタイムマシンに乗って過去へ戻る。タイムマシンはまだ制作中であるため、使うたびに主人公の身体に大きな副作用をもたらす。さらに、過去へ戻った時には、過去の時間にいる自分が出てきて混乱するのを防ぐため、彼は自らもう一人の自分を殺害しなければならない。これが数回繰り返された後、主人公はついに総統をすべての危険と障害から守るが、彼の身体は重荷に耐えかね、病を発症する。

総統が防弾ガラスをはめ込んだ自動車に乗ろうとする時、主人公は突然、意識を失う。気がつくと、総統は倒れて死んでおり、自分の手には銃が握られていて、周囲の警備員たちが自分に銃を向けている――どうやら、今回は彼が総統殺害の犯人になってしまったようだ。彼は逃亡し、時に仲間と戦い、何発か銃弾を受け、ついにタイムマシンのある実験室にたどり着き、再び過去へ戻る。

彼が事の顛末を教授に語ると、教授は彼が敵の「心理的暗示」にかかったからこそ、総統が乗車する前に殺害したに違いないと言う。簡単な治療を受けた後、主人公は再び過去の自分を殺し、総統を狙う刺客を一人一人阻止し、最後に銃を取り上げて、自分のこめかみに向ける……

ベッティーナはかつて、バナールがなぜこのようなタイムマシンの物語を思いついたのかを語ったことがある。一九三五年頃、彼女は朝食の席でバナールに、自分のある「ハンガリー人の友人」の研究について話した。そのハンガリー人の友人――あるいは彼を名前で呼ぶことにしよう、クルト・ゲーデル――は、ある条件の下で、一般相対性理論の方程式を満たす特殊な宇宙モデルを設計することができると考えていた。この宇宙の中には時間的閉曲線が存在するのだが、それは粒子が過去に戻れることを意味するという。だが、当時ゲーデルは「連続体仮説」の証明に没頭していたため、一九四九年まで自分の一般相対性理論方程式の研究を発表しなかった。彼は、早くも一九四一年に「ゲーデル解」にヒントを得てナチスを讃える作品を書いた人間がいたとは、思いもかけなかったに違いない。

この「総統のために」という脚本は、バナールを徹底的に破滅に陥れ、彼の四部作をめぐる様々な夢も打ち砕いた。ハーランは当初、脚本に問題があることに気づかず、助手が指摘をした。「バナール先生はいったいどれほど総統を憎んでいるのでしょうか。だからこそ脚本の中で何回も殺害するのですよ」と。こうして、バナールはゲシュタポの調査を受けた。彼に対するもう一つの告発は、脚本の中の「心理的暗示」に関する部分がフロイトの精神分析学を使用しているというもので、それは第三帝国では禁止されていた。バナールはこれについて、自分が参考にしたのはイポリット・ベルンハイム教授の論文だと弁解した――幸い、彼を尋問したゲシュタポは、ベルンハイムがフランス人で、かつてフロイトを弟子に持ったことがあるとは知らなかった。

その調査は最終的に、シーラッハの介入によってうやむやにされた。それ以降、バナールはゲシュタポの監視の対象になった。彼らはしばしば、バナールが再び「偉大なる総統閣下を呪う」しろものを書いていないかを見にやってきた。この事件でカタリーナは大きなショックを受けた。ある夜、ゲシュタポがいつものようにバナール家のドアを叩いたが、カタリーナはいつまでも出て来なかった。しばらくして、バナールはゲシュタポとともに、台所に倒れているカタリーナを発見した。彼女は突然の心臓発作で死んでいた。バナールの失脚はエリザベートの仕事にも影響を与え、それ以降、彼女は小さな劇場で地味な脇役しか演じることができなくなった。

一九四四年九月、ハインリヒ・バナールは同盟軍の爆撃で死んだ。享年六十六であった。彼の蔵書と手稿は戦火でほとんど焼失し、その中には四部作の後半二作の草稿と、その他の未完成の作品も含まれていた。逆に、手紙の大部分と一九三五年以前の日記は、地下室に置かれていたために現在に残っている。

一年後、エリザベートはある小さな酒場で歌っている時、酔った米軍兵士に射殺された。彼女は四発の銃弾を受けて死んだが、軍事法廷は、ただの銃の暴発による事故だったと片づけた。兵士はただちに無罪で釈放された。

【参考文献】

トーマス・マン『ファウスト博士』関泰祐・関楠生訳　岩波文庫　一九七四年

シュテファン・ツヴァイク『ツヴァイク全集』みすず書房　一九七九～一九八一年

ヘルマン・ブロッホ『ホフマンスタールとその時代：二十世紀文学の運命』菊盛英夫訳　筑摩書房　一九七一年

池内紀『ウィーンの世紀末』白水社　一九八一年

池内紀編訳『ウィーン世紀末文学選』岩波書店　一九八九年

渡辺護『ウィーン音楽文化史』上・下　音楽之友社　一九八九年

関楠生『ヒトラーと退廃芸術：「退廃芸術展」と「大ドイツ芸術展」』河出書房新社　一九九二年

ヨースト・ヘルマント『理想郷としての第三帝国：ドイツ・ユートピア思想と大衆文化』識名章喜訳　柏書房

二〇〇二年
マイケル・H・ケイター『第三帝国と音楽家たち：歪められた音楽』明石政紀訳　アルファベータ　二〇〇三年
森瀬繚・司史生『図解　第三帝国』新紀元社、二〇〇八年
ミーシャ・アスター『第三帝国のオーケストラ：ベルリン・フィルとナチスの影』松永美穂・佐藤英訳　早川書房
二〇〇九年
岡田暁生『楽都ウィーンの光と陰：比類なきオーケストラのたどった道』小学館　二〇一二年
岡田暁生『リヒャルト・シュトラウス』音楽之友社　二〇一四年
金関猛『ウィーン大学生フロイト：精神分析の始点』中央公論新社　二〇一五年
草森紳一『絶対の宣伝：ナチス・プロパガンダ４』文遊社　二〇一七年

勝利のV

陳楸帆（チェン・チウファン）

根岸美聡 訳

第三十四回オリンピック競技会は、人類史上初めての仮想現実（ヴァーチャルリアリティー）空間で開催されるオリンピックである。この大会のために主催者は特別にオリンポス山を再建してメイン会場とした。もちろん建材はビットと光ファイバーである。

もし開会式当日に〈オリンポス山〉にアクセスしている最高同時接続数を基準として計測するならば、これは史上最も参加者の多い式典であるはずだ。何を指標にして判断したとしても結果は同じである。もちろん自分のアバターを会場に出現させることができるのは、一部の信用スコアが十分高いユーザーだけである――たとえ、そこが数学的な意味においては無限に拡大することのできる仮想空間だったとしても。大多数を占める無課金ユーザーは、６ＤｏＦ（六自由度）を持つだけの、いかなる画素も占めることのない一次元の点として存在することしかできない。彼らは視線を自由に動かして、観覧が許可されているシーンのすべてを目にすることができるが、身分が無く、交流や連携をする術も無い。当然、拡張チャネルで伝えられる知覚体験を享受することもできない。

一つ一つのアバターの背後にはおびただしい数のゴーストが存在する。たとえ彼らの姿がゼウスであっても、ハローキティであっても。

Ｑは三十万の特権階級のうちの一人である。彼が自分に選んだアバターはクラフトワークと明和電機とスポック一等航海士の特徴を融合させたもので、性的無関心＋工学系オタクの濃密な空気を漂わせており、彼はそれを心の底から誇りに思っていた。Qのアバターはまず一万尺の上空に出現し、色鮮やかな光の放物線を描きながら一定の速さで降下した。観衆は空中に浮遊する巨大なオリンポス山の全貌を目にすることができた。山はゆっくりと自転し、金色の光がきらめいており、フィレンツェ派の叙情画と様々なヴァーチャル知覚実験とを融合させた、世界中のデジタルアーティストの精巧な技術と奇抜な発想をはっきりと示している。

Qは想定内のひとときのめまいを感じた。アドレナリンがわずかに上昇する。彼は久々の興奮を維持したまま真っ直ぐ会場に降りた。そのめまいは、現実世界から仮想世界へと入るための精巧にデザインされた転換方法によるものであった。

彼にしてみれば、このような超大型の古代ローマ式円型競技場は、いかにも想像力が乏しいように見え、とりわけこのひしめきあって熱狂する雰囲気には、慣れることができなかった。そこで、彼は他のすべてのユーザーをシャットアウトし、周囲のすべてのアバターを透明にして背景をフェードインさせた。一人きりになったQは、この盛大な式典を観賞していた。巨大なヴァーチャルアイドルが空中でパフォーマンスをしている。やがてぐにゃりと変形すると、電子音のリズムに合わせて無数の小さな分身へと分裂し、幸運な観衆のところへと飛び散ると、一枚のヴァーチャルメダルとなった。これは、例えばＶＩＰルームを一分間覗き見る権利のような、ある種のシーンを見る特権と交換することができる。

今回のヴァーチャルオリンピックの申請が通るまでには、長く果てしない倫理と技術についての検証があった。

支持者たちは、人類の歴史においてフェアプレイなどというものは存在したことがなく、遺伝子や金銭、科学技術の前では、いわゆる公平な競争というのは、せいぜい自他を欺く一種の道徳的な幻想でしかないと考えていた。そして、ヴァーチャルリアリティーだけがおそらく唯一のフェアプレイへと通じる険しい道である、と。すべての選手が肉体と物理世界のあらゆる枷（かせ）を取り払い、統一基準のブレイン・コンピュータ・インターフェースを通じてヴァーチャル競技場へと入る時、この上なく苦しい練習の繰り返しの全てと、長い年月で流した血と汗の全てが、変換を経て神経インパルスと化す。絶対的な意味で完全に一致したアバターをコントロールしながら、誰一人として足を踏み入れたこともなく、慣れてもいない空間で技を競い合うのだ。

彼らは、これこそが真の公平であると言う。

Qは決してそのようには考えない。

彼と数多くの肉体原理主義者は同じ立場に立って、まさに人間の肉体の様々な瑕疵があるからこそ、あらゆる努力がこれほどリアルで有意義なものとなるのであり、リアルなものだけが美しいのだという考えを固持した。仮想世界の中では、人々はあなたのアバターに関心を示すだけで、そこからあなたの階層、性格、趣味、行方……あらゆるものを推定する。これは消費主義のブランド崇拝よりも一層虚偽的である。なぜなら、この空間の中ではありとあらゆるものが現実世界に対するヴァーチャルであり、アバター崇拝は虚偽に対するヴァーチャルであるからだ。これは二重の意味で否定的であり、感情と結びつくいかなる新しい価値も確立することなどできない。個性を切り離されたヴァーチャルプレイヤーの一群がヴァーチャルのメダルを奪い合うことがどれほどつまらなく滑稽なことか。

しかし、反対者たちに潮流を変えることはできなかった。

ちょうど選手たちが現実の国籍を保持しながらも、前面に押し出されていたのは彼らのヴァーチャルな帰属地であったように。この理論上は無限に分割し重ねることのできるビット空間の中で、ユーザーは自由にグループを集め、帝国を造る。アバターのＡＩにシステムを管理させて、同時に複数のアバターを持つことも可能だ。こうして全ての選手たちを入場させＱの前に並ばせると、まるで集まっては散らばる発光する鳥の群れが、絶えず様々なパターンの列を作り出しているかのようだ。

オリンピックの開会式を独り占めする中で、Ｑは焦りやいらだちと共に、ある決定的瞬間を待っていた。彼の仲間は現在、現実世界で同時襲撃の準備をしている。この巨大なヴァーチャル王国を維持している重要なデジタル伝送ノードを叩き潰すのだ。副次的な損害も無く、現実の死傷者も無く、政治的な訴えも無い。ただ真実と美の実現のために達成されるヴァーチャルな勝利があるだけだ。彼は頭の中で想像してさえいる。メディアはどうやって彼らを極端に偏った過激な原理主義者の一群として描写するだろうか、と。彼らの現実の生活をこれまで理解したことなど無く、Qが一回の爆弾攻撃の中でどのように下半身不随となり、ヴァーチャルリアリティーの入口の前では、ただ信用スコアが不足しているというだけで、いやというほどの蔑視を受けるのだということさえ理解していないのに。

人生は不平等だ。

Qは現実の中の目を瞬いた。十万単位のデジタルアバターが再び現場を満たした。

少なくとも終末の到来までは。

七重のSHELL

王晋康

上原徳子 訳

一九九九年八月二十三日、甘(ガン)と義兄はエアチャイナ・ボーイング747旅客機に乗ってサンフランシスコに到着した。姉の夫であるスティーブン・ウーは中国名を呉中(ウー・ジョン)といい、彼自身は片道切符だったが、甘又明(ガン・ヨウミン)には往復切符を渡していた。甘(ガン)は七日間滞在して北京に戻り、大学の三年目のカリキュラムに戻る予定だった。

サンフランシスコでは空港から出ることなく、直接ユナイテッド航空マクドネル・ダグラス機に乗ってヒューストンに向かった。このスペースシティは到着した時にはすでにライトアップされていた。ハイウェイの車両のライトは揺らめき、非常に明るい光のネットワークを作りだし、都市の明かりが夜空を照らして、この新興都市を透明で巨大な星団と成していた。飛行機が降下を始めると、耳の中ではウォンウォンと音が鳴り、その巨大な星団は色とりどりのネオンの光としてばらばらになりはじめた。この瞬間、甘又明(ガン・ヨウミン)は自分が本当にアメリカに来たのだとようやく信じたのだった。

飛行機を降りると、彼らは地下の軌道車に乗り、駐車場に向かった。呉中(ウー・ジョン)は自分のシルバーグレイの車を見つけだすと、リモコンでドアを開けた。十分後、彼らはすでに高速道路上にいた。呉中(ウー・ジョン)はスイッチをひねった後ハンドルを放し、ショルダーバッグから一つのノート型コンピューターを取りだし、基地と連絡を取りはじめた。

「君が基地に入れるよう手続きを進めている」彼は短く言った。

甘又明(ガン・ヨウミン)はこの無人運転自動車が高速道路を疾走しているのを驚きをもって見ていた。途中で対向車がすれ違う以外、百キロの道中で、一人の通行人にも警官にも会わなかった。この機械の洪水の中、甘(ガン)はアニメ『トランスフォーマー』がアメリカで流行しているのがなぜなのかを体感していた。彼らの車と前の車との距離があまりに近くなると、甘又明（カン・ヨウミン）は内心気が気ではなかった。スティーブン・ウーは彼の心中を察して、コンピューターから顔を上げて淡々と告げた。

「安心したまえ、これは最も進んだ衝突防止機能を備えている」

甘（ガン）は尋ねた。「その機能は人工衛星がリモートコントロールしているんですか？　資料で見たことがあるけれど、この種の自動運転方式は次世代の技術だって書いていました」

義兄は微笑んだ。「国内の資料は往々にして国外の現状に比べて五年から十年は遅れている。私が君を連れて行くB基地はアメリカ国内で最も進んでいる。君はそこでSFのような多くの技術を見ることができる。それは二一世紀の科学技術社会の見本みたいなものだ。たとえばこの車、君は動力が何か知っているかい？」

義兄に聞かれなければ、彼はこの問題について考えることはなかった。車を見ても、外見はガソリン車と何ら区別はなかった。スピードメーターは百五十キロを超えていたが、車は異常なほど静かに運転されている。彼は考えて答えた。

「外観からして太陽エネルギー車ではないから、高エネルギー電池の電動車ですか？　僕の印象では、こういうのはみんな二〇〇〇年以降の未来の自動車です」

呉中（ウー・ジョン）は首を振った。「どちらでもない。この車は慣性運動のエネルギーで駆動している。言うなれば十二個の普通の自動車のシリンダーと同じ大きさのフライホイールを備えていて、秒速三十万回転している。だから蓄エネルギー能力がとても大きく、一回の充電で一千キロメートル走れる。フライホイールはある超伝導体が形成した巨大な磁場の中で浮かび上がるため、基本的に摩擦して消耗することがなく、慣性運動のエネルギーも制御されて徐々にパワーに変換される。これはガソリン車に代わる多くの方法の一つだが、ベストな方法というわけではない」

甘又明(ガン・ヨウミン)はふざけるように応じた。「もしかして、B基地には植物を受粉する小型昆虫ロボットがいるとか？　クローン人間がいるとか？　光ソリトン通信があるとか？　レーザーで進む宇宙船があるとか？」

スティーブン・ウーは顔を向けて甘(ガン)をちらりと見て、静かに言った。「その通り。クローン人間が倫理的に問題があって実施できていない以外、みんなすでに実用化されているか小規模の試用が行われている」

この後呉(ウー)はもう話をしなかった。彼はコンピューターで一心不乱に仕事をしていた。甘又明(ガン・ヨウミン)はこっそり彼の姿を観察した。彼の容貌は普通で、貧弱な体型をしており、額は突き出ていて、女性のようにしなやかな、キーボードの上をひらひらと自由自在に飛び回る指を持っていたし、その動きを止めてモニター上で基地から来るデータに素早く目を通す時もあった。

水を得た魚のようだ。甘又明(ガン・ヨウミン)の頭の中でこの言葉が繰り返された。この頭でっかちな青年は科学技術の社会では本当に水を得た魚のようで、道理で姉があれほど彼を愛し崇拝するわけだった。この種の人間は、女性からすれば、筋骨隆々とした西部劇のカウボーイに取って代わった二一世紀のトレンドだった。

七日前、三十四歳のスティーブン・ウーは突然帰国し、その三日後には三十一歳の甘(ガン)の姉星子(シンズー)と結婚式を挙げた。挙式の際、花嫁は満面に幸せを浮かべ、新郎はロボットのように冷静だった。実家から大学に戻ったばかりの甘又明(ガン・ヨウミン)はほろ酔い気分をかりて、義兄に「天に感謝、地に感謝、僕の姉さんは苦労して八年待って、やっとあなたはコンピューターのネットワークから出てきた。ご存知でしたか？　長いこと僕はあなたがデジタル化したか、脳みそをアメリカのどこかの実験室の栄養液に浮かべるだけになっているんだと思っていましたよ」と皮肉たっぷりに言った。

スティーブン・ウーは穏やかに笑い、義弟と乾杯して一気に飲み干した。甘又明は彼に対してずっと不満を募らせ、敵意すら抱いていたといってもいい。

八年来、少なくとも彼が清華大学の計算機系（コンピューター学部）に合格してからの三年間、彼は姉から呉の消息を聞くことは非常に少なく、一番多かったのはネットを通じて送られてくる短い挨拶にすぎなかった。甘又明は以前姉に冷たく言ったことがある。「姉さんの婚約者は結局のところ呉さんなの？　それともZHW@07.BX.USっていうアドレスなの？　しっかりしなよ、もしその人がもう心変わりしていないんだったら、性的プログラムを持たないロボットになっちゃったんだよ」

姉はいつも笑いながら言った。「彼はとても忙しいの。今はアメリカのB基地のバーチャル試験室の責任者なのよ」しかし弟の話が全く影響しなかったというわけではなかった。その日の夜、彼女は一通のメールを婚約者に送り、遠慮がちに彼の最近の写真がほしいと伝えた。次の日、無表情な写真が一枚送られてきた。――やはりコンピューターの中に存在しているみたいだ！　このため、甘又明はこの写真がバーチャルなものだと言い張った。「アメリカの警察の科学者は顔の合成ソフトが完璧だね。この写真を太らせるも痩せさせるも、泣くも笑うも、十歳の写真から三十四歳の姿に変えるのも、みんなわずかな時間でできるんだ！　考えてもみなよ、彼はなんで普通の写真一枚すら送ってこないの、この写真は怪しいよ！」

婚礼が済んだ後も、甘又明の敵意はなかなか消えそうもなかった。客が帰った後、彼は腹を立てて姉に言った。

「彼はどうして姉さんを連れてアメリカに行かないの？　世界の有名人ランキングの上位にいて、アメリカで最も優れた二十人の若手科学者に名を連ねる呉（ウー）さんは姉さん一人養えないの？　姉さん、僕は彼がアメリカに十七、八人の愛人がいて、その上家庭を持っているんじゃないかと心配しているんだ。僕は姉さんがＩＱが高い学者だって知っているけれど、ＩＱが高い女の人は愛情についてはだいたいよくわかってないものなんだ。もっと忠告したほうがいい？　あの国はハイテクのエデンの園であるだけでなく、世界の終わりみたいな罪悪の巣窟なんだ」

星子（シンズー）は弟の意地悪な話を聞き慣れていたので、笑いながら応じた。「あなたは彼をロボットって言ってたんじゃなかった？　ロボットに愛人は必要ないでしょう」

「じゃあ彼はなんで姉さんを連れてアメリカに行かないの？」

「彼はここに自身のルーツ、子供時代の、そして人生のルーツがあると言っているの。彼は奇妙な科学技術の社会で自分自身を見失った時、信仰の支えを探しに帰ってくる必要があるのよ。ちょうどギリシャ神話の英雄アンタイオスが地母神の栄養を必要としたように」

彼女が婚約者の話をする時、表情には聖母のような光が満ちあふれていた。甘又明（ガン・ヨウミン）は大声を上げた。

「姉さん、姉さんは本当にひたむきだけどとっても馬鹿な女だよ！　そんなのみんな恋愛小説の中の台詞みたいなものなんだから、何で本気にできるのさ！」彼は時計を見た。九時四〇分だった。ＣＣＴＶの7チャンネルの『科学技術の回廊』という番組の時間だった。この時間は彼にとって絶対動かせないものだった。彼はテレビをつけてぶつぶつと言った。

「言うべきことは全部言ったんだから、何か起きてから僕を責めないでよ」

その晩の科学技術テレビの番組は「コンピューター水槽」であり、まさにそれは彼がアメリカに行くきっかけとなったものだった。「コンピューター水槽」は一種のミニ疑似システムである。コンピューターには何百種類もの魚の遺伝子が蓄積されており、ランダムにいくつか選んでボタンを押すだけで、それらの魚がスクリーン上をゆったりと泳ぎはじめる。毎秒四十八コマの画面は映画の二倍の早さなので、画面で見られる魚は実際の魚よりさらにリアルに見える。それだけではなく、これらの魚は成長もし、弱肉強食で結婚相手のための決闘もあり、えさの量によって太ったり痩せたりもする。雄雌の交尾の機会も完全に偶然に任せられていて、一旦カップルとなれば、かれらの子供は両親の遺伝子の特徴を兼ねるので、特有の形態と習性を持つ。彼らは環境によって変異することもできる。一言で言えば、この水槽は完全に魚類の世界の縮図であった——ただバーチャルではあるが。

新婚の夫婦が客間に到着した時、甘又明(ガン・ヨウミン)はちょうど手を打ちながら番組を褒めているところだった。

「素晴らしい、素晴らしいよ！」毎回このような番組を見ると、彼はいつも「すかっとする」快感があった。今、彼は完全に義兄への敵意を忘れ、興味津々で義兄に言った。

「すごく巧妙な構想だよ。もしペースをもっと速くしたら——これはコンピューターには簡単なことだけど——数分の間に魚類の数千万年の進化をプレビューできるんじゃないかな？　さらに人間に置き換えれば人類の社会の変化も同じようにシミュレーションできる。たとえば、第三次世界大戦のプロセスをシミュレーションしたら？　あらゆる社会の矛盾や各国の軍事力や、民族感情や宗教衝突、各国の指導者の心理資質を超仮想現実にインプットして、二、三十種の戦争のプロセスを推測すれば、軍の総司令官にとってもきっとすごく役に立つと思う」

スティーブン・ウーは彼を見た。彼はこの清華大学の三年生の思考が比較的活発なことを知り、義弟に興味を持たずにいられなかった。彼は甘（ガン）の前に座りストレートに言った。

「君の言うことは間違っていない。これはまさにバーチャル技術の多くの用途のうちの一つだ。しかし、このコンピューター水槽はあまりにもつまらない。我々はすでにあんなものを超えている。遙かに超えているんだ」

甘又明（ガン・ヨウミン）は興味を持って尋ねた。「どこまで進んでいるんですか？　僕に話せますか？　もしアメリカの」

彼はわざとこの言葉を強く言った。「利益に影響しないなら」

呉中（ウー・ジョン）は笑って、妻が手渡した二つのコーヒーカップを受け取り、義弟にその一つを渡した。彼は少し考えた後で答えた。

「君はもう知っていると思うが、バーチャル技術で、人は『バーチャル世界』に入ることができる」

「確かに、ＶＲゴーグルとセンシンググローブを通して、人はコンピューター水槽に入って魚と戯れることができます」

呉中（ウー・ジョン）は首を振って「それはみんな二十年前の骨董品だ。我々が今使っているのはＳＨＥＬＬ（シェル）といわれる仲介物だ。それを通して、人は完全に本当のバーチャル世界に融け込むことができる。我々の技術は、すでにそのレベルまで進んでいる。ある人がバーチャル世界に入ってしまうと、システムの外からの助けがなければ環境の真偽を見分けることが出来ない。まさに密閉された宇宙船の乗組員が、システム外の参照物がなければ、自分が運動しているのかどうかを確認できないのに似ている」

甘（ガン）はにことしながら言った。「その『ある人』っていうのは、エクスタシーでも飲んだんじゃないの？　コカイン？　クラック？　ハシシ？」

スティーブン・ウーは彼を見て、冷静に言った。「飲んではいない」

甘又明(ガン・ヨウミン)は声を上げて大笑いした。「それはちょっと大げさですね！　精神が健全で、頭脳がはっきりした人間であれば、必ずバーチャル環境から抜け出せる。そうでもなけりゃ、アメリカ人の知能が低くなったかだ。無理もない。アメリカでは、全国民にドラッグが蔓延して少なくとも百年は経っている。知力の退化を起こすのは免れない」

呉中(ウー・ジョン)は冷たく言った。「面白おかしい話をするのは簡単だ。しかし科学に身を捧げる人間は普通そんな嗜好を棄てている。甘(ガン)くん、君は我々のバーチャル世界に挑戦してみたいと思うかね？」

甘又明(ガン・ヨウミン)は目を輝かせ、うずうずしながら言った。

「それは僕にぴったりだ！　僕は生まれつき頭脳ゲームが好きなんです。小さい頃から今まで、楽しんでも疲れたことはない。でも、たぶんすぐにはアメリカには行けないと思います」

呉中(ウー・ジョン)は笑って妻に言った。「私が君の弟のために、大学に戻って授業を受けるのを遅らせないように、一時的な七日間の短期訪問を手配するよ」

甘又明(ガン・ヨウミン)は素早く義兄の地位と能力を悟った。三日後、呉中(ウー・ジョン)が新婚の妻に別れを告げ、慌ただしくアメリカに戻る時、甘又明(ガン・ヨウミン)も一枚の往復チケットと特別なビザと一千ドルを持ってファーストクラスに座り、キャビンアテンダントの微笑みとテーブルの新鮮な果物を楽しんでいた。


道は砂浜に沿って走り、さらにその先には広大な干潟が広がっていた。この辺りは人家はまばらで、きらきら光る明かりが夜を切り裂いていたかと思うと、密集した静かな緑色の世界が出現した。自然の荒涼さとその中にはめ込まれた現代風の建築はコントラストが見事だった。朝日がかすかに射してきた頃、彼らは基地に着いた。基地の面積は狭く、作りの粗い鉄柵の中に十数軒の平屋が点在していた。途中で連絡済みだったのに、警備室は甘又明（ガン・ヨウミン）の通過を許可する命令は受け取っていないと主張した。スティーブン・ウーは、不愉快そうに内線電話を取り上げ、早口で話をした。甘又明（ガン・ヨウミン）は基本的に彼らの話が理解できる英語のレベルだった。

呉（ウー）は「私と貴国の政府とは契約しており、私はもちろんそれを遵守している。その中には機密保持条項が含まれているが、実際に、今回の私の七日間の帰国で機密は漏れていない。ご心配には及ばない」と言った。これらの口調から、甘又明（ガン・ヨウミン）は彼の横柄さを感じ取った。

彼はまた言った。「この中国人青年は臨時スタッフとしてこの基地に来たのだ。あなたも知ってのように、我々は天賦の才を持ったアメリカ青年を募集し選抜し、彼らにバーチャル世界の欠陥を見つけてもらい、設計の改善をしてきた。成功すれば一万ドルの賞金を与える。この甘（ガン）くんは、それに適した人材だ。彼は頭脳明晰で、天性の疑い深さがあり、その上完全に違った文化背景の中で成長してきた。我々の技術は異なった文化背景の人物の検証を経てのみ、完全無欠となる。もちろん、甘（ガン）くんは規定通りの安全審査を経ていないが、私の言葉が担保にはならないだろうか」

先方は明らかに少し躊躇したが、その後いくらか話を交わした。呉中（ウー・ジョン）は笑って言った。「ありがとう、あなたのご厚情は忘れません」

彼は受話器を警備員に手渡した。警備員は会話を聞き終え、丁寧に告げた。「ボスの命令ですので、お二人の一切の検査を免除いたします。私がお送りします」

今、彼らの目の前には巨大な円形のパイプがあった。呉中（ウー・ジョン）がボタンを押すと、パイプライン上の密封されたドアがゆっくりと開いた。彼らは円筒状の車両に乗り込んだ。車中は非常に豪華で、四つの革製の四角いソファーが置かれていた。呉中（ウー・ジョン）は二人の乗客と挨拶を交わし、甘又明（ガン・ヨウミン）を座らせ、キャビネットを開けて尋ねた。

「何を飲む？　ウィスキー？　オレンジジュース、それともコーヒー？」

「じゃあ、オレンジジュース」

呉中（ウー・ジョン）がオレンジジュースを注ぐと、車両は非常に静かに動き出した。甘又明（ガン・ヨウミン）はオレンジジュースの面が後ろに傾いているのを見て、車両が加速したことに気がついた。彼が窓の外を見ると、緑の野原が後ろに飛ぶように過ぎていった。一群の海鳥が窓の外を通り過ぎていったが、すぐに後ろの窓に現れた。しかし、窓がただの液晶スクリーンの疑似画面であることを彼は発見した。そこで彼は笑って偽の窓をたたきながら言った。

「これもバーチャル？」

呉中（ウー・ジョン）は微笑んだ。「君の観察力は鋭いな。その通り。このパイプラインは完全に密封されていて、蒸気で一杯だ。車両が進む時、前方の蒸気が迅速に水滴に凝固し、車両が通り過ぎるとまた迅速に気化する。だから空気抵抗がない。そして車両は磁気の浮遊と駆動でマッハ2の高速にも到達できる。来世紀の半ばには、これが列車の大部分に取って代わっていると信じているよ」彼は笑って続けた。「もちろん、閉じられた環境だから、旅客は気がふさぎやすい。だから我々はこの疑似窓を作ったのだ」

リニアモーターカーの車両はすでに最高速度に到達しており、その速度を保ったまま音もなく疾走していた。窓の外の景色はますます速くうしろへと過ぎ去った。方位と地図からの推算によれば、このとき彼らはすでに浅い海の辺りにいた。呉中（ウー・ジョン）は厳粛な口調で言った。

「まだ十分かかる。そこで、今簡単に我々のバーチャル技術について説明したいと思う。君にはこれを軽視しないでほしい。私は君のような青年ボランティア千人以上に会っているが、たった六人だけが一万ドルを手にした。その後我々はあらゆる欠陥を防いだから、誰にもこの賞金を獲得させていない。私は君に七番目の成功者になってもらいたいが、まず君は徹底的に軽はずみな考えを取り除かなければならない」

それから彼は少しだまってから、穏やかに言った。

「君にわかって欲しいのは、密封されたシステムの中にいる知的生物には、自身が置かれている環境について客観的な判断をするのは非常に難しいということなのだ。たとえば宇宙船が光速に到達した時、時間の速度はゼロになる。しかし光速で飛ぶ船内の乗員はこの変化に気づかない。彼らは依然として自分が普通に食事をし、話をし、睡眠を取り、老いていっていると考える。さらに例えると、我々は宇宙が膨張しているとして、光線の赤方偏移でその膨張率を割り出している。ただこの膨張は天体の距離の膨張でしかなく、天体自身は膨張してはいない。もしあらゆる天体が観察者自身と同じように膨張していたら、我々はどんな尺度で宇宙の膨張を確認できるというのだろう？　それは絶対に不可能だ」

甘又明（ガン・ヨウミン）は笑いながら言った。「僕はあなたの理論を信じますが、バーチャル世界に入った人は完全に閉じられていないし、少なくとも彼らの思考はバーチャル世界の外で形成されていて、自然にその慣性を帯びている。僕はその慣性を参照して環境の真実性を完全に判断できます。たった今水面の傾斜から車両が加速しているかどうか判断したようにね」

スティーブン・ウーは、じっと彼を見て、しばらくしてからやっと笑った。

「私は君を見損なっていなかった。君の頭脳は非常に明快で、すぐにキーポイントを見つけたね。ただ、君には、我々も馬鹿ではないということを信じてほしい。我々は被験者の思考を取り出して、すぐにバーチャル世界にフィードバックさせることができる。例えば、我々のバーチャルシステムはグローバル情報ネットワークと通じていて、いつでも無限の情報をくみ取ることができる。しかし、それには君個人の記憶、君の母親の二十年前の容貌や君が子供の時に住んでいた家や、子供の頃の遊びや、君の同級生への秘めた愛情やなんかを含めることはできない」彼はこう強調して言った。「およそ君が自分の記憶庫の中で取り出せるものは、すぐにバーチャル世界に縫い込められるから、君にはやはり区別する基準はない」

甘又明（ガン・ヨウミン）は微笑んだまま何も言わずにいたが、自分自身の知力には絶対の自信があった。呉中（ウー・ジョン）もそれ以上は話さず、短く言った。

「私の話はこれで終わりだ。覚えておいてくれ。我々は君をバーチャル世界に繰り返し入れたり出したりする。君は自分が現実世界に帰ってきたと確信したら、いつでも我々にサインを送ってくれ。もし君の判断が正しければ、一万ドルを懐に帰国することになる」さらに一言付け加えた。「くれぐれも軽く見るなよ、ぼうや。ん、もう駅に着いたようだ、降りるぞ」

彼らはしばらく地下の通路を歩いたが、出会うスタッフはみな敬意を持って呉（ウー）に挨拶をし、甘又明（ガン・ヨウミン）にいま一度義兄の地位を確認させることとなった。彼らは広いホールに到着した。ホールはコバルト色の壁と天井とが渾然一体となっており、中央にはテスト用の二脚の椅子が置かれていた。このホールは豪華とはいえないが十分に精巧で、壁やフローリングの隅々まで象牙の彫刻のようにつるつるでしっかりとしており、傷一つなかった。呉中はリモコンを手に取って、甘又明をロビーの真ん中に連れて来て言った。

「まず君にバーチャル世界に対する感覚的な認識を持ってもらう。君にどんな環境を見てもらおうか？」

彼はしばらく考えてから言った。「まず我々のコンピューター水槽を見てみてくれ」

　彼がスイッチを押すと、ホールは瞬時に澄んだ海水で満たされた。きらきらと波打ち、珊瑚礁は千尺の壁のように切り立っていて、傘のような形のものもあれば、キノコのような形のものもある。一匹一メートルのはまぐりが珊瑚の中に垂直にはまり込んでおり、半分外に出ている身体はまるで鮮やかな彩りの絹のビロードのようだった。さらに色鮮やかなカニやヒトデ、美しいハタもいた。突然前の方に巨大なタコが現れた。その小さな目は前方を暗く見つめ、密やかな動きでゆっくりと這って来た。甘又明は本能的に身体を縮めたが、タコは見て見ぬふりをして、ゆっくりと彼の身体を通り過ぎ、碧い深海の中に消えていった。甘又明は一息ついてから、笑って聞いた。

「レーザーホログラフィシミュレーション技術ですか？　本当に本物と見分けがつきません」

　呉中は頷いて、早送りした。すぐに目の前は深い海底の景色に変わった。火山口はもうもうと立つ煙に覆われ、地獄の煙突のようだった。二メートルの蠕虫が海水の中を軽く揺れており、管の端の赤い羽根の形をした触手がゆっくりと開いたり閉じたりしていた。熔岩の上はバクテリアの層に覆われており、まるで白い絨毯を敷いているかのようだった。一匹の変わった形のカニが貪欲に食事をしていて、時には蠕虫の肉質の触手をかじって食べていた。これはガラパゴス諸島の海底の硫化水素に依存している太古の生物群であった。甘又明はぼんやりと見ていた。彼はこれが仮想の世界だと知っていたが、深海の海水の暗さや冷たさ、水圧を感じることができた。

幻覚は一瞬ですっかり消えてしまった。甘又明（ガン・ヨウミン）はすぐには視覚的慣性から出られず、ぼんやりとそこに立っていた。スティーブン・ウーは淡々と言った。

「これはバーチャル技術の始まりのゴングに過ぎない。これから君にいわゆるＳＨＥＬＬを着てもらい、君とバーチャル環境を一つに溶け合わせる。ついて来なさい」

彼らはホールの脇の部屋に入っていった。甘又明（ガン・ヨウミン）はまず頭がつるつるの女性の人体模型を目にした。何人かのスタッフがその周りで忙しくしていた。彼らが入ってくるのを見ると、その人体模型はなんと頭をひねった——本物の人間だったのだ！

甘又明（ガン・ヨウミン）はこの額がピカピカ光っている裸の娘をぼーっと見つつ、照れながら言った。

「僕はもうバーチャル世界に入ったんですか？　こんな光景は若者の夢の中でしか見たことがないよ。裸なのに少しも恥ずかしがっていないこの美しい娘さんはいったい本物なんですか？　それとも偽物なんですか？」

スティーブン・ウーは微笑んでいたがそれに答えることはなく、他の人が聞き取れない中国語で独り言を言っていた。何人かのスタッフが注意深くその娘にＳＨＥＬＬを着せはじめた。それは純白で薄く柔らかいつなぎの服であった。彼女が両足を置いた後、スタッフは慎重にＳＨＥＬＬを平らに広げ、表面の神経センサーの突起と彼女の身体を完全にぴったりと合わせた。呉中（ウー・ジョン）は小さな声で解説した。これらの突起は仮想信号を呼応する感覚神経へ伝達する。たとえば燃えている炭を踏みつけてしまうと、足裏の神経がすぐにやけどした感覚の信号を送る。ＳＨＥＬＬは肩まで覆っており、ヘルメットだけをかぶっていなかったが、それは比較的かさばって重く、黒いVRゴーグルとつながっていた。娘はヘルメットをかぶる前に微笑んだ。

「わたしはジューン、ジューン・ビスター。あなたのガイドができて嬉しいわ」

甘又明（ガン・ヨウミン）は聞きたいことがありそうに呉（ウー）を見た。呉（ウー）は頷きながら言った。

「そのとおり。彼女は君がバーチャル世界にいる時のガイドで、心理学と論理学の博士号を持ち、中国語を含む三カ国語が話せる。情報を知りたいときはいつでも彼女に尋ねるんだ。しかし彼女は完全にこの実験のバーチャル世界から抜け出しているから、絶対に君の判断を助けたりしない。さあ、君には服をすべて脱いで、頭も剃ってもらうよ」

自動散髪機が音もなく移動してきた。数秒で頭がつるつるの和尚のように変わり、同時に剃り残しも吸い取られた。スタッフが彼に真っ白な服を着せた。この服は薄くて柔らかく、伸縮性も非常に高く、身につけるとまるで自分の皮膚に変わったようだった。二人はホールにやって来て、二つの椅子に向かいあって座った。そしてマイクからスティーブン・ウーが英語で話すのを聞いた。

「バーチャルシステムはすぐに始動する。君は目を大きく見開いてそれに欠陥がないか探してほしい。君はどこから始めたい？　海、空、それとも台風の目の中？　我々は全てを君のために用意できる」

甘又明（ガン・ヨウミン）は少し考えてから言った。「やっぱり海の中から始めよう。全てがあのバーチャル水槽から始まったんだからね。それに、あなたに言ってなかったけれど、僕は北京の高等教育機関の百メートル自由形の記録保持者なんです」

スティーブン・ウーはスクリーン中で笑って言った。「バーチャル世界では泳げないことも決して問題ではない。コンピューターによって人間は簡単に修正を受け入れることができる。しかし、君の意見に従おう。今ボタンを押そう」

甘又明(ガン・ヨウミン)は一瞬のうちに水中に放り込まれた。彼は自分とジューンがウェットスーツを着て、二つの小さな黄色の酸素ボンベを背負っているのを見た。彼は懸命に水面に浮上し、マスク越しに遠くを眺めると、海面は非常に広く、ただ背後にかすかに海岸線が見えるだけだった。波は彼を軽く揺らし、ウェットスーツを通して、海水の浮力と温かさを感じることができた。水中で何度かとんぼ返りしたが、内耳の前庭の感覚繊毛は、依然として精密に重力変化の方向を伝えていた。彼はこれらが皆見せかけだと知っていた。白いSHELLを身につけているのであって黒いウェットスーツを着ているのではなく、広々としたホールに座っているのであって水中にいるのではなかった。けれど、そのSHELLから彼に伝えられる視覚、聴覚と触覚の効果はあまりにリアルで、信じないわけにはいかなかった。

彼はヘルメットを取った。——本当にヘルメットを取る感覚がし、海面の少し潮の香りがする空気を呼吸し、清涼な微風を感じることができた。ジューンは彼の側で浮き上り水滴を振り払っている。彼は叫んだ。

「ジューン、ここはどこ?」彼は笑顔でわざと強調した。「というか、ここはどこを模倣しているの?」

ジューンもヘルメットを外し、長い髪を振った。長い髪が滝のようにばらばらと落ちて、眩(まばゆ)い黄金色を放ったが、それは彼の記憶の中の頭をつるつるにした娘の姿とはあまりに対照的だった。彼は率直に尋ねた。

「それは君の本当の姿なの？」

ジューンは不思議そうに聞き返した。「何を言ってるの？」

「君は頭をつるつるに剃ってバーチャルの世界に入ってくる前は、そんな姿をしていたの？」

ジューンは笑って、一つ目の質問だけに答えた。

「ここはちょうどわたしたちの基地の真上だと思うわ。ここはアチャファラヤ湾付近の海で、メキシコからそう遠くないの。ここ数年ここではドラッグの密売がはびこっているのよ」

遠くない海面上に誰も乗っていない一艘のモーターボートがあった。――バーチャルシステムのロジックからして、これはもちろん彼らが持ち込んだものだ。彼は突然南側の海面に三角形の背びれが現れ、水面を切り裂きすばやく近寄ってくるのを見た。彼は慌てて叫んだ。

「サメだ！」

ジューンは体を伸ばして見て、笑った。「慌てないで、イルカよ」

彼らはマスクをつけて水中に入った。果たして十数匹のイルカがいた。皮膚はうすいグレーで非常になめらかで、口の中には整った白い歯があり、ハーハーとあえぎながら、噴気孔をパクパクさせていた。イルカたちは列を組んで北西の方向に向かって泳いでおり、素早く二人の側を通り過ぎた。二人はイルカが巻き起こした乱気流を感じ取ることすらできた。甘又明（ガン・ヨウミン）はうきうきして追いかけ、笑って言った。

「ジューン、もしバーチャル世界でサメに食べられちゃったら、結局どうなっちゃうの？」

「当然本当に死んだりはしないけど、システムはきっとクラッシュして、もう一度コールドスタートするだけでしょうね。それ以外に、あなたは本当にサメの鋭い歯で体を切り裂かれる苦痛を感じることになるの。だから試さないことをお勧めするわ」

そのイルカの群れの後、甘又明（ガン・ヨウミン）はまた二頭のイルカを見つけた。それらは体が非常に大きく、飛ぶようなスピードで泳ぎながらしっかりと互いの位置を保っていた。イルカが近づいてきた時、甘又明（ガン・ヨウミン）はその体にハーネスが装着されており、背中には一つの流線型の容器を引きずっているのを発見した。彼は大声で叫んだ。

「ごらん、イルカの郵便配達員だ！」

ジューンは水中通話機越しに彼の叫び声を聞き、自分もそのイルカを見た。イルカは厳しい訓練を受けた軍馬のようで、視線は集中しており、非常に速いスピードで彼らの側を通り過ぎた。ジューンは非常に興味深げに言った。

「わたしはある資料を見たことがあるんだけれど、軍は力を入れてイルカダイバーを養成していて、それらに通信ケーブルをかみ切らせたり、深海で仕事をしているダイバーに道具を持って行かせたりしているそうよ。湾岸戦争では、徴用したイルカ部隊に魚雷の除去をさせたの。あぁ、そうだ、麻薬密売組織もイルカや伝書バトを利用して越境して麻薬売買を始めたそうよ。これが一番安くて見つかりにくい方法なんですって」

甘又明（ガン・ヨウミン）は笑っているかどうかわからない表情で彼女を見ていたが、この話は予定していたあらすじの中での台詞だろうと思った。彼はにこにこしながら言った。

「追いかけてみない？」

「いいわ」

彼らは素早くモーターボートに乗ると、イルカたちの背びれをしっかりと見て追いかけていった。イルカのスピードは速く、甘又明（ガン・ヨウミン）が速度メーターを見ると、すでに時速十ノットを超えていた。イルカは水中に潜りもしたが、必ず水面に浮上して息をしなくてはいけないので、追跡を続けることができた。岸にたどり着こうというとき、前方に細長い島が現れ、海岸警備隊のモーターボートが遠くから彼らに向かってやってきた。二頭は突然頭を上げ——甘（ガン）は本能でイルカが深呼吸したのを感じ取った——そのあとすぐ水中に潜り、忽然と見えなくなった。ジューンが慌てて言った。

「たぶんもう二度と水面には浮かんでこないわ。潜って追いかけましょう」

二人はすぐに水に潜った。海岸警備隊のモーターボートの人間が大声で叫んでいるのが聞こえた。どうも彼らに船上で検査を受けるように命令しているようだったが、二人は無視した。イルカのスピードは早く、すぐに姿を見失ってしまった。二人は岸辺のマングローブやごちゃごちゃした岩の中を十数分探したが、結局無駄骨だった。ジューンはがっかりして言った。

「見つからないわ。戻りましょう」

ちょうどこの時、甘（ガン）は前方に狭い洞穴の入り口を見つけた。二頭のイルカは前後に連なって穴から出て来て、まるで帰る場所を知っているかのように、まっすぐに大海に向かって泳いで戻ってきた。かれらの体にはもうハーネスとあの流線型の容器はついていなかった。しかし甘（ガン）はかれらがさっきの二頭だとはっきりわかった。かれらの落ち着き払った様子からすると、配達の任務を終えたようだった。甘又明（ガン・ヨウミン）はジューンを引っ張り、近づいて観察したところ、洞穴は非常に深かった。彼はジューンに聞いた。「洞穴に入って見てみる？」

ジューンはためらっていたが、甘又明（カン・ヨウミン）はさらに励まして言った。

「危険なはずがないよ。呼吸が必要なイルカが泳いで出たり入ったりできるんだし、まして僕らは酸素ボンベを背負っているんだからなおさら大丈夫だよ」彼は笑顔で付け加えた。「それにここはバーチャル世界だよ」

「いいわ」

二人はマスクをつけ、てこずりながらも洞穴に入っていった。入り口は相当狭く小さかったが、進むほどに中は広く、暗く、まるで漆黒の塊のようだった。彼らは前進を続け、二キロほど進んだところで、前方に碧いかすかな光が現れた。さらに少し前に進むと、海水はしだいに透き通ったコバルト色に変わり、反射した光が揺れ動き、色鮮やかで美しい様々な魚が碧い光の中で漫遊していた。ジューンは喜んだ。

「とてもきれいだわ、わたしはここでガイドをして五年だけれど、これまでこんなに素晴らしい碧い洞穴は見つけたことがないわ」

碧い光はしだいに淡くなり、二人は同時に水面を抜けだして、マスクを取り、興味深く観察した。そこは天窓のようで、岸から水面までは数メートルあった。頭上はやはり岩で、洞窟の周りには二、三軒の小さな家があった。誰かが突然大きな声で叫んだ。

「水中に人がいるぞ！」

すさまじい警報音が鳴り響き、十数人が出てきて、岸から身を乗り出し、銃を持って彼らに狙いを定めていた。二人はここは理屈が通じないと判断し、すぐにヘルメットをかぶって、飛び込んですばやく潜った。後は鍋が沸騰しているかのように、無数の銃弾が海水をかき回していた。ジューンははぁはぁ息をしながら通話器を通じて言った。

「きっと密売組織よ！　理由も聞かずに銃を撃つなんて。早く帰りましょう！」

二人はできるだけ来た方に泳いで戻った。入り口にまもなく着こうとした時、突然がさっと音がして、秘密の柵が洞穴の壁から伸びてきて、入り口をしっかりと塞いでしまった。甘又明は激しくそれを揺らしたが、鉄の柵は太さが人の腕くらいあってぴくりとも動かない。ジューンはおびえ、慌てて叫んだ。

「後ろよ！　追ってきたわ！」

十数人のダイバーたちがすでに音もなく迫ってきていた。彼らの手には長い矛と水中小銃がキラキラと光っており、サメの口の中の鋭い歯のようだった。彼らはマスクの下から不気味に二人を凝視しており、ゆっくりと囲みを狭めていた。この生死の瀬戸際に、甘又明は突然大笑いして、大声で叫んだ。

「止めてくれ！　呉さん、現場の隊員は停止を要求します！」


目の前の情景はたちまちのうちに消え失せ、二人は椅子に座ったままだった。甘又明が腕を持ち上げてヘルメットを取ろうとすると、二人のスタッフが急いでやってきて彼を手伝った。ヘルメットをとると、目の前にはやはり広々としたホールがあり、二人はあの白いＳＨＥＬＬを着ていた。彼は大笑いしながら立ち上がった。

「すごく不思議だったしリアルだったよ！　僕ははっきり偽物だと知っているのに、すこしのほころびも見いだせなかった。波の動きも銃弾の鋭い音も死の恐怖も感じることができた。あの碧く輝く洞穴は本当に美しかった。それにあの勤勉に職務を遂行する二頭のイルカ配達員！　呉さん、こんな生き生きした情景を作り出すのはほんとうに大変でしたね」

　ジューンもヘルメットをとり、笑って尋ねた。「どこでほころびが見えたの？」

　甘又明（ガン・ヨウミン）は微笑みながら答えた。「僕の知力をばかにしないでください。とてもリアルな出来事だったけれど、残念なことに始まりがなかった――僕らは突然海水の中に飛び込んだんだ。ちょっと論理的で判断力のある頭脳なら、自ずと正しい結論が出せるよ」

　コントロールルームから出てきたスティーブン・ウーはずっと黙ったまま微笑みながら彼を見ていたが、ようやく一言質問した。「碧い洞穴が何だって？」

　甘又明（ガン・ヨウミン）は驚いて言った。「冗談でしょう、あなたたちが考えた内容なのに、知らないって言うんですか？」

　スティーブン・ウーは微笑んだ。

「君は私たちのシステムを過小評価している。言っておくが、システムの情報源は完全な真実であり、ほとんど無限といってもよい。ただ、どの情報を今回の一時的なバーチャル世界で用いていたか――たとえば君が海水の中で見たイルカなど――は、完全にランダムなものだ。コンピューターはこれらの情報に基づいてランダムに構想を進行する。だからシステム内のプロットは絶対に重複しない」彼は冗談めかして「言っただろう、私がこの技術を公開するのを控えていたのは、今いる小説家や劇作家の食い扶持を奪ってしまうのを恐れたからだよ」と言った。

「じゃあ、僕たちがバーチャル世界をさまよっている時、あなたはに僕たちの体験がわからないんですか？」

「当然知ることはできる。しかし私たちは普通、監視する気はないからね、君は非常に多くの普通のテストの中の一つにしか過ぎないんだ」

この言葉は甘又明の自尊心に大きな打撃を与えた。彼は簡単に当時の状況を話し、呉中はイルカと碧い洞穴の内容に興味を持ったようで、集中していくつかの質問をした。その後で彼は言った。

「今日はここまでとしよう。ジューンについて行かせるからアメリカを楽しんできなさい。君にはもう六日しか残っていないんだからね」

甘又明は頷いて、体からゆっくりとあの白いＳＨＥＬＬを剥ぎ取り、自分の服を着た。ＳＨＥＬＬの束縛から解放されると、彼はすぐにリラックスした。


映画やテレビの中のアメリカのナイトライフをすでによく知ってはいたが、自分でクラブの環境に身を置いて、甘又明はやっと本当にその世紀末的な雰囲気を感じた。ロビーの光は暗く、煙がもうもうとしていて、紫、青、深紅の光の柱が波のような人の群れを横切っていた。高い屋根からブランコが一つ垂れ下がっており、裸に近いなまめかしい女性が、ゲラゲラ笑いながら、下に降りるたび頭を擦りつけるようにして人の群れの上を漕いでいた。ロビーの真ん中には高い台が一つあり、白いレオタードを着た一組の男女が狂ったようにくねくねと動き、様々な猥雑な動作をしていた。彼らのぴったりとした服はまるでＢ基地のＳＨＥＬＬのようだった。甘又明は思わず裸のジューンがＳＨＥＬＬを着たときの様子を思い出した。彼は顔を向けジューンをしげしげと眺めた。彼女の今晩の服装はセクシーで、むき出しになった肩と背中はとてもつややかだったし、ミニスカートから出た太ももは白くすらりとしていた。二人は席を見つけると座った。甘又明は彼女に尋ねた。

「何を飲む？」

「ウィスキーをちょうだい」

甘又明（ガン・ヨウミン）は自分はミネラルウォーター三瓶を注文して、少しずつ飲んだ。彼は照れ隠しに言った。「ひどく喉が渇いていたんだ」

ジューンは何口かウィスキーを飲んでから尋ねた。「踊らない？　わたし、誘ってくれるのを待っているの」

甘（ガン）は答えた。「トイレに行ってくるよ」彼は人混みの中をやっとの思いで人と押し合いながら通り抜けていった。トイレは男女共用で、便器はそれぞれ独立しており、二人の女性が鏡に向かってメイクをしていた。彼は一つの個室のドアを開けると、急に驚いて一歩下がった。四十歳前後の黒人の男性が便器の側に横たわっていた。目は死んだ魚のように裏返っており、腕の静脈には注射器が刺さっていた。

これがドラッグの過剰摂取が引き起こした突然死だったことはいうまでもない。二人の女性は外に出るときに死体を見たが、ぼんやり視線を送っただけで、何事もなかったかのように出て行ってしまった。甘又明（ガン・ヨウミン）は嫌悪感を抱きながらこの麻薬常習者を見た。彼はこれまで正統な流れを汲む保守的な中国で生活してきたので、世界を席巻している麻薬中毒の風潮には三文字の「不理解（プーリージエ）（わからない）」という感情を抱くだけだった。彼がわからないのは、数千万の人々がこの悪魔の誘惑に屈服しているのが、世界の終末の鐘の音がすでに鳴り響いているからなのかどうかということだ。

フロントに戻ってきて、ボーイに警察の電話番号を尋ね、通報した。警察の当直が言った。

「ありがとうございます。我々は十分以内に到着します。お名前はなんとおっしゃいますか？　どこであなたに会えますか？」

「僕は甘又明（ガン・ヨウミン）といいます。十分以内にクラブを離れたりしません。七番のテーブルにいます」

テーブルに戻ると、席には誰もいなかった。ジューンは知らない男と踊っており、熱狂的にお尻と肩をひねっていた。彼女は席のあたりを気をつけて見ていたので、甘（ガン）が帰ってきたのを見ると、彼に申し訳なさそうなジェスチャーをして謝った。甘又明（ガン・ヨウミン）は彼女に手を振って、元の席に座った。

突然彼の前に二人の中年男が現れた。どちらも私服で、一人は背が小さく太っていて、手の甲いっぱいに金色の産毛が生えていた。もう一人は痩せて背が高く、耳が大きかった。背の低い男が上品に尋ねた。

「あなたが中国から来られた甘又明（ガン・ヨウミン）さんですか？」

甘又明（ガン・ヨウミン）は疑い深く二人を見ながら、皮肉な調子で言った。

「お二人が来るのはあまりにも早いでしょう。これは現実世界のスピードではないみたいだ」彼はわざとこの「現実」という二文字を特別に重々しく正確に発音した。「通報してまだ一分ですよ。もっと言えば、電話では中国から来たなんて言っていませんよ」

今度は二人が疑問に思う番だった。「あなたは何の通報のことを言っているんですか？」

「あなたたちは警察じゃないんですか？」

「私たちは連邦警察の者です」二人は身分証を出した。「私たちは連邦捜査局B基地駐在のトムとゴワードです。それにしてもあなたは何の通報のことを言っているんですか？」

甘又明（ガン・ヨウミン）はさっき見聞きしたことを話した。甘（ガン）の説明を聞き、大きな耳のゴワードはあたふたとトイレへこの事件を処理しに行った。トムは笑って言った。

「誤解がありましたね。我々は別件で来たんです。ちょっとお時間をいただけないでしょうか？」

「僕は大丈夫ですが、まず自分が夢の中にいないことを確認しなくてはなりません」彼は笑顔で尋ねた。「お二人に説明していただきたいんです。あなたたちはどうやってB基地から遠く離れた歓楽街で、すぐに僕のようなアメリカに来たばかりの外国人を見つけたのですか？」

「簡単ですよ。私たちはジューンがよくここに来て遊んでいるのを知っていますし、駐車場で彼女の車を見つけましたしね」

甘又明（ガン・ヨウミン）はああ、と言い、自分は疑いすぎたなと思った。彼は言った。「ではどうか教えてください。何をお手伝いすればいいんですか？」

トムは単刀直入に言った。「あなたとジューンは密売のルートを発見したとか」

甘又明（ガン・ヨウミン）は唖然として失笑した。「トムさん、あなたはB基地の常駐警官なのに、まさか彼らのバーチャル技術のことを知らないんですか？　そう、僕たちは一つのルートを発見し、もう少しで命を落としそうになりました。でもこれは架空の出来事ですよ」

トムは笑った。

「あなたこそまだバーチャル技術のことをよくわかっていないかもしれませんよ。バーチャル環境の中で関わった情報はみな真実で、スパイ衛星・水中集音器・水中撮影機から情報がコンピューターに送られて来ることは知っていますか。沿岸警備隊は南部の海岸線で多くの秘密撮影機を設置し、ヤクの売人が入り込む隙のないように監視しています。撮影した数千マイルのフィルムはみなコンピューターに処理され、有益な資料が選り分けられ、連邦麻薬取締局の署長の執務デスクに送られてくるのです。しかし、コンピューターは絶対ではありません。ある重要な部分のデータが抜けてしまった可能性があります。そして偶然にあなたたちが体験したバーチャル環境に組み込まれたのかもしれない。私たちは、まだ膨大な資料の中でその一部分を探し当てられていないのです。そこで万一のために、どうかあなたにも再捜査に協力して欲しいのです。これも呉（ウー）さんの意見です」

「今からですか?」

「早ければ早いほどいいです」

「いいでしょう」彼は最後の瓶半分のミネラルウォーターを飲んだ。「ジューンも一緒に行く必要がありますか?」

「もちろん」

彼はジューンをダンスフロアから呼び戻した。ゴワードもちょうどトイレから戻ってきた。彼は言った。

「ここを巡回する警官がトイレに行った。行きましょう」

ジューンは戸惑いながら言った。「どこに行くの?」

「車に乗ってから話そう、行こう」

警察が使うモーターボートには、すでに四着の手軽なウェットスーツと水中照明機が用意してあった。甘又明（ガン・ヨウミン）は自信たっぷりに言った。「すぐに見つけられると思う。あのとき僕は細かく岸や水中の岩石の特徴を覚えたんだ」

果たして、一時間もたたないうちに、彼は漆黒の水底で洞穴の入り口を見つけたが、入り口に柵は見えなかった。甘は小さな声で言った。

「ちょうどここだ。間違えるはずはない。残りの仕事はあなたたちがしてください。僕はまたこのねずみ取りの籠に閉じ込められて誰かに突き殺されたいとは思わない」

ゴワードは洞穴の入り口に近づき観察し、不審そうに小さな声で言った。

「ここか？　洞穴の入り口に柵をつけた跡はないな。甘さん、ジューンさん、君たちにもう一度確認してもらいたいんだが」

甘又明は自分が間違えたとは思えなかったので、ジューンと泳いでいき、すぐその電動柵が収納されている二列の小さな円形の穴を見つけた。彼は気づいたが、反応する前に、二人の警官が突然力一杯彼らを洞穴の中に押し込め同時にボタンを押した。鉄の門がサーっと閉じ、二人は中に閉じ込められてしまった。

ジューンが叫んだ。

「だまされたわ！　彼らはきっと密輸組織とつるんでいるのよ！」

二人の警察は外からにやにや笑いながら言った。「賢い娘さん、気づくのが遅かったのは残念だ。振り返って後ろを見てみろよ」

背後からはさっと強い光が差し、二人は本能的に両目を押さえた。目が光りに慣れるのを待つと、ウェットスーツを着た五、六人がすばやく近づいて来るのが見えた。手には水兵のナイフとサメの鋭い歯のような鋭い水中小銃を持っていた。ジューンはおもわず声を上げ、甘又明はすばやく彼女を自分の体の後ろに引っぱった。

だが、彼はそれが無駄なことだと知っていた。その五、六人のダイバーはゆっくりと近づいてきていたし、背後は堅固な柵だった。柵の外にも虎視眈々と彼らを狙う敵がいた。甘又明は自分の体でジューンを柵の上に押し上げ、突然大きな声で叫んだ。

「トムさん、死ぬ前に一つ頼みがある！」

トムは柵に近づいて、からかうように言った。「話してくれ。俺は喜んで慈悲深い死刑執行人をさせてもらうぜ」

甘又明は突然笑いだして、口からでまかせを言った。「小便がしたい」

トムは一瞬固まって、それから悪態をついた。「俺はおまえが死を前にしてもまだユーモアがあることに脱帽してるよ。やっちまえ！」

何本かの長矛がまさに二人を貫こうとしたそのとき、甘又明は急ぎ大声で叫んだ。「止めてくれ！　義兄さん、僕は一時停止を要求する！」

二人は現実の中に戻り、やはりあの二脚の椅子に座っていた。甘又明の両手はバスケットボールの試合の一時停止の動きをしたままだった。ジューンはヘルメットを取り、彼の滑稽な様子を見て、プッと吹き出して笑った。呉中はコントロールルームから出てきて、微笑みながら尋ねた。

「本当に賢いね、どこからほころびを見つけたんだ？」

甘又明もヘルメットを取り、にこにこしながら言った。「僕も答えないというのはだめなの？　僕は自分が勝つ機会を逃したくないんだ」

しかし一分後、こらえきれなくなって笑顔で言った。

「すごく簡単なことです。僕はクラブでわざと何杯かの水を飲んだ。でも一時間経ってもまだ膀胱（ぼうこう）が膨らむ感覚がなかった。これは僕の体質に合わないんだ——僕は小さいときから有名なトイレが近い奴なんです。だから当然の結論を得た。あの数杯の水は本当には僕の腹の中に入っていない。つまり、僕はまだバーチャル世界の中にいるのだと」

スティーブン・ウーは大笑いを我慢できなかったし、ジューンと数名のスタッフも笑いが止まらなかった。呉中（ウー・ジョン）は笑いをこらえながら言った。

「君は本当に賢い。小便だけでスーパーコンピューターをもてあそんだんだ。しかし私は君に一つ忠告しなくてはならない。実際このコンピューターには完璧なプログラムがあり、君が食べたり飲んだりした状況に基づいて、おなかの膨張感や尿がたまっている信号を出すことができる。今回は恥ずかしい油断をしたが、私はもう二度とコンピューターにこのようなミスはさせないだろう。もうＳＨＥＬＬを脱いでよろしい。ジューンに今度こそ本当に君を連れてアメリカ社会を案内させよう」

甘又明（ガン・ヨウミン）はふとあることを思いついた。

「ついでに聞くけれど、今回のバーチャル場面の中で、トムが話していたのは本当のことなんですか？あの碧い洞穴は本当に存在するんでしょうか？」

「彼が言ったことは正しい。私は確かに十分前にトムにこの事を通報したよ」

彼は笑いながら言った。「それにその二人の警官も確実に君がバーチャル世界で見たのと同じ顔をしている。身の回りに本当のモデルがいる以上、私は何もないところからわざわざ作り出す必要はない」

スタッフは注意しながらＳＨＥＬＬを取り外した。このシルバーラメとカーボンナノチューブの混紡である白いつなぎの服は世界で最も高価な服で、なんと一着三千万ドルの宇宙服を上回る。甘又明（ガン・ヨウミン）は裸のジューンを横目で見ながらぶつぶつとつぶやいた。

「僕はきっとまだバーチャル世界を跳び出していない。現実の世界では、僕はこんなふうに平然と女の子の裸を見ることは絶対にできない」

ジューンはゆっくり服を身につけながら、ずっと彼を横目で見ており、頭は青くてつやがあった。甘（ガン）は彼女の熱い視線を受けとめきれず、ばつが悪くなって言った。

「君はどうしてずっと僕を見ているの？　僕と誰の頭がより明るいのか比べたいの？」

ジューンは笑みを含んだまま黙っていたが、突然、「ありがとう、甘（ガン）くん、ありがとう」と言った。

「なんで？」

「危機が迫ったときいつもわたしを体の後ろに隠してくれてありがとう。たとえバーチャル世界の中でしかなくても、あなたの持つ騎士道精神がわかるわ」ちょっと言葉を止めてさらに加えた。「お礼の機会があったらいいいな」

甘又明（ガン・ヨウミン）は笑顔で答えた。「君はだまされていたんだよ。あの時僕はもうバーチャル世界の中にいるとわかっていたんだ。中身が空っぽな良い奴のふりをするのを楽しんでいたのさ」

ジューンは首を振って言った。「悪ぶる必要ないわ」

甘又明（ガン・ヨウミン）は少しばつが悪くなって、笑いながらいきなり言った。「君はお礼がしたいの？　なら今でもできるよ」

ジューンは戸惑い、驚いて言った。「今？　ここで？」

甘又明（ガン・ヨウミン）はむき出しの左腕を伸ばした。「ねえ、一口噛んでよ。容赦なく噛んでほしい。これが君の僕へのお礼だよ」

ジューンは困惑しながら笑顔で言った。「どうしたっていうの？」

「本当のことを言うとね、僕はこんなバーチャル世界がもう怖いんだ。さっきはバーチャル世界にいて、僕はもうＳＨＥＬＬを脱いだと感じたけど、実際はまだきつく僕を締めつけているんだ。今僕が再びそれを脱いだとして、誰がそれが本当か嘘かわかるっていうんだ？　きみが一口噛んでくれたら僕は痛いか痛くないかわかる。力一杯噛んで！」

ジューンは笑いながら本当に力一杯噛んだ。甘又明（ガン・ヨウミン）は痛さで大声を上げた。腕を見てみると、そこには四つの深い歯形があり、少し血がにじんでいた。甘又明（ガン・ヨウミン）は笑った。

「わかった、わかった。今回は僕は本当にあのＳＨＥＬＬを脱いだんだね。そうなんだね、ジューン？」

ジューンは含み笑いをしたまま無言だった。甘又明（ガン・ヨウミン）は苦笑した。

「僕は君が淡々とガイドをするだけで、僕の判断を助けるないことは知っているよ。それに僕は自分で自分を慰めていることもわかっている。たとえ今までＳＨＥＬＬが身についていたとしても、今みたいにリアルな痛みや視覚の効果を作り出すことができるんだから」彼はジューンの腕を引き寄せ触れた。皮膚はつややかで柔らかく、しっとりとしていて、ある種のピリピリとした電気のような感覚があった。彼は苦笑いした。「僕が触っているのが現実の君で、あの現実よりもっとリアルなバーチャルの皮膚ではないことを願うよ」

ジューンは彼の心のこもった話に感動し、軽く彼の手を握った。突然甘又明（ガン・ヨウミン）の眼光が冷たくなった。彼は緊張してジューンの肘の内側をじっと見ていた。その白い皮膚の上には二つの黒い針の跡があった。それは明らかに麻薬を静脈注射した痕跡だった。彼はもう何も言わず、黙々と服を着てホールを出て行った。

ジューンは彼が突然冷淡になったことを感じ取り、ホールを出てから言った。「クラブに遊びに行きたくない？」

甘又明（ガン・ヨウミン）は丁寧に答えた。「いや、ありがとう。今日は疲れたから早めに寝たいんだ」

ジューンはしばらくためらい、それから顔を上げて言った。「わたしのマンションに少し寄っていかない？　わたし基地の外のマンションに住んでいるんだけど、ここから遠くないの」

甘又明（ガン・ヨウミン）もためらっていたが、ジューンの誘いをきっぱりとは断りにくかった。彼はジューンが彼に何かを説明したいのだと思っていた。彼は躊躇しながら言った。「いいよ」

ジューンは車でトンネルの中を三十分程走ったが、トンネルの下にあなたたちが基地に来たときに通った蒸気のパイプラインがあるのだと言った。外に出てさらに十五分程走ると、前方にはきらきらした明かりが現れた。ジューンは車のスピードを落とし、ゆっくりとその小さな町に入っていった。彼女は甘又明（ガン・ヨウミン）に言った。

「ここが歓楽地区。基地の男性たちは週末よくここに来て楽しむの」

道は狭く、なんとか二台の車がすれ違えるくらいだった。ジューンは慎重に人混みの中を進んだ。左側の一人の白人男性が大声で声をかけながら、行き交う車に向かって手招きをしていた。彼の頭上のネオンの女性はゆっくりと最後の服を脱いでいた。ジューンは彼に教えた。ここはストリップ劇場で、経営者と出演者は皆フランス人であると。甘又明（ガン・ヨウミン）は何人かの若者が街角に集まってひそひそ話しているのを見た。黒人も白人もいた。彼らの髪はみな火のような赤い色に染められ、爆発したような形に整えられていた。ジューンは彼に言った。あれは麻薬中毒者と麻薬密売人であり、これら末端のドラッグの密売は、警察の管理も及ばないのだと。急に車窓に顔を出した人がいた。一人の眉目秀麗な白人青年が、ピアスをし、唇には淡くリップを塗っており、車内の甘（ガン）にひたすら媚びを売っていた。甘又明（ガン・ヨウミン）はそれが同性愛者だと知り、嫌悪感を持って顔を背けた。

　車はついに歓楽街を通り抜け、向きを変えてさらにしばらく走り、一つの清潔なマンションの外に停まった。何人かの子供が緑の芝生の上で自転車に乗り、薄暗い夕闇の中、興奮した叫び声が聞こえてきた。ジューンは磁気カードを取り出し建物の門を解錠した。車を停めてから、また磁気カードでマンションのドアを開けた。

　マンションは広く静かで、ランドリーにメイドの女性が一人いて洗濯をしていた。ジューンは彼をゲストルームに座らせ、マンションには共同のゲストルームやランドリー、トレーニングルームがあるのだと教えた。ここに住む人は少なく、何人かいる看護師はいつも夜勤なので、今晩は彼女一人だけが残っていた。

　彼女はコーヒーを二杯持ってきて、彼の向かいのソファーに座り、笑った。「今日はわたしわざと回り道して、あなたを歓楽街に連れて行ったわ。どんな感じ？」

　甘又明（ガン・ヨウミン）はしばらく考え込んだ。「ちょっと見ただけでは何も感想は言えないよ。僕のアメリカへの感情は矛盾しているんだ。僕はアメリカの科学技術をとても敬慕しているし、アメリカ人が思想上、ずっと若々しい活力を保っているのもうらやましく思う。僕はアメリカの卓越した社会は、すでに前倒しで二一世紀に入っているといつも思っているんだ。でも一方で、僕はアメリカ社会の道徳と人間性の喪失を非常に嫌悪している。ドラッグ、セックス中毒、乱交、同性愛、女性が子供を産むのを拒否するなんて……ほとんど世界の終わりだよ。僕が一番心配しているのは、こんな堕落が高度な科学技術の必然的な結果なんじゃないかということさ。科学は、人類の自然や生命への畏敬を無情なまでに粉砕するからね。もしアメリカの今がその他の国の未来なら、あまりにもがっかりだよ」

　ジューンは長い時間黙っていたが、冷たい口調で言った。

「そんな過激である必要はないわ。わたしは中国の南北朝時代、士大夫が五石散という毒物を好んでいたことや、明清の士大夫にお稚児さんを囲うのが流行(はや)ったのも知っているわ。中国人は西洋人よりずっとモダンじゃないの」

　甘又明(ガン・ヨウミン)は冷笑し、鋭く言い返した。

「そんな腑抜けの祖先達のせいで恥ずかしい思いをしているよ！　幸いにも、僕らはもうそんな習慣を棄てている。アメリカは、統計によれば、全国で六千六百万人が一回以上麻薬を服用したことがあるという！そうだ、君は中国が清末にアヘンを好んでいたことを忘れていたよ。それは道徳と正義に満ちた西洋人によって作りあげられたんだ。今彼らの子孫がドラッグ中毒を習慣にしているのは、自業自得なんじゃないか？　そうだろ！」

　ジューンは長い時間沈黙し、室内にはある種の敵意が満ちていた。しばらくして、ジューンは歩み寄って甘又明(ガン・ヨウミン)のそばに座り、手を握って言った。

「許して。あなたを怒らせるつもりはなかったの。率直に言わせてもらえば、初めて会ったときからわたしはあなたのことが好き。あなたのようにすがすがしくて素朴な人にはあまり出会ったことがないの。正直に言うけど、たまにドラッグを服用することはあるわ。でもアメリカでは普通のことよ。スペインなどドラッグ摂取がすでに合法化されている国もあるわ。とはいえ、あなたが禁欲的な国で育って、ドラッグに反感を持っているのも知っている。もし……わたしがあなたにこの後ドラッグはやめるって約束したら……」

甘又明（ガン・ヨウミン）は彼女の話に感動したが、結局は冗談で応じた。

「じゃあ、まず僕自身がまだバーチャル世界にないことを確実にしないと。もし君が偽物で、僕も偽物で、君の体にある注射針の跡も今回の話も全て偽物かもしれないだろ？　どうだい？　ここでこっそり僕を助けてはくれないか？」

ジューンは笑った。「わたしは自分の職業倫理に反することはできないわ」

甘又明（ガン・ヨウミン）は笑いながら立ち上がった。「時間も遅くなったし、僕は失礼するよ」ジューンは座ったまま微笑んで言った。「ここにいてもいいのに」彼女は付け足していった。「ソファーか別の部屋で寝たらいいのよ」

「いや、僕はやっぱり帰るよ。誘惑に勝てないかもしれない」

二人とも笑った。甘又明（ガン・ヨウミン）は言った。「送る必要ないよ。僕はタクシーを呼べばいい」

「いいえ、やっぱりわたしに送らせて」

二人が部屋のドアを開けたとき、ちょうど二人の警察が無理矢理押し入ってきて、二人を壁沿いに立たせ、身分証を出した。

「警察だ！　部屋から出ろ」警察は二人をゲストルームに行かせた。甘又明（ガン・ヨウミン）はこれがまさにバーチャル世界で会ったことがあるトムとゴワードだとすぐにわかった。トムは冷たく言った。「ジューンさん、ある情報提供者によると、あなたは部屋の中に大量のドラッグを隠しているそうだね。我々は捜査を命令された」

二人は驚いて顔を見合わせた。ジューンが言った。「いいえ、わたしは大量のドラッグを隠していたことなんてないわ！」

トムは力まかせに彼女の腕をねじり、悪意をこめて言った。「じゃ、この注射の跡はどういうことだ?」彼はもうジューンにかまわず、勝手にベッドルームに行って捜索した。十分後、彼は白い薬品を二袋持ってきて、怒りながら言った。

「高純度のコカインだ、二キロはあるぞ！」

ジューンは非常に驚き、目を見開いて彼の手の中のドラッグを見つめていたが、憤然として叫んだ。

「これは濡れ衣よ！　この二袋のドラッグはきっとあなたが今入ってきた時に置いたんでしょう！」トムはやってきて、容赦なく彼女の横っ面を強くはたいた。彼女の口角から血がにじみ出た。彼女は甘又明（ガン・ヨウミン）の方を向いて言った。「どうかわたしを信じて。彼らはわたしに濡れ衣を着せているの。きっと碧い洞穴の仕返しをしているのよ！」

ゴワードが不思議そうに聞いた。「何が碧い洞穴だ?」

甘（ガン）は驚いて、急ぎゴワードに聞いた。「あんたは碧い洞穴を知らないのか?　ほら、麻薬密売組織の秘密の通路だよ。スティーブン・ウーさんがもうトムさんに伝えたって言ってたよ」

ゴワードは危険を察知し振り返ってトムを見たが、少し遅かった。トムはすでに脇腹の辺りから消音器付きのピストルを取り出していた。かすかな銃声がすると、ゴワードの額には穴が開き鮮血がどっと吹き出し、どすんと地面に倒れた。ジューンは驚いて声を上げたが、二発目は彼女の胸に当たり、彼女のＴシャツがすぐに鮮血で染まった。甘又明は猛然と近づき、彼女を自分の体の下に押し込み、顔を上げて絶望的に銃口に向き合った。トムはぞっとした笑いを浮かべながら言った。

「碧い洞穴の秘密を知っている奴はみんな死ななきゃならない！　あのスティーブン・ウーだって今夜生きてはいられないさ」彼は銃口を甘又明の口に突っ込んだ。銃身は冷たい死の感覚を帯びていた。甘は彼がゆっくり引き金を引くのを恐怖とともに見つめていたが、舌が回らないながらも叫んだ。

「止めて！　スティーブン・ウー、止めて！」

スタッフは二人のヘルメットを取ってやった。二人とも顔面蒼白で、取り乱していた。ジューンは無意識に手を胸に押し当て、甘又明もびくびくしながらそこをじっと見つめていた。しかし、白いＳＨＥＬＬをゆっくりと脱ぐと、そこは元の通りなめらかで、傷一つなかった。

スティーブン・ウーはすでに彼らの後方に立っていて、笑いながら尋ねた。「甘くん、君は賢い。今度はどこでほころびを見つけたんだい？」

甘又明はしばらく息を切らせていたが、やっと苦笑いしながら言った。

「いや、僕はただ運がよかっただけさ。僕は決して自分がバーチャル世界にいると確信していたわけじゃないんだ。僕はただ、もしゴワードが規律正しい警官だったら、自分の担当区域ではない場所に行ってまで事件を処理したりしないと考えたんだよ。トムがもし僕らを口封じのために殺したいと思ったとしても、同僚のゴワードと一緒に行く必要はない。でも、この推理は厳密ではないし、代わりの説明は簡単に探せる」

ジューンはまだ魂が体から抜け出してしまったかのようだったが、甘又明（ガン・ヨウミン）は気力を奮い立たせて尋ねた。

「ジューン、君はバーチャル世界のガイドだ。なんであれを信じられるの？」

ジューンは苦笑した。「時にはわたしも本当か嘘か区別が難しいの」

甘又明（ガン・ヨウミン）は彼が経験したバーチャル世界の陰鬱さが彼自身の心に入り込んでいることをはっきりと感じた。彼は怒りを抑えながら冷ややかに嘲笑した。「呉（ウー）さん、バーチャル世界はハリウッドから監督を招いているの？　僕がみる限り、そこはハリウッド的な暴力と、血なまぐささと、ドラッグとセクシーな女性ばかりなんだけど」

スティーブン・ウーは首を振りながら言った。「いや、監督なんか招く必要はない。私は前にバーチャル技術がまもなく彼らの飯の種をうばってしまうと言った。このシステムのスーパーコンピューターは優れた学習能力を有していて、我々はここ二十年間の、アメリカで最も売れた映画ランキングベスト10を入れるだけで、スーパーコンピューターは演出手法を学び、彼らを遥かに凌駕することができるのだ」

甘（ガン）は辛辣に言った。「なるほど、あの内容には見覚えがあったわけだ」あの目に見えないSHELLはずっと彼を包み込み、息ができないほどきつく締めているようだった。彼は疲労し憂鬱な様子で言った。

「僕は休みたいよ。しっかり寝たらまた続けられると思う。泊まるところはどこなんですか？」

「向かいのホワイトカラー用マンションの一〇三号室だ」

「あなたもそこ？」

「そうだ。一一八号室だからそんなに離れてはいない。ジューン、今日の仕事はこれで終わりだ。ありがとう」

ジューンは甘又明と短く挨拶を交わし、上着を着てホールを出て行った。彼女も早く自分のマンションに帰りたかった。

その夜、甘又明はベッドの上で眠れずに寝返りを打っていた。午後に経験した血なまぐさい場面のせいではなく、彼自身が身につけていたあのSHELLをもう脱いだのか、確信が持てずにいるからだった。彼は義兄のバーチャル技術に対して、まるで逃れられない亡霊への恐怖のような畏敬の念を抱いていた。

たとえば、今晩スティーブン・ウーは彼を部屋に招いていないが、これは現実の世界の常識にはそぐわない。義理の弟は遠くからやって来た、もてなすべき客ではないのだろうか。

だが、もしこれが西洋の習慣だとしたら？　呉氏が部屋に恋人を隠していたとしたら？　もしも……

さらに別の秘密があるとしたら？

彼は飛び起き、義兄の部屋に行けば安心できると思った。自分が神経質すぎるのはわかっていたが、やはり一一八号室に行くしかなかった。ベルを鳴らしてしばらくして、義兄はやっとドアを開けた。

「君か。まだ寝ていなかったのか？」

義兄はパジャマを着ていて、冷淡な礼儀正しさを表情に浮かべ、明らかに義弟の訪問を歓迎していなかった。彼は知らん顔をして、ずかずかと中に入っていった。彼が偵察を始めるのを待たずに、寝室から甘えた声が聞こえてきた。

「ダーリン、ウー。早く入って来てよ」

ゲイ特有のメイクアップをした男性が腰をくねらせながらバスルームから出てきた。二つの大きなピアスが耳から垂れてゆらゆらとしていた。歓楽地区で客引きをしていたあのゲイだった！　甘又明はひどく悲しくなり、顔を義兄に向けて見つめた。彼は義兄の堕落に幻滅した。だが彼の心を悲しませたのはこの出来事そのものではなく、義兄の冷静でうんざりした表情だった。彼はきっと余計なことをした義弟を疎ましく思っているのだ。甘又明は怒り狂った。

「僕はこれが本当のことじゃないって知ってる！　止めて！」

スタッフが彼のヘルメットを取った。呉中は微笑みながら近づいてきたが、彼が話し出すのを待たずに、甘又明は憤懣やるかたない様子で叫んだ。

「このゲームから下ろしてくれ！　家に帰りたい！」

呉中とヘルメットを取ったばかりのジューンは二人とも驚いて彼を見た。止めようとしたが、甘又明は激しい口調で続けた。「何も言わないで。僕は帰国したい！」

呉中は不機嫌そうだったが、冷静に言った。「それが君の最終決定だね？　いいだろう。秘書に明日の飛行機のチケットを用意させよう」

次の日、ジューンは彼に寄り添ってエアチャイナのボーイング７４７型機に乗っていた。甘又明は冷淡に頑なにジューンの同行を認めなかったので、彼女は慎重に説得した。

「甘さん。これはガイドを務めるわたしの職責です。あなた自身が現実世界に戻ったことを確信さえしたら、わたしはあなたとお別れできるのです」

十八時間の飛行中、甘又明はずっと堅く目を閉じ、飲んだり食べたりもしなかった。タクシーで直接北京の方古園マンションにたどり着いたとき、彼は初めて目を開けた。彼は急いで姉の家の門をたたいた。

姉は喜んだ。

「明（ミン）ちゃん、あなたなんでこんなに早く帰ってきたの？　この方は……」

甘又明（ガン・ヨウミン）は答えず、部屋の中を神経質に行ったり来たりし、疑いの視線で詳細に部屋の中の装飾をじろじろと見た。ジューンは自分で星子（シンズー）に自己紹介するしかなかった。二人は英語と中国語で親しく言葉を交わしていた。甘又明（ガン・ヨウミン）は工芸品を飾る棚の前で止まり、唐突に尋ねた。

「姉さん、僕があげた花瓶は？」

姉は戸惑いながら尋ねた。「どんな花瓶？」

「結婚した日に僕があげた花瓶だよ！」

「ないわよ。あの日あなたは実家から汽車を降りて直接わたしのところに来たんだから、ちょっと故郷のお土産を持ってきただけよ」

甘又明（ガン・ヨウミン）はいらだちながら言った。「あげたよ、絶対に！」彼の頭の中は、数日前の記憶にもまるで薄い霧がかかったかのようだった。彼ははっきりと自分が姉にあげた精巧な花瓶を覚えていた。それは水晶のように透明なガラス工芸品だった。彼はそれがバーチャルの記憶であり、本当のような嘘ではないかと恐れていた。このどうにもならない感覚は彼の冷静さを失わせ怒りを鬱積させた。彼は冷笑した。

「姉さん、とても残念だけど、あのスティーブン・ウーはろくな奴じゃない……いや、そんなに接触はなかったけれど、この数日僕はずっとバーチャル世界の中で彼と接触してきた。バーチャル世界の暗いストーリーを根拠にしているだけだが、作り手の人格はわかるよ」

彼女はしばらく黙っていたが遠回しに言った。「明ちゃん、あなたはどうしてお義兄さんのことをそんなふうに言うの。あなたと彼が一緒にいたのは五日に満たないでしょう。五日で一人の人間を理解できるの？　もっと言えば、バーチャル世界のスーパーコンピューターは、アメリカの高度な科学技術社会の現状をお手本に構築されているのよ、彼が首席科学者だとしたってどうすることもできないわ」

甘又明はすぐに勝ち誇って叫んだ。「これは姉さんの話し方じゃない。呉中が話しているんだ！　僕はまだバーチャル世界の中にいる。止めてくれ！」


スタッフは二人のヘルメットを外した。甘又明は堅く両目を閉じたまま、何度も繰り返していた。

「僕は帰国する。故郷に帰るんだ」

呉中とジューンは精神的に壊れてしまった甘を見て、心配そうに視線を交わし、言った。

「わかった。我々はすぐに君を国に送り返そう」


古ぼけた大型バスが砂利道をがたがた揺れながら走っていた。バスには多くの日焼けした農民が乗っており、ずっとこの美しい金髪の白人の娘を興味深々で見つめていた。彼女の横には頭がつるつるの中国人の若者がおり、ずっと両目を閉じたままで、病人のようだった。娘は細心の注意を払って彼の世話をしていた。

バスを降りると、山の裾野に小さな村が目に入った。甘又明はやっと目を見開いて指さした。

「見て、前の方の折れ曲がったナツメの木の下にあるのが僕の家だ」

　彼らが村に入ると、子供たちがおもしろそうに集まって見物した。ジューンは興味深げに農家の家屋敷を観察していた。表門に貼り付けた春聯はすでに色あせ、生い茂るナツメの木が庭の半分を覆っていた。壁の隅には農具が置かれ、壁にトウモロコシの房が懸けられていて、屋敷には手押し式の井戸もあった。甘又明は彼女よりずっと細かく詳しく屋敷を観察しており、その視線には病的な疑いと狂気がみてとれた。

　彼の母親は裏庭で豚に餌やりをして戻ってきたが、彼らを見ると驚喜して叫んだ。

「明ちゃん、あんたどうして戻ってきたんだい？　まぁ、あんたなんでそんなつるつるのお坊さんになっちまったんだい？」彼女は喜んで二人を部屋に招き入れ、この西洋人の娘を穴が開くほど見た。少ししてから、彼女は二杯の雞蛋茶を持ってやってきて、隙を見てそっと息子に尋ねた。

「明ちゃん、このアメリカ人の娘さんは誰なんだい？」

　ここまで、甘又明はずっと複雑な表情で母親を見ていた。親しみはあったが、疑いも持っていた。この言葉を聞くと、彼はすぐに目を見開いて、猛烈な勢いで尋ねた。

「どうして彼女がアメリカ人って知っているんだよ？　だれが母さんに教えたんだい？」

　母親はこの質問に戸惑ってしまい、びくびくしながら答えた。「何か間違ったことを言ったかね？　一目見れば、誰でも彼女は中国人の娘さんじゃないってわかるだろうに」

　甘又明は思わず吹き出して、自分が考えすぎだったと思った。彼は母親のいつものやり方を忘れていたのだ。中国人でなければ、彼女はいつも彼らをアメリカ人と呼ぶ。彼は誤解を解いて笑った。

「その通りだよ、母さん。この娘さんは確かにアメリカ人だ。彼女はジューンというんだ。母さんは僕らがなんで帰ってきたかって聞いたよね。ジューンは母さんに僕の小さい頃の話をしてほしいんだ。どうか僕自身も忘れてしまったことを話してあげてよ、いいでしょう?」

母親はにこにこと息子を見た。彼らがわざわざ北京から戻ってきたのはこのためだったのか? 言うまでもなく、このアメリカ人の娘は息子の恋人で、彼の最愛の人だから、息子にとって彼女の些細な願いも至上命令なんだろう。彼女は笑いながら言った。

「いいとも、わたしがあんたの小さい頃のやんちゃなヒーローみたいな話をすれば、あんたはメンツが保てるっていうんだね。娘さんは中国語はわかるのかい?」

「中国語はわかるけど、聞き取れないところは僕が通訳するよ」

「あんたが八歳の時、ため池に落ちてもう少しで死んでしまうところだった……」

「その話なら覚えてるんだ。やめてよ。僕が知らないことを話してよ!」

母親はしばらく考えてから、口元をほころばせた。「いいとも、あんたが知らなくて、わたしがまだ教えていないことを話そうじゃないか。中学一年の時のある日、あんたは夢を見ながら『李蘇（リー・スー）・李蘇（リー・スー）』って叫んだんだ! わたしは李蘇（リー・スー）があんたのクラスメートで顔がとってもきれいだったってことを知ってた。そうだろ?」

甘又明（ガン・ヨウミン）は雷に打たれたようだった。そしてすぐに思い出した。李蘇（リー・スー）は性格の爽やかな少女で、いつも笑うと白い歯が見えた。その頃彼は李蘇（リー・スー）との友情に特別な感情が入り交じっていたが、彼はこのような感情を十二歳の少年の心の中にしっかりと閉じ込め、これまで誰に対しても漏らしたことはなかった。彼は今までずっと自分が夢の中で李蘇（リー・スー）の名前を呼んだことを知らなかったし、無頓着な母親が意外にもこのことを十数年覚えていたことも知らなかったのだ。

李蘇（リー・スー）は大学には行かなかった。彼女は中学二年生の時血液の癌でこの世を去ったのだ。クラスメートたちが病院に行って彼女にお別れをしたとき、彼女の意識はまだはっきりとしており、二つのくぼんだ大きな目からは深い絶望が見て取れた。甘又明（ガン・ヨウミン）はずっとクラスメートたちの後ろにいて、自分の赤く腫れた目を隠し、同時にこの初恋ともいえなかった感情をも葬ったのだった。

母親は息子が辛そうで、大粒の涙があふれ出てくるのを見た。きっと自分の話が息子の悲しい気持ちを呼び起こしてしまったのだと思い、あわてて機嫌をとりながら言った。「明（ミン）ちゃん、大丈夫かい。あのかわいそうな娘さんのことは言わない方がよかったのかね」

甘又明（ガン・ヨウミン）は母親の胸に顔を埋め、むせび泣きながら言った。「母さん、僕は今やっとあなたが本当に僕の母さんだって信じられたんだ」

母親はうれしいやらおかしいやら心配やらで言った。「あんたはどうかしちまったのかい？　わたしがあんたの母さんじゃなくて誰があんたの母さんだっていうんだい！」

甘又明（ガン・ヨウミン）はそれに弁解せず、振り返ってジューンに言った。「ジューン、今僕は確認したよ。僕はもうバーチャル世界から出たんだってことをね」

ジューンは笑いながら一枚の小切手を取り出した。「おめでとう。あなたはついに思考の慣性を用いてそれを実証したわ。呉（ウー）さんが、もしあなたが確認できたら、あなたへ一万ドルを渡すようにわたしに言ったの」

この時から、二人とも重い責任から解かれたようだった。母親は昼ご飯を作りはじめ、台所から大きな声で聞いた。「明(ミン)ちゃん、何日泊まっていけるんだい？」

甘又明(ガン・ヨウミン)はジューンに聞いた。「母さんが僕たちが何日泊まっていけるかって聞いてるんだ。君次第だよ。君は何日か泊まって、少しの間異国情緒を味わおうと思うかい？」

「もちろん喜んで。正直考えているの、ルーツをここにしてもいいんじゃないかってね」

甘又明(ガン・ヨウミン)はもちろん彼女の言葉の意味をさとった。自らＳＨＥＬＬの束縛から逃れ、心はすごく軽かったし、数日前のジューンへの好感も戻ってきていた。彼は笑いながら彼女を抱きしめた。母親は料理の皿をもって部屋に入ってくる時、あのアメリカ人の娘が息子の腕の中で、唇を突き出してキスを待っているのを見て、こっそりと微笑み、急いで出て行った。

甘又明(ガン・ヨウミン)は指をジューンの黄金の長い髪に差し入れ、彼女の頭を下に引っ張り、彼女の唇に力まかせにキスをした。ジューンは小さな声で言った。「髪を引っ張ったら痛いわ」

この瞬間、彼女は甘(ガン)の体が突然硬くなったのがわかった。彼は知られないように、だが堅い決意で腕の中の娘をゆっくりと押し出した。彼の体ははっきりと冷たい一枚の殻を身にまとっていた。ジューンは不思議に思い尋ねた。「どうしたの？」

甘又明(ガン・ヨウミン)は無理をして答えた。「何でもない」少しして、彼は視線を移して、英語で小声で言った。

「ジューン、教えてくれ。ドラッグはやってる？」

ジューンは彼の横顔をみながら落ち着いて言った。「わたしはあなたに隠し事はしたくない。何年か前わたしは大麻を吸ったことがあるわ。でも今はもうしていない。これはアメリカの若者にはごく普通のことよ。でもわたしはこれまでコカインを静脈注射したことはない。さぁ、わたしの腕を見てみて」

彼女の白くて美しい肘の内側に注射の跡はなかった。甘又明（ガン・ヨウミン）は冷たく一瞥しただけで、さらに尋ねた。

「スティーブン・ウー……本当は同性愛者なのか？　もちろん、僕が見たのはただのバーチャル世界の場面だったけれど。頼むから本当のことを教えてくれ」

ジューンは首を振った。「わたしは知らないの。あなたに隠しているんじゃなくて本当に知らないのよ。Ｂ基地では、仕事上の付き合い以外では、彼と接触することはないの。同性愛はアメリカでは社会に浸透している現象よ。オープンな同性愛のグループがあるし、定期的に公に集会を開くこともある。ある州の法律ではもう同性婚は合法とされているわ。でも華人の中では、そのような人は少ないわ。呉（ウー）さんもたぶん違うと思う」

甘又明（ガン・ヨウミン）は鬱々と長い間沈黙していたが出し抜けに尋ねた。「君の髪は偽物じゃないのか？　バーチャル世界に入る前に、あのＳＨＥＬＬを身につける前に、僕は君が頭を剃っているのを見たんだ」

ジューンはためらいながら答えた。「これは複雑な技術的問題なの……」甘又明（ガン・ヨウミン）はいらいらして手を振った。彼女の話をこれ以上聞きたくないし、「真にリアルな」解釈を聞きたくなかった。彼ははっきりと覚えていたのだ。彼はつるつる頭のジューンをバーチャル世界に入る前に見ており、このことは確かで本当のことだった。そうであるなら、彼は今現実世界で金髪の女の子を目にしてはならないのだ。彼は苦しそうに独り言を言った。

「僕はもう六層のＳＨＥＬＬを剥がした。でも第七層がないなんて誰も知らない。もしかしたら僕が指を一本切り落としたら証明できるかもしれないが」

ジューンは驚いて叫んだ。「馬鹿なこと言わないで！　あなたは本当にバーチャル世界から出たのよ、本当に！」

甘又明（ガン・ヨウミン）は冷淡に言った。「そうさ、コンピューターの論理とルールによれば、恋に落ちた女ガイドはきっとそんな風に言うのさ」

ジューンは苦笑するしかなかった。彼女は二人の間にたった今芽生えた愛情の芽もすでに摘まれたことを悟った。昼食の後、彼女は丁寧におばさんにお別れの挨拶をした。甘（ガン）の母親は極力ジューンを引き留めようとしたが、彼女の意思は固かった。息子は冷たい表情で、全く引き留めようとせず、まるで関わりのない人間のようだった。母親にはこの若いカップルがどうしていさかいをしたのか、全く訳がわからなかった。

二時間後、ジューンはもう北京に向かう特快列車に乗っていた。既に駅の郵便局で、翌日の朝北京空港からサンフランシスコに向かう飛行機を予約していた。また、彼女はスティーブン・ウーに国際電話をかけ、甘（ガン）がすでに一万ドルを勝ち取ったことを報告した。しかし、甘又明（ガン・ヨウミン）が賞金を得た後の心がわりについては一言も言わなかった。呉（ウー）はただ「わかった」とだけ言って電話を切った。

宇宙八景瘋者戯

黄海

林 久之 訳

1　火星、ナノチップ・スターシップ

火星基地の病院は地下五階にあって、宇宙船が来るたびに大忙しになるのだった。

月から第二の地球と呼ばれる火星には、身体に問題をかかえた移民が送られてきた。長期にわたり微重力状態のもとで暮らしていると、極度の虚弱状態が顕著になり、まるで戦に敗れて送還される老残の兵よろしく、骨の中のカルシウムが流出して、循環器や心肺の機能が低下する。立っているのも困難になって、緑色のカーペットの上を動物のように這いずってリハビリにはげんでいる。その滑稽な様子は、程一平(チェン・イーピン)たち医局員には見なれた光景だが、いつも憐れみを禁じえなかった。こうした障害は、かつては一生回復できないものとされてきたが、もっと先進的な人工重力宇宙船がまもなく実現するはずなので、あるいは宇宙旅行の後遺症も減少させることができるはずだった。火星では重力が〇・四Gしかないので、快適な穴場スポットといってよい。水を飲んだり排尿したりするときに液体が漂い出たりする心配もなく、重力が適切でないために男女の営みが困難になることをおそれる必要もない。

火星基地の住民は、いずれも専門技術にたけた人員であり、頭皮の下には知識百科をそなえたチップと通信機とを装着していたから、誰もが自分の専門以外のことでもほぼ百科に通じているといってよい。そのとき、程一平(チェン・イーピン)の頭皮に埋め込まれた通信機が鳴った。警笛が長く続くのは、火星の地表からの緊急コールである。視界に浮かぶバーチャルディスプレイに文字が浮かび、続いて蘇麗雯(スー・リーウェン)の笑顔とともに聞きな

れたやさしい声が聞こえてきた。

〈程(チェン)先生、地表の宇宙センターへ来てください。緊急事態です！〉まじめな声である。おだやかにして儀礼的、もう二人とも互いの気持ちは冷めている。いつか言い争っていたころとは違う。これは公用なのだ。

まもなく小雯(シャオウェン)に会わなくてはならないと思うと、いささかあわてた。地下五階の病棟から、エレベーターで地表に直行する。二人ともかつては蜜月を共有していたのだが、彼は小雯(シャオウェン)の父である蘇武(スー・ウー)の宇宙探検計画に先頭に立って猛反対することになったのだ。技術がまだ成熟していないのに、あまり多くの人を何があるかわからない外層空間に移民として連れて行くのは、苦難も危険もはかり知れない。それに彼が未来に意識を凝らして探ったところでは、宇宙船は怖るべきトラブルに遭遇するはずなのだが、小雯(シャオウェン)の父は真っ向から彼と争った。「占い師のごたくなど、デタラメに過ぎん！」そのうえ小雯(シャオウェン)の飼っていた老猫を安楽死させるかどうかで、取り返しのつかないほどの言い争いをしてしまった。別の猫の飼い主だった林雅玲(リン・ヤーリン)に色目を使ったとか豊満な胸やキュートなヒップに目が行ったなどと言い出し、程一平(チェン・イーピン)と小雯(シャオウェン)の仲はすっかり冷めてしまい、彼女が程一平(チェン・イーピン)の横顔を引っぱたいたのを最後に、二人のあいだは遠ざかって、長いこと挨拶もしなかったのだが、今度公用で会うことになったのは仲直りのチャンスかも知れなかった。それでも程一平(チェン・イーピン)にとってあの時の平手打ちは今でも忘れられないでいる。

全科医師および精神医学の専門家として、程一平(チェン・イーピン)自身が遭遇した心の問題は一般人には想像しがたいものがあり、場合によってはテクノロジーなど役に立たないと知ることは、精神科医師あるいは非物質の世界を探求する能力の助けになっていた。程一平(チェン・イーピン)のような〝なんでも科〟医師であり専門訓練を受けてきた精神科医であり、超能力にもたけた人間は、時代のエリートなのである。

ドーム型に造られた宇宙センターの第一研究室に来てみると、ガラスの外壁に映る夕日はぼんやりと藍色を帯びて、地球から見る太陽の輪郭よりかなり小さかった。太陽は小粒のみかんのように見え、テラフォーミング以前には青い太陽が灰色の粒子を撒き散らしているように見えたものだが、いまは大気層もしだいに濃くなっていて、夕日の名残りもだいぶ赤みを帯びて、暗く陰鬱な中にも柔らかな夢のような色彩を含んでいる。遠く二十光分も離れた地球では、もっと赤くもっと大きな燦爛たる美しい夕日が見えるのだろうが、それはただ夢に見るしかなく、曽曽祖父母がいつも賛美していた遥かな地球の世界でしかなかった。いまやテラフォーミングはかなりの成功をおさめ、しだいに第二の地球になりつつある。人々が住む火星の地下都市では住宅の壁がいつも照明の代わりに風景を写し出していて、それは火星のものばかりではなく、地球の景観である山や川、湖水や大海、高山森林緑野、あるいは林立するビルなど、故郷である地球の景色を忘れないよう工夫されていた。

　火星宇宙センターでは大勢の科学者が、いくつもの巨大なディスプレイが表示するさまざまな数値をせわしくモニタリングしていた。あるものは天体現象を観測し、あるものは地球や月から来る宇宙船を誘導し、あるものは土星の衛星タイタンや、木星の第一衛星イオ、第二衛星エウロパなどなどの探査基地から伝えられるデータを注視していた。これらの無人基地は、火星宇宙センターと連動して、火星の衛星デイモスを改造した一艘の宇宙船――盤古（バングー）号を見つけるべく努力していた。コントロールを失ったのち、アステロイドベルトあたりを漂流していたのが、木星の引力場に突っ込んでいったきり、姿を消してしまったのだ……

「盤古号に何か起きた！　程一平（チェン・イーピン）医師の最初から反対していたことが現実になった！」大勢の議論が紛

糾している。盤古号はまさに小雯の父である蘇武が率いる宇宙船なのだった。

「盤古号なんて呼ぶな、あれは本来火星の第二衛星デイモスだったんだ、きっと逃げ出したんだ……」わけのわからないことを言い出す者もいる。

「もともと実験用の衛星基地だったのが、こんなことになるなんて……」恨みがましい声は穏健な保守派からも上がっていた。

人々の喧騒の中から、小雯(シャオウェン)が嬉しそうに手招きをしていた。眉を開き、自分たちの間にあったわだかまりなど、何もなかったような様子である。見ていると、その目には恐慌と隠れた不安とが見て取れたし、表情にはバツの悪そうな微笑と幾分かの恥じらいがあった。蘇麗雯(スー・リーウェン)は最先端の意識領域研究者であり、加えて生物学、通信工学、文学史学哲学などの領域にも長じていたが、これらの知識は埋め込まれた最新知識百科のチップによるもので、いつでも取り出して使えるようになっている。

蘇麗雯(スー・リーウェン)は彼を実験室へ伴った。実は愛用のロボット、いやアンドロイドと言うべきだろう、わざわざ外見を蘇麗雯(スー・リーウェン)本人に九分九厘まで似せて作られていて、礼儀正しく程一平(チェン・イーピン)にあいさつをすると、とろけるような笑みを浮かべた。

「蘇(スー)小姐はおいでいただいたことにとても感謝しております、これまでのことは忘れていただきたいと……お詫び申し上げます!」アンドロイドは主人に代わって自分の横顔をひっぱたいてみせた。「失礼、自分の顔を打たせていただきました! いえ、礼にならってお返ししたまでで……」アンドロイドの動作も、人間との交流が進んだおかげで、ずいぶん改善されたと見える。蘇麗雯(スー・リーウェン)が程一平(チェン・イーピン)の横顔をひっぱたいたところに比べれば。

蘇麗雯（スー・リーウェン）のアンドロイドは彼を静かな一室へと導き、椅子を引き寄せて掛けるよう促すと、テーブルの上に電子顕微鏡と実験用のトレイをセットした。まもなく小雯（シャオウェン）本人が現れて、バツが悪そうに微笑んだ。澄み渡った空に浮かぶ一片の暗雲のように不安が眉間に浮かんでいる。

「自動システムから戻ってきたデータによると、盤古号は運が悪かったのよ」小雯（シャオウェン）の眼の色と声からは久しく見なかったぎこちなさと、起こってしまったことへの心配が窺われた。間違ったことをしでかしてしまった童女のように、自身の父母が盤古号でどうなっているか気にかけているらしく、恨みがましく続けた。「父は冗談半分に言っていたわ。新たな惑星を見つけるたびに、一対の夫婦を着陸させれば、その夫婦はその星のアダムとイヴになるんだって……いえ冗談だと思ったのだけれど、父の言うには光速近くまで加速できれば相対論で言う時間差が生じて、ワームホールを通過するまでもないんだって……」

「だから言わんこっちゃない、功を焦っちゃいけないってね、やっぱり、君を引き止めてよかった……」

この旅に参加するカップルあるいは夫婦が一対であることは、基本原則であって、彼と小雯（シャオウェン）もよき伴侶になるはずだった。程一平（チェン・イーピン）はここぞとばかり、「あの時ぼくらが一緒に行っていたらアダムとイヴになったって？　ああ、そうかも知れないさ、創世記の主役にね……」からかうように、「ずいぶんロマンチックな想像さ、電子ゲームじゃあるまいし……」宇宙の広さと不思議さを思えば、ちっぽけな人類などに想像できるはずもない。これだって最初の地球人類の起源をアダムとイヴの殖民の過程がこうだったかも知れないというだけなのだ。

盤古号はもともと火星の赤道をめぐって旋回する火星第二の衛星、炭素が豊富な小さな衛星であり、平均半径は六・二キロメートル。内部に坑道があって、居住可能で自給自足もできる人類の生活環境をそなえたスペースコロニーとして利用されていた。そこに住む一〇八人、五十四対の夫婦は、もとは火星第一の衛星であるデイモス上の基地に居住し、実験として多年にわたる宇宙航行における自給自足の可能性を実験するために居住していた。事前に科学者が計算したところによると、もしも密閉された状態で生活した場合、五十対の夫婦が居住していたなら近親通婚による問題を避けることができ、そのうえラリー・ヤングの遺伝子コントロール説によれば（原注1）、一世代中一夫一婦制を保持できるならば、その効果は七割以上となり、可能な限り不倫を抑制できるという。これは過去において多くのSF小説や映画が終末の描き方で探求してきた問題であり、聖書の創世記第十九章に見えるソドムとゴモラの壊滅は、当時の世界観によって述べているものではあるが、もし世界の終末がやってきたなら、父娘が同衾してでも繁殖しなくてはならないのは必須であり、つまり倫理の法則も生存の法則には道を譲るということなのである。

　盤古号宇宙ステーションでは、必要なときはナノロボットを駆使して室内空間や設備を拡張し、容積を増すことによって、増殖する人口に備えることができた。盤古号は火星の小惑星を使用するタイプの宇宙船であり、小型の宇宙ステーションと言ってもよく、いまや、一年の実験を経て、隕石や輻射による傷害を自然に避けることのできる天体となり、宇宙船を建造するのに格好の利便を提供してくれていた。盤古号の出航は人類が宇宙の辺境を開拓しようという決心の現れだったのである。

　蘇武（スー・ウー）の率いる科学者の一隊は核融合推進ロケットのほか、宇宙空間に無尽蔵に存在する暗黒エネルギーの利用法も発見して、暗黒エネルギー収集推進システムを制作し、火星の第二衛星を盤古号宇宙船（島）と改名し、火星の引力を脱するというものだった。この計画は大論争を引き起こしたが、蘇武（スー・ウー）はアメリカのケネディ大統領がかつて月面着陸の決意を述べた言葉を引用した。

「困難であればこそ探検に赴くのだ！」蘇武（スー・ウー）はそこに一句を加えてみせた。「好奇心が、経験を求めるのだ！」

蘇武（スー・ウー）はまたケネディの演説にも触れて言った。イギリスの探検家ジョージ・マロリーは地球の最高峰チョモランマ峰で遭難したが、生前、ある人物がなぜチョモランマに登るのかと尋ねたのに対して、こう答えている。「そこに山があるからだ」蘇武（スー・ウー）は言った。「ならば、宇宙がかしこにあって、第三の地球がそこにある、われわれは出発すべきなのだ、理由は十分ではないか？」こうして盤古号は行くことになった。

盤古号はゆっくりと加速していき、これまでの二年八か月間の定時報告はきわめて正常だったのだが、アステロイドベルトを通過して木星の引力圏に進入したのち連絡が途絶えた……

蘇麗雯（スー・リーウェン）は蒼白な顔をして、心痛のため声も出ない有様で、顔を伏せたままどう言ったらいいか考え込んでいる。

「安心するんだ、備えは万全さ、最先端のロボットも配置されてる、困難に出逢ってもみんな解決できるよ……ぼくらの先祖が火星に移民したときと同じように……」

「盤古号が通信を絶ったことは、本来機密扱いだったのよ、でも、もう放っておけない」と小雯（シャオウェン）。「最後から二つ目の通信では、状況はとても厳しいって、精神科の医師の発信だったけれど、いま必要なのは物質的援助や技術援助じゃなくて……いま宇宙センターの最高科研班が救援策を討論しているところだって……。盤古号はもう太陽系を離れたという人もいるの、ワームホールを通って、二十光年の遠くへ飛んで行ったんだって」

「それはまた……どうして？」

一通信によると、大勢の人が精神病の発作を起こしてるんですって。最初に発病したのが精神科の医師で、双極性障害だったそうよ。九割がたの人が長く密閉された空間での生活に適応できずに、狂乱状態にあるらしい、中には統合失調症もいて……」蘇麗雯（スー・リーウェン）は涙ぐみながら、「最後の通信では、大部分の人が躁状態か鬱状態にあって、中には何でもできる気になって、エアロックを開けて宇宙船から飛び出そうとする人もいて、紛争が起こり、コントロールを失って、混乱のうちに、通信が途絶えたの。いま漂流状態にあることは、火星の宇宙センターではずっと機密だった……」

「わかっているよ、躁状態になると、常軌を逸したことをやり出すんだ、どんな人間でも、どんなことでも、みんな思い通りになると思い込んでしまう、統合失調症になると時間や空間に対する感覚が麻痺して、自分だけの世界を生きている、人類史上有名な人もそうだったらしい……きみの父さん母さんはまだ無事なのか?」

「最後の通信はコンピュータが送ってきたものなの。父母の消息なんてなかったわ」と小雯（シャオウェン）。

程一平（チェン・イーピン）は黙ってしまった。壁のディスプレイは、盤古号が出発したときの映像を映している。乗員たちはみんな厳密に選ばれたエリートたちで、知的レベルも高く、それぞれ専門があり、身体強健、星際探検の決意と熱意に満ちていて、太陽系外に出て移民として住み着くのが、可能性のある唯一の計画で、万が一うまく行かなかったら、永遠に漂流する惑星になるさだめであった。

「ここ何日か、こわい夢ばかり見たわ、たくさんの死体が盤古号の外の空間に漂っているの、人口問題かそれとも内乱が起こりはしないか、とても心配だった」蘇麗雯（スー・リーウェン）の赤くなった目の中に透き通った液体が光る。

「でもあの人たちはみんな遺伝子コントロールを受けて、一夫一婦制を保っているのだから、人間関係の混乱から免れているはずだよ、どんな問題も起こるはずがないんだ」程一平（チェン・イーピン）は慰めを言ったが、コントロールといっても有効性は七十パーセントしかないことを知っていた。

蘇麗雯（スー・リーウェン）は少し考えてから言った。「あなたは念力によってナノチップに影響を与えられるはずよ、試してみましょうよ、なぜっていうとね、何度もやっているうちに、もっと簡単にできるようになるはずだから」

程一平（チェン・イーピン）には想像もつかなかったが、蘇麗雯（スー・リーウェン）の父さんも母さんも星空のはるか遠くへ飛んでいったので、火星で生まれた娘としては、近親者への思いを虚無の空間につなぎ止めるしかないのだ。蘇麗雯（スー・リーウェン）の催促と提案にしたがって、彼は顕微鏡の視野の中で念力を用いてチップの進む方向を制御し、だんだんに両側の凹んだ円盤状の赤血球に近づけていった。それが片側に整列すると、小銭を並べたようにも見え、子供たちが押しくらまんじゅうで遊んでいるようにも見えた。チップを制御し一連の赤血球を動かしているうち、細菌の殻を破って反対側から出てきた。もしこのやり方で人体の疾病を治療できるなら、ミクロのミサイルになり、量子力学でいう〈思念が物質に影響する〉ことを彼と小雯（シャオウェン）の実験によって初めて検証できたことになる。

「まず顕微鏡を覗いてみて。それから一緒に考えましょうよ……」蘇麗雯（スー・リーウェン）が命令口調で言った。

程一平（チェン・イーピン）が電子顕微鏡の映像をよく見ると、マイクロチップは細胞と同じくらいの大きさで、十いくつもの微弱な磁気を帯びた細菌によって前に進んでいる。細菌の尾の動きが動力として作用しているのだ。かたわらの蘇麗雯（スー・リーウェン）が寄りかかってきて、細菌を切り離すと、チップは血管の中で静止し、ボタンを一つ押すと、磁鉄の磁性作用が発動して、チップが方向を変え、毎秒数ミクロンの速度で人体の血液中を移動し始めたが、ボタンを放すと、チップは静止して動かなくなった。赤外線の波長、細胞や細菌の数といった尺度で見えてくる世界は、現実世界の地上の道を走る車かあるいは水中の漂流物の動きに似ている。

「これを見て……どうなるって……?」程一平（チェン・イーピン）はいぶかしそうに小雯（シャオウェン）を見た。

「それじゃ、もっと数を増やしていって、二つ、三つ、四つ……ひとかたまりのナノチップを制御できないか、試してみましょうよ……どう?」

程一平（チェン・イーピン）にはまだ彼女がどういうつもりなのかわからなかった。

「問題ないと思うね」アメリカ人の高華徳（ガオ・ホワドー）がいつのまにか近づいていて、口をはさんだ。

程一平（チェン・イーピン）は集中力を高めると、多くのチップを顕微鏡下の血液の中で思いどおりに活動させるよう制御し、それから、言われたとおりに空中に漂っているナノチップの一組に対して念力による指令を発し、それが固定した形を取るようにさせた。蘇麗雯（スー・リーウェン）の説明によれば、それは火星宇宙センターの研究所から出てきたナノチップで、やっと細胞ほどの大きさなのだった。

「こういうことなの。宇宙センターはあなたの念力を借りて、あの人たちの様子を見せてもらい、あの人たちに何がおきているのかを理解して、問題解決の助けとしたいの、もしまだ生きていればの話だけどね」

蘇麗雯（スー・リーウェン）は話し続けた。頭皮の下に埋め込んだ百科知識のチップから情報を取得しているとみえて、話し方が妙に緩慢で発音も正しく、頭の中で情報を濾過してから口にしているようだった。「はじめ盤古号のエネルギーが絶えないわけは、純量場（スカラーフィールド）、いわゆる第五元素（原注2）を発見したからで、これは元来宇宙に加速と膨張を進めるのに駆動されていたのを、盤古号が主要な推進システムに応用したものなの」

蘇麗雯（スー・リーウェン）が話しているあいだ、程一平（チェン・イーピン）はバーチャルディスプレイのネットワークシステムで同時に履歴画面を見ていた。ディスプレイには落花生の殻の形をした小惑星宇宙船が、はてしない星空を航行していた。

程一平（チェン・イーピン）が家に戻ると、家のネコ型ロボットが話しかけてきた。

「おかしいニャ、あの人たちは一群のマイクロ宇宙船を派遣して盤古号の様子を見て、中の人たちを助けようというんだろう、あんたは医者で、特殊な念力も備わっているから、選ばれたんだというじゃニャいか」ネコ型ロボットはまたひとこと付け加えた。「宇宙センターサイトとの交信中だったんで——ニャンとなく耳に入ったんだが、ほんの短い言葉だったから、聞き違いかも知れないニャ」

たしかにわけがわからない。盤古号はまだ太陽系内にあるのだろうか、太陽系から最も近いケンタウルス座はまだ遠い、どうやって助けようっていうんだ。

追日号（ジュイリー）とはどんな宇宙船なんだろう？

程一平（チェン・イーピン）は状況がわからないまま、新たにやってきた移民たちのために彼らの健康問題を処理するのにおおわらわになっていた。その中の一人の女の子は心臓の交換をするのに、心臓細胞培養法によって心臓を作成するのが間に合わず、3Dプリント技術を使い、細胞を材料として、一つの心臓をコピーし、その子のために交換してやったが、もしも最新式の宇宙船に搭乗していて、高価な回転式の船艙によって重力を作り出していたなら、こんな手間のかかることをしなくて済むのにと思ったものだ。

何日かたつと、蘇麗雯（スー・リーウェン）と宇宙センターの高華徳（ガオ・ホワドー）主任が訪ねてきて、彼を火星の粒子加速器へと連れて行った。そこにはナノテクノロジーの研究所があり、彼もついに何があったのか知ることになった。

アメリカ人の血を引く金髪碧眼で背の高い高華徳(ガオ・ホワドー)が言った。

「程(チェン)先生、あなたに言っておかなくてはならないのは、私たちは分子宇宙船を用いて盤古号を追いかけようと考えているということなんだ。これがつまり追日号宇宙船のことで、その実体は一束の粒子なのだが、それは一群の分子大のナノチップ探測器であり、一個のチップごとにセンサー、カメラ、それに無線発信機能を備えている……火星の粒子加速器から発射されると、互いの位置を確認しながら、効率的に光速に近づき、盤古号の航跡に接近し、盤古号宇宙船の中に進入して観察を行う。あなたの念力はチップ宇宙船を追跡するのに必要なんだ……」

「それはまたとてつもない任務ですね！　遠距離操作による救援とは……」言いながら程一平(チェン・イーピン)は、これは驚くべき体験になるなと思った。

「安心して、私がずっと見ていてあげるわ」小雯(シャオウェン)が言った。

程一平(チェン・イーピン)は火星の粒子加速器のそばの部屋に横たわった。両眼は黒い布に覆われ、できるだけ意識を粒子加速器の動作に集中し、音を聴くことに耳を傾け、念力をもって映像を捉えようというのだ。過去においては、一束の粒子が衝突器から射出されるごとに、計算機は膨大なデータによってその動きを音声に転化し、経過した時間を音符の強弱に変換したものだ。いまは分子の大きさになったナノチップが、同様に配合されて、音声は念力を激発させナノチップ宇宙船と連接させるための第一歩としている。最後にふたたび超感応探測器を脳神経のネットワークと連携させると、探索の結果を映像としてディスプレイに表示し、まさに人が夢を見ている様子さえ映像化することができるようになる。

医師として当然知っていることなのだが、大脳は一個の放電器官であり、電気信号を一つのニューロンから他のニューロンへ伝達することができる。経頭蓋刺激器（ＴＭＳ）の使用により、頭部から連接して大脳を刺激することができるので開頭手術の必要がなく、局部脳細胞の興奮・感応を起こし、強力な磁場が皮膚及び頭骨を通して、短時間の磁場の磁気パルスを数秒持続すると、正しく定位された磁場の発生作用によって、脳神経細胞が反復放電を生じ、ニューロンに電流が流れ、大脳の千億にのぼるニューロンは人の思念を通じて想像力を拡大しそれが宇宙銀河星系を覆うまでになったとき、人と宇宙は一体となり、ナノチップ宇宙船が伝えてくる情報もたやすく捉えることができ、念力とナノチップ宇宙船とが同期しつつ前進していくのだ……。

「発射！」

巨大な回転式粒子加速器から一束のナノチップが発射され、無数の微細な宇宙船が盤古号の方向に向かって出発した。そのとき、程一平（チェン・イーピン）は自身の念力によって、自身が脳内の千億のニューロンを、銀河星系に向かって展開し、星間宇宙と連結するところを想像した。拡大した意識は次第にナノチップ宇宙船を探り当て、つながって一体となった。一千艘ものナノチップ宇宙船は光速まであと百万分の一という速度で前進していく。

「超距離感覚発動（テレポーテーション）！」

程一平（チェン・イーピン）は特製のベッドに横たわり、頭部と四肢に電極をつながれていた。壁面の監視ディスプレイにはナノチップ宇宙船から返ってくる宇宙の信号が統合されて映し出され、捜索の結果を確定することができた。理論上光速の百分の八十六に達すると、時間の緩慢効果は半分に達する。すなわち火星での二年が、宇宙船の一年に当たる。いまや光速に近い速度で前進しているので、相対論の時間膨張効果のために、盤古号を追跡していくと、そこはもう少しで太陽系から離脱する辺境にあたると分かった。使用しているのがいわば群体となったナノチップ宇宙船なので、全体で同時に捜索し、相互に通報し合うことで、まもなく標的の位置を探し当てた。

程一平（チェン・イーピン）にとって気がかりなのは、乗員百八人の安危だった。その中には小雯（シャオウェン）の父母も含まれている。焦慮に駆られながらも懸命に心中の映像を目の前のディスプレイにはっきり映し出そうとした。禅定にも似た意識状態の中、ナノチップ宇宙船の前進にしたがって分かったことは、いま自身の大脳にある一千億のニューロンが働いていて、超常的な感応力により、細胞が鋭敏な受信機となって、どのニューロンもさらに一千ものニューロンと連結し、一つになって百兆にものぼるネットワークを形成し、一個の鋭敏この上ない大脳ネットワークに変じているということだった。それ自身が一個の電力器官であり、これを想像力によって無限の空間に解き放つことで一個の宇宙探査機となり、無数の思考や意識のネットワークを投射してナノチップ宇宙船と連接し、天球中の無数の星々を網羅しつつ、盤古号宇宙船を追跡しているのだ……

2　火星の第二衛星、盤古号宇宙船（島）

お話変わりまして蘇麗雯（スー・リーウェン）の父親であります蘇武（スー・ウー）は、盤古号宇宙船（島）のリーダーおよび計画者の一人として、公正無私なのは当然なんですが、ただ至る所に設置されたスーパーコンピュータに何かが起きて作業不能に陥ったときに限り、表に立って指揮を取ることになっておりました。人間による操作のバラつきを避けるためには最もよいやり方なのであります。

　このことは二千三百三十五年に人類が火星に上陸して三百年ののちから説明しなくてはなりませんな。

　蘇武（スー・ウー）の率いる一群の知力胆力ともに優れた科学者および技術者たちは、先進的量子コンピュータを結合して、火星第二衛星デイモスの生物圏を設計、建造いたしました。本来ただの実験用に作られていた密閉空間における殖民基地だったのですが、宇宙基地内に病院、工業農業区、居住区、娯楽健康施設に政府管理人までを備え、損害が起きても自動で修復、更新、自給自足できるようにしてしまったのでございます。蘇武（スー・ウー）とその団体はまた星間物質圧縮式融合エンジンの設計に成功し、火星の第二衛星を利用して宇宙船を建造しようと計画いたしました。その前方にはアイスクリームのコーンのような漏斗（じょうご）を設置し、宇宙空間に散らばって漂う水素原子などの星間物質を集めて燃料とし、核融合反応の過程を通して、機器の後部から噴出させることで、前進のための推力といたしまして、無期限に宇宙を航行できるというもので、最終的に光速の十分の一に達するというものでございました。

「この速度はもはや幼稚で原始的とは言えまい！」蘇武（スー・ウー）が明言しますと、みんなもそれを受け入れました。

　内部に居住するのは五十四組の夫婦ないし愛人同士の計百八人で、しだいに仲間意識が生まれつつありましたが、折よく太陽系縁辺のオールト雲——これは太陽系を取り囲む球状の雲のようなもので、まん丸にひろがっておりますが、そのあたりでちょっとした発見がありました。太陽から一光年ほどの距離に、一個のワームホールが見つかったんであります。ここは何兆にも及ぶ彗星の発生源で、新たな彗星はブラックホールを通って絶えず出現し、次々に消えて見えなくなる彗星に取って代わる。まさに二十一世紀のSF映画《コンタクト》——理論物理学者のカール・セーガンの指導によって描かれた通りのワームホールなのですが、確かにほんまのものとして存在したのでした。科学者の計算では、ワームホールを通過すれば超光速をもって別の空間に到達することができるというわけでして。第三の地球の発見も、また空間航行も、何世代かのちには実現する見込みとなりました。新世界への希望は、移民者の気概と熱意を壮大なものにいたしました。もしも成熟したテクノロジーの後ろ盾がなかったら、軽々しく試しはしなかったでしょうな。中でも最も慎重であり、強力に反対していたのが例の程一平（チェン・イーピン）だったんでございます。彼は現実的な評価のほかにトランス状態における精神域の探索も根拠としていて、未来の不利な光景を見通したため、早くから警告を発していたのですな。

「火星のくびきから脱しよう！」

「新世界に出発しよう！」

そうした声が響き渡り、地球ばかりか月や火星の人々も巻き込まれていきました。

いっぽう火星第二衛星基地の人々も神経をすり減らして懸命に航程を決めていった。衛星を宇宙船にして火星軌道を離脱させるとき、航程のはじめには、宇宙センターが絶え間なく指示を与え、リモートコントロールで計器の操作をすることもできます。人間とは奇妙な動物で、一旦未知のあるいは新奇な領域を見つけると、たちまち好奇心のとりこになって、とことんまで探究し、そこへ行って見ずにはいられないものでして。人類の火星開発における艱難辛苦のうち、最も重要だった水資源はロボットを使って彗星を捕捉し火星に衝突させることだったんでございます。彗星は氷の塊でできた天体なので、大量の水分は火星表面にあって湖を形成し河の流れとなり、こうして火星の加速的開発をもたらし、第二の地球がしだいに形を整えていくと、火星の第二衛星基地の植民者には第三の惑星に向かおうという思いが頭をもたげてきたのであります。人々は叫んだ。

「出発だ！」

第三の地球というべき世界に向かうのに、盤古号が目標としたのは人類の居住に適した惑星グリース五三一dで、これはてんびん座にある赤色矮星をめぐる位置にあり、地球からの距離は二一・五光年、グリース星系の第六惑星であります。グリース星の質量は主星の三分の一、輝度は百分の一。五八一dは気体ではなく岩石惑星で、豊かな水があり、地表の平均気温は摂氏一〇度前後、人類の居住に適した範囲に属し、質量および面積はほぼ地球に同じなんでございます。

長距離の宇宙飛行をする人間は平静で落ち着いていなくてはなりませんが、盤古号の五十二対の夫婦に船長および副船長夫婦を加えるとちょうど五十四対、百八人になった。合わせるとトランプカードの二組ぶんに当たります。人々が宇宙飛行中のなぐさみに人間カードゲームをやるのにうってつけですな。このゲームは身体の運動や娯楽にもなる。みんなそれぞれ自分に代わるカードを持つ。夫婦や愛人同士は同じ色と記号にすればよい。二組のカードは男性と女性に分かれ、ゲームをするときは同じ性別のカードが並ぶことになりますが、人間カードゲームに際しては意識がはっきりした状態で精力的に楽しむことが求められました。

男性たちはくじ引きで《水滸伝》の百八人の好漢が属する天罡(てんごう)三十六星あるいは地煞(ちさつ)七十二星をあだ名にして、ゲームのとき互いに呼ぶことにしました。霹靂火(へきれきか)、小李広(しょうりこう)、黒旋風(こくせんぷう)、花和尚(かおしょう)、美髯公(びぜんこう)、拚命三郎(ほうめいさんろう)、両頭蛇、呼保義及時雨、神医、一丈青（は女性のはずだが？……訳者）、混世魔王、小覇王、独角竜、一枝花、金毛犬、白日鼠……それぞれの好みによってあだ名を取り、リクリエーションのときはあだ名で呼び合うというわけで。

女性陣のほうは天罡地煞の割り当てを嫌いまして、太陽系から見える天の八十八の星座名によって星座の女王を名乗ることになった。アンドロメダ座女王、ふうちょう座女王、みずがめ座女王、わし座女王、きりん座女王、かに座女王、さそり座女王、カシオペア座女王、ケンタウロス座女王、ケフェウス座女王、くじら座女王……それぞれ自分の身分に満足しておりましたそうで。

こうして、女の子を生んで人口を増やすことが期待できるようになりました。星座の女王を拡充できるからでございますな。

「人間には百八の煩悩があるのよね！」夢見がちな若い娘が、瞳を輝かせ、胸の白瑪瑙の念珠を爪繰りながら申します。「これは仏教の言い方なのよ、そしてわたしが今度の旅行に参加した理由でもあるの。念珠の数は百八個、いつも念じ続けることで西方十万億土を目指しますわ！」

「ＮＯ、われわれは未来のアダム、そしてイヴになるんだ！」まあキリスト教徒であろうとなかろうと、みんなこうした夢想を持っているわけでして。もしも美しく温暖な星に降下したなら、そしてただ一対の夫婦だけが新たなエデンの園に生き、子孫を繁栄させることになったなら、天地開闢の始祖となって、何万年かののちには、原初の地球のごとき文明世界ができることでしょう。それはまだバーチャルなゲームの中でしか実現しておりませんが。

「まだ光速航行も実現していないのに、空想するのはよせよ！」宇宙学者兼エンジニアが冷や水を浴びせます。「盤古号はゆらゆら漂ってるＵＦＯ（原文「幽浮」）よりもまだのろのろしてるんだぞ」

けれども大部分の者はひまな時間、電子ゲームにうつつを抜かしておりました。中でも宇宙旅行に関するものが多かったそうで。自分がそこに身を置いているというのに、宇宙旅行のゲームから新奇な興奮、新たな体験を得て、飽きることがない。しかし低重力の中の生活は、生理的な問題を生ずるので、トレーニングルームでは、おおかたの話題は身体のことに集中しがちになります。

「視力が落ちてきたわ、ハッキリ見えないの」女性トレーニングルームでは、小胡蝶（リトル・バタフライ）というニックネームの白皙の女性がサイクルマシンのペダルを踏み、目をこすりながら、胸にかけたタオルで、しきりに汗をぬぐっております。無重力のもとで涙を拭くとき、目から出る涙は、まつ毛のあたりを漂って落ちなかったり、どこかへ飛んでいって、トラブルのもとになりますので。

通りかかったパートナーの男性が小胡蝶に手を振って、むかし流行った宇宙歌をハミングしました。

重力のない宇宙では
涙はじっとこらえなきゃ
悲しくっても辛くても
ちっちゃな太陽ながめよう
父さん母さん　家族に友だち
わびしくグラス傾けよう
せめて夢でも逢えたなら

「筋肉が縮んでしまったわ」管理農場の技術者が申しました。

「うちの亭主は身長が伸びてきたわ、もう何センチもね。わたしのサイズもじきに一〇八……」それは脊椎や骨格の関節が伸びるためなのでありますが、話しかけられた女性のコンピュータ技術者は、ビキニスタイルで曲線美をあらわにした姿で、

「うふふ……それじゃ、あんたの亭主も長所を発揮できるっていうものよ」

これで爆笑がトレーニングルームに満ちあふれ、美女たちの肌で水晶のような汗の玉がかすかに震えたと申します。

3　お先真っ暗　さあどうする

さて盤古号の核融合動力システムと申しますのは、宇宙ステーションを推進するエネルギーと内部へ電力を供給するだけのもので、暗黒エネルギーシステムの研究開発が完成するのを待って、作動を始め、宇宙ステーション全体を回転させることで人工重力を発生させ、人々が移動したり作業したりし易いようにし、二度と重力がないために浮き上がるような環境で生活しなくて済むようにするものでありますが、その重力は火星地表の四分の一しかなく、これは地球の十分の一に等しいわけですから、その落差は実際以上に感じられます。しかるに、盤古号がまもなく高速前進に入るというとき、カイパーベルトからオール

ト雲に至る途中に彗星の巣があり、ここは無数の彗星が出現する場所なのですが、盤古号がワームホールに入ってワープしようとしたとき、外層空間の激烈な乱れが盤古号の航速に影響して、宇宙船は劇烈な震動にさらされ、その場で回転を始めたからさあ大変。

まず冬眠船艙が効力を失いました。コンピュータは冬眠用の硫化水素を製造および輸送するパイプが震動のために壊れたのを発見すると、数万にのぼる灰かぐらのようなナノロボットをパイプの修理に派遣したのですが、コントロールがうまくいかず、かえって一人の技術員を生きたまま食い尽くしてしまった。監視所から見えた情景の恐ろしさといったら大変なもので、肉眼で見えないほどの微粒子ロボットの大群が、被害者を包み込むと、その身体に付着し、目、鼻、耳、口、皮膚などから侵入、あっというまに一人の人間をカケラも残さず食い尽くし、制御できなくなった区域は封じられたまま、廃棄物として宇宙空間に放り出されてしまいました。

やがて密閉状態の長旅に堪えられなくなったのか、少なからぬ人間に異常な行為が発生いたしました。最初は食用人造肉を担当していた生物技術者の李絲莉（リー・スーリー）が幻覚にとらわれ、細胞培養物のオリジナルである、牛、羊、鶏、鴨などが本物となって農園に出現したのを見てしまいました。日夜思い続け、潜在意識で地球の動物を渇望し、何とかして具体的な実際の生物に触ってみたいと思うあまり、農園に見えた幻覚の動物を追いまわし、農作物や精密機器を壊してしまうわ、鶏舎にいた産卵用の鶏を驚かせるわ、しまいには自分を卵を産む身だと思い込み、自分の卵を孵化させるつもりで、作物の積み上げられた中に横たわって加温用の電線に触れたものだから、あわれ植物人間になってしまった。

例の仏教を信心する敬虔な信女は、ひたすら正気を保とうと、身に着けた数珠の百八の玉をたえず爪繰って、仏陀が宇宙から盤古号に帰ってきて下さるとか、後光を放ってロボットと自分との対話を見ているとか申しておりましたが、たちまち目玉を数珠玉よりも見開いて、ロボットが自分を襲ってくるなどと言い出し、むろん誰もそんなことを信じるはずがなく、みんなの嘲笑を招くことになり、しまいに恥ずかしさのあまり狭いパイプから暗黒エネルギー転換機にもぐり込んで、自殺してしまったもので、亭主は驚き悲しみましたがもはや追っつかない。

これとは反対に、輝くばかりつややかな顔をした赤鼻の女がおりまして、躁状態のおかげで夫の体を求めてやまなくなり、しょっちゅう両腿の間のお宝を開帳しては、果てしなく体の満足を求めるものだから、夫のほうは意思返しに妻の赤鼻を写真に撮ると、引き伸ばして掲示板に公開したので、鼻の頭に暗紅色の柔らかな粒々が石榴（ざくろ）のように点在するのがバレちまった。女のほうも腹を立て、わざわざ自分と同じような症状の男を誘って、日夜狂態を繰り広げ、そのうえこっちが正しいんだとばかりに興味を引くような物語を開陳いたしました。いわく、いにしえの「相対論」によると、地球時間と宇宙船内の時間は同じじゃないから、もし光速近くで飛行すると、宇宙を一年進む間に、地球では二十年が過ぎる、宇宙船で二十年過ごすと、地球では三百年が経っている、宇宙の二十五年は、地球のほぼ一万年、航行時間が続くほどにこの差は大きくなっていく。著名な天文学者カール・セーガンが何百年か前に計算したところでは、亜光速宇宙船があるとしたら、二万五千光年の彼方にある銀河系の中心まで行くには、二十一年あれば到着できるし、二百三十万年かなたのアンドロメダ星雲までは、二十八年で行けるだろう、またもし既に知られている宇宙を一回りするならば、五十六年で帰ってこられる。もっとも地球では何百億年も過ぎているから、太陽はとっくに燃え尽き、地球も灰になっているはずだ。こんな亜光速飛行は、伝統的なロケットの消耗する燃料では達成不可能だろう。宇宙船と母星の間の相対論的時間差によると、盤古号宇宙船の遠征途中で、一対の男女を見知らぬ星に降下させた場合、宇宙船が再びやってくる頃には、その星にはすでに高度な文明が発展していて、人口も七十億、核爆弾を製造し、人工衛星や宇宙船を飛ばす能力も持っているはずだから、ご先祖様がやってきたとは知らずに、エイリアンが来たとばかりに厳重な警戒をするだろうよ、と。

「この物語は、地球の古代史のメタファーでもあるのよ」女は催眠術にかかったような朦朧とした状態でそんなことを話したと申します。

そのせいかどうか隊員全体の情緒が影響を受け、それは医療スタッフでさえも例外ではございません。指揮官の蘇武（スー・ウー）センセイは大いにあわてて火星の宇宙センターに連絡を取ろうと、しきりに信号を送ったのだが、まともに発信することさえできず、医療スタッフの醜態はもうお話になりません。ある医師の夫婦など、発見されたときには裸になって意識は朦朧、全身に大汗をかいて絡みあい、はあはあ言いながら農園の花園に横たわり、目を覚まさせようと声をかけると、彼らは互いにアダムとイヴを自称して、叫びました。

「ここはエデンの園だ！　邪魔をするな！」

イヴを名乗る女は、なまめかしいえくぼに満足の表情をたたえ、腰から腿にかけて緑の木の葉で編んだ蔓草をめぐらしておりました。彼女が言うには、この蛇は彼女が自身の体を認識するよう誘惑しているところだそうで、とろんとした目にはクエスチョンマークが星の如くに浮かんでいるありさま。

医師たち自身もまたこうした状況には手こずっていて、医師の間で互いの症状を診断しあい、助ける方法を探していおりました。背が高くイケメンな男性の総医長は女性の医師を探して自分が直面している困惑について訴えます。

「最近しょっちゅう患者ともめているんだ」両眼がうつろになって、両手はたえず震え、すっかり自信をなくした様子。もとは〝なんでも科〟医師だったのですが、自分の患者と同じくノイローゼに陥っているらしく、体中からビールの匂いを発していると妄想している女医に向かって、自分自身が手を焼いていることについて相談いたしました。

総医長の赤く熱を帯びた目が女医の胸を見つめます。

「……信じられないかも知れないが、自分をコントロールできなくなって、いくら手を洗っても、汚れが落ちないような気がするんだ、いつも手を使っていけないことをして……手を洗うのもやり過ぎると、水資源の無駄遣いだし……どうかすると自分の欲望を暴露したくてしょうがなくなって、ちゃんと白衣に身を包んでいても、下はハダカで、きれいな女を見ると、白衣をはだけて見せたくなるんだ……」

総医長は一瞬白衣を開いて、股間にそそり立つ武器をあらわにしましたが、誇るつもりなのか恥ずかしさのあまりか武器も顔も血を噴くほど真っ赤にうっ血しておりました。

女医はあわてず騒がす、ちらりと見ただけで、正面からは答えずに、遠回しに申します。

「大したことじゃないわ、精神科の医師なんて、患者ともめてなんぼというものよ。聞いていると思うけど、二十一世紀にはそんな言葉が流行していたもの……」女医はちょっと考える様子を見せた。顔の赤らみは壁に映し出される山河の景観が反映して隠されてはいても、目の前には金の星が乱舞しております。彼女が了解しているところでは、精神病は二十一世紀の三大疾病の一つで、あとの二つはエイズとガン。いまや精神病こそが人類の大患になっているというのに、宇宙でこんな厄介ごとに出くわすとは、いやはや。「だけどそのせいでこんなにもめているわけじゃない」総医長は興奮しながらも手で白衣を掻きあわせ、露出していた下半身を覆い隠すと、首をかしげたものでございます。「病人が自分の思い込みにこだわるのは確かに困りものだが、この患者が言うには、卵を産む鶏を殺して新鮮な鶏肉が食べたい、遺伝子操作による人造肉はイヤだと言うんだ、でもそれが違法だということはわかっている、だから矛盾に耐えられなくなって、とうとう自分の腕に噛みついたものさ、血が流れ出して、その血で『モナリザの微笑』を描けるくらいに……」

「やっぱり大したことじゃないわ、ある患者の言うにはね、天上の星は、天幕に数え切れないほどの孔があいてるからで、孔の外では火が燃えてるんだって。わたしその考えにすっかりとらわれてしまってる……」女医は憂鬱な様子になって、顔の赤みも曇りはじめ、ついに泣き出してしまいました。「いちばん精神病にかかりやすいのが精神病医なのよ……」

4　第五の元素、はるかなる交感

火星基地の程一平(チェン・イーピン)は宇宙意識センターの特殊な実験用の椅子にじっと身を横たえ、瞑想による霊魂離脱状態に入っていた。頭皮には数多のセンサーが貼り付けられ、千億の神経から微細な電流を発していて、精神は随時射出される数艘のナノチップ宇宙船を意識しながら、亜光速で宇宙のかなたへと飛び、盤古号の行方を追っていた。チップのうちあるものはほかの天体や破片などに衝突して壊れたが、それでも宇宙を駆けるチップたちは異なる角度からの探索結果を情報として発し火星基地に伝えて、スーパーコンピュータがその情報を画像として合成していく。有効な捜索目標と考えられたのは、カイパーベルトのあたりだった。ここは太陽系の砕片による氷に閉じられた微惑星から成り、アステロイドベルトに類似しているが、それよりも大きく広がっていて、海王星はその中で最大の天体であり、冥王星もその範囲内にあるのだが、ついにそのカイパーベルトで盤古号宇宙船が発見された。

盤古号はなすところなく漂流していたが、十数艘のナノ宇宙船が散開して三角法によって盤古号の空間位置を訪ねあて、ただちに追跡を始めると同時に、減速を開始し、また命じられる通りに信号が戻ってくるのを助けて、ナノ宇宙船たちが互いに情報を交換しあったのち、ようやく盤古号の星間物質収集孔を探り当てた。ナノ宇宙船が一艘でも侵入に成功すれば、あとは何とかなる。二十一世紀初頭以来の物理学者によるテクノロジー構想がすでに提出していたことだが、単一のナノロボット宇宙船には、現地のどんな材料でも利用して工場や基地を、指定されたものならば動植物であっても、作り上げる能力がある。いまやナノ技術の成熟、発展した二十四世紀なので、こうした技術は魔法の「庭師」のように、ほんの一部のナノマシンを組み合わせた「種子」さえあれば、微粒子大のナノ宇宙船を発射して目的地に到達させたのち、どんなものでも、たとえば空気、陽光、土砂、岩石、木材、ごみ、動植物など、どんな物質でも分解し組み合わせ、また育て上げて必要なものを作り出す。工場や建築基地、あるいは宇宙船さえも（原注3）。この技術はまた火星やその外の小惑星、土星と木星の衛星……などなどに宇宙基地を促成栽培して進駐、開発を順調に進めるもので、盤古スペースコロニーの生活項目にも応用され、人造肉をはじめどんなものでも製造しているのである。

程一平（チェン・イーピン）の意識が一艘のナノ宇宙船を捉え、無事に宇宙船内に進入させた。農場の廃棄物の山にもぐり込むと、すぐに材料を集める。ナノチップ宇宙船自身はナノロボットでもあり、制作プログラムも内包しているので、迅速に複製、再複製ができる。不思議な魔法の制作能力を揮っているうちに、プログラムが起動して、原子レベルからの複製により、たちまち小雯（シャオウェン）の身体が完成した。ちゃんと簡単な衣服もまとっている。科学者によれば、二千数百年前にイエス・キリストが復活したのもナノ・テクノロジーのせいだという。

エンジニアの蘇武（スー・ウー）は、気を失いかけてコンピュータ・ディスプレイのあたりに倒れていた。かたわらには妻が坐ったまま死んだように眠っている。そこへ整った顔だちの髪の長い少女が来て父を呼び起こした。

「小雯（シャオウェン）……お……おまえ……?」夢か、それとも幽霊か。

「ナノ宇宙船でやってきたのよ」小雯（シャオウェン）のひとことが老いた父をシャッキリさせ、頭が回転を始め、何が起きたのか理解した。「お父さん、緊急事態よ、コンピュータの救援信号を聞いてやって来たの」本物の人間のように小雯（シャオウェン）は蘇武（スー・ウー）に抱きついた、その実、程一平（チェン・イーピン）というかつての不倶戴天の仇敵と抱き合っているのだったが。

かたわらで昏睡状態だった小雯（シャオウェン）の母も揺り起こされ、ひととおり説明を聞くと、あっけにとられたのち、

「小雯（シャオウェン）！　よかった！　よかったわ……」母としての涙である。「コンピュータシステムが……動かなくなって……こんなになったのよ、みんなぐちゃぐちゃ……」

あとから到着したナノ宇宙船も、それぞれの作業を始め、パイプに入り込んで修復を進めるところは、

ナノロボットが人体の内部で作業を行って、健康を保つのと変わらなかった。あたりが片付いてくると、盤古号の自動制御コンピュータも作動するようになり、あらゆるコンピュータディスプレイとスピーカーが、警告音を発し、隅々まで響き渡ったが、続いて指示と説明が流れて、同時に火星基地の意識探索救援センターにも伝えられてきた。

5　時空のさざなみ、心の波

火星基地の程一平（チェン・イーピン）は半ば目を閉じ、かたわらの蘇麗雯（スー・リーウェン）がその手をしっかり握っていた。てのひらを合わせていると、互いの愛が温度となって伝わり、心霊どうしの密着は、意識の交感となって、身も心も一つになっていく。そこへ、コンピュータから盤古号宇宙船のコンピュータが動作を回復したとの放送が流れてきた。

「旅客の皆様……もうじき何もかも正常にもどりますよ、さあ目を覚まして下さい。

「本来宇宙は絶えず加速的に膨張を続けておりまして、私たちも星雲が光速よりも速く宇宙の果てへと遠ざかっているのを観測しているものですから、空間が膨張するときの光波は引き伸ばされているというわけです。宇宙の目に見える部分は百三十八億光年の半径よりも大きく、光の分子が進んでいくのと同時に、進む先の空間もまた膨張していくのですな、それが私たちの所へとどくまでに旅する時間を計算すると、すでに三倍もの距離、およそ半径四百六十億光年にもなるという次第……

「私たちのようにその間にいる物体はあんまり変化することができない……宇宙のひだに当たる区域は、急に縮んだり揺さぶられたりすることになりますが、これこそワームホールを通るといういまだかつて予測されなかった現象なのであります……

「最新の観測でわかったことですが、宇宙の膨張の過程で時空の構造の一部区域が激しく波立ち、しかもこの思いがけない事態の最初の影響が収まらぬうちに、星間物質をかき集めて動力にしている盤古宇宙船は局部的波紋で激しく揺さぶられるものですから、この区域の空間が押し縮められ、私たちはちょうど宇宙が膨張から収縮に転ずる臨界点に入ってしまったのですな……

「これは世界のはじまり以来ずっと存在していた現象なのですが、宇宙の総エネルギー密度の三分の二を占める第五元素――暗黒エネルギーはあらゆる所に遍在しているのに、幽霊と同じように触ることもできず、わけがわからぬ内に強烈な衝撃波として襲ってまいります。宇宙が膨張を加速する過程で、暗黒エネルギーは副作用を生み出します。私たちが暗黒エネルギー推進器を作動させていたため、太陽系縁辺区には劇烈な震動が発生しまして、宇宙から見たらホンのちっぽけな部分に起きた波瀾とはいえ、人類の思考能力に影響を及ぼしてしまったのでして。

「宇宙はマクロの視点から見れば絶えず膨張を続けておりますから、熱力学第二法則の未来における壊滅に直面することになり、ミクロの単位における膨張と収縮は波紋のように起こり続けております。太陽系縁辺圏において、重力レンズの部分は生命に対する厳重な挑戦となり、地球や火星ではそんなに目立ちませんが、双極性障害、ノイローゼ、統合失調症などを引き起こすことは免れがたいのであります。これは肉体が宇宙のかすかな波動に対抗しようとして起こる現象でして、人によっては負荷に堪えられず平常心を失ってしまうのですが、一方で偉大な人並み優れた天才や傑出した人物を産み出すこともあるのですな。たとえばニュートン、ゲーテ、トルストイ、ディケンズ、ベートーベン、ダーウィン、チャーチル、リンカーン、ミケランジェロ、趙匡胤、朱元璋……」

ディスプレイには深く考えさせられる一句とともに、車椅子に坐るホーキングの写真が現れた。

――宇宙は沈黙したまま破滅に向かって進んでいる、生命とは唯一のささやかな反抗である――スティーヴン・ホーキング

宇宙センターでもみんなが同時にホーキングの名言を読んでいた。程一平も小雯の手をしっかり握って、感動に耐えながら、独りつぶやいていた。

「宇宙の脈動は暴走する心を繋ぎ止めたが、宇宙の産毛もまた人の心を波立たせるものだな」

【原注】

1　ラリー・ヤング《遺伝子制御》(Larry Young—Genre Control)は、二十一世紀初めに実験によって大草原ネズミの一夫一婦制の遺伝子を雑種ネズミの体に移植して、実験室の普通のネズミを一夫一婦制にさせたもので、どの動物の大脳も社交行為に対する相対的な脳縮アンモニア酸は、すべて異なる受容器を持っているという。小説ではこの実験を人類の体に用いて百分の七十以上の効果が得られるとして、盤古号の宇宙旅行者たちに適用している。

2　物理学上の第五元素とは、バリオン、フォトン、ニュートリノ、ダークマターを除いたもので構成される第五

の要素を指すもので、これが暗黒エネルギーとされる。

3　一九八六年、K.Erie Drexler《物を作るエンジン――ナノ技術時代の到来》（Engines of Creation: The Come in Era of Nanotechnolog）の中における重要な論述で、科学界を震撼させる話題であり努力目標となり、二〇〇七年に修訂新版が出ている。小説の描写はナノ技術成熟後のもので、想像される各項とも現実になる可能性がある。

済南(チーナン)の大凧

梁清散(リアン・チンサン)
大恵和実 訳

認めざるをえないことに、私には資料を感傷的に読んでしまう悪い癖があるようだ。いかにも素人くさいが、何かの専門家というわけでもないし、私のような人間に誰も過大な期待はしていないのだから構わないだろう。

あのときも、いつものように感傷の渦に飲み込まれていた。百年ほど前に起きた済南（チーナン）爆発事件にまつわる資料を読んでいたときのことだ。

一九一〇年、山東（シャントン）省の済南（チーナン）北部の濼口（ルオコウ）地区にある濼南（ルオナン）鋼薬廠という小さな工場で爆発が起きた。そこから周辺の工場が連鎖的に爆発。その結果、周囲の村落にも被害が及び、少なくとも工場の労働者五十人以上が死傷する大惨事となった。本来であれば首都を揺るがす大事件になったはずだが、ちょうど光緒帝（訳注1）が崩御し、まだ幼い宣統帝（訳注2）が慌ただしく即位するといった国家の大事の余波で、事故のニュースは跡形もなく消え去ってしまったのである。しかし、爆発事件から程なくして、近代化が進められていた清朝の警察によって犯人が特定された。その名は陳海寧（チェン・ハイニン）。彼は濼南鋼薬廠の技術者で、事故現場で死亡している。凄惨な事故現場で身元が確認できたのは、現場から、彼がいつも身に着けていた特製の金属の装飾品が見つかったためである。爆発の原因は、その装飾品にあった。不注意で落下した装飾品が機械の歯車にぶつかって火花が生じ、火薬庫に引火したのである。

新聞記事の下には二枚の写真があった。焦土と化した濼口の写真と、焼け焦げた金属片が胸部にぶらさがっている服の写真である。

事故原因となった装飾品があまりにも奇妙だったため、私は記事に違和感を覚え、きっと何か秘密が隠されているだろうと直感したのである。しかし、事件の背後にある秘密や真相をあばくには、資料をもとに検証していかなくてはならないのだ。

私はまず「連続爆発」に目を向けた。

どうして工場間で連続して爆発が起きたのか？　一九一〇年という時期に、爆発が連鎖するほど危険な工場が本当に密集していたのだろうか？　しかし、当時の済南濼口地区の工業関係の文献を調べたところ、十分起こりうることがわかった。

実際、濼口地区は、清末における工業の重要拠点の一つだった。早くも一八七九年には、山東巡撫（訳注3）に昇任したばかりの丁宝楨（ディン・バオジェン）が当時有名な技術者だった徐寿（シュー・ショウ）・徐建寅（シュー・ジエンイン）親子を招聘し、山東機器局を設立しているのだ。この山東機器局は、後に大きな影響力をもつことになる。その後、徐寿（シュー・ショウ）は江南製造総局に移って造船の任に当たることになったが、山東機器局には息子の徐建寅（シュー・ジエンイン）が残って事業を統括している。彼は化学の専門家だった。つまり山東機器局の設立時点で、その後数十年の方向性は決まっていたのだ。すなわち軍需産業と火薬の研究・生産である。

光緒初年から末年にかけて、済南の濼口一帯はすでに火薬生産の伝統を誇っていたのだ。山東機器局だけではなく、その周辺の大小様々な工場が偉大なる大清帝国復活を夢みて、日夜、黒色火薬を生産していたのである。ほとんどの工場の記録は残ってないが、総合的にみて、その規模は全国でも一二を争うほどであったといえよう。その黒色火薬工場が、どの程度安全管理に気を配っていたのか、そもそも安全管理という意識を持っていたかどうかすら疑わしい。徐建寅（シュー・ジエンイン）本人でさえも、無煙火薬の研究中に不慮の事故で爆死しているのだ。一九〇一年のことである。

清末には、より多くの銃器・大砲が、さらに多くの高性能火薬が必要とされていた。そのため清朝最後の一年は済南中で濃厚な火薬の臭いが充満していただろう。済南城の北辺では、広大な土地が済南特有の圩子墻（訳注4）で囲まれ、その内側に徐建寅（シュー・ジエンイン）の不慮の死で没落してしまった山東機器局があった。そして外側には多くの小工場が、いや工場とも呼べないような、ただの火薬作りの作業場が埋め尽くすように広がっていたのだ。

残念なことに、当時は写真撮影が高価なため普及しておらず、残された写真は極めて少ない。私は使い慣れたデジタルデータベースを長いこと調べたが、山東機器局の写真を数枚見つけただけだった。その多くは山東機器局の正門を写したものだった。扁額に「造化権輿」（訳注5）と書かれた門と、カメラに対して不安を抱き不自然な様子で門前に立つ人々が写っている。作業場の写真は見つからなかったので、安全措置が適切だったかどうか判断できないし、その多くが不適切だったと断言することもできない。

しかし、記録されている作業場の数と、濼口にあった工場の最大容量をもとに計算すると、当時の作業場が実に耐えがたいほど密集していたことがわかる。爆発の連鎖が起こりうる環境だったことは間違いない。

調査の成果はここまでだった。それ以上のことを明らかにするには、他の文献に当たらなければならないのだ。唯一のキーワードは「陳海寧（チェン・ハイニン）」である。

驚いたことに、彼の名は事件より三十年前の一八八〇年代に、すでに登場していた。これは大きな収穫だ。「陳海寧（チェン・ハイニン）」の名はある名簿に現れた。それは一八八〇年の山東機器局の採用者と職位を記した名簿だった。

一八七九年に竣工した山東機器局は、二年目に官位の低い技術員とでもいうべき人々を採用していた。陳海寧（チェン・ハイニン）はその中の一人であり、機械製造を担当していた。ここから、陳海寧（チェン・ハイニン）が経験不足で惨劇を招いた素人などではなく、山東機器局のベテランの技術者だったことがわかる。

これは俄然面白くなってきた。

しかし、この二人が同一人物である可能性は高いが、まったく別人の可能性も否定できない。もっと多くの関連証拠を探し出さなければ。

だが、その後の検索はうまくいかなかった。普段使っているデジタルデータベースでひっかかった「陳海寧」に関する情報は、たったの三件。爆発事故に関する記事と採用者名簿のほかは、一八八〇年の一年前、すなわち一八七九年のものだった。記事は上海にあった江南製造総局の徐寿から技術を学んだ学生たちが卒業した――あるいは職人になったというべきか――と伝えており、その卒業生の名簿に「陳海寧」の名があったのである。

陳海寧の名は、清末の資料中に三度も登場しているが、そのうち二つは単なる名簿だった。これでは個人情報が窺えない。この結果には失望したが、少なくとも二つの名簿に出てくる陳海寧は、同一人物と断言してよかろう。徐寿は、徐建寅の父親で、中国初の船舶の専門家である。彼は機械の設計や製造面で独創性を発揮して相当の成功をおさめた。機械設計の技術を習得した徐寿の学生が、徐寿の息子が仕切る山東機器局に就職し、機械製造を担当することはつじつまが合う。しかし問題は、この徐寿門下の陳海寧と、三十年後に済南濼口で爆発連鎖事件を引き起こした陳海寧が同一人物なのかどうか、直接的な証拠が見つからなかったことである。

その後も検索を続けたが成果はあがらなかった。

私は仕方なくデジタルデータベースのHPを閉じて、メールをうった。検索で見つけた三件の情報を添付してから、メールの宛先欄に送り慣れた邵靖のアドレスを打ち込んだ。

邵靖は大学の同級生で、志を同じくする親友だ。しかし、彼が研究に邁進して歴史档案館（訳注6）に就職した一方、私は依然として正業にも就かず、ものにもならない文章を書き散らしてなんとか食いつないでいる。幸いにも彼は私と縁を切ることなく、学生時代とかわらず協力してくれている。いつも私は、見つけ出した資料を説明なしに彼に送りつける。すると彼は、すぐにポイントを押さえたアドバイスをしてくれるのだ。

しかし、今回ばかりは、メールを送ることをちょっとためらった。邵靖もこうしたメールのやり取りを謎かけのように楽しんでくれていたとは思うが、今の彼はとにかく忙しいのだ。彼の職場が全国的な学術会議を取り仕切ることになったので、様々な手続きや申請書の執筆などで散々な目にあっていることだろう。いっそのこと彼のために、いつものような謎解きゲームは止めてすぐに本題に入った方がよいだろうか。

多忙な彼に気をつかい、私は資料とともに推測も全てメールに打ち込むことにした。これを題材に小説を書きたいというホラを吹こうかとも思っていたのだが、それも止めた。

いつもと違って真面目くさったメールになってしまった。なんとなく気恥かしくて、読み返さないまま、すぐに送信キーを押した。

すると十分くらいでメールボックスに新着メールの表示がでた。邵靖からの返信で間違いないだろう。あいつがこんなに速く返信してくるとはね。メールをひらくと、やはり邵靖からで、二件のファイルが添付されていた。

しかし……。

まずメールの本文に目を通したが、「君はやっぱりド素人だな。やってることがめちゃくちゃだ。段取りもなってないし、効率も悪い」と強烈なダメ出しが並んでいた……。無論、本心からのものではなく、いつもの軽口である。気にかけることなく、添付ファイルのダウンロードにとりかかった。

添付ファイルの中身は驚くべきものだった。私が探し出せなかった画像資料を十分もしないうちに見つけ出したのだ。やっぱりあいつは謎解きが好きなんだろう。一目で私の集めた資料の欠点を見抜いたのだ。

さらに資料の内容を確認すると、その調査能力が想像の範疇を遥かに超えていることに気づき、尊敬の念を深めた。

二つとも外国語文献だったのだ。私にはちょっと荷が重いが、渋々読み始めた。

一つ目は、新聞記事だ。その下には二枚の不鮮明な写真が載っている。まず記事を読もうとしたが、ドイツ語だったので手におえない。ただ幸いなことに冒頭は少し理解できた。これは当時のドイツでは、中堅どころの新聞で、『ライン工業新聞』とでも訳せるだろうか。面白いことに『ライン工業新聞』は、上海在住イギリス人向けに租界で発行された英字新聞『ノース・チャイナ・ヘラルド』とは違い、遥か遠くヨーロッパで売られていたドイツ本国の新聞だった。このヨーロッパの新聞がどうして中国大陸に目を向けていたのか不思議だったのだが、ドイツ語が分からないなりに、なけなしの知識を動員して記事の出所をつきとめた結果、その疑問は解消された。発信源は、当時ドイツで最も精悍な通信社——ヴォルフ電報局——の記者だったのである。

記事の日付をもう一度みると、西暦一八八一年五月となっている。すなわち陳海寧(チェン・ハイニン)が山東機器局に入って二年目のことである。一八八一年といえば、すでに山東はドイツの影響下に入りつつあったけれど、ドイツ本国の新聞が中国人を取り上げることは少なかった。写真を見直すと、さらに興味深いことが分かってきた。

写真は二枚とも横長で、うち一枚は撮影技術が低いため、過度の露光で五分の三が白くなってしまっていた。わずかに見える曖昧な線から推測するしかないが、おそらく大きな空港だろう。その脇にはあまり高くない建物があるようだ。空港の左寄りには、井戸の轆轤(ろくろ)のような機械が置いてあった。そのかたわらで長衫(ちょうさん)を着て弁髪を留めた清朝人が、こわごわとその風変わりな機械を操作している。轆轤のような軸の上からうっすらロープがみえ、優雅なカーブを描いて画面を貫き、写真の角に写った空まで伸びている。画面はピンボケしているが巨大な凧を感じさせる。あるいは本当に巨大な凧なのかもしれない。

春の済南は、本当に凧上げしやすい。私は北京に春が来ると、多くの人が広場で凧をあげているのを思い出した。華北の都市である済南も大体一緒だ。

よくみると、でこぼことした凧の下に、座椅子がついている。その上に……はっきりとは見えないが、ぼんやりと二本の脚が見て取れた。つまり十中八九、座椅子の上には人間が座っている。椅子の下には黒々とした大きな分銅がかけてあるようだ。

二枚目の写真をもう一度みると、風変わりな椅子の両脇に人が立っている。その椅子には脚がついていなかった。その代わりに椅子の下には、何かこまごまとしたものが機械の部品をさらけ出すかのように敷かれていた。この椅子は前の写真で空に浮かんでいたものに違いない。しかし、椅子の下の分銅はすでに取り外されて画面から消えている。長衫を着て椅子の左に立っているのは、空港で機械を操縦していた人だろう。となると、もう一人は凧に乗って飛んでいた人物だろうか。二人の後には「造化権輿」と書かれた山東機器局の正門があった。

写真の下にはドイツ語で注釈が書かれているがまったく読めない。唯一わかったのはHAINING CH'ENという中国人の名前だけだ。間違いなく二人のうちのどちらかは、徐寿の学生で山東機器局に就職した陳海寧だ。私はドイツ語の短い注釈を一字一字翻訳ソフトに打ち込んで何が書いてあるか知ろうとしたが、奇怪な椅子の右側に洋服を着て立つ人物が陳海寧だと分かったのみだった。写真の中の陳海寧は明らかに若く、裕福で溌剌としており、当時の中国人によくみられたカメラに対する恐怖心を微塵も感じさせずに、泰然自若としていた。

陳海寧の容貌のほか、翻訳ソフトで判明したのは、当時の記事がこの奇怪な椅子を「済南の大凧」と呼んでいることだけだった。

続いて、邵靖が送ってくれたもう一つの資料を見ることにした。PDFに二つの記事がまとめられていた。二つとも一八八一年の新聞で、一つはイギリスの『イラストレイテッド・ロンドンニュース』で、もう一つはフランスの『ル・プティ・ジャーナル』だった。細かく見るまでもなく、二つとも『ライン工業新聞』の写真を転載しただけで、記事の原文をまったく引いていないことがわかった。この二つの新聞は、猟奇的な図版を売りにしていたのだから、深みのある内容は期待できない。当然、フランス語もわからないので、しかたなく英文記事の写真の注記を見たところ、次の様な短文に翻訳できた。

済南の大凧——清国の奇跡、飛翔する有人大凧。

私は少々呆れてしまった。西洋で中国人のことを報道する際に、写真を二枚も載せるなんて大変だっただろう。しかし、「有人大凧」のたぐいは、一八八一年には何の新鮮味もなかったはずだ。そもそも中国では珍しくもない話で、早くも古代に有人大凧を使って敵情を偵察している。唯一異なるのは、この有人大凧の座席が確かに奇怪で、私のような素人からみても余計な機械がいくつも付いていることだ。

それにもっと重要な問題がある。邵靖（シャオ・ジン）が外国語文献から陳海寧（チェン・ハイニン）に関する記事を探し出した点については、五体投地してもいいくらい敬服したが、この資料からわかることは、徐寿（シュー・ショウ）の学生が一時的に西洋の関心を引いて成功をおさめたということにすぎないのだ。結局のところ、彼と濼口爆発事件の張本人とが同一人物であると証明できていないではないか。

全ての苦労が水の泡になったような気がする。まずは問題の原点に立ち返ることにしよう。

邵靖（シャオ・ジン）は忙しくて私の相手をする余裕はないだろう。だが、心のもやもやを抱えておけず、全て吐き出すようにメールに打ちこむと、ためらわずに送信ボタンを押した。

パソコンに向かって一時間くらいぼんやりしていたが、やはり邵靖（シャオ・ジン）からの返信はなかった。おそらく開催予定の学会の具体的なスケジュールなどを教授たちと検討しているのだろう。学会の開催は半年後だが、今から準備を始めてもギリギリらしい。時間をもてあますあまり、仕事に追われている友人の身を意味もなく心配していると、携帯にチャットアプリから連絡が入っていることに気づいた。なんとそれは邵靖（シャオ・ジン）からだった。

いそいで開いてみると、「どうして直接濼口の地方志編纂室に行って調査しないんだい?」とだけあった。

はっとした。さすが専門家だ。一見すると慌ただしいなか送ってきた雑な提案に見えるけれど、調査方法としては適切だ。歴史にちょっとでも名前が残っている人物だったら、大いに試す価値がある。

　私はすぐに「ありがとう」とだけ返して、済南に行く準備を始めた。


　もう長いこと済南には行ってなかった。中山（ジョンシャン）公園の近くに古本街があったことをぼんやり覚えていたけれど、もうとっくに消えてなくなり、ただ無味乾燥なアパートと寒々とした槐（えんじゅ）の木が立ち並んでいるだけだった。

　現在の濼口地区にはすでに稼働中の工場はないようだ。北京の７９８（訳注7）のように、かつての工場は、その広々とした空間を活かし、品のあるアートスペースや新興企業向けの開放的なオフィスに改装されているらしい。もともと私は、街をちょっとぶらついて、山東機器局の痕跡を探してみようと目論んでいたが、それは叶わなかった。濼口と済南市区は思っていたよりもずっと遠く、バスに乗って濼口に着いた時には、もうすぐ午後三時になろうかという時間帯だった。冬だったので、すでに辺りは黄昏を迎えており、荒廃からの再生といった印象の異様な風景が広がっていた。閉館の時間が迫っていたため、急いで地方志編纂室に向かった。

　邵靖（シャオ・ジン）がひと肌ぬいで、事前に編纂室の知人に声をかけてくれたので、四十代くらいの男性がわざわざ私を出迎えてくれた。申し訳なくて少々きまりが悪かった。彼はとても熱心に、邵靖（シャオ・ジン）から学会報告のために資料調査に向かうと聞いて感動しました、昨今、一回の報告のためにこんなに多くの労力を割く人は少ないですよ、と語った。

　私は頭をかきながら彼について档案室に入った。

彼は使用上の注意をすぐに終わらせ、あなたは邵靖の友達ですからと言って、安心した様子で離れていった。目の前には静まり返った档案（訳注8）の目録室が広がり、漢方薬局の大型薬剤棚と似た目録カード棚が見渡す限り並んでいた。

私は人物志の棚を見つけ、年代と姓名のピンインを頼りに捜していった。本音を言えば、このとき少し緊張していた。万一、「陳海寧」の名が見つからなければ、おそらく捜索の手立ては完全に失われてしまうのだ。しかし、幸いなことに陳海寧の名は、すぐに半世紀前の目録の中から見つかった。私は目録カードを持って、先ほどの邵靖を信頼する男性のところに向かった。彼は笑いながら何も言わずに地方志档案保存室の中に入っていき、程なくして陳海寧の資料を渡してくれた。

番号の一致する人物志は、その場で開くには分厚すぎたので、近くの机の上に置いてめくり始めた。覚えていた目録カードの頁数をめくると、すぐに陳海寧の項目にたどりついた。

彼の項目は、その前後の人々と同様に簡潔で少しも飾り気のないものだった。基本的に年代と関係事項だけでその一生を描いている。しかし、それこそが私の求めている物なのだ。

私が最も気になっていたのは二つの時期——一八八〇年と一九一〇年——である。

満足なことに、その内容は予想通りだった。一八八〇年、陳海寧は山東機器局に就職している。そして、一九一〇年に濼口爆発事件で死亡しており、警察に事件の張本人とみなされていた。

この簡潔な人物志によって、私の疑問は一つ解決した。あの徐寿の学生と濼口で爆死した陳海寧は、確かに同一人物だったのだ。しかし、そうだとしても、まだ多くの疑問が残されている。

私はこの年譜のような人物志から陳海寧の人生を写しはじめた。

その過程で、一八八〇年から一九一〇年にかけて、その人生が複雑で興味深いことに気づいた。人物志には、陳海寧がドイツのボン大学（訳注9）に留学したことが記されていた。驚くことに、そこで彼が学んでいたのは機械工学だった。時期は「光緒辛巳季冬腊月」、すなわち西暦でいうと一八八一年の年末である。これは非常に面白い。『ライン工業新聞』に、陳海寧の写真と「済南の大凧」の記事が掲載されたのも一八八一年である。この報道はただの徒花などではなく、陳海寧という清国人がもうすぐ世界に乗り出すことを予告していたのだ。その頃がどんな時代だったか記憶をたどってみる。たしかその十年前に容閎（訳注10）が福建の天才児たちをアメリカに連れて行き、容閎の留学したイエール大学に入れていたはずだ。その中から後に鉄道建設の巨匠となった詹天佑が輩出されている。そのような年代からすると、陳海寧もヨーロッパ留学の先駆者に数えることができよう。しかし、その先駆者が歴史に埋もれ、あのような結末を迎えてしまうとは、哀しい限りである。

しかし、最後にボン大学の学位を得たのかどうか、得たとすれば何の学位か、人物志には記載がなく、ただ一八八四年にドイツから山東に戻り、再び山東機器局に入ったことだけが記されていた。

私はどんなに細かいことも書き洩らさないつもりで写し続けた。

彼は一八八四年に帰国し、再び山東機器局に就職した後、転任してはその翌年に山東機器局に戻るといったことを繰り返していた。一八九五年には新疆に移り、翌一八九六年に山東に戻っている。一八九八年には江西に転任し、翌一八九九年に山東に戻り、一九〇〇年には漢陽に行き、翌一九〇一年に山東に帰ってきている。ただし、このときは山東機器局に戻らず、濼南鋼薬廠に配属されている。この後、陳海寧が転任することはなく、爆発事件で世を去ったのである。

膨大な地方志の資料庫の中では、一人の人物の生涯はたったの数行にすぎないのだ。

出迎えてくれた男性に人物志を返却し、お礼を言って部屋を出た。

都市部に戻るバスに乗り込み、脳内で現在把握できている情報を整理する。車窓に済南の夜景が映るにつれて、今日書き写した年譜のような人物志が脳裏に刻まれ、掘り下げるべきポイントがいくつか浮かんできた。そのなかにきっと謎を解く鍵があるはずだ。

ホテルに戻ると、私はすぐにパソコンを立ち上げて、『ライン工業新聞』の記事を再び開いた。二枚の写真を一瞥し、まずは記事のおおよその内容を知ろうと思った。稚拙な方法だが、ドイツ語を逐一翻訳ソフトに入力していく。

ソフトの翻訳は、やはりぎこちなく、訳せてない単語も多かった。とはいえ、支離滅裂な中国語の中から、知りたい情報は読み取ることができた。

西洋の新聞における陳海寧（チェン・ハイニン）の出現が、彼の世界進出の第一歩にすぎなかったことと同様に、この「済南の大凧」も彼が心血注いでつくりあげた完成品ではなく、単なる最初の実験にすぎなかったのだ。翻訳によれば、今回の陳海寧（チェン・ハイニン）の実験は、主にこの奇妙な椅子を計算することにあった。飛行機の運転席に搭乗員を加えた重量と、各種の飛行指数の間には相関関係がある。あの大凧も人の乗った椅子を空に揚げる目的で作られたわけではなく、おそらくいくつかの複雑なパラメータを把握して、本物の飛行機を製造するために作ったのだ。

当時はコンピューターによるデジタルシミュレーションはなかったので、大量の数学モデルを作成したとしても、十分なデータを得るためには、実際に実験を続ける必要があったのだ。

だから、「済南の大凧」の凧糸、すなわち写真中で最もはっきり見える細長い線は、必ずや切られただろう。

北京に戻ると、我慢できずに新情報を全てメールで邵靖（シャオ・ジン）に送ってしまった。目を通す時間がないにしても、私のために地方志編纂室に連絡してくれたお礼として送ったのだ。

意外なことに、邵靖（シャオ・ジン）からすぐに返信がきた。メールではなくショートメッセージだったことからも相当忙しいことがわかる。ショートメッセージは結構長く、まず多くの収穫が得られたことを喜んだ後、上海交通大学の准教授と会いたいかどうか聞いてきた。半年後の学会のために、北京で事前会議が開かれたのだが、この会議に参加するため、ちょうど北京にきているらしい。姓は丁（ディン）といい、科学史を専門としているので、この方面についても研究している可能性があるという。

私は喜んでその提案に飛びついた。

邵靖（シャオ・ジン）はすぐさま丁（ディン）准教授との面会を手配してくれた。彼らのいる歴史档案館の外の喫茶店で会うことになったが、残念ながら邵靖（シャオ・ジン）は時間が取れなかった。

午後の喫茶店はにぎわっていたが、早めについたこともあって、落ち着いた隅の席を確保することができた。

約束の時間ぴったりに喫茶店のドアが開き、ふっくらしはじめているが見た目は比較的若い男性が入ってきた。きっと丁（ディン）准教授だ。周囲を見渡していたので、手を挙げてそれにこたえた。

彼は座ってダウンコートを脱いだ。なかはチェックのセーターで、襟元から白いYシャツがみえた。准教授らしいいでたちで、人違いではないと安心した。

お互いに自己紹介した後、丁准教授は学生の報告を待つように私を見た。少し気詰まりだったが、勇気を出してパソコンを開き、資料を見せながら自分の推測を語った。

丁准教授は聞き取れないほど早口だったが、口数は少なく、むしろ私の話をじっくり聞いていた。話を聞き終えた彼は、『ライン工業新聞』の記事を詳しく読み始めた。

ドイツ語の記事を熟読すると、丁准教授は眼鏡を外し、パソコンのディスプレイに前のめりに近づき、じっくりと二枚の写真——特に山東機器局の正門前の写真を見つめた。解像度の極めて低い写真を可能な限り拡大し、椅子の下部や左右に見える機械の部品を仔細に眺めた。時には更に拡大し、時にはただ頭を揺らして舌を鳴らした。ずいぶんたって、やっと彼は現実に戻ってきた。

眼鏡をかけた丁准教授は、また早口で話し始めた。彼は、翻訳ソフトの訳はおおむね間違っていないと述べ、イギリスとフランスの記事は、ドイツの報道の本旨を完全に誤解している、と指摘した。

私はうなずいて、彼の話に期待を膨らませた。

続けて彼は、自分もこの人物に興味がわいてきたと言った。以前はまったく注目していなかったが、私の集めた資料を見て研究価値のあることがわかったそうだ。ただ、自分にはこのような斬新なテーマにとりかかる時間がないし、そもそも人の手がけたテーマを奪うわけにはいかない。だから、研究の進展を応援したい、おそらくもっと価値のあることが見つかるだろうと語った。

恥ずかしいことに、私は爆発事件の真相に興味があるだけなのだが、丁准教授にとってそれはとるに足らない物らしい。

とりあえず、神妙に頷いておいた。

まだ話は核心に至っていなかったので、丁（ディン）准教授の話の続きに期待した。

丁（ディン）准教授は、深く追究するようなまなざしをそのままに、ちょっと笑って、もし望むなら、上海交通大学を受けて院生にならないかと誘ってきた。彼は好奇心旺盛で意欲のある鋭敏な若者が好きなようだ。

私はやんわりと否定の表情を浮かべつつ、「いいですよ、機会があれば受けましょう」とだけいった。

彼はそれを聞いて苦笑いし、もう受験の事は持ち出さず、早口で本題に戻った。「この、んー、ドイツ人のいう『済南の大颪』だけども、前に見たことがありますよ」丁（ディン）准教授は記憶力に非常に自信がある様子で、「残念ながら私の研究とは方向性が違ったので、ほったらかしにして掘り下げることはしませんでした。ただ掲載雑誌は覚えているので、自分で見に行ってみてください。君だったらかなりの発見ができると思いますよ。中国科学院の図書館にドイツ工業科学学会の『工業科学』という雑誌があります。その中に君の探したいものがあるはずです。価値のあるものが見つけられるかどうかは君次第ですね」

私は丁寧に丁（ディン）准教授に感謝の意を示した。丁（ディン）准教授は笑って「邵靖（シャオ・ジン）もいいやつだ。よろしく伝えてくれませんか」と言って、ダウンコートを着て騒がしい喫茶店を慌ただしく出ていった。

中国科学院の図書館は北四環外の新館に移ったばかりである。外から見ると、立派な雰囲気で、「この中は貴重な資料で溢れている」という気配がみなぎっていた。

事前に自宅で図書館のHPを使って、『工業科学』が全号揃っているのを確認し、検索番号と所蔵場所も覚え、翌日、調査に行った。しかし、どれだけ準備をしても、実際に行くとなると多少の面倒事は避けられないのだ。

百年ほど前の雑誌の閲覧は閉架式だったので、検索番号を司書に渡し、書庫から出してもらうのを待った。司書は見たところ真面目そうな中年女性で、髪を結い上げてすっきりまとめ、統一感のある制服を着て、青いアームカバーをつけていた。彼女は、私の閲覧票を受け取って、無表情で後ろの小さいドアに入っていった。

閉架雑誌閲覧室は午前中誰もやってこなかった。ただ、あの司書もなかなか戻ってこない。四十分くらい待って、ようやく彼女は姿を見せたが、がっかりした様子だったので、少し不安を感じた。

「あなたの捜している本はありませんでした」

「え?」そんな予感はしていたけれども、やはり驚きを禁じ得なかった。彼女に閲覧室のパソコンの前に来てもらい、この雑誌が確実に書庫にあることを確認してもらう。

彼女はパソコンを見て、頭を振った。「でも書庫にはありませんでした。もしかしたら、移転の際に廃棄されてしまい、すぐにデータを修正しなかったのかもしれません」

「百年以上前の歴史資料でも廃棄されることがあるんですか?」

「確かに可能性は低いですが……。おそらく移転時の手違いでしょう」

「私自身が書庫に……」私はわざと言いよどんだ。

「紹介状はありますか?」

黙って頭を振って、なすすべもなく彼女を見つめた。

「職階は准教授以上ですか?」

私はまたもや頭を振って彼女を見た。

これも彼女には予想済みだったようだ。

私たちはしばらく向かい合ったが、ここで引くわけにはいかなかった。

「あなたを書庫に入れるわけにはいかないんですよ。検索番号以外に何か手がかりはありませんか？　もしかしたら本来の書架に置かれていないのかもしれません。引っ越したばかりですから、わかりますよね」

彼女に促されて、私は急いで鉛筆を持って、ポケットの中から昨晩作ったメモを取り出し、そこに書きつけておいた『工業科学』のドイツ語名を紙片に写した。これはドイツ語の雑誌で、雑誌名はこれです、おそらく少しは役にたつと思います、と司書に伝えた。

彼女は紙片に書かれたドイツ語を見て眉を顰めながら、また扉をあけて戻っていった。
三、四十分くらい過ぎて、遂に扉が開いた。私は一目で彼女が分厚い褐色の革の洋装本を持っているのに気付いた。
「やっと見つかりました。三冊の合訂本でしたよ。書庫の片隅で埃をかぶっていました。所蔵されて百年もの間、誰も手に取ってないでしょうから、本たちも空気を通してくれることに感謝しているでしょう。ですが、一冊ずつしか閲覧できないので、そちらを読み終えたら、また取りに行ってお渡しします」

そう言って彼女はドアの前のデスクを迂回して、直接手渡してくれた。

私は至宝を手に入れたかのように、頭を下げながら合訂本を持って近くの机の前に座った。

合訂本の紙は黄ばんでいたが、めくりはじめると古さやもろさは感じなかった。それでも、細心の注意をはらって閲覧した。

「やはりマイクロ化や電子化すべきなんじゃないでしょうか」私は思わず頭をあげてデスクに戻った司書

に言ってしまった。

「そんなに簡単じゃないんですよ。マイクロフィルムに撮影しても損耗するし、結局のところ最後は同じなんだから、どれも大した違いはありませんよ」

確かにそうだ。私は何か言おうとしたものの、すでに雑誌の内容に引き寄せられていた。

再び表紙から始めることにした。褐色の革でできた表紙と背表紙に、事前に調べておいた『工業科学』のドイツ語が装飾的な字体で表示されている。ドイツ語の素人である私には判読できない。題名の下にはこの合訂本にまとめられた雑誌の年次が記されている。第一冊目は一八七七年から一八九七年まで。あとの二冊は、それぞれ一八九八年から一九一八年までと一九一九年から一九三六年までである。全部で六十年に及ぶ学術雑誌は、ドイツ工業崛起の証しといえよう。しかし、第一次世界大戦は乗り越えられたが、第二次大戦前夜に力を失って最終的に停刊してしまったのである。

私の調べたい年代は二冊に跨っており、やはり司書にもう一度書庫に入ってもらわなければならないようだ。

あまりに多くて手におえないが、再び慎重にはじめの二十年分の『工業科学』をめくっていった。

完全にドイツ語である……。しかたなく一年ごとに目次から見ていくことにした。しかし、最初の発見は私の予想通りだった。一八八四年の目次中に「HAINING CH'EN」の名が見えたのである。この年、陳海寧（チェン・ハイニン）はボン大学を離れて中国の山東に戻ってきている。見たところ、この論文は三年間のドイツ留学の総まとめのようだった。残念なことに目次に見える論文題名がまったく分からなかったので、頁を開いて文章を見るほかなかった。

この論文は、分量が少なく、たったの七頁にすぎなかった。おそらく卒業論文ではないだろう。少量のドイツ語のほかは、様々な公式や見取り図で占められている。ドイツ語も数式も見るだけで頭が痛くなってしまうが、見取り図には目を見張らされた。図上には多くの計算補助線がひかれていたけれども、明らかにあの「済南の大凧」だった。

異郷で顔なじみにあったかのように励まされ、私はなんとかこの論文を読んでいった。自分の呆れるほどわずかな機械の知識を頼りに、図と翻訳ソフトの助けを借りて、何が書かれているかおおよそ理解することができた。大凧を用いて飛行機のパラメータの可能性と実現性を補助的に計算していたのだ。

まさに丁（ディン）准教授が説明してくれた『ライン工業新聞』の記事と合致する。陳海寧（チェン・ハイニン）はドイツにいた三年間に、この方面で力をつけたようだ。同時に丁（ディン）准教授の記憶力に敬服した。

しかし、ここで終わりではない。というより、おそらくこれは始まりにすぎないのだ。そこで頁をどんどんめくっていくものの、すぐに絶望的な気分になった。陳海寧（チェン・ハイニン）がドイツを離れてから、一年また一年と過ぎても一向に姿をみせないのだ。まさか帰国後は科学研究から離れてしまったのか、それとも次第に堕落し、最後は悲惨な爆発事件を引き起こす愚か者に成り下がってしまったのか？　そんな、まさか。

百年の時空を超えた信頼感が、私にドイツ語の目録を一枚また一枚とめくらせる。

ついに第一冊目の最後まできて、ようやく陳海寧（チェン・ハイニン）の名を見出した。

努力は報われるのだ。急いでこの号の表紙に戻って年次を確認したところ、一八九五年だった。

これを見て驚いた。ここから多くのことを嗅ぎ取れそうな気がする。しかし、結論は急いで出さない方がいいだろう。注意深く調査を続けることにした。

閲覧室には他に人がいなかったので、司書は私の驚いた表情を見て興味が涌いたようだった。彼女はデスクを離れて側にやってくると、何を見つけたのか聞いてきた。

「実のところよくわからないのですが」と答えようとして、眼前の機械の見取り図に目を奪われた。突然閃いた。「これは……振翼飛行機（訳注11）？　有人振翼飛行機だ！」

第一冊をめくり終えて司書に返却し、第二冊の閲覧を申請した。そして、彼女に「お疲れ様です」と一声かけた。またすぐにこの本を読むことになるだろう。その時は彼女に何度も行き来してもらうしかないのだから。

陳海寧（チェン・ハイニン）の論文を全てコピーして帰宅すると、私は彼が畢生の力を捧げて研究した振翼飛行機から現実に戻った。これが目的だったわけではない。知りたいのは最後の爆発事件の真相なのだ。それがいま目の前に並べられている。論文の発表時期を見れば一目瞭然である。

一八八四、一八九五、一八九八、一九〇〇、一九〇二、一九一〇という一連の年、陳海寧（チェン・ハイニン）が『工業科学』に論文を発表した年こそ、すべての真相を示しているのだ。

陳海寧（チェン・ハイニン）が生涯を通じて『工業科学』という専門誌にドイツ語で発表した論文は、彼が帰国した年の第一論文を合せて六篇である。これだけでも敬服に値する。科学史には疎いが、この年代にこれだけの論文を書き上げるとは、おそらく中国近代科学界の他のパイオニアと比べても遜色ないだろう。まさに、このことこそが真相を暴いているのだ。

まるでジグソーパズルのようだ。何が描かれているか知りたければ、全てのピースを探し出し、ただただピースをあてはめていけばいい。「時期」こそがパズルを完成させる鍵である。驚いたことに、陳海寧が論文を発表した時期と彼が山東機器局から左遷された時期が完全に一致するのだ。

　こうしたあからさまな秘密に気づくと、笑ってしまいそうになる。

　ドイツに三年間留学した陳海寧は、帰国する時、すなわち一八八四年に第一論文を発表した。その後、彼は改めて山東機器局に就職し、振翼飛行機研究の停滞期――空白の十二年――を迎えた。詳細な記録はないので、この間、研究に情熱を燃やしていた陳海寧に何があったのかわからない。ただ一八九五年になって、突然、論文を発表し始めたことは確かである。翌年、彼は山東機器局を離れて新疆に行くことになった。当時の新疆といえば、流刑地のような場所で、これはあきらかに懲罰人事である。何に対する懲罰かは、容易に想像がつく。その後も新疆ほどの辺境ではないにせよ、何度か左遷されては一年間でまた戻ってきている。これはどう考えても私的研究にうつつを抜かしたことに対する懲罰と、それでもなお惜しむべき才能がからみあった結果だろう。

　陳海寧が論文を発表した「一八九五年」も注目すべき年である。

　この年は、老帝国の大清国にとって非常に重要な年である。その前年、大清国はアヘン戦争以後で最も屈辱的な敗北を喫したのだ。すなわち甲午海戦（訳注12）である。世界第五位の海軍艦隊と称していた大清国が、国力も国土も遙かに小さい日本に惨敗してしまったのだ。大清国は一八九五年に屈辱的な馬関条約（訳注13）を結ばされ、以後、洋務派（訳注14）は勢力が振るわなくなっていく。さらに注意すべきなのは、北洋艦隊の主力艦であった「鎮遠」と「定遠」である。日本に敗れたこれらの艦をヨーロッパ視察中にドイツに発注したのが徐建寅だったのだ。陳海寧が再び姿を見せたのは、そういう時だった。よりにもよって、このタイミングで十二年もため込んでいた論文を発表したのである。これは単なる偶然ではないだろう。

大体の状況がのみこめてくると、次のポイントもだいぶ楽に理解できるようになった。

一八九八年は徐建寅にとっても落ち着かない年だった。甲午海戦が徐建寅の事業と理想に大きな挫折を味わわせたとするならば、一八九八年は命に危険が及んだ年なのである。この年、国中を揺るがした戊戌政変（訳注15）が発生したのだが、実は徐建寅も変法派に参加していたのだ。運がいいことに、参加が遅かったため主要メンバーのリストに入っていなかった。そこで彼は変法派に加わったことを隠すため、墓参りを理由に素早く首都を離れたのだ。当然、山東に関心を向ける余裕はなかった。この年の『工業科学』の発行時期は年末である。七月に徐建寅が北京を離れるやいなや、陳海寧はすぐさま論文を投稿したのだろう。海運輸送でも一か月あればドイツに到達するはずだ。事前に了解を得ていて、論文内容に何も問題がなければ、審査期間を加味しても、年末に発表することは不可能ではない。一九〇〇年の庚子の変（訳注16）で、八か国連合軍（訳注17）が北京を占領し、張之洞（訳注18）が湖北に左遷されると、徐建寅も漢陽鋼薬廠に移り、無煙火薬の研究を開始した。この時も徐建寅には、当然、山東機器局を顧みる余裕はなかった……。

徐建寅の監視の目が緩むと、陳海寧はすぐさま羽を伸ばして、新しい研究成果を『工業科学』に投稿してしまうのだ。実のところ、これは誤解を招きやすいやり方で、上策とはいえない。しかし、振翼飛行機のことしか頭にない彼は、うまくたちまわることなど考えもしないのだ。

様々なことが分かってきたが、まだ推理の途中なので、舞い上がりそうな気持をぐっと押さえ、年代を遡って事件の端緒である一八七九年について改めて調べてみた。

この年、山東機器局が竣工し、徐建寅はヨーロッパ視察に派遣された。視察は四年に及び、徐建寅は「定遠」と「鎮遠」という当時最も戦闘力の高かった戦艦を購入して帰国した。彼は、このときの視察日記として『欧游雑録』を執筆している。

私はこの『欧游雑録』を何度も読み返してみた。しかし、文中に抄録されている李鴻章（訳注19）からの手紙に、砲艦の製造を学びに二名の留学生を派遣したこと、そして若者をドイツやフランスの工場に実習に派遣したい旨が記されているだけだった。そのほかは徐建寅がドイツ・フランスの軍需工場を視察した記録である。ここに彼のヨーロッパ視察の目的が明確に示されている。すなわち自ら視察に赴くことで、大清国の軍事力を迅速に増強させようとしたのだ。

父の教え子であり、当時とすれば高級人材というべき陳海寧は、徐建寅のドイツ訪問に先立って留学していた。そのことを徐建寅が知らないわけがない。ましてや彼と知り合いでないわけがないし、ドイツで会ってないわけがないのだ。しかし、『欧游雑録』には留学生に関する記録はなく、陳海寧の名も見えない。ただ李鴻章からの手紙には、二人の留学生の姓が記されている。大物政治家である李鴻章がはっきり記録しているのだから、軍需産業への留学は非常に重視されていたのだろう。他分野とはいえ、陳海寧のような優秀な留学生に一言も触れていないことから、当時の洋務派官僚が何を重んじていたかが窺える。

徐建寅と陳海寧の関係は、より微妙であったはずだ。

改めて、その後の陳海寧の人生に立ち戻って推理を続けてみたが、どうしても悲しみを覚えざるを得ない。陳海寧は三度目に山東機器局を離れた際、徐建寅に連れられて一緒に漢陽に赴いている。まるで、ききわけのない子どもを近くに置いて自ら教育しているかのようだ。このような状況でも陳海寧は論文を一本発表している。それは一九〇二年のことである。この年、すでに徐建寅は死んでいる。一九〇一年に漢陽鋼薬廠で無煙火薬の実験中に事故で死んだのだ。同じような爆発、同じような事故、同じような無煙火薬。

陳海寧は爆発事故の経験者だったのだ。

当時、陳海寧が現場にいたかどうかはわからない。しかし、先の推理を敷衍すると、どうしても復讐の臭いを感じ取ってしまうのだ。

私は理念の違いで怨恨が生じるのは好きではない。特に彼に暗殺者——百年もの間見つからなかった徐建寅爆殺の下手人——の可能性があるなんて。

陳海寧の最期は、謝罪の意を込めた自殺だったのだろうか。いずれにせよ、慌て者のミスで起きたわけではないことになる。しかし、こんなにも多くの死傷者を出すなんてやりすぎだったのでは……。漢陽で爆発を経験した陳海寧が、これほど悲惨な結果をもたらすことを本当に実行するだろうか？　また謝罪のためにこんなに多くの人を巻き添えにするだろうか？

それにあの奇怪な服。胸の前にぶらさげた金属片は、防弾チョッキの雛形なのではないだろうか……。徐建寅殺害の犯人である彼は、容疑をかけられたことを知り、逃げ延びるためにあれこれ策を練って、爆発を起こして事故死を偽装しようとしたのだろうか。そして、うっかり爆死してしまったのだろうか。魚の骨がのどにひっかかったような不快感で、これ以上考え続けることができなくなってしまった。しかし、多少は成果があがったと確信できたので、一部始終をまとめて、コピーした論文や写真とともに邵靖（シャオ・ジン）に送った。

長いこと邵靖（シャオ・ジン）とは面と向かって話していなかった。彼は私が送ったものを見て、すぐにメールをよこし、この興味深くも不快な事件について翌日会って話すことになった。

待ち合わせ場所は、彼の務める歴史档案館の休憩所のソファーだ。

邵靖（シャオ・ジン）は机の上に自分のノートパソコンを置き、二人の紙コップに水を注いで座った。

「陳海寧（チェン・ハイニン）の論文の中身は読んだかい？」いつも邵靖（シャオ・ジン）は、まわりくどい話はせずに、すぐさま本題に入るのだ。

「何度か目を通したよ、でもよくわからなかった」私は素直に答えた。

彼は落ち着いた様子でパソコンを開き、複製した図版を私に渡し、ディスプレイをこちらに向けて「細かいところまでは俺にもわからなかったけど、じっくり見たら面白いことがわかったよ」と言った。

「彼がずっと研究していたのは振翼飛行機だと言いたいんだろ。それは昨日説明したよ」

「それだけじゃないんだな」

「ん？」私はさっぱりわからなかったけれど、もう一度じっくり図を見た。

邵靖（シャオ・ジン）は私が何も見つけられず、しかめ面をしているのに気づいて、ディスプレイ上の公式を指して、「このPは、パワー出力のことだろ」と言った。

私は頷いた。

邵靖（シャオ・ジン）は慣れた手つきで複数の論文をディスプレイに並べた。

「一八八四年に彼が初めて論文を発表した時には、翼のパワーについてはあまり計算してなくて、離陸時の椅子のバランスや椅子の下の分銅の最適重量に重点を置いているんだ」

「それは陳海寧（チェン・ハイニン）が留学前にほぼ完成していた試験データを最終的にドイツで仕上げたからじゃないのか」

「おそらくそうだろう。そうでなければ、『ライン工業新聞』に空を飛ぶだけでなく安全に着陸できる大凧の写真を載せられるはずがない」

「じゃあ何が言いたいんだい?」

「もう一度その後をみろよ。十二年後の論文では振翼飛行機の型が完成している。俺たちのような素人だって一目瞭然だ」

私はまた頷いた。

「それに陳海寧（チェン・ハイニン）の重点も完全に変わっている。ここを見ろよ。翼の長さと羽ばたきの回数も的確で、どの部品もちゃんと設計されているから、もう一切議論していない」

「データの基本は大凧から敷衍して、翼などの機械部品をうまく設計したんだろ」

「彼は自分の機体の設計に非常に自信があったんだ」

「多分そうだろうけど……」

「『多分』じゃない『絶対』だ。彼はこの論文から、機体の設計ではなく、振翼飛行機の動力源を議論している」

「あ……本当だ。ここに蒸気機関が登場している」邵靖（シャオ・ジン）の指摘を踏まえて、もう一度一八九五年の論文を見た。段々、論文読解の勘所がつかめてきたみたいだ。

「そのうえ論文中の蒸気機関の重量は一定して変わっていない」邵靖（シャオ・ジン）は論文をいくつか並べて見せた。「つまり最初の分銅の最適重量は、蒸気機関の重量を意味していたんだ。だから一八九五年の論文で設計した振翼飛行機では成功しなかったんだ。この重さの蒸気機関ではパワー出力が不十分だからね」

私は水を一口飲んで、続きを待った。

「歴史上の振翼飛行機についてちょっと調べたんだが、あの頃の失敗の主な原因は、当時最高の動力源が蒸気機関だったことだ。振翼飛行機の動力源としてはかさばるし、重すぎたんだろうな。まあいい、これについては置いとくが、君にもここから、陳海寧（チェン・ハイニン）が転変していくのがわかるだろう」

「転変？」

「そうだ。まず一八九八年の論文を見ろよ、彼の示した石炭燃焼による蒸気機関は合理的じゃないんだ。石炭の燃焼率は低いからな。もっと燃焼率の高いやつでないと。彼はちょうど山東機器局にいたから、これ幸いとばかりに様々な燃料を試すことができたんだろう。そのなかには各種の火薬もあったのだろうが、どれもあまりに早く燃焼してしまって持続性がないから、理想的じゃない。この論文では、機械設計よりも化学工学について議論している。次に一九〇〇年の論文を見ると、ついにアルコールを燃料にしようとしている。これはすごいぞ。きっと何度も実験を重ねたんだろう。こんな風に燃焼率の問題さえも解決したのだから、もしアルコール燃焼の特性を活かして蒸気機関を改造すれば、その重量を大幅に減らすことができたはずだ。論文の末尾を見ろよ、彼は内燃機関を蒸気機関に置き換える可能性に気づき始めている」

私は、その後、彼が転変することを知っている。一九〇二年という年は陳海寧（チェン・ハイニン）にとって重要な転換点だったのだ。

「なのに、一九〇二年の論文を見ろよ……」

邵靖は言い終える前に、その他の論文を閉じて、この年の図面を拡大した。

邵靖に説明されるまま、改めてこの論文を見直すと、これまで見過ごしていた問題点に気づいた。これこそ邵靖のいう「転変」だ。

「こいつは」邵靖は興奮のあまり、陳海寧を「こいつ」と呼んだ。「一九〇二年の論文で紙幅を割いて人力動力を提起している。蒸気機関を放棄したんだ。蒸気機関と燃料の重量を省くためと書いているが、これは完全に後退だ。間違いない！」

「どうして突然後退したんだ？　彼はこんなバカじゃないだろ。」

「どうしてかって……」邵靖は不思議な笑みを浮かべ、「徐建寅のためだよ」と言った。

「ん⁉」突然、話が徐建寅に飛んだので、すぐにはその含意を理解できなかった。

「徐建寅は一年前に死んだだろ、なんでだ？」

「爆発……」

「そうだ。だから突然、偏執的に一切の火力エネルギーを拒絶したんだ」

一気に胸中のもやもやがふきとんだ気がした。その一方で言い表せない何かが胸を満たした。

「俺のドイツ語は大したことないけど、陳海寧は論文中で何度もこう書いているんだ。「機械に火気は必要ない」とね。工学の論文にこんなにはっきりと悲しみの感情を持ち込むとはね」

「あの徐建寅は、彼に対して……あんなに何度もわざと左遷して……」

「才を惜しんだのと調教さ。徐建寅（シュー・ジエンイン）にとってみれば、陳海寧（チェン・ハイニン）は優秀な人材で、父の弟子でもあるんだから、惜しまないわけないじゃないか。しかし、二人の思想、もっと言えば二人の世界観はまったく違っていたんだ。一方は軍事の強大化こそが唯一の目的で、全ての科学は国力増強のために奉仕しなければならなかったんだ。典型的な洋務派官僚の思想だな。もう一方はそんなことには興味がなくて、ただただ振翼飛行機の研究に集中したかったんだ。徐建寅（シュー・ジエンイン）の目からすると、陳海寧（チェン・ハイニン）は宝の持ち腐れに見えたんだろうな」

この言葉だけだったなら、そんなわけないと一蹴しないまでも、大して信じることもなかっただろう。しかし、悲痛さを感じさせる論文を目の当たりにして、信じない理由はなかった。

「もっと面白いのはここからだ」邵靖（シャオ・ジン）は次の論文を開いた。「君も俺がはじめてこの論文を読んだ時と同じ反応すると思うよ。図をちらっと見た後は、論文の発表時期と陳海寧（チェン・ハイニン）の爆死時期にだけ注意を払って、論文の中身については気にも留めなかっただろ」

私はディスプレイを見たが、相変わらず何もわからなかった。

「これを見落としただろ」

邵靖（シャオ・ジン）は、ディスプレイ上に羅列されているドイツ語の中から、二文字で構成されている単語Poを指さした。

私はドイツ語がまったくわからないので、単語の長短に関わらず、全文の中に混じっていては気に留まるわけもない。ましてやその意味なんて……。ん？　ちょっと待てよ。ドイツ語の能力をひけらかす邵靖（シャオ・ジン）を心中恨めしく思っていると、突然、この単語の意味が分かった。ドイツ語じゃなかったんだ。これは……

「ポロニウム⁉」

「その通り！」邵靖はにやりと笑った。

私はすぐに携帯を取り出して検索しようとした。しかし、邵靖は、とっくに用意していて、パソコンに一目で当時のものとわかる新聞を表示した。

「一九〇五年の『万国公報』がキュリー夫妻によるポロニウムの発見を伝えているよ。だから海外に行く機会がなくても、西方の科学技術に関心を持っていた陳海寧ならきっと読んでるはずだ」

「間違いなく読んでるよ。『万国公報』は有名な新聞だし、販売範囲も広いから、濼口でもきっと入手できたはずだし」

「それに論文は、ポロニウムの発熱量を論じているんだ。火力を拒絶した陳海寧が最終的に新境地を切り開くとはね。一体、どれだけ知恵を振り絞ってこの方法を思いついたんだろうなぁ。ただ、当然、核分裂の事は知らないし、原子炉も作れない。だから蒸気機関に基づいて設計を考えるしかなかったんだ。この論文の設計図を見ればわかるだろ？」

実のところ、私にはまったくわからなかった……。

「彼はポロニウムを金属ケースの中に置き、その放射線による電離と金属ケースの放電を利用して、高温の熱エネルギーを生み出そうとしたんだ。いわば蒸気機関は、ポロニウムケースを用いた蒸気ボイラーってとこだな。問題は彼がこの発熱量を計算できず、初歩的な可能性を指摘したにとどまることだ。ただ、データを見ると、相当実験を繰り返した様子が窺えるよ。彼が一体、どこからポロニウムを入手したかはわからないけど」

「ちょっと待って、君は彼が電離による放電を利用したって言うのか？」

邵靖（シャオ・ジン）は笑って頷いた。

「だから……」

「そうだ。だから電気スパークが生じたんだ。彼らの年代では、電気スパークと炎は完全に別物とされていたから……周囲の黒色火薬倉庫に引火して爆発が起きるのも時間の問題だったのだろう」

「もしかして、彼は放射線防護も知っていたのか？」

「そうだ」

「それじゃあ……ずっと謎だったあの金属の飾りを付けた奇妙な服も、彼が作った防護服だったのか？　防護服が爆発現場にあったってことは、爆発時に彼は核エネルギー蒸気機関の実験をしていたってことか？」

「その通り」

全ての謎が解き明かされたようだ。やはり陳海寧（チェン・ハイニン）は、火花の出やすい奇妙な服を着て、うっかり惨劇を引き起こしたわけではなかったようだ。さらに私をほっとさせたのは、陳海寧（チェン・ハイニン）に徐建寅（シュー・ジェンイン）を殺すような恨みがなかったことだ。結末はため息が出るほど悲惨なものだったけれども。

「でも問題が一つあるよ。あの漢陽鋼薬廠の爆発は？　ただの偶然なのか？」

「あのころは黒色火薬工場の爆発事故がよく起きていたんだ。俺の調べたところでは、山東機器局でも一九〇八年に爆発が起きていたよ。大した被害は出なかったけどね」

邵靖（シャオ・ジン）に反論する材料は何もなくなった。

しかし、私の心には別の物語が思い浮かんでいた。陳海寧（チェン・ハイニン）は自分の才能を理解しないどころか、抑圧して苦しめさえしてきた徐建寅（シュー・ジエンイン）をずっと恨んでいたのだ。そして徐建寅（シュー・ジァンイン）に対するあからさまな態度が、徐建寅（シュー・ジエンイン）を排除したがっていた保守派に目を付けられたのだ。徐建寅（シュー・ジエンイン）が事故で爆死した時、陳海寧（チェン・ハイニン）も漢陽にいたという事実は永遠に消し去ることができない。それに陳海寧（チェン・ハイニン）にはそうする動機もあったのだから。その後は？　当然口封じだ。長いこと実行されなかったが、西太后も死に、光緒帝も崩御し、保守派の多くも消え去ろうという時、最後の悪あがきで、あるいは洋務派や西洋人がもたらした文明に対する最後のささやかな攻撃として、陳海寧（チェン・ハイニン）を爆殺したのかもしれない。

しかし、この不愉快な物語については邵靖（シャオ・ジン）に話さなかった。彼はきっとこの考えを否定する証拠を見つけ出すだろう。それに現在把握している材料だけでも、彼の推測の方が説得力があるのだから、わざわざこんなつまらない推測を話す必要はないのだ。


およそ半月ばかり過ぎても、依然として陳海寧（チェン・ハイニン）のことが忘れられなかった。あれこれ考えて、結局、邵靖（シャオ・ジン）にメールを送った。

邵靖（シャオ・ジン）は忙しいようで、しばらくしてから返信をくれたが、私のほしい答えはそこにはなかった。彼は、自分はずっと文学や史学を専門としてきたから、機械の設計については素人だと断ったうえで、丁（ディン）准教授に見せるよう勧めてきた。

やはり、それしかなさそうだ。他に選択肢もないので、私は丁（ディン）准教授に長文のメールを送って、私と邵靖が整理した陳海寧の人生を語った。メールには振翼飛行機設計までの全過程をまとめたものと陳海寧の六篇のドイツ語論文を添付した。

不安なまま三日が過ぎ、ついに丁准教授から返信が来た。

丁准教授は、まず私と邵靖がこのような価値のある人物を探し出し、中国近代科学史に新たな一頁を加えたことを称賛してくれた。続けて、自分は科学史を専門としていて、機械設計については表面的なことしかわからないので、陳海寧の設計した振翼飛行機の合理性については、学内の専門家に鑑定してもらうことにしたこと、さらにグッドニュースとして、機械専門の教授が陳海寧の論文を読んで興味を示し、より深く研究するつもりになっている、といったことが書かれていた。最後に、忙しい中、専門家が自分の研究以外に関心を示したからには、きっとかなり有望なのだろう、吉報を待つように、とあった。

丁准教授の返信を読んで、彼の穏和な笑顔と早口が思い浮かんだ。

私は丁准教授を煩わせたくなかったので、メールを待つとともに、専門家が適当にお世辞をいったのではないことを願った。

おおよそ一か月がすぎ、陳海寧と振翼飛行機についてほとんど忘れかけていた頃、ついに丁准教授からのメールが届いた。

メールは長くないけれど、丁准教授の興奮している様子がうかがえた。またメールには写真が何枚か添付されていた。

彼の学校では今回の発見がかなり注目されたらしい。すぐさま研究班が組織され、中国近代における数少ない科学技術の奇才について掘り下げる一方で、陳海寧の設計した有人振翼飛行機を再現する取り組みが始まるそうだ。丁（ディン）准教授は、恥ずかしいことに百年前の中国人がこんなにも科学的で合理的な振翼飛行機を設計できるとは思ってもみなかった、唯一欠けていたのは動力だが、いまやそれも問題ではなく、その他の機械の構造や翼の大きさ、羽ばたきの回数なども完璧で、基本的に改造しなくても有人飛行可能であるといったことをメールに書き連ね、その上で振翼飛行機の現在の意義、例えば滑走路を節約できることなどを熱く語っていた。行間から丁（ディン）准教授の興奮がにじみ出ていた。

メールに添付された写真を見る前に、また丁（ディン）准教授から新しいメールが届いた。その中身はたった数行で、読むなり笑ってしまった。丁（ディン）准教授は、研究班に参加するよう誘ってくれたのだ。院試を受けてもいいし、直接参加してもいいでしょう、とにかく君の才能を無駄にしたくないのです、と書かれていた。メールの最後には、譲歩するかのように、まだエントリーできるので、少なくとも論文を書いて、数か月後の学会には参加するようにとあった。

丁（ディン）准教授は本当に信頼できる好人物だ。

私はディスプレイに向かって微笑み、「そんな器じゃないんだよねぇ」と心の中で独りごちると、持ちうる限りの語彙を駆使してメールを打ち、丁（ディン）准教授の善意をことわった。

返信してから、送ってもらったメールをもう一度出して写真を開いた。研究者らしき年配の人物が何人かの若者を従え、飛行機の部品のようなものを抱き、笑顔を浮かべていた。どの写真にも同じような物があった。それは百年ちょっと前に大凧とともに空を飛んだあの奇怪な椅子だった。

彼らが真っ先に再現したのは、あの「済南の大凧」だったのだ。

もし陳海寧（チェン・ハイニン）の奴が現代に生まれていたら、大凧の糸が切れても墜落しなかったかもしれない。少なくとも、あんなにも速く、あんなにも無残に墜ちることは……。

【訳注】

1　光緒帝：清朝第十一代皇帝。愛新覚羅載湉。在位一八七五～一九〇八。清末の時代背景については、吉澤誠一郎『シリーズ中国近現代史①清朝と近代世界』（岩波新書、二〇一〇年）、川島真『シリーズ中国近現代史②近代国家への模索』（岩波新書、二〇一〇年）が詳しい。

2　宣統帝：清朝第十二代皇帝。愛新覚羅溥儀。在位一九〇八～一九一二。

3　山東巡撫：山東省を統括する軍政官。

4　圩子墻：版築の土壁。

5　造化権輿：天地生成の意。出典は『文選』巻六賦丙・京都下・魏都賦。

6　档案館：明清以降の公文書を保管・研究する公文書館のこと。

7　798：798芸術区。北京にある中国最大の現代アートエリア。

8　档案：公文書。ここでは地方志編纂時の資料を指す。

9　ボン大学：ライン・フリードリヒ・ヴィルヘルム大学の通称。

10　容閎：清末の改革運動家・実業家。中国で初めてアメリカに留学した。

11　振翼飛行機：羽ばたき式飛行機。オーニソプター。

12　甲午海戦：日清戦争中の一八九四年九月十七日に発生した黄海海戦のこと。清朝は大敗を喫し、主力艦の「鎮遠」、

「定遠」が大破した。

13 馬関条約：日清戦争の講和条約である下関条約のこと。

14 洋務派：西洋の科学技術を導入して軍事・産業の近代化を図った官僚。

15 戊戌政変：一八九八年六月から九月にかけて光緒帝のもとに集った改革を志す変法派官僚主導で、改革案が次々に発せられた（戊戌変法）。これに対し、皇族や主流派官僚らが反発し、軍を掌握した西太后の命で光緒帝は幽閉され、改革も頓挫した。

16 庚子の変：義和団事件。清朝が排外運動を行う義和団を支持して欧米諸国に宣戦したため八か国に攻撃された。

17 八か国連合軍：英・米・仏・独・伊・露・墺・日。

18 張之洞：清末の洋務派官僚。

19 李鴻章：清末の政治・外交を支えた洋務派官僚。当時は直隷総督兼北洋通商大臣。李鴻章については、岡本隆司『李鴻章――東アジアの近代』（岩波新書、二〇一一年）が詳しい。

プラチナの結婚指輪

凌晨（リン・チェン）

立原透耶 訳

1

旧暦十二月、故郷を離れて出稼ぎしていた若者たちが続々と帰郷しはじめていた。一年中ひっそりしている柳子堡村（リウズーバオ）にもふたたび活気が満ちてきていた。春聯（しゅんれん）（訳注）をはりかえたり、門神の絵を貼ったり、おもちをついたり、財神をお迎えしたり、どの家も忙しく、腕が二本しかないのをうらめしく思うほどであった。蘇栄（スー・ロン）もたくさんの荷物を抱えて南方の出稼ぎしていた町から戻ってきていた。ポケットには五千元と五粒のダイヤモンドをはめたプラチナの結婚指輪を詰め込んでいて、見たところ非常に豊かな様子だった。

「今回は嫁をめとろうと思うんだ」あったかいオンドルの上で足をあたためながら、蘇栄（スー・ロン）は得意満面に、父親と母親にむかって結婚指輪を振って見せた。冬にきらめく白い陽光を浴びて指輪のダイヤモンドがきらきらとまばゆいばかりに輝いた。

父親は首を横に振った。母親は眉間の皺をますます深くし、手を振った。「そうとも言えないわ、今どき嫁をめとるお金はさらに値上がりしたの」彼女は憂鬱なまなざしを指輪に投げかけた。「仲人だってそう、大金をつんだところで良い仲人は見つけられない」

「こんちくしょうめ」蘇栄（スー・ロン）は口汚くののしったが、毎日物価はさがっていくのにどうして嫁をめとる費用は二倍にも値上がりするのか、どう考えてもわからなかった。「町の娘では手が出ないし、人柄がよくてよく働く子はきてくれやしない、もういい、どこの田舎だっておんなじことさ！」

「ぜんぶ男女比の不均衡が引き起こしたことだ」中等専門学校を卒業した父親は毎日新聞を読み、テレビを見ていたので、国家の大事についてもよく理解していた。「統計によれば、男女比は一四五：一〇〇だ。百四十五人の男児に対して女児は百人、四十五人の男児が結婚相手を見つけられないということになる」彼は蘇栄（スー・ロン）を見つめ、苦悩しつつ嘲笑するかのように笑った。「いまや女の子の精は高価だ。おまえと小学校で同級生だった、おまえがいつもよく目が細いとからかっていたあの娘は、大きな都市へ嫁に行った。高級車に乗って実家に戻って祝日を祝って、鼻高々だ」

「あんたは役にたたないことばかり言って。はやく息子に何か手立てを考えてやって。この子はまもなく三十歳になるんだよ！」母親は本気で心配しており、その白髪とダイヤモンドが一緒に光って、蘇栄（スー・ロン）の目を貫いた。彼はやむなく叫んだ。「嫁をめとらなくってたいしたことないさ！　ひとりで過ごすのもまたいいものさ！」そう言ったとたん、蘇栄（スー・ロン）はちらっと目の端で両親が真っ青になっているのを目にした。家には彼ひとりしか子供がおらず、もし彼が結婚しなかったら、蘇（スー）家の老人たちはどうやって孫を抱くというのか？　言い間違えたと気づき、彼は慌てて言い換えた。「世の中全く何も手段がないなんて、おれは信じない……」口から唾を飛ばした「生きていればなんとかなるはずだろ？」

「あるいは……よそで探してみるとか？」父親が探るように尋ねた。彼は新しいもの好きだったが、いつも妻に邪魔されてばかりいた。

「よその土地のお嬢さんはお安いの？　地球の人じゃないんだったらいやよ」と母親が反対する。

なにかを思い出したらしく、蘇栄（スー・ロン）の目がきらっと光った。オンドルを飛び降り、荷物をまさぐり、やっとのことで一冊の雑誌を取り出すと、その中の一ページを開き、嬉しそうにうなずいた。そしてすぐに雑誌をテーブルの上に置き、広告を指さし、大声で読み上げた。「星際婚姻、安価で、地球の適齢期の男性にもっとも良い選択」。

両親は銅板で印刷された一号の黒ゴシック体をまじまじと見つめ、何度も読み、ぼうぜんとした。母親はすこし眩暈（めまい）がしたらしく、「異星のお嬢さんが……わたしたちの柳子堡村（リウズーバオ）に来て嫁になってくれるかしら？」

「不可能じゃないさ。いま地球にやってきている異星人はたくさんいるだろう？　柳子堡村はいいところさ！」蘇栄（スー・ロン）は急に元気になった。「それに、異星の娘だって娘っこじゃないか！」

2

星際婚姻仲介ステーションの公式サイトはあまりにきらびやかで蘇栄（スー・ロン）はくらくらした。長いチェーン店の名前リストが果てしなくつづいていた。蘇栄（スー・ロン）が捜索スペースにためしに出稼ぎしている都市の名前を打ちこんでみたところ、この町にも一軒のチェーン店があるのがわかった。見たところ広告で述べている「星際婚姻仲介は、いかなるひとも孤独にはしません」は本当のようだ。

蘇栄（スー・ロン）は二日間考え、流行雑誌で新春の装いをしているモデルをなんとかまねて自分の服装を新しくし、苦心して北方の農村の若者らしい純朴な味わいを隠すと、内心ひやひやしながら郊外にある婚姻仲介チェーン店を訪れた。チェーン店は五階建てのいわゆるマンションにあり、蘇栄はさらに冷や汗をかいた。さいわいにもチェーン店のフロントはあかあかと輝いており、接待係がだしてくれた熱いお茶で彼は少しほっとし、事務員の満面の笑顔で心配も打ち消された。

この親切きわまりない事務員はすぐさま蘇栄に白く塗ったばかりの事務室へ案内し、椅子をすすめて、ひとしきりぺらぺらと喋り出した。「これまでずっと彼女が見つからなかったんですか？　わたくしどものところはあなたさまにぴったりまちがいなし！　あなたさまはどのようなお嬢さんを必要とされていますか？　どのようなタイプでもこちらには揃っております。費用についてはご心配なく、わたくしどもはあなたさまに一番お安い価格で、いちばん多い選択をご提供いたします。もしあなたさまが三十歳以下でしたら二割引き、一人っ子なら二割五分引き、年収が二万以下なら四割引き、もし蛇年で忌々しいさそり座なら五割引き。というのもわたくしどもの社長も蛇年生まれのさそり座でして……」

蘇栄はしばし考えをまとめきれず、ぶつぶつぶやいた。「おれは幸せに暮らしていける娘っこを探しだして、両親に会いに連れ帰りたいだけなんだ」

「ご両親と同居ですか？　あなたは本当に孝行息子ですね。でしたら性格のおとなしい、思いやりのあるお嬢さんがよろしいでしょう」事務員は銀色のキーボードをバチバチたたき出した。蘇栄の目の前の空気に、すぐに若くてきれいにお化粧した顔がひらめいた。蘇栄はこの空気モニターにはまだ慣れていなかったため、おもわずあとずさり、娘たちがとびかかってくるのではないかと恐れた。

「スーウエンナー人、ウェイティーチェリー人、それともクモトゥオ人？　これらの地域のお嬢さんたちはわたくしどものところに全員登録してありますよ、きっとあなたにぴったりの人がおりますとも」

「でも……」蘇栄（スー・ロン）は仲介ステーションの力にやや不安を覚えた。「彼女たちはほんとうに高額な結納を受け取らないのか？」

「もちろんです！」事務員は激しく手を動かしすぎて、うっかりキーボードを跳ね飛ばしてしまった。キーボードは跳ね上がって、また事務員の手元に戻ってきた。彼女はキーボードをつかんで、迷わずきっぱりと言った。「星際婚姻仲介ステーションは星際連盟指定の唯一認証された合法的な婚姻仲介ネットです。わたくしどもはすでに二十五個の星に支所を建て、年成功率は四七％、いまにいたるまでご紹介した四六七九〇カップルが結婚しました。あなたさまもわたくしどもを完全にご信頼いただけるかと。話を戻しますが、あなたさまはおいくらでお嫁さんをめとられるおつもりなのでしょうか？」

「おれ……おれには五千元ある、それにこれだ」蘇栄（スー・ロン）はプラチナでできたダイヤモンドの指輪をとりだした。これはこの五年、真面目にダイヤモンドを磨いてきた褒賞だった──会社は彼に結婚指輪にはめる本物のダイヤモンドをくれた。

「ナーツー星のプラチナ鉱脈は大規模な採掘ののち、プラチナは値下がりしてしまいました」事務員が言った。「でもそんなに悪くはありません。としたらクモトゥオ人のお嬢さんですね、彼らはこの金属をたいへん好んでいるのです」

「クモトゥオ？」

「あの地域は太陽系から三光年離れており、星際宇宙船で六か月したら到着します。宇宙船のチケット、税、検疫費用、それにわたくしどもの手続き料、割引をいたしまして、五千ぴったり、どう思われますか？」

「その娘っこってのは……」蘇栄（スー・ロン）は事務員の言葉にあわてふためいた。この割引というのはもしや大損させられるのではないかと思い、弱々しく最後の懸念を口にした。「どんな容貌なんですか?」

「お若いひと、よいお嬢さんというのは顔立ちについて粗探しするものではありません。話を元に戻しますが、クモトゥオ人のお嬢さんは絶対に家でおとなしく住むことができますし、良妻賢母としてご安心できます。わたくしの申し上げたことをよく覚えておいてください。絶対に間違いありません」

3

三週間後に蘇栄（スー・ロン）は星際婚姻仲介ステーションから認証パスワードを受け取った。このパスワードでログインした彼はクモトゥオ人の娘の書類を開いた。写真を見た感じではなかなかいい感じで、紹介文もまずまずだった。蘇栄（スー・ロン）は二本の爪をすっかりかじってしまってから、やっと落ち着いた表情の一人を選んだ。婚姻紹介ステーションのホームページから出ると、蘇栄（スー・ロン）はなんだか空虚な心持ちになった。本当に「三十ムーの土地と一頭の牛、妻と子供とオンドル」になるとは思いもしなかった。この古くからの習慣は、彼の世代になっても抜け出すことができないというわけだ。幸いにも十一月には彼のクモトゥオ人の娘っこがやってくるだろうから、新年には柳子堡村に連れていくことができ、父や母の心配事の半分は減らすことができるだろう。もし運が良ければ、クモトゥオ人の娘は翌年には赤ん坊を生むかもしれない、そうなれば父も母も安堵して高枕になる。余生は孫を育てて楽しく暮らせるだろう。「つまりはそういうことだ」蘇栄（スー・ロン）は自分に言い聞かせた。「今年の初めには妻をめとる。粗探しはしない」

星際婚姻仲介ステーションは確かに信用を守り、九月には蘇栄のために各種の手続きをしはじめた。異なるタイプの電子表が蘇栄のメールボックスにみっちり詰まった。十一月中旬になると、地球の税関から宇宙港に人を迎えにくるようにという通知が届いた――クモトゥオ人の娘はもう検疫をすませ、地球に入るのも許可されていた。

蘇栄は一日休暇を申請して花嫁を迎えにいった。彼は修正した写真と本人では絶対に違いがあるとしっかり心準備をしていたけれども、あまりに差が大きすぎて激しいショックを受けた。彼のクモトゥオ人の娘は本当に事務員が言った通り、安心感を与える娘で、星際パスポート上に「女」と性別が明記されていなかったとしたら、蘇栄は事務員が自分をからかったのではないかと疑ったところだった。クモトゥオ人の娘は彼よりも二センチ高く、足は長くて痩せた身体、短い頭髪、そして全身どこもかしこも平らで、女性としての特徴が一つもなかった。このような娘はどんな地域に置いても地球人の男性に不埒な思いを抱かせることはないだろう。しかし蘇栄にとって、穀物場みたいに平らなバストよりも、もっと受け入れがたがったのは彼女の容貌だった。刈り取り機に削られて平らにならされた麦地のように、目も鼻も口も耳も何もかもが皮膚の中に押し込まれていたのだ。さらにひどいことに、このクモトゥオ人の娘は地球のどの言語も使うことができず、宇宙船から提供された中古の翻訳機に頼らねば蘇栄との会話もできなかった。

蘇栄はクモトゥオ人の娘を連れて星際婚姻仲介ステーションの現地のチェーン店へ行った。事務員はやはり満面に笑みを浮かべ、契約書をとりだしてきた。白い紙に黒い文字で、蘇栄の名前がサインされていた。蘇栄は何も言えずに黙り込み、しょんぼりとタクシーに戻った。クモトゥオ人の娘は車の後部座席に座り、一言も声を発しなかった。「あんたをどうしたらいいんだ？」蘇栄（スー・ロン）が言った。彼の側には娘が座っていたが、彼は必死になってその顔を見ないようにした。それからため息をつき、告げた。「両親はどう思うだろう？」

翻訳機の声はもごもごしていて、苦労してなんとかおおまかな意味を聞き取ったところ、非常にぎこちない語気の現地語で「わたしはちゃんとやりますよ、ご満足していただけます」と言っていた。

タクシーの運転手が「ぷっ」と吹き出した。蘇栄（スー・ロン）は翻訳機をクモトゥオ人の娘の首からはずして、言語設定を標準語に調整した。彼はカンカンだったが、タクシーの運転手の手前キレるわけにもいかず、ただ「ふんっ」とだけ言った。それに会社の同僚たちが彼を待っているのを思うと、本当にどうしたらよいのかわからなくなってしまっていた。

蘇栄（スー・ロン）がよその惑星の嫁を迎えにいったというニュースはとっくに会社の寮全体に広まっていた。嫁をめとるお金のない人も嫁をめとった人もみんなが狭い部屋におしかけていた。

蘇栄（スー・ロン）がクモトゥオ人の娘と彼女の荷物をひと箱もって入ると、待っていた人たちはあざわらうか皮肉をいうかした。扉をくぐると、大きな赤い「囍」の字が飛び込んできた。窓や家具すべてに赤い字が貼ってある。喜、喜、喜、それらを目にして蘇栄（スー・ロン）はぞっとした。

「さあ、さあ、おれたちのような民工のところに嫁いでくれる娘っこなんて、きっと性格がいいにちがいない。まずは祝いの喜酒を飲もう」最年長の仲間が二杯の酒を手渡した。盃をうけとったクモトゥオ人の娘の手はかすかに震えていた。「飲もう！　飲もう！」みんなが笑って大声をあげた。

蘇栄（スー・ロン）は一気にぐいっと酒を仰いだが、酒が強すぎて、むせかえった。クモトゥオ人の娘はまだためらっていたので、蘇栄（スー・ロン）は彼女の盃を奪って飲み干した。みんなが騒ぎ立てた。「こいつ、嫁さんをかばってやがる、だめだだめだ、もう一杯飲ませろよ！」

夜まで飲み続け、みんなも疲れたので、三々五々、去っていった。蘇栄（スー・ロン）は頭がくらくらして、ベッドから敷布団を引っ張り出して床に敷き、そのまま倒れこんだ。クモトゥオ人の娘は酒を飲んでおらず、しゃがみこんで彼を見ていた。

「あんたはベッドで寝なよ」蘇栄（スー・ロン）はベッドをゆびさした。「たとえどうであれ、あんたは三光年も外から飛んできたんだ、たやすいことじゃない」翻訳機が自分の気持ちをちゃんと伝えているかどうかも気にせず、彼はそう言った。

クモトゥオ人の娘の平板な顔にはなんの表情もなかった。蘇栄（スー・ロン）は目を閉じ、すぐに眠りについた。

夜中、蘇栄（スー・ロン）が目を覚ました。クモトゥオ人の娘は服を着たまま彼のちかくで眠っていた。蘇栄（スー・ロン）は彼女をおしやろうとしたが、娘は小さく縮こまり、まるでしぼったタオルのようだった。彼はためらった。

クモトゥオ地方は女性が多すぎて、男性の何倍にもなるそうで、そこでは男をさがして嫁ぐのは本当に大変らしい。ことここにいたって、彼はベッドへ敷布団を移し、クモトゥオ人の娘の寝る場所をちょっと広げてやった。

彼がうごくと、クモトゥオ人の娘も動いた。何分か経過して、クモトゥオ人の娘は手を伸ばした。開いた手のひらには、蘇栄（スー・ロン）のプラチナの結婚指輪があった。「これはあなたのものです」翻訳機が言った。「お返しします」

蘇栄（スー・ロン）はおどろいた。デスクライトをつけた部屋の中は光がうす暗くやわらかで、その光に照らされてクモトゥオ人の娘の顔もかなり温和にみえた。昼間あれほど嫌悪したのとは似ても似つかなかった。「いらないだって？」彼はいぶかしんだ。「これは結婚の贈り物だ」

「とてもよいものです。でも結婚とは何のためなのですか？」クモトゥオ人の娘が頭を垂れた。「わたしにはわかりません」

蘇栄（スー・ロン）はこのような複雑な問題を考えたことがなかった。彼の見たところでは結婚とは人生において必ず経験しなければならない一つのプロセスで、実家に戻る途中にある高速道路の料金所のように、避けてはとおれないものだった。「へっ、幸せに日々をすごすためだろ」彼は頭をかいた。「そんなにいろいろ考えなくていいさ。受け取ってくれ、これは本当に高価なものだから、なくさないでくれよ」言いながら、彼はクモトゥオ人の娘の手を押しやった。

4

蘇栄（スー・ロン）は二日間の結婚休暇をもらってから会社に戻ると、またダイヤモンドを磨き続けた。クモトゥオ人の娘は社員寮にとどまり、最初の数日間はなにもすることがなくてひまそうだったが、何もせず、寮の中で腹ばいになって石像のように、びくりとも動かなかった。寮のほかの家の娘たちが見ていられなくなって、彼女をひっぱりだして一緒に買い物をしたり、スーパーをひやかしたり、中古マーケットで探し物をしたり、手に手を取って彼女に光ストーブやガスコンロや電気釜の使い方を教えた。クモトゥオ人の娘はほとんど話さず、彼女たちにあちこち連れまわされるままになっていた。何日かすると、クモトゥオ人の娘も環境にもなじんできたらしく、洗濯や窓磨き、古い電気製品の修理など、常に動き回って、ひとときも休むことがなかった。元旦がちかづいてきたころには、クモトゥオ人の娘は蘇栄（スー・ロン）の午後の弁当まで作れるようになっていた。そしてこれがまた上出来で、蘇栄（スー・ロン）は同僚たちに対して大いに面目を施したのだった。いまでは蘇栄（スー・ロン）はクモトゥオ人の娘の顔をみてもイライラしなくなり、この娘っ子はこんなにも努力しておれの食べ物や生活を世話してくれているんだ、と感動さえしていた。それにクモトゥオ人の娘はしゃべるのが好きではなかったけれども、家に人がいるのはいいことで、部屋の中の冷たい雰囲気はほとんど消え去っていた。仕事で微動だにせず十数時間座ったあとに家に戻りながら、蘇栄（スー・ロン）は朝までぺちゃくちゃお喋りできたらいいのになあ、と思いさえした。そうであれば丸一日つづく憂鬱な気分も追い払えただろうから。

元旦のその日、蘇栄（スー・ロン）は思い切って新年のコース料理のチケットを購入し、クモトゥオ人の娘をつれて三百五十メートルの高さで回転しているレストランで食事をした。クモトゥオ人の娘はガラス窓のそばに座り、足元できらきら輝く町をめんたまがとびだしそうな様子で眺めていた。目の光には一束の炎が揺れ動いていた。その瞬間、蘇栄（スー・ロン）はある種の恍惚とした錯覚を感じ、クモトゥオ人の娘がただ仮面をかぶっているだけで、仮面の下には美しい容貌があるのだと思った。彼はすぐに自分のでたらめな考えを打ち消した。もしそうならあのクモトゥオ人の娘は彼に嫁いだだろうか？　醜い女と拙い夫、自分たちはお似合いだ。

思いをはせていると電話がかかってきた。星際婚姻仲介ステーションのアフターサービスについてのアンケートだった。電話は最初にお決まりのことを述べたてた。「ミスター、あなたさまの契約書のアフターサービス期間は今夜十二時をもって終了いたします。今夜十二時以降は、わが社はあなたさまの契約で生じたあらゆるトラブルに対して責任を負いません」

「ほかにまだ何か問題があるとでも？　あんたたちは今後顧客の写真を大げさに修正しなかったらそれでいいさ」電話を切ると、クモトゥオ人の娘はぽかんとした様子で彼を見つめていた。

「なんでもない、なんでもない。あの星際婚姻仲介ステーションがなにか調査をしていたがね、まるであんたが商品みたいでさ、問題があっても彼らは責任をとらないんだと」

クモトゥオ人の娘はちょっとうなずいて、それから慌てて首を横に振った。彼女の翻訳機がしゃべった。

「これからはここには来ないでおきましょう、高すぎます」

5

元旦が終わり、蘇栄（スー・ロン）は意外にも会社の海外部から三年間働かないかという要請を受け取った。給料はここらの四倍もあった。蘇栄（スー・ロン）は思わず心が動き、そうやって三年間働けば実家に戻って商いをする元手が出せ、さらにはその後の日々は儲けて生活がよくなっていくのを待つだけになる、と思った。けれどもクモトゥオ人の娘を連れていくことはできない、柳子堡村に送るしかなかった。

蘇栄（スー・ロン）は座ってクモトゥオ人の娘に柳子堡村がどのような場所で、彼の両親はどのような人物で、これから三年間は自分には会えないけれども、その村で父や母と仲良くやってほしいと告げた。

クモトゥオ人の娘の単調な顔には相変わらずなんの表情もなく、翻訳機の波長だけが驚くことなく答えた。「行ってらして。安心してください」

蘇栄（スー・ロン）は何か話そうと思ったが言葉が見つからず、唐突に尋ねた。「おれがあんたにあげた結婚指輪は？」

クモトゥオ人の娘はそうっと結婚指輪を取り出した。指輪はくもり一つなくぴかぴかになっていて、人間の物ではないくらい綺麗になっていた。

「あんたに買ったものをどうして身に着けていないんだ、もしかしたら結婚指輪のひとつだって嫁に買ってやれないって村人たちに笑われるかもしれない」言いながら、蘇栄（スー・ロン）は結婚指輪をクモトゥオ人の娘の左手の薬指にはめてやり、「落とすなよ、いいこだな」と言った。

クモトゥオ人の娘はその指を撫でて、不意に指輪にそっと口づけした。

蘇栄（スー・ロン）は彼女のこの動作が本当にかわいらしいと思った。

6

父親と母親は長距離列車の駅で蘇栄（スー・ロン）の異星の嫁を驚き半分、喜び半分で出迎えた。手紙でこのことは知っていたものの、直接この目でクモトゥオ人の娘を見たときの精神的なショックはまた別ものだった。しかし蘇栄（スー・ロン）が新しく買ってやった翻訳機を下げて、クモトゥオ人の娘が一声「おとうさん！　おかあさん！」と呼ぶのを聞くや否や、二人の老人は涙をこらえきれず、たしかに目の前にいるこの背の高い痩せた娘は自分たちの嫁なのだと実感したのだった。

夜、村人たちが次々と喋りにきた。クモトゥオ人の娘はオンドルの上にあぐらをかく習慣がなかったので、長い手足がひときわ目立っていた。おばや大叔母たちが瓜子を二斤とピーナッツを一斤ぽんっとなげつけ、くすくす笑って去っていった。そして家に戻ってから蘇家の新しい嫁に会ったが、蘇家は本当に息子の嫁がほしくて頭がおかしくなったとみえる、あんな人をめとって連れてかえるなんて、みたところ、子供も産めそうにないし、全くの無駄骨ね、と話した。

この話はほどなく蘇栄（スー・ロン）の父と母の耳にも入り、二人はこれを聞かなかったことにした。クモトゥオ人の娘の翻訳機は村の方言を理解できなかったので、やはり何も聞いていないのに等しかった。三人は門を閉ざし、落ち着いた日々を過ごし、鶏や豚を養ったりきのこを栽培したりして、それらを売って得たお金でたくさんの花火と爆竹を買った。除夜に蘇家の庭では豪華な色とりどりの花火が打ち上げられた。クモトゥオ人の娘も五福の図案の綿入れの上着を着て、北の部屋の戸口で空いっぱいに広がる花火をぽかんと眺めていた。「嫁や、おまえもこっちにおいで」父親が大声で呼んだ。クモトゥオ人の娘は頭を振り、微笑んだが、やはりずっと遠い場所に立っていた。

のちに蘇栄（スー・ロン）の父と母はこのことを思い出し、クモトゥオ人の娘は火を恐れるだけでなく、熱さもこわがるのだろうと思った。彼女が来たその日、父と母は特別にオンドルをぬくぬくにして、彼女が寒さで凍えないようにと気遣った。しかしなんと翌朝彼女が冷たい地面で眠っているのを目にするとは思いもよらなかった。これよりのち彼女のオンドルはいつも冷たく、それは季節を通じて変わらなかった。このこと以外にも、二人の老人はクモトゥオ人の娘にはほぼなにも欠点がなく、話は少なく、よく働き、要求は少なく、老人のためによくよく考えていた、と感じていた。しだいに、彼らはこの娘の平たい顔にも豊かな表情があると判り、見れば見るほど心地よくなってきたのだった。

毎日が静かにすぎていき、一年、二年、蘇栄（スー・ロン）の帰国する期日はついに指折り数えるまでになった。蘇家の父と母はクモトゥオ人の娘を見ながら笑った。「あなたには本当に長い間苦労をかけたね。蘇栄（スー・ロン）が戻ってきたら、我が家に赤ん坊をさずけてもらうとしよう」クモトゥオ人の娘はそれを理解したが、なにも言わなかった。ただ明らかにぽっとひとすじ頬に赤みがさしていた。

けれども突然、蘇家は蘇栄（スー・ロン）の会社から手紙を受け取った。手紙には津波の発生により、海辺で休暇を過ごしていた蘇栄（スー・ロン）が行方不明になり、死亡は間違いない、と書かれてあった。蘇栄（スー・ロン）の母親はショックのあまり昏倒した。

蘇栄（スー・ロン）の父親と母親は会社からの慰労金を受け取った。蘇栄（スー・ロン）の父親はクモトゥオ人の娘にこう告げた。「おまえの義母（はは）は病に倒れた。おまえはまだ若い、我が家で無駄に過ごしてはいけないよ」

「おかあさんはどうしたらよくなるのですか?」クモトゥオ人の娘が尋ねた。

「どうやったらよくなるのか。こんなふうにひとり息子がいなくなってしまった。それも赤ん坊もいない、蘇家には後継ぎがいなくなってしまった」老人は苦笑した。「わしと母親は一日一日を耐えていくしかあるまい」

「子供がいればそれで良くなるんですね、そうですね?」とクモトゥオ人の娘が聞き返した。「わかりました、子供をつくりましょう」

それ以降蘇栄（スー・ロン）の父親は二度とクモトゥオ人の娘に家を出たほうがいいとは言わなくなった。母親はオンドルに横たわったままそこから降りることはできなくなってしまった。クモトゥオ人の娘は変わらずまめまめしくお茶や水を飲ませたりご飯を作ったり、大小便の世話までした。けれどもいささか不思議なものが異星の娘の身に生じていた。それが何なのかはっきり言うことはできなかったものの、いままさに生命をはぐくんでいる女性にしかない独特なにおいを、母親は感じ取っていた。母親はただちによくない想像をしたが、何の証拠もなかった。それにクモトゥオ人の娘はほとんど二十四時間ずっと彼女のそばにいて、眠るときでさえ母親のオンドルの下の地面で寝ていたほどだった。

蘇栄（スー・ロン）の訃報から三か月、旧暦五月の夜、蘇栄（スー・ロン）の母親はクモトゥオ人の娘が地面で苦しんでいるのを聞きつけた。「どうしたの？」老人が驚いた。

「お母さん！」クモトゥオ人の娘の翻訳機がゆっくりと喋った。「子供ができました」

大きな目、高い鼻、薄い唇の六斤の女の赤ん坊が蘇栄（スー・ロン）の母親の手に渡された。年寄りは赤ん坊を抱きかかえ、激しく泣いた。

「私の子供、苗字は蘇（スー）」クモトゥオ人の娘が言った。

蘇栄（スー・ロン）の母親はクモトゥオ人の娘に子供の来歴を追求しなかった。彼女の病はすぐに良くなった。

一人の女の赤ちゃんによってもの寂しい小さな庭には無限の活力が訪れた。赤ん坊の成長ははやく、旧暦十二月には、地球の三才の子供と同じ大きさになったばかりか、とてもかわいらしく、母親には少しも似ていなかった。

「この子を連れておしゃべりに行ってもいいだろう、蘇栄（スー・ロン）の子供だとだれも疑わないさ」蘇栄（スー・ロン）の父親が言った。「戸籍にいれねばなるまいな」

この時、蘇栄（スー・ロン）が庭の門を入ってきたため、部屋にいた全員が呆然とした。

蘇栄（スー・ロン）はびっくりしている父と母を見て、クモトゥオ人の娘に抱かれている子供も目にした。少しの間彼もその場に愕然と立ち尽くしたが、なにを尋ねていいのかもわからなかった。

7

なんと蘇栄（スー・ロン）は死地を脱して、生きていたのだ。

彼は故郷に二週間とどまり、クモトゥオ人の娘と子供を大きな町に連れて行って親子鑑定を行った。蘇栄（スー・ロン）の父と母は不安のあまり、一緒についてきた。蘇栄（スー・ロン）は真相を明らかにするし、たとえ真相がなんであったとしても、この奇妙な異星の娘との縁は終わった、とかたく決意していた。彼はもう二度と彼女に会いたくなかった。

クモトゥオ人の娘は何もいいわけもせず、静かに地球に来た時と同じく、検査室に入った。

鑑定ははやくおわり、昼食のあと蘇栄（スー・ロン）は報告を受け取った。だが鑑定センターの主任は報告を彼に渡したくないようだった。

「あの子供の母親、わたしにちょっと会わせてくれませんか？」主任が問うた。

「彼女はおれの両親と一緒だ、どうしたんだい？」蘇栄（スー・ロン）は機嫌がよくなく、とにかくはやく報告書を開きたかった。

「ものすごく奇妙なんです、われわれにはこれまでこんな記録はありません、哺乳類もこのようにできるんですね。彼女はクモトゥオ人ですか？」

「それがどうしたんだい？　彼女の地球での検疫報告があるが、彼女はとても健康で、地球人とそんなに違いはないぞ」蘇栄（スー・ロン）はいらいらした。

「本当におんなじですと？　若いの、あなたは知らないのですか、あなたの子供にはそもそも父親が存在していないのです、彼女の遺伝子にはいかなる父親のものもなく、ただ母親のものしかないのです！　彼女の遺伝子は彼女の母親と完全に一緒なんです！　つまり、彼女は単性生殖で生まれたものなんです！」

蘇栄（スー・ロン）は主任の話はよくわからなかった。この時、彼はあのにこにこ笑っていた事務員を思いついた。幸いなことに、あの事務員はまだ星際婚姻仲介ステーションで仕事をしている、電話番号も変わっていない。

「あなたさまはクモトゥオ人の娘にはいったいどのような問題があるのかとお尋ねなのですね？　このことは……本当に言いにくいんです。あの星の男性が少ないのはご存じでしょう。そういった状況では、クモトゥオ人も繁殖することができません。そこで娘たちの身体には一種の腺体に似たものがあり、ホルモンを分泌して卵子を発育させ受胎させることができるんです。だいたいはこんな感じでして、いずれにせよ誰にもはっきりとはわからないのです。けれども娘がこういったことをすれば、寿命が短くなるなど大きな代償を払わねばなりません」事務員が勢いよく話し始めた。

蘇栄（スー・ロン）は心が重くなり、電話を切って急いでホテルへ向かった。父親と母親と女の子はいたが、クモトゥオ人の娘はもう影も形もなかった。ただ彼女が三年間はめていたプラチナの結婚指輪がそっとテーブルの上に置いてあるだけだった。

【訳注】

春聯：旧正月の新年に門や入口に貼る、めでたい対句を書いた対聯（ついれん）。赤い紙を使うことが多い。

超過出産ゲリラ

双翅目（シュアンチームー）
浅田雅美 訳

夜の帳が下りた頃、下城区の通りの隅で、長さ十センチ、ヒドラのような形状をしたチョウチンの幼生二匹がパイプから舞い出て来た。その者たちは全身透明で、細長い竹竿のように四節に別れており、関節部は微かな光を放っていた。一匹は赤く、一匹は青い。「竹竿」の両端にある口は、一方は細い触手があり、もう一方は声を発することができた。

青い幼生は交差点まで来ると、触手を伸ばし、肌を刺すような冬の空気を感じ、人の耳では聞き取りづらい「タッ、タッ、タッ……」という低周波音を発した。

赤い幼生はパイプに貼り付き、「チン、チン、チン……」と高周波音を発した。

パイプがひとしきり騒がしく鳴ったかと思うと、無数の幼生が漂い出て、楽しげに上下に動き回った。長さ一センチくらいで触手がまだ生え揃っていないものもいれば、十センチ近くあって体が三節に分かれているものもいた。幼生は集まってそれぞれ群れをなし、カラフルで煌(きら)びやかなクリスマスツリーを形作った。

青い幼生は壁に貼り付くと、触手を外へ向け、素早く分裂し、水平のくびれを多数生じさせ、十数枚の皿のようなエフィラ幼生を形成した。その中で最大のものが真っ先に遊離し、小さなものはぴったりとその後に続いた。五分後、大きな幼生は成熟し直径四十センチのチョウチンクラゲになった。

それは全身が透明で、まるで中心に透き通った青い光が灯されているように見え、空気中で移動・呼吸を行い、本当のチョウチンクラゲではないことを人類にアピールしていた。

だがそれは人類がよく見知っているチョウチンクラゲに姿がよく似ていたため、今では、自分たちでも「チョウチンクラゲ」と称するようになっている。

生まれたばかりの小さなクラゲがその傘にくっつき、「チッ、チッ、チッ」と鳴いている。

「早くしろ。でないと母さんに怒られるよ」青チョウチンは優しく命じた。

幼生の群れは分散して、次から次へと壁を這い上がり、分裂し始めた。しばらくの間、通りは小さな街灯柱で塗りつぶされた。それぞれの街灯柱の端には十数個の子供チョウチンが生じている。初めてチョウチンになった小さな子供は直径五センチになるとそれ以上成長しなくなり、また変態を経た回数により成体の体格は異なってくる。

狭い空間一面はあっという間に漂う様々なチョウチンクラゲに埋め尽くされた。かれらはあちこちでぶつかったりふざけ合ったりしている。

直径三十センチの紫チョウチンは青チョウチンの所へ漂って行った。「どうしてヨーロッパに留まらないの？」

青チョウチンは触角でニューベビーを揺すった。「十二月末はクリスマスで、一月末は春節だ。私とおまえのお母さんはおまえたちにプレゼントを何も渡せないが、世界中を旅し、人類の祝祭日を体験するのも悪くない」

「変態の都度、数は何倍にもなり、これ以上これが続けば、柱状の幼生さえ隠しきれない――」

「わっ！」いつからか、通りの入口に人間の子供が糖葫芦（タンフール）（フルーツの飴がけ串）を持って立っていた。

チョウチンクラゲは一瞬動けなくなった。

「天灯だ！」子供は言った。

青チョウチンは、ゆっくりと、そして優雅に漂い子供の方へ向かった。そして体内の寒天質層が抱いていた気体を静かに押し出して長い長いメロディーの曲を歌い出し、人類のように韻まで踏んだ。

青チョウチンは漂いながら通りの入口に出て来て、子供の目の前までやって来た。子供は歌声とチョウチンに心を奪われ、手を伸ばし青チョウチンに触れようとしたが、青チョウチンは元いた所へ戻って行った。

「触っちゃだめ！」子供の母親が慌てて駆け付け、子供を自分の前に引き寄せたが、彼女はそこで初めて、通りがチョウチンクラゲだらけなのに気が付いた。

青チョウチンは腹に力が入らず、歌声は徐々に小さくなり、後ろに退いた。

「生きている天灯なの？」

人間の母親はこれまでチョウチンクラゲの歌声を聞いたこともなければ、恐らく通りを埋め尽くすほどのチョウチンクラゲを見たこともないのだろう、顔いっぱいに驚きが満ちていた。

「違うわ、天灯ではないわ、チョウチンクラゲよ」

「チョウチンクラゲは水の中にいるんじゃないの？」

「いいえ、クラゲじゃなくてエイリアンだけど、姿がチョウチンクラゲに似ていて、繁殖形式もとてもよく似ているの」彼女は子供を抱き上げた。

「繁殖？」

「お父さんとお母さんからの赤ちゃんの生まれ方よ」

「違うの？」

「かれらの生まれ方は二種類あって、一つは私たちと同じ。もう一つはね、ホースにちょっと石けん水をつけて、吹くとシャボン玉がいっぱいできるのに似ているの。あのシャボン玉がチョウチンクラゲで、ホースがチョウチンの幼生よ。チョウチンの幼生は変態してたくさんのチョウチンクラゲになるけど、人類が受け入れられるエイリアンは限られているから、かれらは通りに溢れ、エイリアン難民になってしまったの。かれらには自分たちの故郷があり、地球に来るべきではないのに……」

人間の母親は名残惜しげな子供を抱いて立ち去った。

青チョウチンは長い息をついた。生まれたばかりの小さなチョウチンは詳しい事情を知らない。紫チョウチンは触手で小さなチョウチンたちを抱き留め、共に集団意識の揺り籠に入り、得がたい知恵をシェアした。

赤い幼生が青チョウチンに向かって突進し、青チョウチンの透明な傘に容赦なく突き刺さり、傘の三分の一が乳白色に変わった。その後、赤い幼生は壁に吸着し、水平方向に分裂して五十匹以上の子供クラゲとなり、その内の一匹は青チョウチンより少し大きな赤チョウチンクラゲへと成長した。

赤チョウチンの甲高い声がした。「もうちょっと注意できないの！」

青チョウチンが近寄った。「声を小さく。管理規制委員会に捕まったら終わりだぞ」

「捕まえるなら捕まえなさいよ、やけくそよ。一日中隠れてばかりで、見てみなさいよ、私たちの子供たちを」赤チョウチンは体を動かして触手を揺らした。「β星を覚えているのは万分の一、ケンタウルス座を覚えているのは千分の一、新しく生まれた子供たちはパイプの中に隠れることしか知らない。これまで失った子供たちは数知れず、あの子たちは生死すらわからないのよ」

「捕まれば、逃げたり隠れたりの日々さえ失ってしまう」青チョウチンは憂鬱そうに赤チョウチンを少し突いた。「あの子たちはきっと生きているよ。僕たちの幼生は彗星と共に銀河を通り抜け、何にでも適応できるのだから」

赤チョウチンは気分が幾分和らいだ。「ねえ、あなたと一緒になり、母星を後にしてから、平穏な日は一日たりともなかったわ」

「だが我々は進歩した。それは子供にとってプラスにしかならない」青チョウチンは楽しくなってきた。「我々は様々な言語をマスターし、人類文明を見聞し、集団意識を豊かなものにした。人類は既知の知的生物の中で最も早く近代に足を踏み入れた。彼らは自由で、民主的で、寛容だ」

「やめてよ、私は地球生まれの子供たちが好きじゃないの！　以前は爪をつなげば子供たちとコミュニケーションがとれたのに、今は、あの子たちはまずあなたのことを『お父さん』と呼んで、それから私のことを『お母さん』と呼ぶし、集合意識も爪に爪をとって教えなければいけない」

「なぜ子供のことをそんなふうに言えるんだ！　人類言語が無ければ、我々は思考を理解することなど到底できない――」

紫チョウチンが突然跳ね上がり、猛スピードで通りの入口に行った。

「管理規制委員会だ！」紫チョウチンは言った。

赤チョウチンはそれを聞くと驚いて、体を独楽のように素早く回転させ始めた。

「お母さんにならえ！」紫チョウチンは言った。

年長のチョウチンクラゲはすでに高速回転していたが、それよりもさらに速くなり、思い切り自らを壁に放り投げた。様々な色が美しく入り交じり、半透明で、傘状の体が、あっという間に砕けそれぞれ細胞組織の塊になった。不用な細胞は即刻剥落し、その他の細胞は幹細胞に戻り、透明な原形質を構成し、次々に這ってパイプの入口まで向かった。パイプに接近すると、原形質は再びヒドラのような柱状の幼生へと姿を変えた。

赤チョウチンが壁に思い切りぶつかった。その欠片は下に落ちる前に、赤い幼生に姿を変えた。

一番小さなチョウチンは一番臆病で、自分で自分を衝突粉砕させるほど力も強くなかった。青チョウチンと紫チョウチンは触手で一番小さな赤チョウチンを包み、かれらを壁にぶつけると、独立した幹細胞が落ちて出てきた。

壁にぶつかりに行く直前、紫チョウチンはぷりぷり怒って言った。「お父さん、お父さんはいまだに人類の肩を持っているけど、あの親子が絶対告げ口したんだ」

「いい加減なことを言ってはだめだ。私がさっき歌った歌だ。我々が地球人に見つかった時に私が歌った歌だ。記録されている」青チョウチンは自らを衝突させて青い欠片になった。

小さな幼生たちが全てパイプに逃げ込むと、紫の幼生と青い幼生もやっと一緒に「スルッ」と身を隠した。

パトカーのエンジンを止める音が外から聞こえてきた。

「これらは？」若者が尋ねた。

「壁に貼り付いていた。チョウチンの幼生が変態してチョウチンクラゲになる時に残した柱状のフレーム」年配の巡査は路地の奥深くまで行くと、またパイプ付近に戻ってきた。「その他の組織、成体クラゲが柱状の幼生に戻り捨てた体細胞……」

「——幼生がクラゲになると、少なくともその数は十倍増加する。クラゲから幼生に戻ると、さらに十倍増加する。管理規制委員会は超過出産ゲリラなんて言ってるが、まるで超過出産集団軍（集団軍は複数の師団や旅団などからなり、数万人規模）だ！」

「チョウチンクラゲは深い集団意識を持っている。集団意識を擁した集団軍だ。もう洪水を土でせき止めることはできない」

　青と紫の幼生は最後尾で退却の援護をしていたが、この話が耳に入り、我慢できず抜き足差し足パイプの入口の方へ這って行った。

「エイリアン難民が益々増加し、これ以上何ができるというのでしょう」

「一番最初に、かれらの母星を台無しにしたのがいけなかったんだ！」年配の巡査の声が大きくなった。

「チョウチンクラゲ、かれらは文明レベルが低いだけで、人類と同等の知恵を持っている。開拓者はそれでもかれらをクラゲ扱いし、鉱山開発を大いに進めた。元々チョウチンクラゲの正常な繁殖形式は、人類のように一夫一婦制で、多くても出産は三回だが、劣悪な環境下では、ストレス反応により、幼生に戻って再分裂する形式をとる。チョウチンクラゲの幼生は、星間移動時のいかなる劣悪な環境にもほぼ適応することができる。かれらを増殖させてしまったのは人類だよ」

「今さらそんな事を言っても、新しく母星を作るわけにもいきません。しかもかれらは弱々しい性格で、人類を崇拝し、ここに居座って動こうとしません」

　青と紫の幼生はパイプの入口付近で止まった。年配の巡査が靴で「タッ、タッ、タッ」と地面を鳴らしたからだ。

　耳慣れた三連符だ。

「若い奴の考え方だな」年配の巡査は溜息をついた。「さっき管理規制センターが、大量のチョウチンが集まっていると言っていただろう、なぜだ？」

「鳴き声を検出したからです」

「チョウチンクラゲは楽しいときだけ、歌のような声を出す。かれらの母星は開拓され、関連データはほとんど見られなくなった。これは人類にとって良いことではない……」

老若二人の巡査はパトカーに乗り込み、その音は徐々に遠ざかっていった。

青い幼生がパイプから漂い出て、灯が明々ともった大通りの真ん中にやって来たが、人間は一人もいなかった。

今日は大晦日なので、みな家に帰り祝日を祝っていた。

紫の幼生も後に続いた。

かれらは同時に地面に吸着し、水平方向に分裂しチョウチンクラゲになった。

「彼はなぜ我々の安全信号を知っていたのだろう」

「言っただろう、聡明で善良な人類がやはりいるんだ」

かれらの背後で、パイプから這い出てきた何百何千という幼生が、何千何万というチョウチンクラゲに変態し、次々と街頭を漂った。

赤チョウチンがかれらの真ん中まで漂って行った。「管理規制委員会の老巡査だって母星の良さを知っていたのに、あなただけは気に入らず、人類言語で子供に名前を付けているけど、ろくな名前も付けられていない」

「どう良くないんだ？」

「あの群れ、ワープ飛行をしていた時に水平分裂したからって、ワームホール一号、ワームホール二号なんて」

「初めてのワームホールだっただろう、意味があるんだよ」

「それからあれ、木星の第二惑星まで逃げてきた時に水平分裂したのは、『エウロパ』って名付けたけど、ヨーロッパに行った時、子供の名前を声に出して呼ぶのがずっと恥ずかしかったわ」

「エウロパは女神だ、なんとも美しい」

「女神？　じゃあ金星に着いた時、ビーナスじゃなく、どうしても金星の国家都市にちなんで命名しなければならないと、「コリントス」と付けたけど、コリントスは淫蕩の都でしょ。もしもコリントス四号が私に教えてくれなかったら、知らなかったわ」

　紫チョウチンはしょげながら街灯柱のように縮こまった。

「――だけど、あいつらが私たちをどう呼んでるか知ってるでしょ？　大流動部隊よ！　宇宙クジラは移動なのに、私たちは流動なのよ！」

「お母さん、お母さんの言う通りだよ」紫のクラゲは膨らんでチョウチンになった。「お父さんがどんなに人類を崇拝しても、我々は難民で、ならず者で、庶民で、烏合の衆に過ぎないんだ！」

「黙れ！」青チョウチンはにわかに膨らみ丸々とした球体になった。「忘れるな、元々管理規制委員会が我々をゲリラと呼んだのは、お前が人類の書物を調べ、私にゲリラこそが持久戦の基本だと言ったからだ。お前に人類の書物を読む資格はない！」

「だけど人類は――」

「人類社会に浸透できるように我々が努力していれば、いつの日か人類に我々がクラゲではないこと、我々が本当に、彼らと対等に付き合える知的生命体だということを証明できるだろう！」

青チョウチンの声は大きく、体全体が共鳴した。かれの子供たちはそれに引き続き微かに震え、おびただしい数で重厚な低周波の重音を発した。

青チョウチンは体を元に戻し、ひっそりと静まり返った。

赤チョウチンが青チョウチンにぶつかった。

二匹の巨大なチョウチンクラゲは道端まで漂って行った。

イルミネーションの下、透き通りきらきらと輝いて、人間たちのネオンなのか、チョウチンクラゲの輝きなのかよくわからなかった。

かれらはもう人類言語は使用せず、各々触手を一本ずつ伸ばし、軽く触れ合い、それぞれの個体にストックされた集団意識を交換した。

――今のがなければ、危うく私たちのオリジナルの歌声を忘れるところだった。

――そうだ、全てのチョウチンを共鳴させることができ、全ての個体の心を合わせることができる。

――覚えているかしら、母星では、あの頃、私たち二人しかいなかったわ。私たち約束したわ。子供は赤・緑・青の三人だけほしい。光の三原色よ。子供たちが成長したら、また二人の世界に戻ろうと。

――覚えてるよ。あの頃、君はまだピンク色だったね。

――帰りましょうよ。

――帰れない、帰れないいんだ。

紫チョウチンは両親に近寄り、触手は延ばさず、懸命に傘型の体を引っ込めたり閉じたりしていた。群れの共鳴がまた始まったが、それほど激しくはなく、穏やかで延々と続き、一波、また一波と広がっていった。青チョウチンと赤チョウチンはそれに同調して共鳴した。通りや路面にいるチョウチンクラゲも、みな共鳴し始めた。

——人類による我々に関する研究について研究したことがある。我々が歌う際、数が増えれば、理論的には、共鳴がより持続する。ほら、母星では我々の数は少なかっただろう。

——覚えているわ。あなたはまだ水色だった頃に、もう最古のメロディーを歌うことができていた。

青チョウチンはいささか躊躇していた。

だが青チョウチンは集団意識から離脱し、小さな声で言った。「帰れない、帰れないんだ」

青チョウチンは静かに夜空に舞い上がり、古めかしい音を発して宇宙生物がシェアする韻律を探し、全体が透き通ったその身体を回転させて全てのチョウチンを鮮やかなブルーに照らした。

漣のように広がる低周波の重音をベースに、澄んだメロディーが夜空に舞った。

赤チョウチンは青チョウチンの後に続き、さらに紫チョウチンが続いた。大小様々なチョウチンクラゲの群れが、一群、また一群と夜空へ飛んで行く。

青チョウチンは街の上空まで行き、そこで街の隅々の気流を感じ取った。

いや違う、街に生息する他のチョウチンクラゲを感じ取ったのだ。

かれらはみなその共鳴を感じ取った。

そして、旧暦の大晦日、地球上のチョウチンクラゲは次々と夜空に舞い上がり、共に古めかしいメロディーを歌い、宇宙のリズムで韻を踏み、群れ同士の連結を繰り返して蒼天を埋め尽くし、星の見えない闇夜を灯火のように照らし、二度と地上には降りてこなかった。

人類はその日の美しさに大いに感銘を受けた。


だがその後、人類はチョウチンクラゲの共鳴を止めさせる方法を突き止めることができなかった。クラゲは永遠に天空を舞い続ける。

幸いなことに、もうかれらは幼生に戻り、無限に増殖することもなくなっていた。

人類文明各所のチョウチンクラゲが地球にやって来て歌に加わった。

最終的に、外来生物管理規制委員会の年配巡査が合理的な対処ロジックを提案した。

クラゲの触角にはエボシダイの稚魚が潜んで共生しているじゃないですか、と彼は言った。

——我々はチョウチンクラゲの身体の下で泳ぎ回るあの、「小牧魚（シアオムーユー）」って呼ばれてる魚なんですよ。

注：本文に描写されている生殖形式は実際のベニクラゲを参考にしていますが、異なる部分もあります。

地下鉄の驚くべき変容

韓松（ハン・ソン）
上原かおり 訳

一　果てしない暗闇を走る

周行（ジョウ・シン）はこの時、微妙な狼狽とでも言うべき感覚を覚えていた。目の前の人妻のような若い女性の身体がぴったりくっついて、服を隔てて柔らかな弾力が伝わってきたからだ。しかし女性は気にしていないようだ。

他の場所でこんなことが起きたら、周行（ジョウ・シン）はうまい汁を吸おうという気になったかもしれないが、この混んだ車両の中では、早く駅に着いてくれないかと思った。しかもその女性、安い化粧の強烈なにおいがプンプンしていた。

平凡な月曜日の朝、ラッシュアワーの地下鉄はいつもこうだ。周行（ジョウ・シン）はなんとか電車に乗り込んだ。人ごみの中、陣取り合戦で大成功を収めたかのように。車両内では向きを変えることすらできないが、人々は自分の領地をしっかりとコントロールしている。

周行（ジョウ・シン）は下車するまで七、八駅乗らねばならない。幸い目的地が決まっていて何処にいくか知っているので、多少の間ぎゅうぎゅう詰めでも我慢できる。

電車が次の駅に停まった時、またさらに多くの人が乗り込んできた。その女性も降りないようだ。周行（ジョウ・シン）は内側に移動しようとしたが一歩も動けなかった。良い場所に陣取った乗客は煩わし気に敵視するような目で彼を睨（にら）んでいる。周行（ジョウ・シン）は心の中で、十分に金が貯まったら絶対に車を買ってやると思った。

ところが、事はへんな方向に進み始めた。明らかに駅に着いたはずなのに、電車は相変わらず疾走し続け、停まらなかった。車両内の混み具合は人為的なコントロールを失いはじめたようだ。最初、惰性的に電車にゆられ続ける人々は気付かなかった。しかし間もなく異常に気付いた。なんと車外には一つのプラットホームも現れなかったのだ。かすめ去ってゆくのは、果てしなく巨大な墨の塊のような暗黒だった。

人々はもう新聞を読むのをやめて、ポータブルオーディオプレーヤーの電源を切り、誰もが驚きうろたえた顔をして、知り合い同士でひそひそ話しはじめた。周行（ジョウ・シン）はこの出来事が信じられず、夢を見ているような感じがして、自分の腕をつねってようやく夢ではないとわかった。隣りの男性の額に汗が流れているのが見えた。

車両の隅で誰か女性が叫んだ。

二　解放の見込みなし

いつのまにか、電車はもう二、三十分走り続けていた。外にプラットホームが現れる兆しは全くない。

周行（ジョウ・シン）の正面の女性がヘビのように身体をくねくねさせはじめた。周行（ジョウ・シン）は不安と恐れを感じ、毒虫を避けるように後ずさった。どうやら彼女は人の隙間を縫ってカバンの中から何か取り出そうとしているようだ。彼女が苦労して取り出したのは携帯電話だった。しかし電波が届いていないことを確認してがっかりした様子だ。この時、他にも電話をかけようとした者がいたが、誰の電話もつながらなかった。

「気味が悪いわ！」女性が唸るように言った。その様子を見て、周行(ジョウ・シン)は『聊斎志異』の中の人物を思い出した。彼は思わず、困惑しながらも他人の不幸を喜ぶ気持ちが微かに湧いてきて、座っている乗客や寄りかかる場所がある乗客に復讐したような心地よさを覚えた。

ほかの女性が涙声で言うのが聞こえた。「どういうことかしら？　どうしたらいいの？」

「心配するなって。そのうちおさまるだろう。ちょっとしたトラブルじゃないかな。ブレーキが利かなくなったんだろう。外でも停電が起きて何も見えなくなった、ってことじゃないかな」彼女の連れと思しき者がそう言って慰めた。

車両内の照明は相変わらず明るく、換気扇がブンブンと精を出して回っているので、換気と酸素の供給状態は良好だ。ただ、みな気を張り詰めていたが、首を吊ったかのようにますます救われる望みを失っていった。

ある男が叫んでいる。「俺は警察だ！　みんな落ち着いて、自分の貴重品に気をつけてくれ！」

三　食べ物、持ってる？

一時間半がこんな風に過ぎた。周行(ジョウ・シン)は立ちっぱなしで疲れを感じた。朝食をとっていなかったのでお腹がグルグル鳴り、いつもより空腹を感じた。驚きと怒りもあって、ふてぶてしく他人に半分寄りかかった。目の前の女性の表情はずいぶん見苦しいものだった。赤い口紅を差したタラコ唇を噛みしめ、今にも周行（ジョウ・シン）の胸に倒れてきそうだ。周行（ジョウ・シン）はこの現実をどうしても受け入れることができず、絶望の淵でこう感じていた。今日の目的地は今まさに永遠に自分から遠ざかっている、と。最も不快なことは何と言ってもこんなに長時間くっつき合っていることだった。全くパーソナルスペースがなく、生理的にも心理的にもかなりストレスを感じた。この事に普段は気づかなかった。あるいは慣れっこになっていたのだ。

しかし電車に乗った全ての人のこの時の我慢強さには、褒め称えるべきものがあった。誰も喋らず、ただ数人の女性がすすり泣く低い声が聞こえるだけだった。

さらに一時間ほど沈黙があって、ふいに男がヒステリックに叫んだ。「俺は心臓病があるんだ、もう我慢できない！」

さらに誰かが叫び声をあげた。「誰か気絶したぞ！」

気絶した乗客は何の病気かわからないが、口の端から白い泡を吹いている。人が多すぎて彼が倒れる隙間はなかった。車両の一角が騒がしくなった。

「救急薬を持ってる人はいませんか？」

「早く人中（じんちゅう）をつねるんだ！」

周行（ジョウ・シン）はこの混乱の中、人知れず滑稽さを味わっていた。徒労のおかしさを感じ、無意識に真っ直ぐ立ち直し、吊革を一層強く握った。目の前の女性はチアノーゼの顔色になっていて、胸が激しく起伏している。今に彼女にも何か起きるだろう、そして真っ先に面倒を被るのは自分なのだろうと周行（ジョウ・シン）は思った。だから用心深くたずねた。

「あの、大丈夫ですか？」

「大丈夫です。ちょっと息苦しくて」

「深呼吸してみてください。良くなりますよ」

「ありがとう」

「どこで降りる予定ですか？」

「博物館です。とっくに過ぎました。あなたは？」

「遊園地です。でもどこにあるんだか」

二人とも愛想笑いをして口を閉じた。周行（ジョウ・シン）はその女性をひどく嫌っていたのに、彼女と話す時は優しさと思いやりにあふれていた。これは正に男の偽りの本性だろう。こんな時でも、まるで反射的に現れたのだった。

しかし、彼はむしろさっき自分が口にした言葉に驚いていた。「どこにあるんだか」全くだ、外の世界は本当にまだ存在しているのだろうか？

この時、周行（ジョウ・シン）はその女性をよく見てみた。彼女は丸首の白いブラウスにブルーのデニムスカートを着ている。彼は内心、彼女はどこの会社に勤めているのだろうと考えた。見たところオフィスでデスクワークしているホワイトカラーのようだ。目的の駅につけない危機は彼女にとってどんな意味があるのだろうか？　ふと、さらにこんな考えが頭に浮かんだ。もしも逃亡犯がこの電車に紛れていたとしたら、永遠に逃亡できた気分になるだろう。一挙にブタ箱の虜になるのを免れられる。しかし、この列車に閉じ込められている感覚は気持ちが良いものではないだろう。要するに、知覚を失うことは、長い川のような時間の流れの中で停まることなく疾走する鉄の殻の列車にとって、目的地の有無は大したことではないが、寿命のある個々の乗客にとっては、運命が大きく変わってしまったのだ。それはもしかしたら暗黒へと至る人生の真実をとらえているのだろう。

ちょうどこの時、車両のどこかから何か飲み食いする音が聞こえてきた。その音は周行（ジョウ・シン）の耳に大きく響き、ほかの一切の音が埋没して、人をげんなりさせる車輪の回る音が一時的にあまり気にならないＢＧＭに思えてきた。周行（ジョウ・シン）は思わずまた女性に話しかけた。

「食べ物を持っていますか？」

「バッグの中にクリームクッキーが入っているわ」

「へんだな、どうしてこんなにお腹が空くんだろう」

「私もなの。お腹が空いて、胸が締め付けられる感じ。でも人前で食べるのは気まずくって」

「非常事態なんだし、気まずいことなんてないでしょう！」

女性はそこでようやく、しぶしぶショルダーバッグからクッキーを取り出した。すぐに周りの数人が今にもよだれを出しそうな顔で言った。「俺たちにもちょっと分けてくれないかな」

女性は彼らを睨みつけたが、皆にクッキーを分けた。周行（ジョウ・シン）は喜んでクッキーを分けるのを手伝い、自分も何枚かもらった。この時彼には、その女性の化粧の匂いがいくらか心地よく感じられた。

四　前方を見に行ってみよう

四時間が過ぎた。周行（ジョウ・シン）の空腹はますますひどくなった。まるで何日も食べていないみたいに、さっき食べたばかりのクッキーは何の腹の足しにもならなかった。それにひどく喉が乾いてきた。さらに困ったことに、もうずいぶん前からトイレに行きたいと思っていた。

この状態が続けば、とんでもないことになりそうだ。女性がさっき「気味が悪いわ」と言っていたのは確かに一理ある。

この時、心臓や血圧の優れない者数名が発作を起こした。そのうちの一人は、早く救急治療を受けなければ命が危ないだろう。だがもう誰も対処しきれない。これは列車のせいなのだろうか？

「あの、地上ではこっちに異常が起きたこと知っていると思いますか？」彼女が自分から口を開いた。どうやら自分の気持ちを落ち着かせるために、あえて話しているようだ。

「きっと知ってるはずです。彼らはきっと僕らを助ける方法を考えていると思います。それにしても、わけがわかりませんね」

「いったい何が起きたのでしょうね？　本当に制御不能になったのでしょうか？　この電車はいったいどこまで行くのかしら？　外はどうしてこんなに暗いのかしら？」

周行（ジョウ・シン）は拉致されたのではないかと考えたが、口には出さなかった。突然、また別の可能性に思い至った。

実際には何ら奇妙なことは起きてなくて、もしかしたら、いま体験していることこそ真実であり正常な状況なのではないか？　列車を包んだ暗闇は、確かに果てしなく永遠に続いていて、それこそがこの身を取り巻く真実ではないか？　そして以前乗っていた地下鉄は、単にシミュレーターの中でバーチャルな演習を繰り返していたのではないか。数分ごとに現れるプラットホームは、単に束の間に咲き散る花のような、巧妙に仕掛けられた釣り餌のような、人を誘惑する幻覚だったのかもしれない。あらゆる目的地はすべて憶測の中に存在していたのかもしれない。だから、もしもいま平常心で対処できるなら、絶望の中に希望を見出せるかもしれない。しかし、生活に潜むペテンには、より高度に探求すべき異質なものがいつも存在するのかもしれない、といった理論を受け入れられるだろうか？

周行（ジョウ・シン）が考え込んでいると、若い男のはっきりとした力強い声が聞こえてきた。

「先頭車両に誰かに行ってもらって、運転手の様子を見てもらわないか？」

とても奇抜なアイディアだ。みなが聞き耳をたてたが、声をあげる者はいなかった。

「どの車両も閉鎖されていて移動できないし、両端の運転室には窓もないのに、どうやって入るんだ？」

少し経って、ようやく誰かが疑問を口にした。

その若者は言った。「側面の窓ガラスを割って、車体に沿って這っていけばいい」

「『カサンドラ・クロス』ってわけか。あれは映画の話だよ」誰かが言った。

「運転手に口出しなんてできないよ。運転手に代われるやつなんているのか？」ほかの者が言った。

そこでみな押し黙ってしまった。ただ一人、警官が口を開いた。「だめだ。そういうことをすると公共の秩序が乱れる。それは違法だ」

「誰も行かないなら、俺が行く。俺はロッククライミングのトレーニングをしたことがあるんだ。けど、事故が起こらないとも限らない。もし事故ったら、みんな俺の名前を覚えておいてくれ。俺は小寂（シアオジー）って言うんだ」

小寂（シアオジー）という名の若者はそう言うと、素早く周りの人々を見回した。周行（ジョウ・シン）には、その瞳が深い軽蔑の色を放っているように感じられた。まるで車両内の全員が怠惰な卑怯者で、裏切り者だと言っているようだ。

こうして、その大胆なロッククライマーは両腕を左右に振り動かすと、両脇にいる障害物のような人垣をかき分けて窓際に近づいて行った。なんと誰も止めなかった。周行（ジョウ・シン）には、ロッククライマーがこの過程で一生の精力を消耗しているように感じられた。そう思っていると、ロッククライマーは自分の携帯電話で本当にガラスを割り始めた。

ガンッ、ガンッ、ガンッ。その音に、周行（ジョウ・シン）は打ち震えた。心の中で「だめだ！」と叫んでいた。

まもなく、ガラスが割れて大きな穴があいた。若者は本当に身を翻して出て行った。その姿は健康な猿のようだった。周行（ジョウ・シン）はマグマのように動く若者の後ろ姿を見て、羨望とも嫉妬ともつかぬ思いを抱き、心の中でつぶやいた。「幸せな逃亡者め、ろくな死に方をしないだろう」

冷たい強風が吹き込んできて、誰かがくしゃみをした。みな襟元を立てて、心中、あのロッククライマーはすでにレールの上に落ち、電車にひかれてミートパイになってしまったんじゃないかと考えた。車両の中はまたさっきのように静かになった。一部の者は目を閉じて体力を回復させているふりをしている。この時、周行（ジョウ・シン）の尿はすでにズボンを濡らしていた。

と同時に、近くから大便のにおいが漂ってきた。

五　外では……

小寂(シアオジー)は車両の外へ出るとヤモリのように車体にへばりついた。そのとたんにブルッと震えが起き、阿鼻地獄に落ちたような気がした。

耳に入ってくるのは車輪の轟音で、バカでかい輪転機室にいるような感じでもあった。外の気温は思ったよりも低く、両側が氷壁のように感じられた。嗅いでみると液体窒素のにおいがした。

列車は気温が下がり続けるトンネルの中を疾走しているようだ。小寂(シアオジー)はすぐには這い上がらず少し待ったが、プラットホームの明かりは一向に見えてこなかった。もっとも、彼は大して期待もしていなかった。彼は思った。列車はおそらく以前聞いたこともないような予備のトンネル、しかも完全に閉じた環状線に入り込んでしまったのだろう。地上で災害、あるいは戦争が起きたのだろうか？

突然、奇妙な感覚に襲われた。列車は実は前進しているのではなく、列車のいる世界が高速に逆行しているのではないだろうか？　過去においてもこの列車は動いたことはなく、全ての乗車、下車、プラットホームの変化も、トンネルの演出による目くらましの策略だったのかもしれない。このトンネルは、まさか巨大生物の腸内で、人間は一つまみの寄生虫だというのだろうか？

小寂(シアオジー)は自分で考えたことに恐ろしくなり、冷静になるよう自分に警告し、この列車は前進していると想像するよう自分に言い聞かせた。さもなければ前へ突き進む気力を失ってしまいそうだった。もう戻れないのだから。

彼は前へ進もうとしたが、列車の屋根に登る勇気はなかった。トンネルの上端に異物があって、頭や身体を傷つけないとも限らない。それに用心せねばならない。このトンネルはすでに普通のトンネルではなく、殺人装置が取り付けられているかもしれないのだ。

彼は窓枠を握り、慎重に前方へ進んだ。三十分ほどかけてようやく、複雑な面持ちの人々に見つめられながらその車両を通り過ぎ、そこでようやくほっと息をついた。

次の車両もだいたい似たような状況で、乗客は情緒不安定になり、虚脱状態に陥った者もいた。中にいた者たちは、不意に男が幽霊みたいに車両の窓の外に張り付いたのを目にして、まるで人生最大の謎に遭遇したかのように驚き、叫んだ。小寂（シアオジー）は乗客たちに向かって大声で話したが、ガラスを隔てては誰にも聞こえなかった。

ロッククライマーはカラーペンを取り出し、ガラスに書いた。「オレは先頭車両へ行く。一緒に行きたい者はいるか？」

誰も返事をしなかった。何人かが不思議そうな顔をして蔑むように首を横にふった。

小寂（シアオジー）はがっかりして、そのまま前へ這って行った。

さらに二両進んだが、やはりついて来る者はいなかった。

先頭車両までは、あと八、九両くらいあるだろう。

六　バランスの満足感

「あの、食べ物はまだありますか？」周行（ジョウ・シン）はこらえきれず女性に聞いた。この時、彼は自分がすでにごく自然にその女性に親近感を覚えていることに気付いた。しかも、自分にぴったりとくっついたこの生き物が、同類の中でかなり美人の部類に入るとさえ感じていた。

「もうないんです」女は首を横にふり、申し訳なさそうにほほ笑んだ。彼女の身体からも尿の臭気がただよっていることに気づいて、周行（ジョウ・シン）は安心感を覚え、一種、バランスが取れている時の満足感を覚えた。

「この車両に食べ物を持っている人はいないのかしら」女性はまた口を開いた。

「絶対に食べなくちゃいけない。食べ物が見つかったらレディーファーストだ、きっとあなたから食べてもらいますよ」

「ありがとう！　もしも生きて出られたら、きっとこの経験を息子に話します。息子はまだ二歳なの。いつもご飯を残すんです」彼女は泣き出した。

「泣かないで、みんな生きて出られますよ」周行（ジョウ・シン）は少し胸が痛んだ。

彼女は涙をぬぐった。「さっきの人、電車を止められるでしょうか？」

「わかりません」

「彼がやってることは、私たちには与り知らぬことのように感じます」

「僕らはロッククライミングができませんから。そういうことはロッククライマーにやってもらうしかありませんよ」

「ああ、疲れたわ。座って休みたい」女性は急に眼の色を変えて大声をあげた。「ねえ、警官は？　秩序を保つ警官はどこ行ったのよ？　ちょっと一声かけて、みなが交替で座れるようにしたらいいのに」

周行（ジョウ・シン）は女性の明け透けなもの言いに、あっけにとられたが、ふと、彼女を突き放したいとも思っていないことに気付いた。そう考えたことに気まずさを覚えたものの、一方ではずいぶん興奮していた。

この比類ない地下鉄経験を、ここから出たら、きっとそっくりそのまま妻に話そうと思った。

七　発狂

ロッククライマーは別の車両についた。

見ると車両の中の人々はみな昏睡状態で、頭を他人の肩にのせていた。

彼はどこか変だと感じた。乗客の顔はどす黒く、身体は縮んでいるようで、まるでみんな老人のようだ。

しかも、どうやらすでに死んだ者もいるようだ。いや、冬眠しているようにも見える。

彼らはすでに何もかもあきらめたかのようだ。小寂（シアオジー）はそう考えて少し不安になり、すぐさまその車両を通り過ぎた。

次の車両もかなり異常だった。目についたのは、あまり混んでいないことだった。動けるスペースがあるので、どの人も動物園の檻の中でストレスをためこんだ獣のように行ったり来たりし、大声をあげていた。小寂のシルエットが窓の上方から現れたのに気づくと、二人の男がぐっと構えてジャンプし、爪を立て牙をむき出すかのように襲いかかってきた。そして二人とも窓ガラスにバンッとぶつかって失神した。

発狂したんだ。小寂はそう思った。

八　満たされぬ欲望

とうとう車両内に盗み食いをする者が現れ、周りの者に気付かれた。

それは出稼ぎ労働者で、彼は袋の中にたくさんのトウモロコシを持っていた。

彼はこの秘密をもらすまいとしていたが、どうしても我慢できず、電車に酔って吐くふりをして、そんなにも混んだ車両の中で背中をまるめて袋の中に顔をうずめ、ハリネズミのようにトウモロコシの粒をこっそり食べたのだった。

しかしやはり、そのにおいに誰かが気づき、容赦なくその私欲を暴露した。

「吐き出させろ！」車両内で唯一の警官が厳しい口調で指示を出した。

まるでシラミを退治するかのように、五、六人の拳が至近距離から出稼ぎ労働者をなぐりつけ、彼はたちどころに気絶してしまった。袋は大きく開かれた。よく実の詰まったトウモロコシが突然目の前に現れ、重い空気がただよっていた車両内に見慣れぬ優雅な金色の光が放たれた。それは人々が普段見過ごしていた装飾のようで、華麗な夢幻のようだった。気絶した者の傍らで、食べ物はただちに一人一人の手に渡った。それは公平、迅速で、女性はさっき話していたような特別な扱いを受けることはなかった。人々は一群の化け物のように無言で食べ始めた。車両中にムシャムシャと食(は)む音が広がり、呪文のように響いて、車輪の轟音と調和して協奏曲となった。

食べ終わると、周行(ジョウ・シン)はいくらか気分が良くなった。時計を見ると、すでに十時間も経っていた。午後五時、退勤の時間だ。だが、いまこの時、退勤だなんて、この世で一番滑稽なことではないか！

彼はストレスによる疲れを感じていた。まるで何日も寝ていないみたいだ。しかし、女性の前で寝入ってしまうのは恥ずかしく、一線を越えられなかった。だが少し粘っただけでやはり眠ってしまった。

夢の中で、彼はなんと不真面目になり、目の前の女性の腰に手を回した。

女性は顔を赤くしたが、止めはしなかった。

……

事の後に、周行(ジョウ・シン)は再び激しい空腹を感じた。

九　運命の断崖絶壁

六両目につくと、ロッククライマー小寂(シアオジー)はここもずいぶん奇妙だと感じた。車両内はがらんとして、乗客は蒸発してしまったようだ。

しかし、もしかしたら、始発駅から誰も乗車させなかったのかもしれない。まさか、これは何か意図があってスペースを残しておいたということなのか？

しかし、その次の車両もがらんとした車両で、そのさまは常識をこえて本当の空（くう）だった。小寂（シアオジー）はさらに気を張り詰めた。

車両内に薄青いガスが漂っているようで、それが空の密生度を激化させており、局部へと抜け出して行き、無限の幽暗へと落ち込んでいるようだ。小寂（シアオジー）は窓ガラスがガタガタと鳴る音を聞いた。どこからともなく苦しそうなうめき声が途切れ途切れに漏れ聞こえてくるようで、目に見えない大きなエネルギーを帯びながら鉄の檻からもがき出ようとしているようだ。

小寂（シアオジー）は、それは空に内在する強大な力によるものだと思った。しかしあいにく、彼はふと、考えるべきではないお決まりの怪談を思い出してしまった。それで彼は、自分のような俗人はもう二度と新たな境地に達した車両に入る資格はないとわかって、がっかりしたのだった。

彼は茫然として、頭が痺れ、手もとが緩み、疾走する列車からあやうく落ちそうになった。

幸い、彼はロッククライマーらしい落ちつきと敏捷さによって、死への直前でとっさに命をつかんだ。再び運命の断崖絶壁をよじ登り、スピードをあげて前進した。

この時、彼は疲れを感じ、空腹で喉も渇いていた。それはまだ我慢ができたが、恐ろしいのは募る寒さで、まるで幾千万本の針で全身の毛根を刺されているようだ。

次の車両には大勢の人が乗っていた。彼はさっきの失敗を考えないようにして、全てを忘れ去ると、心が落ち着いてきた。しかし中をよくよく覗いて、驚きのあまり身震いした。なんと乗客は何かを食べているのだが、手にしているのは人間の身体にしかないような「部品」だったのだ……

十　老い

周行（ジョウ・シン）はぼんやりと目にした。警官が必死になって車両内の強姦事件を防ごうとしているが、あっちこっちで発生し、いたちこっごだ。

女性が両手を周行（ジョウ・シン）の頬にあて、でれでれと周行（ジョウ・シン）の潤んだ瞳を見つめた。まるで周行（ジョウ・シン）がたった一つの美しいゼリーであるかのように。突然、彼女は何かを発見し、顔色を変えて思わず声をあげた。

「あなたの髭、どうしてこんなに汚らしいの？！」

周行（ジョウ・シン）は顔をさすった。顔中、密林のように髭がはえていた！　だが彼は今朝家を出る前に剃ったばかりなのだ。以前、彼は髭をたくわえようとして、ひと月髭を剃らなかったことがあるが、ここまで伸びたことはなかった。女性の理解を得られず、彼は慌てふためき不安になった。

彼はじっと彼女を見つめ、その髪にずいぶん白髪が混じっていることに気付いた。目尻には地溝（ちこう）のように皺が寄り、口紅も化粧も雪崩のようにはげ落ちて、彼女の顔はカムフラージュのとれた寒々しい化け物と化していた。

周行（ジョウ・シン）は悪意をこめてケラケラ笑った。まるでこの一生で最も満足のいくリベンジに成功したかのように。

彼は時計を見た。すでに夜八時になっていて、十二時間が過ぎていた。

熱愛の季節は確かに瞬く間に過ぎてしまうようだ。周行は女性に強い嫌悪感を抱き、二度と見たくないと思って目をそらした。周りの人々が目に映り、誰もが老いたように感じられた。彼は心ひそかに驚き訝った。まさか、いまの一分は一時間、一ヶ月、一年に相当するというのか？　そしてこの車両内の乗客は、気高き時間が食して後に消化して出たゴミで、得体の知れぬ神秘の火葬場に送り込まれようとしているのだろうか？

「何見てるの！　お腹が空いたわ！　ねえ、何か食べるものを探してよ！」女性が荒々しく周行の腕をつねった。

この世で一番愚かなのは、女ではないだろうか？　周行は怖くなって彼女から離れようとしたが、そもそも不可能であることに気付いた。乗車したばかりの時と同様に、避ける場所はなかった。これはもともと車両という存在が表わしている現実なのだ。周行はあがくのを止め、自分は列車の一つのネジなのだと思うことに努めた。

「全く恐ろしいな。俺たちはもうすぐ死んじまうだろう」頭のはげあがった老人が言った。彼は乗車した時は黒々とした髪の中年だった。

「誰か助けて」女性が叫んだ。「子どもが、私の子どもが生まれるの！」

この時、片隅から赤子の泣く声が聞こえてきた。周行の目の前の女性は急に目を見開き、周行にからむのを止めて、声のする方を探し始めた。両目の中に再び温かみと優しさ、善良さや希望がよみがえった。

周行はブルっと震え、未来に奇跡が起きる可能性を予感した。

誰かが提案した。「早くその子を殺して食べちまおう！」

ほかの誰かが言った。「一番の問題は人が多すぎることだ。いくらか殺してしまえば、みんなもっと過ごしやすくなるはずだ」

警官が怒鳴った。「誰だ、そんなことを言うやつは？　死にたいのか？」そう言うとピストルを抜き出した。

十一　更なる変化

小寂(シアオジー)はさらにほかの車両にやってきて、中の人の数が少ないことに気付いた。床には砕けた骨が散らばり、血糊がついていた。何人かの婆さんが座席に腰掛け、胸をはだけて嬉しそうに新生児に乳をやっている。何人かの爺さんが懸命に窓ガラスを割ろうとしているが、なかなか割れない。

「どうやら、ついに外界と連絡を取ろうと考える者が現れたみたいだな！」小寂(シアオジー)は嬉しくなった。

彼は進むのを止めて、彼らに向かって大声で話しかけ、さらに外側からガラスを割るのを手伝った。しかしガラスは鋼鉄のように硬くなっていた。

檻から逃げ出そうとしていた者は絶望の表情を浮かべた。ある者がペンでガラスに字を書いて小寂(シアオジー)に見せた。漢字のようだが、小寂(シアオジー)にはわからなかった。他の老人があわててやってきて字を書いていた者をどかせると、自分が書き始めた。だが、書かれた文字は同様に奇妙な文字だった。

それらは西夏文字に似ていた。小寂(シアオジー)は思った。この中の人々は新しい文字体系を造ったのだろう。しかし、どうしてこんなに速く？

小寂はこれまで感じたことのない恐怖を覚えた。もう遅すぎるのだ。彼らはもう自分を救うことはできない。それに、外界の努力ももはや彼らに影響を与えることはできない。

列車に何らかの変化が起きていることに、疑いの余地はなかった。あるいは、列車の変化ではなく、車両内の人類社会が変化しており、それは物質世界と環境全体の変化かもしれない。

小寂はやむなくこの救いようのない人々から離れ、続けて前進した。そして彼は、列車の屋根にいつの間にか一尺もの厚さの白い霧がただよっているのを目にした。それは亡霊のような感じがした。白い霧の中に、蜘蛛のような小さなものが動いていた。

その白い霧が発する淡い光によって、彼は初めて前方を目にしたが、列車の先頭は見えなかった。もともと考えていた長さなんて、あてにならない！

十二　技術がもたらした希望

食べられるものは食べ尽くした。人を食べるのをかろうじて我慢しているのは、おそらくこの車両に警官がいるからだ。しかし警官も人々が急速に老いることを止めることはできない。時間のリズムはますます加速し、さらに多くの子供がオギャーオギャーと生まれ落ち、車両内はますます混んできた。人々は焦り、次々に議論が巻き起こった。

「ロッククライマーのやつ、どうしてまだ列車を止められないんだ？」

「とっくに死んじまったんじゃないか？」

「もしかしたら、運転手に殺されたのかも」

「まさか、餓死だってありえるよ」

「そんな寒い話はよしてくれ。車両内にいたって、自力で助かる方法を考え出さなくては」

この最後の言葉で、皆はまるでかつての時代に戻ったような気がした。あれはずいぶん遠い過去の時代だ。乗客たちは急に静かになり、黙々と物思いにふけった。

ある老人は異変が起きてからずっと片隅に隠れて泣いていたが、この時、その言葉を聞いて、珍しく瞳を輝かせ、ふと口を開いた。

「一つ方法があります。試せるかもしれません」

「どんな方法だ？　なんで早く言わないんだよ」

その老人は言った。「私は科学院に勤めているんですが、研究所は最近、マイクロエネルギー変換器の開発に成功しました。あるエネルギーを他のエネルギーに変換できるんです。例えば、潮汐エネルギーを人体が直接吸収できるエネルギーに変換するとか。これはもともと未来の食料問題を解決するためのものでしたが、研究が成功しても、社会では誰も関心を示しませんでした。馬鹿らしい、無用だということで。私は今日ちょうど一台持っています。投資資金を獲得するために関係部門に持っていくつもりだったんです。ところがどうしたことか、自分でもこの機械を信じられなくなっていました。しかし、ちょうどいま使ってみる時ではないかと」

老人は話しながら、アイロンのような金属の機器を取り出した。車両内は急に騒がしくなり、近くにいた者はみな首をのばしてそのハイテクがもたらす一筋の希望を見ようとした。

「しかし、どう使うんだ？」

「それはこういうことです。この列車は止まれなくなったのですよね。それなら私たちは、車輪がグルグル回って前進する運動エネルギーを人体に必要な熱エネルギーに変換する方法を考えなくては！」老人はまるで長い夢から目覚めたように、朗らかな声で説明した。

熱エネルギーが本当に生産されたわけでもないのに、車両内に活気が戻り、皆が口々に言った。「それはよかった。この車両はラッキーだ。これで生きていけるし、子どもも生きていける」

「無駄話はこれくらいにして取り掛かるとしましょう。まだこれから連結装置を設計する必要があります」老人は言った。

「急いでくれ」傍らから警官が言った。

しかし周行（ジョウ・シン）は心の中でこう考えた。生き続ければ人もますます増える、それも問題じゃないだろうか、それにこの電車だって駅に着けない、となると、何のために生きるのだろう？　この車両で生まれた赤ん坊は、この世界をどう見るのだろうか？

彼は目の前の女性がすでにクシャクシャの紙の塊のように老け込んでしまったのを目にした。彼女はどうやらもう待てないようだ。彼女は全身潤いを失い、涙も出ないようだ。老婆は周行（ジョウ・シン）の両手を必死に握りしめ、臭気を発する頭を周行（ジョウ・シン）の胸に寄せ、歯のない口で何かつぶやいたが、周行（ジョウ・シン）にはひと言も聞き取れなかった。

しかし、ふと彼女の思いを察した。それは死に際の女性が当然もつ思いで、涸れ行く源泉の中からもがき飛び出す泡のように、過ぎ去った青春への絶望的な追憶が最後にもう一度点火したのだ。

周行（ジョウ・シン）は即座に自分の最後の日に思い至った。明らかに、妻や子に会えない悲しみとは異なり、本当の意味で全てが無に帰する絶望感があった。彼は喉から何かがこみ上げ、声をあげて泣き出した。

この時、誰かが叫んだ。「成功したぞ！　連結できた！」周行（ジョウ・シン）の頭にザーッという音とともに煩雑で乱れた信号が一気に流れ込み、大脳皮質が解凍される巨大な氷雪のように溶けだした。彼ははっと気づいた。自分は周りの人と思考を交流させることができるようになったのだ。話すのはエネルギーを消耗しすぎるが、読心術は簡便で省エネになる。どうしたわけか知らないが、人類の退化の本能がひとりでに復活したのだった。

十三　新たな生態

小寂（シアオジー）はさらに前進した。彼は自分が車両の屋根に乗っていなかったのは幸いだと思った。なぜなら屋根には、どこからやって来たのか、蜘蛛の大群が這い回っていたからだ。

それは奇妙な蜘蛛で、頭は車のタイヤほども大きく、長い足がしょっちゅう車体の側面から垂れ下がってきて、小寂（シアオジー）の手にふれそうになった。小寂（シアオジー）はあわててそれを避けた。

蜘蛛は人類と異なる生物だった。整然と並んで小寂（シアオジー）とは逆方向に、最後尾に向かって進行し、ガチャガチャと機械の音がした。小寂（シアオジー）はそれらがどこかの車両から這い出してきたのだと感じた。きっと力を合わせて車両の屋根をかじり破ったのだ。だがどうして人類とは逆の方向を選んだのだろう？　事ここに至り、今となってはその奥義を探求する術はなく、残された選択肢は博打を打つような行動しかない。

蜘蛛が通り過ぎると、トンネルはいくらか暖かくなったようだった。小寂（シアオジー）は気持ちを奮い立たせて次の車両にたどり着き、そこで驚きの光景を目にした。

なんと、中の数百人の乗客は同心円状に並び、くっつき合って同じ方向に向かって立ち、誰もが両手をのばして前の人のこめかみを抑えている。みな同じ格好をして、固くつながって一体化している。その群衆のさまはまるで樹齢千年の大樹の根系のようだ。

それは小寂（シアオジー）が経験した長旅で見たことのない光景だった。彼はしばらく見入って、ようやく彼らに合図することを思い出した。ところが彼らは微動だにせず、植物人間のようで、一部の者が眼（まなこ）を動かした以外は、まったく無表情だった。

車両の電灯のついていた辺りがこじ開けられてぽっかり穴が開き、その中から電線が引っぱり出されていた。その近くにいる男が穴の方へ片手を伸ばしており、五本の指と電線がつながっている。電線は指の延長とも、あるいは、指は電線の続きとも言えた。傍（はた）から見た限り区別がつかなかった。その男はすでに死んでいたが、電流が彼を通じて周りの人々へ行き届いていた。

車両内の全員がすでに列車としっかり連結して一体化しており、車体という大きな砦（とりで）の中で、物質世界の微量の養分を吸収していると言えた。

小寂(シアオジー)は思った。この中の人たちは電気によって新しい生態系を形成したのだ。これはもともとこの列車のルールに反しているが、一万歩ゆずってルール違反でないとしても、網の目をくぐったのだ。彼らがどうやってこれを成し遂げたのかわからないが、危機の瀬戸際における人間の潜在能力は目を見張るような恐るべきものだと感じた。

しかし、もしも電気が突然途絶えたらどうなるのだろう?

十四　各世界の状況

気温は上昇し続け、元に戻りつつある。小寂(シアオジー)はまた何両か通り過ぎた。ある車両では乗客はみな死んでしまっていた。ある車両では動き回っている人がいて、生気に満ちあふれ、秩序があった。彼らは車内で食べられるものは、座席や紙、広告塗料も含め全て食べ尽くしていた。ある者は死人の骨で奇妙な形の小屋を築き、その中に住んでいた。彼らの身体の構造も変化していて、総じて言えば、小型化の発展が見られた。ある者は両生類のようで、またある者は魚類のような感じがした。さらにほかの車両では新しい社会組織構造が誕生していて、首領を選出し、朝廷のようなものを築いていた。またある車両では、センターラインを境界にして二手に分かれ、争っているようだった。

小寂(シアオジー)は状況を見て車両内の人々に呼びかけ合図を送ったが、もう応える者はいなかった。事態に新たな変化が生じたことが、はっきりと感じられた。この時、彼は車両内の人を見ることができたが、車両内の人には彼が見えなかった。

小寂(シアオジー)は唯一乗客の状況をはっきりと見ることできる者として孤独を感じた。それは深刻でとてつもなく大きな孤独だった。かつて経験したような、例えば一人で部屋にいたり、職場で同僚から冷たくされたり、失恋したりといったことは、いまこの時に比べると何ということもなかったのだ。

小寂(シアオジー)は自分が身を任せている硬い車体に極度の嫌悪感を覚えた。これ以上前進する気力はほとんど無くなり、いっそのこと手を緩めて落ちてしまいたい、この世界と徹底的に一線を画し、一切合切終わりにしてしまいと思った。

だが、いよいよという瞬間、彼は歯を食いしばった。

なぜなら、寝ずのロッククライミングの末、ついに先頭車両にたどり着いたからだ。小寂(シアオジー)は目の前の光景にギョッとした。

十五　出発地点に戻る

どれくらい経ったかわからないが、小寂(シアオジー)は耐えがたい疲労を感じながら出発地点に戻ったのだった。彼はこの時、思い知った。どんなに遠くへ行っても最後には戻って来るのだ。

彼は車両の中を見た。乗客たちはみな裸になって、人間のようではなくなり、奇妙な生物になっていた。裸の猿のようで、桃色の薄い皮膚をして、ガリガリに痩せて弱々しく、みな四つ這いになっていた。

見た瞬間、異星人が侵入してきたのではないかとひやっとした——かつてはそれが唯一の救いの可能性だと思っていた。だがすぐに、見覚えのある数人の顔の見分けがついた。その中に警官もいたので、彼らがあの乗客たちであることがわかった。彼らは意外にも粘り強く生き続けていたのだ。車両の外に出た小寂（シアオジー）には、それが容易でないことが理解できた。

警官であることはどことなく見分けられた。なぜなら彼はまだ、汚れてボロボロの警官帽をかぶっていたからだ。髭や髪に白髪が混じり、歳をとって動きが緩慢だった。座席にあぐらをかき、周りには「裸の猿」どもがいて、うやうやしく彼を世話している。

小寂（シアオジー）はその驚きの光景を目の当たりにして、思わず自分の存在に疑問を抱き、うつむいて自分の身体に目をやった。人類の正常な形態を維持しているのを確認してほっとしたものの、これでは自分の方が少数の異種になってしまう。彼は思わず心細くなった。もしも遺産を争うことになれば、自分が正統だと言い通せるだろうか?

小寂（シアオジー）は意を決して窓の割れ目から中に入った。と、足元で叫び声がした。うつむいて見ると、「裸の猿」よりさらに小さな生物が這っていて、やはり人間のような形をしていた。しかし背丈は昆虫ほどしかない。さらに、「裸の猿」より小さいが「昆虫」よりは大きなものもいた。彼は直感した。こいつらも人類の子孫だ。

彼の感覚では、体型が小さめの人類の出現によって車両の空間は相対的に広くなり、エネルギーの消耗もそれに伴って減少しているようだった。乗客たちは小寂（シアオジー）には説明できないような方法によって自分たちの問題を解決していた。人類の子孫は小寂（シアオジー）が入って来たのを見ると、驚いた様子でヒソヒソ話し合ったが、小寂（シアオジー）には全く聞き取れなかった。

彼は驚きと困惑に包まれながら警官に近づいた。警官は図体だけデカい存在だった。

小寂（シアオジー）は身振り手振りで、興奮しながら警官に話しかけた。「俺は先頭車両に行ったんです。そしたら列車は星がいっぱいのカーブしたトンネルを前進していました。俺らの前方で、無数の新しい銀河が生まれていて、花蕊（かずい）のような、とっても長い光芒が広がっていて、とっても綺麗でした！　俺たちはそこへ向かって疾走しているんですよ！」

警官は呆（ほう）けた様子で、目やにのこびりついた両目を小寂（シアオジー）に向けると、忌々しそうに長々と言葉を吐いた。ところが小寂（シアオジー）にはひと言も聞き取れなかった。この時、小寂（シアオジー）は見た。人面のアリのような生き物が警官の耳や鼻、目の縁から這い出してきたのだ。それらは小さな肉の粒を外へ運んでいた。血の糸が警官の耳や鼻から出ているが、老人は全く気付いていないようだ。

突然、小寂（シアオジー）は自分の肝臓や肺葉に激痛を覚えた。皮膚の下や血管の中を何かが歩き回っているようだ。

彼は恐ろしくなって踵を返し、足を引きずるようにして窓際に向かって進んだが、まだ着かないうちに転んで倒れてしまった。周りで這い回っていた生物がたちまち飛びかかってきて、あっという間にロッククライマーの頭や胴体はうごめく何かにびっしりと覆われた。

十六　新たな起点

プラットホームがついに現れた。何光年も疾走した列車はピタリと止まった。

そこはとても明るく賑やかなプラットホームだった。電車を待っていた億万の生物の形態は様々で、電車のドアが開くと、我先にと乗り込んだ。一方、車上で生き残った人類の子孫も次々に下車した。

彼らはアリの形態や、虫の形態、魚、樹木の形態をしていて、がやがや騒ぎながらそれぞれの乗り換え口に向かってどっと流れて行った。無数のプラットホームで、何本もの列車が支度を整えて出発を待っている。異世界へのスタートを切るために。

人骨笛

吴霜（ウー・シュアン）
大恵和実 訳

白骨露於野、千里無鶏鳴（白骨野に露れ、千里鶏鳴無し）

——曹操「蒿里行」（訳注1）

連日降り注ぐ雨が、中原の大地を濡らし、太陽と月は一筋の光さえ見せない。

昨夜、暴雨が地面を洗い流し、累々たる白骨を露出させた。

提蘭は極力目をそらし、スカートをつまみあげて、一歩一歩河辺に向かっている。

学友たちには理解できなかった。時間旅行の選択肢はこんなにも多いのに、どうして提蘭はいつも五胡十六国時代（訳注2）——中国史上最も混乱して凄惨だった時代——に行くのだろうか。

しかし、時間旅行の実験期間中は、発案者である量子物理学者の張教授を除き、志願者同士がその体験を話し合うことは堅く禁じられていたので、学友たちはただ推測するほかなかった。

夜風が河水の匂いを運んできた。月も星も無い空漠の中、提蘭は幽かな水音に足を止めた。

暗闇の果てに浮かぶ一灯の漁火が、ぼんやりと小船を映し出している。冷風が吹き、滔々たる水面に映った灯光が、星くずのように散らばっていく。

漁火の分身は、提蘭に平行宇宙を思い起こさせた。

幼い時から提蘭は、夢の中で何度も現実感の強い奇妙な場景を体験してきた。まるで異世界を往還しているかのように。目覚めると、いつも夢の中の衣食住などを詳細に検討し、かつて暮らしたことのある場所を見つけ出した。西夏の西平府（訳注3）、清代の揚州（訳注4）、さらには江戸時代の京都も。

人は死後、どこに行くのでしょうか？　かつて彼女は、タイムマシンの発明者——指導教官である張教授——に尋ねたことがある。

張教授は、霊魂は平行宇宙の間を往来しているのだろう、と答えた。

大学教授になって、張教授はタイムマシンを発明した。最初の実験グループは、学生から志願者を募った。提蘭もその中の一人だ。

応募した理由、それは、あの夢の世界がかつて本当に存在したのではないか、あの夢は折り重なった自分の前世の記憶なのではないか、と提蘭がうっすら思っていたからだ。

そして彼女は最初の実験者の資格を勝ち取った。

三ヶ月前、提蘭は十八歳の誕生日を迎えた。その日から彼女の夢は二つだけになってしまった。一つは五胡十六国時代のとある荒野、そしてもう一つが一艘の巨大な光り輝く宇宙船上の羽人——翼を持つ異人——である。彼らは慌てふためきながら両翼で顔の血痕をぬぐっている。まるで惨禍から逃れたばかりかのように。宇宙船を操縦する一人の若い羽人の男。のろのろと絶望的な様子で星海中をぐるりと航行している。

どうやら提蘭は羽人の中の一人のようだ。その世界で、彼女は宇宙船を動かすあの羽人を愛慕しているらしい——夢の中で、彼女は彼から目を離せないでいる。

彼の名は「春陽」とでもいうべきだろう——羽人たちは彼を族長と呼んでいる。

夢の終わりはいつも同じ。身体を傾けて近づく春陽、そのやせ細った顔の中で、眼光だけが研ぎ澄まされた刀のように鋭く光っている。彼の背中は、左の翼が血でべったりと汚れ、右の翼は根元から切断され、ぎざぎざした骨の断面が残されているのみだ。

五胡だ……、探し出すんだ。彼は囁くように言った。

何を探し出すの？

しかし、毎回、提蘭が口を開く前に、夢の世界は消え去ってしまう。

しばらくの間、資料を調べていた提蘭は、あの宇宙船が『拾遺記』（訳注5）に出てくる「貫月槎」（原注／訳注6）によく似ていると思った。

これまでの実験で、漁火は毎回必ず現れた。提蘭はうすうす分かっていた。あれこそが自分が探し出すべきものだと。

これが最後の実験だ。張教授は間もなく時間旅行の通路を閉ざしてしまう。次に使えるのがいつになるかわからない。

漁火と小船は依然として移動する気配がない。

提蘭は遂に決心して、水中に入っていった。

水は冷たかったが、耐えられないほどではない。それよりも怖いのは、虚無だ。

星も月もない暗闇の中、提蘭は白骨の積み重なった河岸から少しずつ離れていった。

茫漠とした虚空のなか、漁火が段々と近づいてくる。

提蘭がゆらゆら揺れる木船によじ登ると、ギーッという響きが河水に沿って遠くまで伝わっていった。

あの「漁火」は、細長い笛、緑の光を玲瓏と放つ一本の笛だった。

手が笛に触れた瞬間、提蘭にはわかった。

冷たくきめ細やかな質感は、金属でも玉石でも無い。骨笛だ。春陽（チュンヤン）の折られた右の翼から作られた骨笛だ。提蘭（ティーラン）は無意識に骨笛を唇に近づけた。吹き鳴らしたくなったのだ。すると周囲の時空に、さざ波のようなざわめきがあらわれた。

前触れもなく、実験は突然終わってしまった。

張（ジャン）教授は言った。実験が異常な形で終わったのは、提蘭（ティーラン）が時空上の重要な「変曲点」に接触し、歴史の流れに大きな擾乱をもたらした可能性があることを意味する、と。

その後、張（ジャン）教授は彼女にある資料を見せた。

西海の崑崙山の側、羽族の異星より来たる有り、双翼を生やし、仙語に通じ、千年世に隠れて居る。族長の右翼を以て骨笛を為り、大悲力の烈火を召し、金を焚き石を裂くべし。時に五胡の華を乱すに逢い、外寇入り、烽火城を連ね、羽族大敗す。族長自ら右翼を折りて骨笛を為り、烈焔を燃やすこと百丈、敵寇に抵り、残余の羽族を率いて、貫月槎に乗りて逃離し、下落は不明なり。

「これは伝説でしょうか?」しばらく黙っていた提蘭（ティーラン）は、張（ジャン）教授に尋ねた。

「もしかしたら別の平行時空から伝わってきた歴史的事実なのかもしれない。結局のところタイムマシンの原理は、絶えず枝分かれする旅行過程で、新しい宇宙を誕生させることなのだから。」張（ジャン）教授は狡猾そうな笑みを浮かべた。

提蘭（ティーラン）はこの文章を注視したまま口を開かなかった。

二つの点で張（ジャン）教授は間違っている。

春陽（チュンヤン）は**自ら**右翼を折ったわけではない。翼は心につながっていて、羽人は自身の翼を折ることはできないのだ。

提蘭が人骨笛に触れた瞬間、不可思議な時の裂け目が開いたかのように、次から次へと記憶があふれでてきた。

羽族のあの世界で提蘭は春陽の祭司だった。春陽の翼は彼に強制されて提蘭が切断したのである。異民族は水源に毒を入れ、麻痺している羽族を網で捕えようとした。たおやかで尊大な羽族の人々は、肉体を踏みにじられ、塵土に化すところだった。

春陽の羽を切断した瞬間、彼を愛慕する提蘭は、心臓が張り裂けそうになった。

笛の音が鳴り響く。春陽が貫月槎を召喚したのだ。千年以上前に彼らを地球に運んだ貫月槎は、隕石と同じようにずっと地球の周りを流浪していたのだ。

提蘭はあのような烈火をみたことがなかった。

貫月槎の百丈に及ぶ噴射炎が数十里の地表を真っ赤に焼き尽し、そのあとには黒焦げになった異民族の骨が散乱していた。

炎の光が血を失った春陽の顔を照らし出す。透明な光を放つさまは、まるで翼の折れた鬼神のようだった。

もう一つの間違いについて、張教授は気にも留めていなかった。

実験が強制的に中断されたのは、二つの原因が重なったからなのである。張教授は、提蘭の実験が歴史の流れを左右する重要な変曲点に接触したためだと思っている。しかし、実は提蘭がこの時代に属さない物を持ち帰ったためでもあるのだ。

陽春三月、もうすぐ卒業。提蘭(ティーラン)は鞄を背負い、張(ジャン)教授の実験室に急いで向かっている。鞄の中には、細長い物がひっそりと入っている。彼女は春陽(チュンヤン)に手渡したいのだ。彼女はもう長いこと夢を見ていない。

【原注】

貫月槎は、東晋の王嘉『拾遺記』に「堯登位三十年、有巨査浮於西海、査上有光、夜明晝滅。海人望其光、乍大乍小、若星月之出入矣。查常浮繞四海、十二年一周天、周而復始、名曰貫月査、亦謂挂星査。羽人棲息其上。羣仙含露以漱、日月之光則如暝矣。虞夏之季、不復記其出没。遊海之人、猶傳其神偉也。」とある。

【訳注】

1　曹操「蒿里行」：曹操（一五五～二二〇）は後漢末の政治家（最高位は魏王・丞相）で、三国魏の事実上の創業者。諡号は武皇帝。「蒿里行」は曹操が後漢末の群雄割拠の混乱を歌った詞。『宋書』巻二一楽志三に収録されている。曹操については、石井仁『魏の武帝 曹操』（新人物往来社文庫、二〇一〇年）が詳しい。

2　五胡十六国時代：五胡（匈奴・羯・鮮卑・氐・羌など）が華北を支配し、十六国以上の短期政権が乱立した時代。劉淵・李雄が自立した三〇四年から北魏の太武帝が後仇池を滅ぼした四四二年の間をさす。五胡十六国については、三崎良章『五胡十六国―中国史上の民族大移動［新装版］』（東方書店、二〇一二年）が詳しい。

3　西夏の西平府：西夏（一〇三八～一二二七）は、タングート人が中国西北部に建国した王朝。疑似漢字である西夏文字を使用した。一〇〇二年にタングート人の首長である李継遷が北宋領の霊州を占領して西平府と改称して一〇二〇年まで拠点を置いた。李元昊の西夏建国後、西京となった。現在の寧夏回族自治区霊武市西南。西夏については、西田龍雄『西夏文字の話―シルクロードの謎』(大修館書店、一九八九年)参照。

4　清代の揚州:清(一六三六~一九一二)は満洲人が建国した中国最後の王朝。揚州は現在の江蘇省揚州市。清代の揚州は経済的に繁栄し、文化・学術面でも人材を輩出した。

5　『拾遺記』:撰者は四世紀後半の隠者の王嘉。『王子年拾遺記』ともいう。全十巻。三皇五帝から晋代までの神異怪奇の伝説を記した書物。

6　「貫月槎」:『拾遺記』巻一唐堯に登場する飛行物体。伝説上の君主である堯の時代に、空に現れた巨大ないかだ。発光しながら十二年かけて星空を周遊し、羽人が居住していたとされる。中国における想像上の飛行物体・現象については、武田雅哉『中国飛翔文学誌:空を飛びたかった綺態な人たちにまつわる十五の夜噺』(人文書院、二〇一七年)が詳しい。

餓塔

潘海天（パン・ハイティエン）
梁淑珉 訳

夕暮れ時、彼らはその塔を目にした。

純白の塔はとても高くて、鋭くて細い。周囲の山々の暗い影よりも高くそびえ立っていた。西に沈む三つの太陽の残光に照らされ、周囲を青黒い山々にかこまれ、塔は一筋の細長い光線のようであった。

彼らは光線を仰ぎ見た。まるで沈黙している希望を仰ぎみるかのように。誰一人として全員が絶体絶命の危機に陥るとは考えていなかった。ここにたどり着くために、彼らは不眠不休で二週間歩いてきたのだ。彼らは砂漠一つを歩き抜いて、途中脱落者や体力不足で死んでいった者たちを見捨て、太陽の光を浴びすぎて精神錯乱を起こした者を捨てた。獰猛なジンは彼らの中で最も太っていて最も美味しそうな一員をさらっていき、残りの者はみな極度の疲労状態で、深刻な栄養失調にかかっており、もはや歩く屍であった。

二週間前、彼らの乗ったスペースシャトルは砂漠に墜落し、半分の人が即死した。パイロットは幸運にもその場で命を落とし、誰なのかも見分けがつかないぐらいぐちゃぐちゃの肉の塊となった。さもなければ直後に訪れる絶望の日々の中、怒り狂った生存者たちから言葉にできないほどの酷い刑に処せられていたことだろう。

血と肉にまみれた機械の残骸から這いだした後に、二万フィートの高空から大きな振り子のように地面に直下する恐怖とパニック状態から我に返った後に、死者に対する追悼と神様の自分に対する慈愛への感謝をかみしめた後に、すべての人は同時に顔をあげ周囲の茫々たる砂漠を見渡した。数多くの大小さまざまな石ころが、視界が及ばないほどの遠方まで並び、三つの灼熱の太陽に照りつけられ、まるで白骨のように砂漠の上で反射して銀色の細かい光を放っていた。

生存者たちは黙って何も話さない。神は彼らのうち半分を天国に直行させたが、残りの者をそれで見逃してやるというつもりはないようである。

乗務員のほとんどが墜落で死んだので、乗客たちは立ち上がって自らの命を救うしかない。一人の特殊部隊出身の大尉が当然のようにリーダーになった。彼はスペースシャトルの残骸を調べてみんなに告げた。発信機が完全に壊れて、救助を要請することもできなければ、彼らのいる正確な位置を伝えることもできない。このままでは、救援は早くとも三か月以上先になる。この痩せて荒れ果てて、且つとてつもなく巨大な星を捜索するのに必要な時間のことはまして言うまでもない。

「みなさんには役立つものなら何でも探しだして、それらを差し出していただきたいです。困難な状況のもと、我々は心を一つに団結しなければ、命は救われません」と大尉は言った。彼はきりっとしたグレーの瞳に、筋肉の発達した首とがっしりした胸板の持ち主で、彼のこのようなたくましい様子は見る人に信頼感を与えるものがあった。

「神さまを信じれば、神さまは我々を見捨てることはないでしょう」宇宙カルヴァン文教派の神父がそう言った。今は彼だけが神とつながる唯一の細い糸である。「我々が強く信じれば、きっと救われます」

生存者たちはスペースシャトルの隅々まで熱心に調べ始めた。損壊が最もひどく一人の乗客も逃げ出せなかった機体前方でさえ手を抜かなかった。そこは今やまるで潰されたイチゴアイスクリームでいっぱいの攪拌機のようであった。捜索を任されていた乗客たちは絶えず悪夢を見て、夢の中で嘔吐した。

水の問題はない。ごろごろと音を立てる変形したパイプから冷却水が外に漏れていて、少し機械油の臭いはするけれど有毒ではない。彼らは多くの食品を見つけた。どれも旅行者たちがそれぞれの星からもってきた特産品であった。しかしこのような食品がどれだけ種類に富んでいてどれだけ味が素晴らしくても六十人が三か月間生活するには足りない。しかもこの生存者グループには多くの肥満体型の人がいて、彼らはきっと食欲旺盛な食いしん坊に違いない。

墜落で死んだある巡礼者の旅行バッグの中から、一枚の古い地図がみつかった。大尉と生き残ったスペースシャトルのボイラー技士、休暇中の化学の教授に、神父を加えた四人がコンパスと計算尺を使って半日かけて検討した後、皆を連れて臨時避難所に向かうことを宣言した。それはかの有名な苦行者冥修教派の修道院で、地図上唯一人の気配のある場所である。

十四日間の辛い行軍の末、やっと修道院の塔が見えたのである。塔は遠く空の果てにあり、夕日によって金色のメッキが施されたように光を放っていた。

夕日の光がさす中、人々は狂ったように走り出した。舞い上がった砂埃は彼らの痩せ細った脛（すね）に絡みつき、ねっとりした呼吸が乾いた肺から漏れて、誰もしゃべらない。彼らは体をまっすぐに伸ばし、頭をうずめ、不要なリュックを投げ出し、空っぽの水筒を捨て、重くて糸がほつれたぼろ靴を脱ぎすて、裸足になって焼けそうなほど熱い砂利の上を飛ぶように走った。

彼らは、凶暴なジンが彼らの隊伍のすぐ後ろを追ってきているのを知っていた。太陽が沈むと、奴は必ず姿を現し、この襤褸を身にまとった、意気消沈した旅行者たちの中から一人犠牲者を選んだ。二週間で十四名の命が失われ、その猛獣に対してずっと為すすべがないのである。

ジンが次に誰を選ぶかは予測できないが、明らかな原理から、最後尾になると選ばれる確率がはるかに高くなると人々は考えていた。あと一歩で救助されるというのに、不運な人になりたいと思う人がどこにいよう。彼らは遅れまいと先を争って逃げまわり、沈黙したまま狂ったように頭をうずめて走る姿勢はグループの一人一人に広まった。若い神父でさえ例外ではなく、彼は心の底からの屈辱感を抱きながら走っていた。走りながらダーウィンの例の残酷な生存法則のことを思い出していた。それが世に出てから、宗教と人間の尊厳は、莫大な屈辱感を絶えず味わってきた。今はただ走れ、走れ。最後尾にさえならなければ生き残る希望はあるのだから。

出発したばかりの頃は、彼らの組織はうまくいっていた。道を探す者、女性と子供、病気もちの人の面倒をみる者、毎晩パトロールをする者、それぞれに責任者がいた。たとえ苦境に陥っていても、みんな変わらずに礼儀正しく振る舞い、互いに譲り合い、この過酷な行軍ですら、まるで都会のバックパッカーたちが休暇に行うただ一度きりの冒険に思えた。だがジンの出現とともに、一瞬のうちに、もろい文明の絆は切れてしまい、秩序は崩壊し、生きたいという本能が一人一人の身に蘇ってきた。その夜、野営地で、若い神父は目にしていた。大騒動の中、がっちりした体格のボイラー技士がいくつかのテントを取り壊し、そのはずみで、ひとりの太った女性が転んで地面にひっくり返った。化学の教授はたきぎの火に飛びこみ、自分の全身に火がつきそうになった。大尉は遠くから猛獣に向かって銃を数発放ち、その後姿が見えなくなった。人々はみなどこかに隠れていて、一度の休暇の行軍は大混乱の敗走劇へと変わった。

ジンは実に恐ろしい猛獣で、事実上、大星雲区全体において稀に見る狂暴な人食いである。奴の速さは魔物のようで、曲がった鋭い爪はきらきらと光る短刀のよう、ウルミ（インドの柔軟な長剣）のような尻尾は、毒蛇の舌のように先端が三つに分かれている。その見た目よりもっと恐怖なのは、人間に対する骨髄に徹する恨みである。ひとたび攻撃が始まると、体当たりして徹底的に咬みちぎり、哀れんだり途中でやめたりする可能性は微塵もない。

苦しみの中での唯一の救いがあるとすれば、ジンは自分にとって誰が最適な食糧なのか分かっていることである。奴は避難者の中でもっとも太っている人間を奪い去るが、その人たちと言えばより多くの食べ物を消費し、同時に歩くのも遅いのである。現在残っているのはすべて若い男女である。体が丈夫で意志が強く、誰かが急がせる必要もない。そのため、行軍のスピードはずっと速くなった。

大尉は隊伍の真ん中を走っていた。手には自分のレーザー銃を強く握り、首筋をまっすぐにして、ゆっくりと息を吐き、走るスピードは早くも遅くもない。人々から離れるのは危険なのだ。彼は人々の乱れた足音に別の足音が混じっていることに一番に気付いた。それは厚みのある肉塊が砂の上に落ちる音である。彼は獣特有の興奮で高ぶった熱気を感じた。振り返ると、月明かりの下に息を殺して彼らをつけている。つややかな毛をした獣の影が見えた。平べったい大きな顔を覆った巻き毛は、風を受けてわずかに揺れていた。奴は長くて吊り上っているせいでいっそう凶暴に見える大きな目を細めて、音を立てずに集団を一人ずつ品定めしていた。また来たのだ。いま漫然と攻撃を始めようとしている。しかし彼らはこれに対し為すすべがなく、このように優位にたたれ、さげすみや軽蔑の目で見られるのは大尉のプライドに一種のひどいダメージを与えていた。くそ、いずれお前をやっつけるぞ。大尉は悔しそうに何の役にも立たないレーザー銃を強く握りしめた。

彼らは逃げている最中に峡谷の間にある低地をみつけた。そこは谷の間を森が囲んでいて、低い小屋に囲まれた小さな広場があった。広場の中心に小さい噴水池があって、異教徒の如来像が池の中心の蓮華座であぐらをかいている。満月のような顔は慈愛深い神秘な笑みを浮かべていた。彼らは駆け込んでいった。地面に倒れこんで子供のように大声で泣いている者もいた。木のように突っ立ったまま泣くことも笑うこともできない者もいた。

光りが灯った家はなく、煙の上がっている煙突もない。あらゆる場所が静まりかえって人っ子一人いない。彼らを出迎える者はおらず、ここはもう荒れ廃れてしまっている。希望は大きなシャボン玉のように空にのぼって、やがてはじけた。いまはただただ泣くしかない。彼らは体を強く寄せ合い一夜を過ごした。

夜が明ける頃、色の異なる三つの太陽が前後して空に昇った。茶褐色の太陽が先頭で、渓谷を金色に照らした。藍色の太陽が続いて昇り、それが一番高い。最後に昇る橙色の太陽は熱さが劣る。人数を確認すると、昨晩の騒ぎで二人が減っていることに気付いた。月から来たセオニとエミリー夫妻である。神父は二人の若くてそばかすだらけの顔を思い出し、ため息をついた。

人々は流れつづけている噴水池で水を汲んでいる。長きにわたる逃避の旅で、つかの間の休息は皆の気持ちを落ち着かせてくれる。彼らは周りを調べ始めた。森は大きくないが、密集しているとも言えない。樹木はすべて現地の品種である。シダのような植物は左にきつく絡まって輪をつくり、ぐるぐると天に向かって伸びている。木のてっぺんは付け根から三つに分かれた針葉がなびき揺れている。風の中でサラサラと小声でつぶやいているようだ。ここは、見た感じは、一枚の安らかな田園風景画であるが、彼らは二、三人で固まって、深く分け入っていこうとはしない。

もうすぐお昼という頃、大尉は他の三人のリーダーを呼び寄せた。化学の教授、ボイラー技士、そして神父である。彼らを低い半地下室に連れていった。そこはおそらくレンガを積み上げて作った酒蔵で、なかには空のガラス瓶が大量に置かれている。大尉はもともと、体ががっちりしていて皮膚は日に焼けていたが、現在はたよりないガラス瓶の上にしゃがみ込んでおり、毛布を羽織って、ひげは乱れ、しわくちゃの顔はかさかさで青白く、まるで干からびてしなしなの野菜のようである。「食糧はもうなくなりました」彼はこの恐ろしい知らせをみなに打ち明けた。「少しの食べ物も残っていません。今朝修道院を調べましたが、ここが捨てられた場所であることは明白でした。わたしはすべての部屋を捜索し、隠された食糧が見つかるのを期待していましたが、ありませんでした。ないのです」

みなは黙って何も言わない。救助隊が到着するまでまだ二か月半もある。食べ物がなければ彼らは飢え死にするしかないのである。この脅威に比べれば、ジンのことは大したことなく思えるほどだ。

「我々は奴の攻撃に対処しなければなりません。できるはずです」大尉は言った。「銃はあいつに通用しません。正面から銃を放ってみましたが、わずかにぐらつかせただけで、わたしの手にあるものはおもちゃの水鉄砲みたいでしたね」彼は言いながら悔しそうに鼻をすする。「しかし奴を垣根の外側にとどめておくことはできるでしょう。わたしは四方を回ってみましたが、ここはまわりが切り立った絶壁で、出入り口はただ一つしかありません。私たちはそこにバリケードを作っておく必要があります。道具はここに何でもありますし」

「そうなんです。レーザー銃は役に立ちません」化学の教授が肩を落としていった。痩せたせいで彼の横に広がった耳はぞっとするほど大きく見えた。「旅行ガイドでたまたま読んだのですが、この星は雲母岩に含まれた長結晶の含有量が驚くほど多くて、この結晶の原子たちの共鳴により、ここは超音波が充満した珍しい星なのです。表面の生物は生まれつきある能力を持っていて、彼らは物体の振動を利用したり制御したりできます。あの大ネコのこめかみに生えた絨毛はまさに振動を感知するためのものです。レーザーも結局のところ一つの振動なのですから。あなたの攻撃はあいつを苦しめることはできるでしょうがダメージを与えるまでにはいかないのです」

「振動ですって？　要するに、銃ではあいつをやっつけられないんだと。もし奴が突進してきても取っ組み合いになって戦うしかないということですな。いいでしょう。奴と取っ組み合いになって戦ってやりましょうよ」大尉は悔しげに言った。

「ここには多くの木がある。もしかしてこいつらも食えるんじゃねぇか？」ボイラー技士が言った。彼は平たくて大きな顔の屈強な男で、犬歯が唇の外に突き出ていて、外見から感じる死んだ魚のような間抜けな印象を打ち消している。「オレは実家にいたころ木の皮を食べる人がいると聞いたことがある」

「ダメです」教授は残念そうに首を振る、まるで自分に死刑を下すかのように。「これはすべての宇宙旅行者が直面する難題です。大多数の異星植物のＤＮＡの螺旋構造は私たちの基本構造と異なります。たとえそれらが私たちに無害だったとしても、食べたところで我々が吸収可能なたんぱく質には分解されません」

「私たちの肉はここの猛獣にすごく役に立つのにですか？」大尉は嫌味っぽく言って、体の向きを神父のほうに変えて「こうしましょう、神父さま。あなたが責任をもって捜索に行ってください。ここの僧侶たちの部屋の様子を見ると、ここを少し離れただけのようです。少しの食べ物も残してないなんてありえないでしょう」彼は口をゆがめて繰り返し言った「ありえないことです。あなたたち宗教家ならではの考え方があるのかもしれないじゃないですか。あなたたちはみな神様を信じる者同士ですよね？」

「それとこれは違いますよ」神父が不服そう言った。

「もう決まったことですから」大尉が言った。

冥修教派は消滅しかけている古い宗派である。彼らの教義はすべての欲望を捨てれば直ちに成仏でき仙人になれると公言していた。この宗派を開いたのは一人の古代インド僧侶であり、聞くところによると、彼らは神秘な現象を人々に披露していたが、布教の範囲は狭く、大星雲区のいくつかの辺鄙な星に限られていたという。古い地図の記載によると、ここは冥修者たちの聖地の一つである。

食糧を探す任務をうけもった以上、神父は渓谷にそって歩き回り始めた。彼らが入ってきた隙間を除いて、谷の四方はすべて高くそびえ立つ絶壁で、上には一本一本の水の湧き出る渓谷があり、岩石の赤い堆積層をあらわにしている。谷の中央に立つと、この静まり返り冷え切った巨岩は、緞帳のように空の果てに向かってそびえ立っており、円形に近い空だけが見えて、彼らはまるで井戸の底にいるかのようだった。

神父が食糧探しをどこから始めるべきか悩んでいたころ、ボイラー技士が樹木を伐採していたグループとともに悲鳴をあげながら森から出てくるのを目にした。

彼らは初めて幻泡魚を見かけたのだ。それはまるまると太っていて、太陽の光に反射して鮮やかな色を放っている。空気のなかで尻尾をふりながら上下に泳ぎ、風を受けながら動いている様子は、まるではじけそうなシャボン玉、または空に漂う子供のカラー風船のようである。見た目は弱々しく美しくて少しも危険そうには見えない。間違いなくただの観賞用の生き物にすぎないのだが、彼らは現在はちょっとしたことでもすぐにおびえてしまう状態である。

その幻泡魚の透明な腹の皮は、空気中に目に見えない周波数で振動しており、その振動を利用して太陽のエネルギーを吸収している。休まず空気中の軽いガスや重いガスを絶えず吸収し、一定の高度を保つようにしている。巨大な瞼（まぶた）は堂々とした様子で、あたふたして我を失っている人々を見下ろしていた。そして尻尾をふりながらもっと高い天空へとのぼっていった。

道を捜索しに出かけていた大尉と何人かの屈強な男たちはセオニの死体を持ち帰った。彼は昨晩の狂奔の中、溝で足を踏み外し、首の骨を折ってしまったのである。セオニのほか、彼らは一本の干からびた轍をみつけた。くねくねしていて天国かまたはどこか遠くへ通じる道なのかわからない。跡はすり減ってほぼ見分けがつかなく、それは長い間誰も通っていないことを意味しており、どうやらこの修道院は確実に捨てられているようである。

神父は死者のためにお祈りをささげた。人々は彼を森の中に埋めた。あのシダの木がくるくると旋回していて彼らの上空を取り囲んでいる。大尉とボイラー技士はシャベルを、二本の壊れた石柱のように、赤褐色の泥でふっくらと積み上げた巨大な土饅頭のわきに立てた。

残りの昼はみなで木を伐採し、バリケードを築いた。彼らは硬くて太い幹の先端を鋭く削り、地面に深く差し込んだ。針葉を使ってトゲのついたネットを編んで、あらゆる隙間を防いだ。攻撃をうける可能性のあるすべての弱い箇所に、巨大な石を裏の面に当てて補強を行った。彼らは飢えに耐えながら、辛い作業を続け、ついにこの壮絶な工程を終えた。これは彼らにいくらか名ばかりの安心感を与えた。

ちょうど同じ頃に、神父は無類の忍耐心ですべての渓谷を探し回ったが、わずかなカビの生えたパンを見つけただけだった。その他には少しの干しぶどうがあった。酒蔵の裏側で、干からびたぶどうのつるを見つけたが、ここの住人たちはおそらく自分たちでお酒を造っていたのだろう。文字の書かれた紙切れなどは見つからず、書籍や記録もまったくなかった。かつて読んだことのある冥修者に関する本の内容をできるだけ思い出したが、記憶しているのは、かの人らは労働と冥想を好んでいたことだけ。彼らが何を食べていたのかについて言及した書籍はなかった。

飢えは神父の胃腸を蝕み始め、目はかすんできた。再び塔の下に辿り着いた時、彼は焦りと不安で心がいっぱいになる感覚を思い出していた。あの人たちは何を食べていたのだろう。

塔は唯一まだ捜索してない場所である。もちろん、塔はとても高く、およそ百メートルあり、六百段もの階段がある。今の体調でそれに上ることは実に厳しいことである。

それでも彼は上り始めた。階段は塔の内側にあり、左回りで一周また一周、長い石階段は一段また一段、延々に続く。塔はあたかも上に伸び続けているかのようだった。まるでそのシダ科の植物が、太陽のもとでひっそりと成長して高空に向かってぐんぐん伸びているように。神父は何度か座り込んで休憩をとるよりなかった。休憩の際に、塔の壁いっぱいに描かれた白い壁画を見ることができた。上部に刻まれているのは怖ろしい光景であり、おそらく異教の地獄絵であろう。ほかには宝剣や楽器とネズミをもった鎧武者、乱れ髪の仙女、果実がたくさん実った木、睡蓮と美しい雌鹿の絵があった。そしてこれらの絵の下にはすべて、ぐっすり眠っている人の姿がある。ひょっとしたらこの煩雑な世界も、仏陀の夢の中にのみ存在するのかもしれない。古代インド人の目には、世界そのものがまさに夢でできていたのではなかったか。

長い時間をかけてやっと塔の頂上まで上ることができた。そこはただ空っぽのなにもない部屋である。大きく切り出された白い石が一つの独特な円形の空間を形づくっていて、花房のようでもあり、また子宮のようでもある。この石造りの子宮のちょうど真ん中には冥修者たちが長年座り込んだために出来上がったくぼみがある。丸い部屋のアーチ形の壁には、三つの狭くて長い穴が開いていて、窓の役割をしている。三枚の窓の間には六枚の壁画があり、そのうちの一枚に目が留まった。そこには木の枝のように痩せこけた人々がいた。彼らのおなかは太鼓のように膨らみ、目は飢餓による欲に満ちた光を放っており、クモのように手を伸ばして何かを求め、つかみ合い、懇願していた。

飢餓之塔。この四文字が突然無意識の内に脳裏をよぎり、彼は心底怯えた。彼は逃げるかのように高塔を抜け出した。

夜、ジンはまたやって来た。バリケードの外でグルングルンとあえぎ、肉食動物の特有の生臭いにおいを漂わせていて、目は二つのランプのようであった。渓谷には体をぶつける恐ろしい音が一晩中響いた。猛獣が体当たりをしているとき、石壁全体がギシギシと鳴り、地面に埋めた木の幹はびっくりするくらい揺れていた。その夜、ジンは侵入することができず、徹夜で眠れなかった飢えた魂たちはほっと胸をなでおろした。

今はバリケードを修理する時のみ、みんなは心を一つにして協力し、ほかの時はばらばらになって、地面を深く掘ったり、狂ったようにあらゆる家屋と空地を探し回ったりした。ぶどうのつるは一番最初に掘り起こされ食べられてしまった。その次は様々な革製品、革靴、皮のベルト、皮の水筒である。この忌々しい星には、ミミズもネズミもいない。さもなければそいつらも同じように遭難していたことだろう。

大尉は食料が見つからなければ捜索をやめるべきか否かを神父に伝えそびれたので、神父は引き続き疲れた体をひきずって渓谷中を探し回った。一軒の暗い家で、彼は教授が干した草の根っこと枝状のものをかき集めて、コートの裏地の隙間に詰め込んでいるところを見かけた。神父を見かけた時、教授は恥ずかしさから少し顔を赤らめた。

教授は青白い顔のやせ形の長身で、鼻が突き出ていて、目がとても大きくて青光りした水玉のようで、このため彼はいつもいささか怯えている表情である。彼はちょっと瞬きをしてから、親しみを込めて植物の球茎を神父にいくつか差し出しながら、それは中国人が病気を治療するのにつかう薬材だと言った。「わたしのマラリアの症状にきっと効果があるはずです」と彼はもごもごと話した。

渓谷中にあるなんの変哲もない家屋をすべて探し回った後、神父は冥修者たちの唯一の秘密は塔の上にあると確信した。衰弱していたが、彼は再び塔に這い上り、壁画とそのがらんとした冥想室を調べた。石塔を建てるのに使われた材料は当地の砂岩ではなく、遠くから運んできた白い雲母岩であることに気付いた。よく見ると、それは地球上の雲母岩ともまた異なり、中には無数の小さく細く繊細な結晶がきらきらと輝いていて、ガンジス川の砂利に似ていた。

三枚の窓はとても狭くて一人がやっと出られる大きさだった。外には小さい展望テラスがあって、渓谷の向こう側に砂漠が遮るものなく広がっている。風は自由に吹き渡り、砂埃をくるくると巻き起こしていた。砂埃にある空は、果てしなく、静寂で、測り切れないほど奥深い。それは異常なくらい広くまた青く見えるのであった。三つの太陽はまばゆい光を放ちながら空の上を移動していた。彼らはこの忘れられた片隅にとどまっている。確実に忘れさられてしまったのである。

そのころ大尉が様子を見ようと塔にのぼってきた。彼はこのがらんとした部屋に特に興味はない。忙しいのだ。人々を連れてバリケードを修理しに行かなければならない。垣根のところで繰り返される争奪戦は、もはや一つの戦争になっていた。夜にジンがやってきて壊すと、昼に人々は補強する。のちには夜でも誰かが当番をして補強せざるを得なくなった。ジンの攻撃はますます凶暴化して、奴は太さの足りない幹を噛み切って、頑丈な針葉で編んだ網を裂いて、強い体をバリケードにぶつけるために垣根全体が絶えず揺れていた。垣根のうしろにしゃがんでいる人々はみんな恐怖で震え上がり、その時だけは空腹感すら感じないほどである。

ボイラー技士はこういう戦いをとりわけ楽しんでいた。顔にインディアンの戦闘模様を塗り、鋭く削った長い棒をもって、隙間から外側を激しく突く。歌ったり踊ったり、彼の熱狂的な態度はみんなを励ましてくれた。彼は実に勇敢な男である。ほかの人たちは大声で叫びながら硬い枝で編んだネットを使って穴をふさいだり、後ろに大きな石を当てて補強した。彼らは土で垣根の隙間を埋めたり、名前の知らない外星のツタを使って幹同士をきつく結びつけて絶対壊すことができなくした。

しかし相変わらず食糧がまったく見つからない。ほかの人たちも塔に上って捜索を始めたが、そういう人は多くない。なにせ百メートルの高さの塔は、飢えで気力のない人にとって恐ろしい挑戦なのである。教授もまさにこのような一人である。彼は飢えで半死の状態であり、一度上るのに十六回も休み、マラリアを何度も治療した。頂上に到着すると、彼はがらんとした石室を目を細めて鋭く見回した後、外の展望台もきちんとチェックした。顔には失望がありありと現れた。それから彼は神父に向かってこう説明した。自分は決して神父の言葉を信じなかったわけではなく、上って一目見ることにしたのは、心の中のもやもやした苦しい責任感を打ち消すためであると。

教授が降りてから、神父の仕事を邪魔しにくる者はほぼ誰もいなくなった。神父はその部屋の中央の空洞にますます好奇心がわいた。彼は冥修派の歴代の高僧たちがこのくぼみに座って千年もの時を過ごしたことを知っている。おそらくここで成仏した者もいるだろう。どうせやることもないので、彼はその上に座り、冥想というものを試してみた。おそらく冥想室の全てを包み込む円形構造が彼の気持ちを落ち着かせたためだろう、彼はあっという間に夢とも現実とも区別できない境界に浸ることができた。彼はほとんど眠りに落ちそうになる。夢の中で、怪獣がフーフーと息を吐く音が聞こえて、悪魔のような黄色い目を見て、奴の鋭い爪が自分の喉に置かれたような気がした。

目が覚めると、頭が割れそうに痛くて、のどがひどく渇いていた。おそらく想像によるものだろうが、冥想室はジンの野生の獣臭で充満しているようだった。彼が夢うつつで塔を降りていくと、昨晩、ジンがついに中まで侵入してきて、三人をかみ殺したという知らせを受けた。そのうちマシューの死体は彼らが奪い返してきていた。マシューは十八歳の若者である。その夜、怪獣の口の中で、必死にあがく彼の様子は、羽をバタバタさせる蛾のようだった。バリケードの隙間は狭くて、奴が彼をまだ完全に引っ張り出せずにいる時に、大尉は駆け寄り、彼の足を引っ張った。ほかの者はバリケードの外に向かって銃を放った。鋭く削った棒で奴の口や額をつついて、彼らは全力でその子をこちら側に引っ張ったのだが、結果首が折れてしまった。

太陽が昇ると、ジンは戦利品をもって逃げていった。化学の教授によれば、太陽は巨大な超音波の源なので、ジンの感覚システムを乱すのかもしれないらしい。

葬式は簡素なものだった。マシューは地面に寝かされていたが、ぼろぼろの服の下にやせ細ったおしりと、骨があらわな胸が見えた。彼の片方の腕は噛み切られていて、乱暴に切られた切り株のようだった。鋭い傷口は血と肉がぐちゃぐちゃになっており、皮と肉が地面にばらばらとたれていた。その青白く柔らかそうな肉をみると、人々の目が青く光った。神父がお祈りをささげている時に、口には出せない不穏な考えが陰で動き出していた。彼らはひそひそと内緒で話し、あるいはさらに秘密投票が行われたのかもしれないが、最終的に彼らはマシューを埋葬しなかった。「この子はまだ使い道がある」彼らは陰うつな表情で話した。大尉は頷いた。神父は目を閉じて黙り込んでいた。

その日の昼に、みんなは篝火を起こし、大きな鍋をかけた。香りが広場からあたり一面に広がった。彼らは木を切るときに使う斧やのこぎりで青年の体を解体した。大尉の手はとても落ち着いていて、ナイフでまっすぐに切り裂いた。青年の胸部は瓜のように裂かれ、カサカサな皮膚の下に一層のうすい黄色い脂肪が現れた。中にはぽつぽつと赤い点がある。胸筋の間の軟骨を切り落したら、赤い内臓が、くねくね動く蛇のように、地面に滑り落ちた。それから青年の内臓と頭は鍋の中に入れて煮られ、四肢と筋肉は火であぶって乾かしてから保存食として備蓄された。

彼らは並んで配給を待っていて、手には様々な容器をもっていた。上半分を叩き割ったガラス瓶、鉄のスコップ、帽子やポリ袋、革靴を食べてしまった人はちょっと後悔していた。香りは彼らの口の中にたえず胃液を分泌させていた。

ボイラー技士は大きなしゃもじをもって、革のベルトの代わりに草の紐でズボンを縛って、注意深く厳しすぎるくらい均等に一人一人の食糧を分配していた。このような分かりやすい公平さが彼の目の前にある唯一コントロールできることである。これ以外、決して多くを考えていない。このような人は常に現実的で、彼らのような人生を人々は羨むが、なぜならいつも最後の時まで愉快に過ごすからである。

興奮のあまり胃液を吐いてしまった人もいたが、ポリ袋は強く握ったまま決して離さない。塩もにんにくもなく味付けは足りないが、望んでもいなかった豪華な昼食を目の前にしたとき、彼らの中に「主よ、この食事を与えてくださり感謝します」とお祈りをささげた人がいたかどうかを確かめることはできなかった。

その午後、彼らはより熱心にバリケードを修理していた。食糧があるという状態であれば、彼らは元気百倍、自信に満ちているのである。

神父は列に並ぼうとしなかった。飢餓はあたかもクモが糸にかじりつくように、ゆっくりと彼の内臓をかじりついていたにもかかわらず、彼は自分の分の肉を取りに行かなかった。

大尉は実はこの若者がとても気に入っていた。神父は優秀な若者である。彼には人の気を引く魅力があり、とても繊細な顔立ちで、砂岩のように白くて華奢である。初めてその若者に会ったとき、大尉は以前どこかで会ったことのあるような気がした。彼の印象の中では、これより前に、どこか遠い場所、時間の埃に埋もれた場面で、彼はこの青白く痩せ細った、人々のために自分を犠牲にする善き若者を見かけたことがあるように思えた。彼はこのような若者をたくさん見てきた。部隊やまたは他のところで、彼らは最後には皆戦火に飲み込まれた。「このような状況で、このようなやり方で生き延びたことを神様は決して責めないでしょう」大尉はいった。「わかっています。もちろんわかっています」神父は下を向いたまま言った。大尉はよくあぶった干し肉を少し彼のところに持っていった。その肉は見たところとても綺麗で丁寧に切られていて、茶褐色に焼かれ香りが凝縮していて、実に上手に燻されていた。「君がこうすることで人々にプレッシャーをかけることについては構いませんが、彼らは何か責められていると感じてしまいます」大尉は親切に彼に忠告した。「受け取った方がいいと思います」と。神父は明らかに迷っていた。「わかっています」神父はいった。最後はやはり自分の分の食糧を拒んだ。大尉は彼の眼をしばらく見つめていた。彼は、依然として人を無窮無尽な欲望で満たすその塔を上っていた。今は自分自身でさえ何を探し出したいのかわからず、不思議なのは空腹を感じなくなったことである。白い石壁は暗闇の中で穏やかな光を放ち、一粒一粒の結晶が微かに振動していた。もしかして冥想は冥修者たちが断食の修行を行う時に何か役立っていたのかもしれない。彼はくぼみの上に座ったまま、壁の文字を手で触れながら、その古代の絵のような象形文字について、それが何を意味するのか理解するために想像してみる。

ほんの数秒間、彼の頭にはある神秘的で不思議な感覚がぼんやりと湧き出た。彼はこのイメージを懸命につなぎとめようとした。これから起きることを予測してコントロールできるように、しかしまさに想像したのと同じように消えてしまった。幻泡魚は空中に漂い、皮はパンパンに膨らんでいて、透明な膜みたいに見える。オレンジ色のもの、紅色のもの、薄緑色のものたちは、一瞬で消えてしまう金色に輝くシャボン玉のようである。

いくら厳格に分量制限が行われていても、飢えた人々はあっという間に食糧を平らげた。渓谷をパトロールするこの骨ばかりの人々の間に今、以前とは異なる何かが芽生えてきた。彼らの頬骨は上にあがり、頬はより痩せこけていて、目は地面を這うように下を向いたまま視線をかわそうとしない。彼ら自身目が合うのを恐れているからである。

彼らはもはやジンが攻撃してくるのを期待するようになった。しかしバリケードはとても頑丈にできていた。ジンは垣根の外でフーフーと息を吐いている。奴も何日も食べ物がなかったのである。飢餓は奴の肋骨を薄い皮の下で一本一本露わにしている。赤くて無気力な目でバリケードの後ろにいる人々を見つめてから向きを変えて逃げて行った。ひょっとしたら奴はひるんで、この同じく飢えている人々をあきらめたのかもしれないが、バリケードの後ろを守っていた人々は得体のしれない失望感を感じた。

彼らがいくら節制しても、数日後、食糧の危機が再び訪れた。強健な人は先頭切って残った骨を奪い取り、腿の骨を打ち砕いて、若者の骨髄や関節まで食べつくした。しかしこんなものでは皆の飢えを解消するには到底足りなくて、そしてある日の朝、大尉は数人を連れてセオニを再び埋葬する羽目になったのである。

前の日の晩に、誰かが彼の墓を掘りおこし、死体を手に入れようとしていたのである。しかしこのような炎天下で、セオニはすでに、腐肉を食べる幽霊たちでさえ飲み込めないほど腐乱していた。そして夜明けに人々が見たのは、悪臭が空気中に充満しているなか、赤い土饅頭の上に横たわっているセオニだった。目玉は青く光る二つの水たまりになり、額は黒い斑点に満ちて、歯はむき出し、頬の皮膚が縮んだせいで笑っているかのようにみえた。こういう乱暴な行為について責める者は少数で、彼らはただもっと深い穴を掘ってもう一度彼を埋めるしかなかった。このような大量のカロリーとアミノ酸、たんぱく質がむなしく腐敗していくのを見て、もしかしたら多数の者はひそかに残念がっていたかもしれない。

他の者たちは何もしないでいたわけではなく、彼らはそのシダ科の植物を試しに食していた。切り倒し、木の表面のトゲをそぎ落とし、細かく千切りにして、弱火で煮てみたが、腐敗した死体よりも強烈な悪臭がした。化学の教授が彼らに再び警告する前に、幻泡魚を攻撃した人たちがいた。大角星から来た二人のダイヤモンド鉱の鉱夫が幻泡魚をフォークでつついたが、結果的に破裂した魚のお腹の皮から噴き出たアンモニア水に目をやられてしまった。彼らの顔は爛れ、噴水の池のほとりに倒れて一晩中うめき声をあげていた。

際限なくつづく階段は、神父にとっては天国へ通じる巨塔に登っているかのようである。神様は永遠の存在で、すべてを掌り、すべてを知り、慈愛に満ちて、世のために万物を創りあげた。そのような万能な神様は、無窮なる知恵をお持ちでありながら、昔の人々が天国へと通じるあの巨塔を建てるのを本当に恐れていたのだろうか？　天国はいったいどこにあるのだろう。上にあるのだろうか。この有限だが絶え間なく広がり続けている宇宙の中にあるのだろうか。科学が発展するたびに、宗教は今にも滅ぼされそうになるが、最後に互いに相容れる部分が見つかるのだろうか。それは科学は永遠に人類を救えないと言っているのではないだろうか。ただ現在、これらの問題よりは、どこにいけば食糧がみつかるのかという問題のほうがはるかに重要である。

彼は初めてミサに参加した時にいただいた聖餐のことを思い出した。お酒とパンはイエスの血と肉を象徴する。人々はそれを食べることによってイエスと一緒になるのである。革のベルトは古くて硬く、まったく噛み砕けない。しかし彼はさざまな方法でそれを切り砕いて、唾液で柔らかくして飲み込んでいた。クロノスは自身の子供を噛み千切って食べて、一目巨人はオデュッセウスの部下たちを焼いて、張巡は自分の妻妾を部下に食べさせた。そしてもちろん、ウゴリーノ伯爵も、高い塔の中で自分の骨肉を食べていた。歴史上人々は古くから互いに喰らい合っていたが、彼らはいまだに同類同士で傷つけあっているのか。一群れの幻泡魚が冥想室の外を浮遊しながら彼を見ていて、大気は巨大で透明ガラスの水槽のようにみえる。

悪臭はずっと渓谷全体を包み込んでいる。

二人の鉱夫が死んだ。食糧を求めていた者が、やがて自ら食糧となった。それはまさに渓谷の人々が待ちに待った盛大な宴である。大きな火を焚いて、鍋のお湯はグツグツと白い泡を立てている。二人の鉱夫の犠牲により、彼らはまた一週間を耐えしのぐことができた。救助は相変わらず前途遼遠である。神父はほぼ奇跡的に生き延びている。教授からもらった植物の茎は確かに驚くべき効き目がある。ひとかけらで長時間のエネルギーを得られる。その頃教授もやせて骨ばって、目は赤く、一吹きの風で吹き飛ばされそうであるが、気力は旺盛で、顔の血色がよくて尋常ではない様子である。休まず水を飲んでいて、乾いて裂けたくちびるの周りには水ぶくれができている。それはおそらくマラリアの治療による副作用であろう。

あまりに長い間、誰もバリケードのことは気にしなかった。なにものかが紐をほどいて土を掘って小さい穴を作っていた。ジンの咆哮が谷の中央に響いたとき、彼らはやっとそれに気がついた。今度は誰も怖がらず、彼らは大尉の指揮の下で懸命に戦い、勝利の火花が彼らの火照った頭のまわりに立ち上っていた。彼らはショベル、こん棒、刀、爪や歯を使い、飢えで力の衰えた猛獣と口の中の死体を奪い合った。

大尉はナイフを使って猛獣の口の横から一本の足をなんとか切りおとした。彼は自分はまた事態をおさめたと思っている。かつては迷いと戸惑いがあったし、怖さもあった。彼が受けてきた訓練はそのような感覚に恥じらいを与えた。しかし今は平気なのである。どの道を進むべきか分かってから彼は二度と迷う必要がなくなった。自分は救助が到着するまで持ち続けられると分かっていた。こういった勝利の快感は彼の脳裏を興奮させ、ジンがバリケードの穴から逃げ出した後、彼は化学の教授のあの毛深くて血の滴る太ももを持ち上げて声を出して笑った。

彼は神父が隣に立って、奇妙な顔つきで彼を見ているのに気付いた。白骨体のような顔は苦しい様子である。大尉の表情は一瞬こわばったが、笑顔を引っ込めると、自分に対しても神父に対しても激しい怒りがわきあがってくるのを感じた。くそ、あいつはどうしてあんなふうに俺を見るのか。生存が脅かされている時、信仰なんてなんの意味があるんだ。信者も無神論者も災いが自分の身に降りかかった時は、同じく残酷無情になるのでないか。彼は手に持った教授の足を乱暴に扱い、削いだりはがしたりして、もったいないことにあの血と肉のかけらが地面に飛び散るほどだった。確かめるまでもなく、神父の態度が人々の怒りに火をつけたことを彼は知っていた。

彼は噴水池で教授の残された残骸を綺麗に洗った。教授の体は奇妙な薬の香りが染みついていて、しばらく洗っても取れない。皮膚や体の髄まで浸透した香りはよりおいしそうに感じさせた。あの痩せ細った遺体の一部は、一晩ですっかり食べられてしまったが、彼らは十分には味わうことができなかった。彼らはまだ飢えていて、食糧が必要である。

神父がくぼみの上で胡坐をかくと、思考は勢いよく湧き出てくる。彼を囲んでいるガンジス川の無数の白く輝く結晶は、揺れ動いて共鳴する。その音は極めて広範囲に響いてまた極めて微弱で、蚕が桑の葉を食べる音に似ていて、雨が芭蕉に当たる音にも似ている。宇宙のように広大な情報量をもったままこの小部屋で揺れ動いた。アーチ型の花房の小部屋を通って、彼の頭のてっぺんに入り込んで、子供の頃のこと、過去のこと、経験したことのない記憶まで思い出させていた。欲望はどこから来るのか。揺れ動く。さらに揺れ動く。蝶が羽をはばたくように。この世界は虚構である。一人の白髪の老人が彼に話す。わたしは夢の中で蝶を見ましたが、蝶こそが真実なのです。

目を開けると、黒と赤が入り混じった二枚の羽が部屋の中でバタバタしているのが見えた。あれは地球にいる蝶ではないか。蝶は細長い窓から出ていき、羽についた金粉は朝日を浴びて一筋のアーチ型の軌跡を描いていた。

幻覚なのだろうか。一種の神から贈られた悟りが彼の体にあふれていた。突然、彼は極度の恐怖感を覚えた。これは想像の中の想像で、彼はただ自分が幻覚を見たと想像しただけかも知れない。しかし怖かったのは一瞬だけだった。なんの関係があろう。世の中はしょせん虚構であって、虚構の虚構もまたただの虚構に過ぎない。幻覚の中で彼は壁の絵の意味が理解できた。ひょっとしたら文字なのではないか。

仏陀が菩提に言うに「形あるすべてのもの、どれも幻である」

この言葉がもしも正しいのであれば、反対にしてみると、虚構は形あるものを創ることができる。神さま、そんなことが可能ですか。神父は目を閉じた。世の中はただの白昼夢なのですか？　彼は心の中で、香ばしく焦げ目のついたお焼きを思い描いた。あの結晶たちが共鳴している中、強烈に頭が痛くなってきたが、目を開けると間違いなく目の前にはお焼きが置かれていた。それは間違いなくお焼きである。ゴマ粒が黄色く焦げて、ゆらゆらと湯気が立ちあがっていた。

涙が、乾いた目頭からぽろぽろと流れ出た。絵にかいたお焼きは確実にお腹を満たしてくれるのだ。ついに食糧を見つけたのだ！　これこそ冥修教派の秘密である。彼はかつてすべての欲望を捨てることが絶欲であると考えていたが、違っていた。すべての欲望を満足させて欲求の辛さを教えるより、さらに直接的方法はどこにあるのだろうか。

彼はお焼きを空中に置いたまま冷ました。頭の中で火花がとびちり、パンパンと音を立てている気がした。これは神様の仕業なのか、それとも科学なのか。振動が充満している星。思想とはなにか、物質とはなにか。プラトンは言った。彼はもっと早く理解すべきだった。思想とは本来一種の振動であると。電気の火花がニューロンの間を行き来して飛び回っている。この高塔の特殊な構造と材質に、さらにこの星全体を足して、それらは思想のエネルギーを拡大させている。固く信じて、注意深く思い描けば、彼らは世界を創り出すことさえできるのである。

激しい頭痛に耐えながら頭の中で一台の発信機を想像した。それは霧の中から浮かび上がり、徐々に形がはっきりしてから「ドン」という音とともに地面に落ちた。その音は確かな質感を持っていて、真新しく青い光を放ち、鋭いナイフのように彼の脳裏に入ってきた。彼は熱をもった手でそれを撫でた。降りて行って彼らに知らせねば。彼らはこれの使い方を知っているはずだ。その間、彼らは冥想と信仰で食糧を手に入れればいいのだ。彼は起き上がったが、一度よろめいた。もはや倒れて死にそうである。長い間の苛酷な冥想は彼をひどく弱らせてしまったのである。

発信機はあまりに重かった。この八十ポンドの重量を背負って六百段もある階段を下りることは彼には到底無理なのだ。彼はよろよろと起き上がると、左向きの螺旋階段にそってゆっくりと一周一周降りて行った。

空気中に穏やかな風が吹いていた。人々は広場で火にかけた鍋のまわりを丸く囲んでいた。炎が燃え上がり、お湯がグツグツわいていた。また誰かが死んだとは考えもしなかった。彼は急ぎ足で前へ出て大尉に告げようとした。自分は任務を果たしたと。食糧。彼は食糧を見つけたのである。信じる心さえあれば必ず助かる。なんと簡単なことか。ハレルヤ!

彼らはアーチ形に立ち並んでいた、まるで教会で聖歌を歌う合唱隊のように。みなの目は優しそうに神父を見つめていた。現在、犠牲になる人も巨大な垂れ幕のところで頭を下げたまま神父を見ている。目はとても悲しそうだ。大尉は中央の高台に立ち、首を斜めにして渓谷の向こうのほうを見た。ボイラー技士が手に半分のシャベルで作った狼牙棒を持って迫ってきた。彼らはまっすぐ立っていた。神父はあれが処刑台であることが分かった。もう一人皆のために犠牲になる時が来たのだ。彼は「最期の時」を急がなければならないと悟った。彼は手をあげ、上のほうを指しながら、枯れた声で言った。「発見した……」

その言葉は後頭部をたたく鈍い一撃によって彼の喉の中に詰まった。最後の意識の中でお湯が沸騰する音が聞こえ、人々の白い歯、空気中を浮遊する魚が見えた。遠くでジンの咆哮が聞こえ、それはまるで神様からの号令がかかったかのようだった。

このすべての上には、飢餓の塔が天空にまっすぐそびえたっている。

ものがたるロボット

飛氘（フェイダオ）

立原透耶 訳

むかし、天下も美女も愛さず、ただ物語を聞くことだけが好きな王さまが一人いて、宮中には物語を語るひとたちが養われていました。けれども一人ひとりの物語には限りがあります。その者たちが知っているすべての物語を語り終わると、王さまは彼らを遠い場所へと追放しました。月日がたつうちに、だれもあえて王さまに物語を語ろうとはしなくなりました。

そこで王さまは天下で最も聡明な科学者たちを呼びあつめ、彼らにものがたるロボットを一体作らせました。最初はロボットの語る物語はぎこちなかったのですが、かれは学習し続ける能力を備えていて、科学者の指導のもと、ゆっくりと完全になっていき、その物語の水準はひましに上達していったのです。ロボットの頭には世界中のあらゆる興味深い物語がインプットされており、毎日王さまが朝政を処理して疲れるとロボットに物語をひとつ語らせました。そうでなければ気分が落ち着きませんでした。王さまは眠る前にも二、三のちょっとした物語を聞きたがりました、でないと眠れなかったのです。

ある日、王さまはきもちのよい王さま専用のベッドで横になって、まぶたを閉じて不思議な物語を聞く準備をしていました。ロボットがはじめます。「むかし、遠い遠いちいさな村に、ひとりの名高い盗人がおり、クリクと呼ばれていました……」王さまは眉を寄せ、目を見開いてロボットをさえぎりました。「この物語はすでに語ったことがあるな、別のにせよ」そこでロボットはまたはじめました。「むかしひとりの王さまがおりました、彼は一頭の豚を自分の息子だと思っていて……」ロボットの声は滑稽でしたが、王さまの眉根にまた皺が寄りました。「どうやらはっきり申してなかったようだな、いまだ聞いたことのない物語を語ってくれぬか」言い終えるや目を閉じ、どれほど不愉快であるかを示しました。

ロボットは黙りこみ、真剣に脳の中のデータ庫をチェックしました。その結果、どの物語もすべて語ってしまったことがわかりました。「つまりそなたも新しい出し物はもうないと申すのか?」王さまは考えこみながらそう言うと、ふいに尋ねました。「そなたはわしのために新しい物語を編むことはできぬのか?」

それで科学者たちはまたもや慌ただしく、ロボットの大脳の容量をもっと大きく拡充し、もっと複雑な演算を行うことができるようにし、それから苦労してかれになにが「虚構」であるかを教え込みました。最後はロボットもどうして存在しないできごとを編み出すことができるのかを理解でき、虚構を述べられるようにまでになりました。かれが編んだ最初の物語はまったくもってまずいものでしたが、みなはこの素晴らしい進歩に対しておおいに喜んだものでした。

ロボットの学習能力も強化され、科学者の指導もあり、かれは優れた物語をすべてひととおり分析し、数学モデルをうち建てました。それはのちに非常に有名な「物語法則」となりました。しかしこの法則の数学形式はあまりに複雑すぎたので、ロボットだけがその近似解を求めることができたのでした。物語法則に照らし合わせて、ロボットはたゆまず練習をつづけ、やっとのことで美しい物語を編み出し、王さまはこれを聞いてたいへん満足して、次のように命令をくだしました。「覚えておくがよい、そなたは最も優れた物語をわしに聞かせるだけでよい」

ふつう、王さまは気分のいい時には、ロボットが心を込めて語るものがなしい物語を耳にすると、ふうっとため息をついて、物語のなかの不幸せな人々を思いやって悲しみ、時には臨時法案を発して人民の負担を軽減したりもしたのでした。王さまの気分が最悪の時には、ロボットは生き生きと滑稽な物語を語り、それを聞いた王さまは涙を流すほど笑い、怒りも静まるのでした。大臣たちもみんなほっとし、これによって天下も太平となったのです。

ロボットが編む物語のレベルはいよいよ突出したものとなり、もはや世界で最も優れた作家をこえていました。厳格な数学的演算によって、ロボットの物語はそれまではシンプルきわまりない形式で、何の紆余曲折もなかったのですが、物語法則の複雑性のおかげで変化のない同じ話になるのを避けたばかりか、物語は古典的ともいえるものもあり、王さまでさえもう一度聞いてみたいと思わされたのでした。けれども形式上、ロボットはある種のかわいらしい古典主義をまもりぬいていたようで、その物語はどれも「むかし」ではじまり、「これがすべてでございます、陛下」で終わったのでした。王さまが手にしていた上奏文をなげすて、「はじめよ」とおっしゃると、ロボットはやわらかな美しい声で「むかし」と申し上げるのでした。こうなりますと王宮中が静まりかえり、みながその場を動かずじっとして息を押し殺し、王さまの邪魔をしないように声を出しませんでした。「これがすべてでございます、陛下」の言葉が聞こえると、おつきのものたちもほーっと長い息を吐きだし、うやうやしく王さまにおやすみになる頃合いでございます、とお伝えするのでした。

日一日と過ぎていき、ロボットは新しい物語を作り続けました。しかし王さまはとても聡明な人物だったので、それら物語の間に巧妙な差があるだけで、やはりある種の不変的なものが隠れていると感じ取れたのでした。それである日、非常に機嫌の悪かった王さまは次のように命令しました。「わしにこの世で最も不思議な物語を語って聞かせよ」

たちまちその場は静まり返りました。しかも今回は、ロボットもすぐに「むかし」とは言わず、黙りこんでしまいました。王さまはできるかぎり我慢して待っていましたが、王宮中は不安におそわれはじめました。あらゆる嬪妃たちや侍従たちが、ロボットが順調にこの世にひとつとない物語を語り始めてくれるように祈りました。そうでなければ王さまがお怒りになるでしょうから。ついに彼らの願い通り、例の言葉「むかし」を耳にした時には、だれもがほっと安心したのでした。

「むかし、ある天才の王さまがおりまして、天下を治めるために、世界で最も鋭利な材料を用いて無敵の戦士たちを作りました」物語はゆっくりと進んでいき、王宮の人々もみな夢中になり、王さまもしばし何もかもを忘れ、一心に聞いていました。戦士たちは艱難辛苦の果て、ひとつ、またひとつと強敵や化け物を滅ぼしていき、あまたの不思議な出来事に出会い、ひとつ、またひとつと都市を征服して、残るは最後のひとつの国となりました。そこの王さまも同じように天才で、彼はこの世で最も硬い材料でだれにも砕くことのできない城壁を建てました。「勝負を決する時がきて、二人の王さまは互いに頷いて挨拶をしたのち、勇敢な戦士は長槍を城壁に向けました……」

　ロボットの声が止まりました。どうしても続きを聞きたい王さまはすぐに物語の世界から戻り、疑いをさしはさむ余地なくこう命令しました。「つづけよ」ロボットの二つの眼がきらっと光りましたが、それでもやはり口を開きません。王さまの口調が硬くなってまいりました。「そなたはなぜ止まったのだ?」王国すべてが震え上がりましたが、ロボットは落ち着いて答えました。「陛下、この物語には二つの結末がございます。わたくしはどちらが最も良いのかまだ計算できておりません」

「二つとも同様にすばらしいとでも?」王さまは非常に不機嫌でした。

「そうです、両者は物語法則によればどちらも本当に完全に一致するレベルにございます。このようなことは初めてです」

「それでは、両方とも語るがよい」王さまが命令しました。

「それはなりません、陛下。あなたさまの命令によれば、わたくしは必ずもっとも完璧な物語を見つけ出し、あなたさまに聞いていただかねばなりません。このことはわたくしの職責なのです」ロボットが穏やかに答えました。

「いや、わしがいま新たにそなたに命令をいたす。すぐさま物語を語りつづけよ、どちらの結末であってもよい」王さまの口調が荒々しくなってきました。

ロボットの電子眼（アイ）が暗くなりました。その夜、王宮には「これがすべてでございます、陛下」という声は響きませんでした。すべての人々は一晩中不安に過ごし、王さまも眠れませんでした。

空が明るくなり、科学者たちはやっとのことでロボットを修理しおえ、おそるおそる王さまに申し上げました。「もっともよいのは二度と彼に矛盾した命令を出さないことでございます」

王さまは無表情に質問しました。「まさか手段がないとでも?」

「陛下」ある科学者が申し上げました。「かれは虚構の物語に対する能力はすでに人間の思考モデルを備えており、かれの記憶も入り混じっております。そこでもし以前の命令を簡単に抹消しようとすれば、おそらくは例の物語も失われてしまうでしょう」

「実際に」ともう一人が補足した。「われわれはかれの例の部分にあたる記憶のありかを見つけ出し、外付けの転換装置につないで物語を復元しようとしたのです。しかし残念ながら得られたのは文字化けの山だけでした」

「そのうえ」と三人目が申しあげました。「かれは外からある種のぶれない原則を受けているようで、こういった原則は見たところ最強の電位を引き起こしているらしく、それがどうしたことなのかは我々にもはっきりいたしません。ただ最もよいのはかれにこれらの原則に背くよう強制しないことだと存じます」

「つまり」と最後のひとりが恭しく申し上げました。「陛下の訓練としつけのたまもので、これはすでにかなり複雑な状態にまで進歩しておりまして、わたくしどもの理解の範疇をはるかにこえてしまったのでございます」

「やくたたずめ」王さまは簡単に一言のみおっしゃると、立ち上がってその場を後にされました。

王さまはこの残っている物語を天下の人々に公開し、すばらしい結末を語ることができるものがいれば重い褒章を与えると宣言しました。人々はこの残された物語に夢中になり、多くの腕や技に自信のある人々が御前にすすみ、あらゆる結末をお話ししたのでした。王さまはどれも良いとお思いになりましたが、この世に二つとないと言えるような物語は存在せず、よしんばあったとしても、王さまはロボットの頭のなかにかくされている結末のみを知りたいとお思いになられました。このため王さまは賞金をわたしてすべての人たちにひまをだしました。

ロボットはやはり真面目に仕事に励んでおり、毎日多くのすばらしい物語をうめあわせとして語り、王さまはそれを聞いてこれまでどおり悲しんだり、笑ったりしていました。でもこれらの何もかもは以前ほどは面白くは感じず、王さまの心の中ではずっと結末のないあの物語が気にかかっていました。ロボットもまだどちらの結末がより完璧なのか測りかねておりました。一日、また一日と過ぎていきました。ロボットはますます本物の人間に似てまいりました。王さまは年を重ねるにしたがって、それほど怒りっぽくなくなり、時にはロボットに対してある種のあいまいな感情が芽生え、気分の良くないときにはロボット相手におしゃべりをすることさえありました。二人は互いにとても気を使いあっていました。つまりのところ、王宮において、王さまには誰も友達がいなかったのです。

ある日の黄昏どき、王さまは疲れた声で尋ねました。「そなたはまだあの物語をどのように語るのか考えがまとまっておらぬのか？」ロボットはひとしきり黙りましたが、やがて静かに申し上げました。「そうです、陛下。もしかしたらお信じにならないかもしれませんが、わたくしも苦しく感じているのです。毎回、ひとつを選びもうひとつを捨てねばならないと考えると、私の頭には乱れた電流が流れるのでございます。どの結末をあなたさまにお話ししたらよいのか、わたくしにはわからないのです。決心がつきません」

「そなたを芸術家といってよいのだろうな」王さまは微笑みながらそう告げると、ベッドに横たわりました。これより先、二度と起き上がることはありませんでした。

王さまの病状は一日、また一日と悪くなり、御殿医の処方した薬も効き目がありませんでした。人々はみなひそひそと話をしました。毎晩、お側仕えの護衛が寝室を出て、すべてのひとが王から離れました。ただロボットだけが疲れを知らずに王さまのベッドのそばで王をお守り続けました。暗闇の中、彼はあの物語の結末についてたいへん苦しみながらも、めざめた王さまにちょっとした物語を語るのを待っていました。

夜明けが来る前に、王さまは突然目を見開き、ロボットをじっとみつめました。弱々しい声で「そなたのあの物語は……」とおっしゃいました。
「陛下、わたくしが思うに第三の結末があるやもしれません……」ロボットの声は異常なほどにやさしいものでした。王さまは首を横に振って彼をさえぎりました。「いらぬ、結末は不要なのかもしれぬ」

王さまの遺言はあらゆることについてすべてきちんとしていましたが、ただものがたるロボットについてだけがどうすればよいのか記されていませんでした。新しい王さまは政務にいそしみ民を愛し、運動が好きで物語には興味がありませんでした。そこで次のように決まりました。先王にたいする敬意をあらわすため、いかなる人もあの物語の結末を知る権利はないものとする。それゆえ、ものがたるロボットは脳を洗って、王の一族の博物館の棚の中に収め、物語の最後の答えをだれも二度と知らないようにする。

これがすべてでございます、陛下。

落言

靚霊（ジン・リン）
阿井幸作 訳

"落言" by 靓灵

一

雪だ。

落言星に関する全ての記憶は雪でほぼ埋め尽くされている。

大きく平たい腕を持つ落言の小人が、広々とした雪原にひっそりたたずんでいる。幽霊のようにどこにでも現れるが、もしかするとずっとその場所で永遠に待ち続け、世界と一つになり、雪や他の物が降って来るのを待っているのかもしれない。

彼らはじっと動かず、芭蕉の葉のような大きく平べったい手を掲げ、自身の小さな体全体をほとんど覆い隠している。その様子は無言の拝謁のように見える。その大きな手に、どこから来たのか分からない石が当たった落言人はようやく手を下ろしたが、他は相変わらず待ち続けている。

落言人はこのように、見て、聞き、受け取り、受け入れ、理解し、与えて、一生を終える。ずっと後になって、マークや色、音声といった奇妙な注釈が挟まれたメールから、彼らには共通の言語や、紙の上で交わす社会契約が存在しないことを知った。だが、彼らの極めて単純で限られたニュートリノの語彙の中に語句がないのは、関係性の希薄さが関係している。

非現実感は見知らぬ星にふさわしかった。夜の大地にはわずかの灯りも見当たらないのにはっきりと遠くまで見渡せるが、その理由を気にする者はいない。理由を最初に口にしたのはロードスだ。「雪が光ってる」彼女は正しい。彼女はいつも他人より敏感だ。

一時間後に小箱を抱えて治療室に来た時のように、私が口に出さなくとも彼女は私の機嫌の良し悪しが分かる。

「お父さん、『動物さん』が壊れた」小箱を力いっぱい握り締めている彼女の小さな指は、真っ白になっていた。

「今は駄目だよ。仕事中は来ちゃ駄目だって言っただろ？」

彼女の頭がさらにうなだれ、私は申し訳無さを覚えた。私だって船長室にいないのだ。だが飛行船の問題は、六十数人の作業員の命に関わる。このような時に、女の子のおもちゃが重要であるはずがない。

「今の状態じゃ何もできないんだから、行って来い。コントロール室は俺が代わりに行ってやる」とアイガーが私を押した。

私はため息をつき、凍傷した手をぬるい薬用液から引き上げた。針が刺すような冷たい空気に痛みを覚えた。

二

「動物さん」の小箱をロードスの部屋のオウムに向け、「喋る」と書かれたボタンを力いっぱい押しても、何の声も聞こえなかった。しかし、この小鳥に元気がないことは見ただけですぐ分かる。

こういった物は一体誰が発明するのだろうか。「動物さん」は、動物のリアルタイムの身体計測データを「お腹すいた」「遊んで」「好き」などの簡単な言葉に翻訳する機械だ。今では、「動物さん」と一緒にラブラドール犬よりは小さいペットを連れているのが、子どもたちのステータスになっている。「動物は子どもを健やかに成長させます」というフレーズは、「動物さん」の会社が最初に言い出したのかもしれない。言葉は成長する。動物やあらゆる物が子どもに対して価値があると思い込んだ両親は、大量の関連商品を引き続き投入する。

しかし、少なくないお金を払って購入してからまだ数カ月しか経っていないというのに、スマイルマークを貼り付けた小箱は何も喋らなくなった。

「電池がなくなったのかもしれない。ソーラーライトの下に置いてみたらどうだ?」メンテナンスサービス期間は半年だったか一年だったか。一年であってほしい。「壊れてないはずだ」

「でも、オウムが何て言っているのか知りたいの。今すぐ知りたいの」ロードスは顔を真っ赤にし、精一杯自分の利益を得ようとしている。まだ中学校に上がったばかりだが、私が全く興味を示していないことにとっくに気付けている。私の心は全く別の場所にあった。

「オウムは少し休みたいと言いたいんだろう。さぁ早く充電しに行こう」手がまた痛み出した。ロードスが落言人の前に立つ光景がまた頭に浮かんだ。「本当に駄目なら、船が停泊してから港のスーパーで新しいのを買おう」

「オウムの言葉を喋れれば良かったのに」落ち込む彼女はおとぎ話のようなことを真剣な口調でつぶやいた。「だったら『動物さん』もいらないし」

仕事に戻らなければ。「お父さんは船の作業員全員の面倒を見なきゃいけないんだ」そこまでひどくはない言い方を試みる。「もっと大切なことなんだよ」

「ごめんなさい」背中に、ずっと我慢していたものを吐き出したような、早口の言葉が聞こえた。

傷ついた両腕が引きつり、何か言いたかったが言葉が出てこない。「もう勝手にうろつくんじゃないぞ」女の子は部屋でオウムやデジタルスクールで遊んでいるべきだ。

「うろついてないし」彼女はうつむいて、悔しそうに口をモゴモゴと動かし、また心配そうな目をオウムに向け、ボタンが凹むんじゃないかと思うほど「動物さん」を強く摑んだ。

その場を離れ、ドアを閉じる一秒前までは、おもちゃを修理できる作業員がいないか考えていた。しかし一秒後に部屋から聞こえたのは、「ごめんなさい」という機械音声だった。

壊れていなかったのか。だが病気のオウムがどうして謝るんだ。

まぁいい。考えるのはよそう。動物との交流は子どもがすることだ。

三

作業が捗らない以上、船長室に籠もって作業員たちが船内の公共ネットにアップロードした動画を流し見するぐらいしかできない。遥か彼方にある人類世界と一時的に遮断されていても、彼らが小さなコミュニティで情報や気持ちをシェアすることを止めることはできない。

帰路、飛行船のエネルギー炉が詰まった。すぐに修理できる些細な故障だった。だが、修理をする前にどこかに停留しなければならず、着陸場所に選んだのが落言星だった。無重力空間で化学燃料炉を修理するのは難しく、燃料が少しでも漏れれば、予測不可能な大火災を引き起こすことになる。

そのため、計画外のエネルギーを使用して着陸するほかなかった。

着陸前にエネルギーをどう補充するかを考えなかったわけではない。遥か上空から飛行船で落言星の簡単な調査を行った結果、ここには大気があるばかりか、水素が豊富に含まれていることが判明した。聞くだけなら大変喜ばしい事実だった。水素だろうが水だろうがメタンだろうが、もしくはそれらが変異・合体した化学式であろうが、普通の状態の水素なら全て使えるからだ。

騙されたことに気付いたのは着陸後だ。水素は雪の中に含まれていたが、残念ながらここの雪は水や氷ではなく、複雑で大きな分子結晶だった。高温で分解できるが、反応する過程でのエネルギー消費が大きすぎて、割に合う方法で水素を抽出することはできない。一トンもの雪を反応炉に入れてみたが今のところ何も動きがない。

最後の手段は太陽エネルギーだ。離陸が可能になるまで必要なエネルギーを太陽から補充するのに、五十日間かかる。その五十日間での消費と日常的な使用を合わせれば、八十〜九十日間かかる。

このような氷の大地に三カ月滞在することになるという知らせを受けた作業員たちは、当初の数時間落ち込んでいた。しかし、外出許可と有給休暇をもらった彼らは、すぐにはしゃいで外に写真を撮りに行った。

大気には、人体に有害な成分やイマーションスーツを腐食させる成分が含まれておらず、辺りの陸地も広くしっかりしていた。そのため、数万平方メートルという狭い空間に三カ月間閉じこもる必要はなくなった。監視範囲から出ず、異星人と揉め事を起こさなければ、日中にイマーションスーツとマスクを着用して付近を散策したり、動画を撮ったりしてもよい。イマーションスーツとマスクのことは、わざわざ強調しなくてもいいだろう。マイナス数十度の異星で、肉体の一部でも露わにする人間などいない。自分の娘のピンチに、彼女の目の前にいる異星のアイスキャンディー星人を急いで突き飛ばそうとしたため、服の着替えが間に合わなかった場合を除いては。

もう二日になる。凍傷した箇所の痒みは止まったが、次は軽くひりつくような感覚が沸き起こり、皮膚を触ると他の箇所より熱い。低温による傷にも焼けるような痛みがあることが不思議だった。だが船医のアイガーによれば、これが正常だと言う。「これが俺たちと死んだ物の違いだ。人体のフィードバックは負荷より常に強い」と彼は言った。詩趣に富んだ異常だ。

着陸した日に撮影された、落言人と雪の動画に視線が引き寄せられた。若者たちは動画にフィルター加工を施すのを好むが、その動画では当初撮影者がどのようなフィルターを使うのか決めていなかったらしく、いくつかを試している。そして温度フィルターに切り替わった数秒間、赤外線サーモグラフィを通したこの星の映像が撮影された。

落言人がマイナス百二十度で、雪が積もった地面がマイナス八十度であることに不審な点はない。だが、雪の中にプラス数百度に達する斑点が混ざっており、周囲の温度の影響を全く受けていない。

石が当たった落言人のことを思い出した。彼は運が悪かったのではなく、石が来るのを待っていたのだ。アイスキャンディー星人たちが、雪の中に立って熱い石の順番待ちをしているのはなぜだ。扁平で大きな手は、石を受け止めるために最初から備わっているみたいだ。このことはきっと彼らにとって大きな意味を持っているに違いない。

携帯用接眼レンズを手に窓辺に立ち、赤外線モードの出力を最大にし、船から一番近い落言人に焦点を合わせた。数日前から数体が、船の付近にずっと立っている。

スペクトログラムの画面に凍えるように青い落言人の体が映り、その中央に小さな黄色い熱源が見える。内線をオンにした。「アイゴー、準備してくれ。外に出るぞ」

四

「気付いたか？　雪が減っているのに液体一滴見当たらない。この辺りの雪はきっと昇華したんだ」私は周囲に目を凝らしながら言った。

「エクストリームスポーツをやりたいのなら、太陽系に戻ってから仲間と一緒にチョモランマに登ってくれ。俺は誘わないで結構だ」アイゴーの歯がぶつかる音がスピーカーから聞こえる。「仕事が行き詰まっているせいで労働時間を無駄にしていると不安になっているのなら、お姫様以外の作業員全員がお前に酒をおごるだろうよ」

アイゴーに言われなければ、ロードスがここ数日邪魔しに来ていないことに全く気付かなかった。

「それとも凍傷が面白かったか？　落言人とまた遊びたいと？」

「石を探しに行くだけだ」アイゴーのそばに近寄り、イマーションスーツの出力を一段階上げた。「それにあの落言人の手なら叩いたことがある（あの芭蕉の葉っぱみたいなのが手なら）。ロードスの前に立っていたからな」

彼はまだ信じがたいという目つきをし、その石は言岩と呼ぶことを教えてくれた。いつも落言星に降る雪と一緒に落ちてくるのだという。

思わず彼をにらんだ。彼はとっくに知っていたのに、今まで教えてくれなかったのだ。

「『惑星エリア生物事典』には山ほど収録されているんだ。お前が何を知りたいかなんて分かるわけないだろ」彼はぶつぶつと文句を言った。「それに、興味があるなんて言わなかっただろ」

「他には何を調べたんだ？」

「落言人は雪が降っている時に石を受け止め、持って帰ると」

「あの石はなんなんだ？　どうしてマイナス百度の環境で、摂氏数百度を保っていられるんだ？」

「あれは生物事典であって、地質事典じゃないんだ」アイゴーが声を荒げる。「それに俺も適当にめくっただけだ。あとで調べてみる……」

まだ聞きたいことはあったが、変わった両手を持つ落言人（彼の種族の中で）がふと目に入った。彼の両手は他の落言人のような芭蕉の葉型ではなく、平らで滑らかなはずの縁には丸い波形があり、先っぽが細く尖っている。しかも移動する時に意味もなく動かし、まるで飛べない鳥が羽ばたいているようだ。

それとは反対の方向に目をやる。

不自然に反射する光が気になった。そこに行ってみると、雪の中には探し求めていた物が埋もれていた。

「見てみろ。努力は実を結ぶのさ」透明な小箱の中に、クルミ大の黒い石が光を放つ。「また仕事だぞ」

「むしろ欲しかったぐらいさ」アイゴーは振り返り、見えなくなるほど遠くにある船を見た。

五

「結果を言う前に説明させてくれ。お前が拾った物はとっくに捨てた」アイゴーが棚から薬品を取り出しながら言った。

ガーゼを折る手が止まり、アイゴーが納得のいく説明をするのを待った。

「あの石には放射性物質が含まれている。放射線から命を守ってくれたイマーションスーツに感謝するんだな。発見するのが遅れていたら、俺は死んでいたぞ。お前も放射線測定器付きの時計を買ったらいい。吐き気止めに安定ヨウ素剤を二錠飲んだが、これは公費として記録するからな」彼は私の包帯を外し、放り投げながら言った。「では本題だ。石はなぜ放射線を放っているのか」

クイズをやるような気分ではなかったし、アイゴーもこの辺の事情を分かっていたから、すぐに口を開いた。「石の中で非常に緩やかな核分裂が起きているからだ」

「俺たちが拾ったのは核爆弾だと？」

「そういう理解でも間違ってはいないな。しかしとっても、とっっっても緩やかだ。資料にはコアが何かは書かれていなかった」

アイゴーに携帯用カメラで撮った赤外線写真を見せた。落言人の冷たい体の中央に、小さな熱源がある。

「なるほど、それなら納得がいく」アイゴーは突然はっとひらめいたような表情を見せた。「アジア人が書いた資料の中に、落言人について『石を食糧とし、岩を言葉とし、カドミウムを歌とする』とある。彼らはきっと、ゆっくり核分裂する言岩を体に取り込み、放射能を食べて生き、粒子放射線の音を聞いているんだ。反応があれだけ緩慢なのもカドミウムが原因だ。人類の原子炉もカドミウムで核分裂連鎖反応の速度を抑えている」

聞いてもよく分からない。もしくは、言葉としては理解できるが、生物の体内でそのようなことが起こっていることを想像できないだけか。

「まだ分からないのか？　しっかりしろよ船長！」アイゴーは凍傷修復液の容器を取り出し、折り畳まれた容器をボトル状にし、精製水を注いで希釈した。学術的なことを話している時の彼は、別の生き物みたいだ。「落言人が言岩を子どもの体内に入れると、その子どもは一生の間、その言葉を聞くことができる。言い換えれば、核分裂している石の放射線を受け取るということだ。エネルギーを吸収しながら、粒子放射線の音を聞き、文化をつくる。美しいなぁ、そうだろドプリン」

粒子放射線の音？　それはどういう音なのか。加速しようが減速しようが、同一物質の核分裂のリズムは一定のはずだから、同じメロディーを数十年聞き続けるようなものだ。私は気が狂っても、落言人はその中で楽しめるのだろう。環境シミュレーションソフトで聞いたことがある単調な音を想像してみたが、滝や暴風雨の音や雀の鳴き声を芸術と見なし、曲を作れる人間などいるのだろうか。

少なくとも私の前にいる人間は、彼らと同類らしい。医者になる人間はみんなおかしいだけかもしれない。特に、無教養な作業員が占める船内で、オフラインのＶＲゲームを支えに六カ月以上も生きていたらなおさらだ。これからあと三カ月続くが……

それすらも定かではない。

「その……『言岩』は、安全なのか」

「考えすぎだ。この船は原子力船じゃない。もしそうなら、俺たちだってこんなに貧乏していないさ。石が自分でエネルギーに変換しない限り、船が核分裂の放射線を出すことはない」自分の言葉が面白かったようで、アイゴーは大笑いした。

子どもの軽快な足音がドアの外から聞こえた。

「そう言えば、お姫様の『動物さん』は直ったのか？」アイゴーがからかう。

「分からない。多分直っただろう。この前医務室に来て以来、何も言わなくなった」核エネルギーのことが気になって集中できない。天然かつ安定的な核分裂性物質など多くはない。その核エネルギーを船に使えれば、早く帰ることができるのでは。

「最近あの子と一緒にいる時間が減ったんじゃないか？　ここ数カ月、俺に宿題を聞きに来るぞ」

私は黙ることでこの話題を中止しようとした。しかし気を取られ、わずかに嫉妬を覚えた。

「来年は高校進学か就職かという時期なのに、まだ船で勉強させる気か。大航行時代のこのご時世、そういうことをしている人間もいないわけじゃないが、実際に通える学校の方が友達もできるし世間も知れる。あの子より小さい子どももリモート授業を止めて……」

「アイゴー、俺は忙しいんだ」

アイゴーが調合した凍傷修復液を瓶一本分私の手にかけた。鋭い痛みが走る。「すまん、ちょっと乱暴だったな」彼は微笑んでこう言った。「船長、俺は忙しいんだ」

六

ロードスの部屋は廊下の奥だ。壁にはめ込まれた格子付きの丸い船窓の周りには金色のヒマワリの花びらが貼られ、緑の茎が壁の隅にまで続いている。

格子の外から、数体の落言人が見える。見物しに行った作業員たちの残した足跡が、落言人たちを遠くからぐるりと囲んでいる。

彼らはあそこで何を待っているのか。食事をしているのか、それともこの船の「音」を聞いているのか。生活エリアの熱放射が貯蔵庫より強いかどうかが、彼らにとってどのような違いがあるのだろうか。チャイコフスキーとモーツアルトの違いと似たようなものだろうか。

ロードスの部屋のドアに視線を向ける。若い頃に間違ったことをして、友達に謝りに来た時のような感覚が蘇る。たとえ自分の娘であっても、人間関係を気にしなくなったのはいつからだろう。この長い廊下を囲む数十の部屋に住む六十数人の作業員たちと仕事以外で真剣に言葉を交わしたことがあっただろうか。その同僚が過去十年間で一緒に過ごした時間が一番長い者でも。

仕事は洪水のように長年五感を浸し、私は何の声も聞こえない。

「ロードス、いるかい？」

少しの間があってドアが開いた。「どうしたの？」

「キッチンからアワを持ってきたぞ。オウムが好きだっただろ？」私はアワの箱を渡した。

「いらないよ」娘の視線が別の場所を向く。「オウムはもう……だめになっちゃった」

顔を上げて室内を見渡し、鳥の姿がないことでようやく彼女の言っている意味が「死んだ」ことだと分かった。彼女は痛ましい言葉を選ぶのを拒否した。生死や老い、病の忌まわしさを子どもに直接教えなくとも、それらは文字の中に潜んで伝えられるのだ。

私はその場で立ち尽くし、アワが場違いな物に見え、どうやって彼女を慰めたらいいのかも分からず、部屋に入るのか入り口に立ち続ければいいのかも分からなかった。「いつだい？　処理してこようか？」動物の死体は船内には置いておけないので、焼却するべきだ。

「何日か前……」ロードスはこの話を続けたくないようだ。「もう埋めたから」

「どこに埋めたんだ？」私はもう何の役にも立てないという無力感に襲われた。

「外」ロードスは船窓をチラッと見た。コートの裾にはシワができていた。彼女はポケットの中で拳を強く握り込んでおり、もうこの辛い話題を続けたくないようだった。「手は良くなった？」

私はとっさに防護手袋を背後に隠そうとしたが、バカバカしいやり方だということに気付き、身じろぎしなかった。「だいぶね。アイゴーが薬をくれたし」どうであれ、彼女は私を心配してくれた。

「ローが……お父さんを怪我させたあの落言人はずっと『ごめんなさい』って言ってる」とても大切なことを伝えたと言いたげに、彼女の目が輝き出した。「お父さんに言ってると思うんだ」

脳みそが揺れた。ロー。娘は落言人と友達になったのだ。

娘が手を差し出した。手のひらには黒い燐光を放つ石が載っていた。

七

「何度も言うように、彼女には抗放射線治療の必要はない。今まで受けた放射線量は、一日一時間ゲームで遊んだのと大差ない」

「だがあの石をポケットに七十時間以上入れていたんだ。この前は石を捨てたじゃないか」私は金属製の採鉱用サンプルボックスを床に置いた。なんでこんな物を捨てずに、苦労して金属製の箱に詰めてきたのだろうか。自分が尊重したのはロードスなのか、それとも落言人か？

「箱を開けるんだ、ドプリン。俺の放射線計測装置も目も何も問題ない。ロードスは健康さ」アイゴーはロードスの頭をなでた。彼女はとても怯えているようだった。「ここ数日気分が悪くなったことはないんだろ？」

ロードスは涙を浮かべて頷いた。

私は再三躊躇した挙げ句箱を開けた。石は私たちが拾った物より小さく、ヒマワリの種ぐらいの大きさだ。薄っぺらいひとかけらが大きな金属製ボックスの隅にあると若干寂しく見える。

「見ろ。何も問題ない」アイゴーはその種に腕時計を近づけたが、放射線メーターは全く動かなかった。

彼は石を手に取り、携帯用レンズでじっくり観察した。「この前のとはちょっと違うな。表面に光を反射する薄い膜がある。これが放射を阻害しているのかもしれない」

「この石の膜は、ローが石を飲み込んだ時にできたんだよ」。ロードスは話しながら、不可解な面持ちの私たちに気付き、すぐに「動物さん」を取り出して説得力を高めようとした。「木の枝を使って教えてくれたんだ」

「しかもその石をいつでも取り出せると?」アイゴーは話を進ませようと我慢できず質問したが、私は驚愕の表情を隠せなかった。

「うん。でもずっと出しっぱなしにはできない……と思う。最近、ローの元気がどんどんなくなってくの。でも石を返そうとするたびに、お父さんの船に向かって、ごめんなさいって言うんだ」

「どうやって交流してるんだ?」アイゴーが膜に包まれた言岩を弄びながら尋ねる。「つまり、『動物さん』がローの気持ちを簡単な中国語に翻訳することはできるだろうが、ローはどうやってロードスの気持ちが分かるんだ?」

ロードスは目を瞬かせるだけで答えなかった。彼女はこれについて細かく考えたことがなかったのかもしれない。

私は意外に思いながら、納得が行かない戸惑いを覚えていた。未成年の娘が、ほとんど子ども騙しの動物用身体測定翻訳機、あるいはおもちゃとしか言えない物を使って、あの一人、または一頭、それか一匹、どのような単位で呼べば良いのかすら分からない生物である落言人の、耳すらもない異星の生物を理解したのだ。ロードスがこの三日間であのローと過ごした時間は、この三週間で私と過ごした時間より長いのかもしれない。オウムを埋葬する時に私を呼ばなかったほどだ。

無力感から静かな怒りが芽生えた。

顔を上げて口を開こうとしたら、アイゴーはもういなかった。
石ももうなかった。

八

アイゴーはボイラー室のエネルギー変換装置のそばにいた。彼は、膜に覆われた言岩をエネルギーに変換できると興奮気味に言った。「簡単に言うと、ミクロの原子力発電機だ！　サブ電気回路に銅片を二枚入れただけで、船の出力が一気に下がったぞ。今からちょっと試してみよう」

彼はいくつかのスイッチを起動し、ロードスと私をドアのそばに立たせた。ロードスはアイゴーの口から初めて「言岩」という言葉を聞き、小声で真剣にその発音を繰り返した。アイゴーがエネルギー充填バルブを切り替え、上部にあるランプが消えたかと思うと光り出し、パッという音と共にまた消えた。失敗かと思いきや、アイゴーはとてもうれしそうな声を上げた。

「やった！　いま部屋に電力が供給されたぞ！」

「でも今は電気が通ってないでしょ」ロードスは室内を見渡した。

「原子力の出力が高すぎたせいだ。電圧変換器の回路をちょっと修理すればいい。これでエネルギー源ができた」アイゴーはロードスを抱き締めてグルっと一回転した。「ロードスのおかげだよ！」

「私じゃなくてローでしょ」彼女はアイゴーほど感動しておらず、むしろ少し不安がっている。「じゃあ、もうすぐ家に帰らなきゃいけないの？」

「ああ、この言岩でエネルギーを供給できたら、明日には……」

「駄目！」ロードスは慌てた。「それはローが貸してくれた物だから……返さなきゃ」

「彼がそう言ったのか？」アイゴーが疑わしげに聞く。

ロードスの頬が赤くなった。どうやらローはそんなこと言っておらず、彼女が一方的に必要な物だと考えているようだ。まるで私が、彼女は私を必要としているに違いないと思っているのと同じく。

アイゴーは悟られないように私に視線を向け、肩をすくめて微笑んだ。意味は、「お前に任せる」ということだ。

私は突然、しゃがむ必要がないことに気付いた。二年前まで、彼女の話を真剣に聞く時は、少し屈まないと彼女と同じ目線に立てなかった。生まれたばかりで、片手で持ち上げられるほど小さいと思っていたロードスももう百六十センチになる。

「ロードス。お友達は言岩を返してほしいとは言わなかったんだろ。この星にはたくさん石がある。昨日もアイゴーと拾ったんだ……」

「地面に落ちたのは駄目なの。地面の石は喋らないから」彼女は「動物さん」をつかんで力いっぱい喋る。

「空の石は一年喋れるけど、地面の石は一日しか喋れないの」

「なるほどそういうことか！　落言人はカドミウム膜で言岩の核分裂を抑えているが、地上に落ちた石はすぐに反応が終わるんだ。道理で雪の中に立っているはずだ」アイゴーは興奮気味に話を続けようとしたが、私を見て口を閉じた。

技術的な問題をすぐに解決させせろと彼に目で合図し、ロードスを自分のそばに連れてくる。

「ロードス、お父さんたちはここで三カ月も待っていられないんだ。停滞しすぎて、全部の作業が延期してる。この小石はお父さんに作業員全員の三カ月分の給料を節約してくれるし、長期間のエネルギー費用問題も解決してくれる。馬鹿にならないお金だ。生活も良くなって、新しいオウムも、子猫だって買ってあげられる。子猫が欲しかったんじゃないのか？」

彼女はずっと黙り込み、何度もつばを飲み込んだ。

「ローの言岩を持って行かなくても、三カ月後に安全にここから離れられるんでしょ。食べ物も飲み物もあるから、ここで死ぬことはないんでしょ。でも言岩がなかったら、ローは多分死んじゃう……」

私の注意力は彼女の頭上に向いていた。アイゴーがボイラー室の変圧器をいじっている。何世代前という設備ばかりで、エネルギー炉の周りはますます物があふれるようになった。こういうときにロードスが無料のエネルギーを拾ってくれたことで、全てが一変し、あと数回業務で往復すれば新しい船も買える。

それに私はもともと宇宙人の生死に関心はない。

だが、心を鬼にして彼女を突き放さないのはなぜだろう。

彼女は努力して自分を制御している。「もっと大切なことなの」

彼女の声の中に、疑う余地のない力強さを感じた。それは私への山びこで、権威的な父親に対して子どもができる全てだった。

彼女はたとえお茶を濁されても、私の話を真剣に聞いた。だが私は彼女の話を聞いたことがなかった。

飛行船とロードスの間で一瞬揺れ動いた時、エネルギー炉が急に音を上げて作動し、アイゴーがペンキの剥がれた検電器を持って扉を閉めた。

「雪が溶けた！」彼は震えてた。「言岩のエネルギーが反応炉に流れ込んで、雪の中の水素が放出された。燃料缶が補充されている」

ロードスは厳しい表情をほころばせ、恐る恐る口を開いた。「それって、言岩をローに返してから、水素で家に帰れるってこと？」

アイゴーは私がとっくに娘を説得していると思っていたようで、ロードスがまだこの件に固執していると思わず、興奮した自分を恥じていた。「いや……違う。あの石はもう取り出せない」

ロードスの目が大きく開いた。アイゴーおじさんは今まで嘘をついたことがないのだ。

「言岩はいま船と反応炉に給電している。高電圧だ。その電圧に適応する配電システムを調整し、炉とサーモスタットが今までにないパワーを見せている。もしこの新しいエネルギーを突然止めて、古い電力システムに直接切り替えると、とたんに電力でシステムがオーバーロードを起こしてブレーカーが落ち、船全体が停電する。この原子力エネルギーを止めず、炉だけを閉じても、流れ続ける巨大な電力を消費しきれず、やはりブレーカーが落ちる」

「停電すると船が壊れるの？」ロードスはアイゴーの話を理解しようとした。

「停電そのものでは壊れないが、反応炉を閉めた時に内部の温度が自分から下がることはないし、化学反応も急に止まらない。サーモスタットと水素を液化する周辺機器が全て作動しなければ、炉の熱がすぐには下がらず、水素が増えていき……」

「船が爆発する」ロードスが床を見つめながらつぶやいた。

もう説得する必要がなくなったと思い、私は息をついた。しかし彼女が一歩ずつ去っていく足音が耳に入り、自分を殴りたくなった。

九

　落言人にこんなに近付くのは二回目であり、間近でこの種族を観察するのは初めてだった。だが目の前の落言人は前回見た時とは様子が全然違っていた。平べったい手は縮まり、すべすべしていた体はひらかび、錯覚かと思ったが本当に小さくなっているようだ。雪原に座る彼は、ゆっくりと首を上げて傷ついた私の手を見た。

「これがロー」その言葉ははっきりと私に向けられていたが、ロードスは私を見なかった。そして指の向きを変え、ローに「これがお父さん」と言った。

「ごめんなさい」という声が「動物さん」から発せられた。三日前にロードスの部屋から出て行った時に喋ったのはオウムではなかったことに気付いた。

　ローは聴覚を持っていない。ではどうやってロードスと意思の疎通を取っているのか。ロードスの体温や血流の変化を防護服越しに察知し、思考ごとの彼女の身体の状態を識別しているのかもしれない。熱も放射の一種だから、思考によって変化する。誰も感知できない状況の中でも、誰もが自分自身を放射し続けている。

私のことを考えている時の彼女は楽しいのか、怖いのか。体温は〇・〇一度上昇するのか。

金属製の箱を置いてロックを解除し、自分たちのイマーションスーツがきちんと装着されていることを再度確認してから、蓋を開けた。

中には鉱夫たちが落言星のあちこちから収集した、または地面に落ちたのを拾った黒い石が詰まっており、黒い燐光を整然と放っている。

言岩を集めるよう彼らを説得するのは想像よりずっと簡単だった。十数の説得のパターンを考えた結果、真実を伝えることに決め、ロードスの友達を助け、飛行船の手伝いをするよう訴えた。助けに行くかどうかは各人の判断に任せたが、意外なことに全員がやる気を出し、イマーションスーツの着替えに列をなし、小隊長たちは作業効率を高めるよう正規の業務と同じぐらい真剣にグループ分けした。石を探すのは彼らの得意分野だ。半日も経たずに箱は満杯になった。

空の石は一年喋り、地上の石は一日喋る。ならば、地上の石を数百個与えよう。これでロードスを満足させられると思っていたが、どうやらそうではなさそうだ。

ローの方へ箱を推し、色々考えて「ありがとう」と言った。

ローは相変わらず私を見ている。やはり聞いても分からないみたいだ。

ロードスはマスクの下で歯を噛み締め、鼻がほのかに赤くなっている。

「ありがとう」突然「動物さん」が翻訳を始めた。

とても面白い。彼は私の放射が聞こえていないかもしれないが、ロードスのは聞こえている。彼らは猫と一緒で、特定の人物に対してのみ特定の言葉を発し、これまで長い時間をかけて耳を傾けた対象の言葉しか聞き取れないのかもしれない。

ローはすっかり萎んだ扁平な手で言岩を摑んで胸部の穴に放り込んだ。どうやらそこが体内に通じる穴のようだ。それからしばらくもしないうちに石を吐き出した。その動作が十数回も続くと、私にもようやく変化が分かった。手のしなびていた箇所が徐々に膨らんでいき、先っぽには熊の手のような指の分かれ目が出てきた。

これは人の手か？　ロードスの形状を吸収し、理解したのか？

あの鳥そっくりの落言人を思い出した。彼はオウムを見つけ、まだ体温が残っていたオウムの微かな放射を吸収したのかもしれない。それが一時的な擬態か、長期的に残る痕跡かは分からない。ロードスは目尻や鼻梁が私に似ており、また私の怒りっぽさ、頑固さ、勇敢さも持ち、口からはたまに船内の人間の口癖や見識を発する。これらの痕跡も歳月によって徐々に深く積み重なり、または磨り減って浅くなる。これらの変化がいかなる時でも互いに繋がり合って進行した結果、その瞬間のロードスがつくられる。

彼女のあらゆる瞬間がみな新鮮であるのに、私は立ち止まって真剣に見たことがない。ただ一人をそばに置いただけでは、彼女を理解できないのだ。

ローはひっきりなしに石を飲み続け、人一人が入れるケースにいっぱいだった石がもう半分になり、雪面には使用済みの言岩が積まれ、徐々に小さい山となった。それでも、彼の体が干からびたままなのが私にも見て取れる。

ローが回復したのを見て安心していたロードスも焦り始めた。握り締めた拳や前屈みの姿勢から、言岩の量を心配しているのが分かった。箱の隅の底が見え始めたが、ローが本来の柔軟でつやつやした体に戻るまでまだだいぶかかりそうだ。

緊張した空気を変えようと思ったが、何をすれば良いのか分からない。そんな時、「動物さん」が私より先に口を開いた。

「大丈夫、ありがとう、大丈夫」

巨大な悔恨と挫折感で溺れた私は、一瞬にして三者の中で宇宙人になった。ロードスは一言も発しなかったが、私もローも言葉ではない信号から彼女の不安を読み取り、共に彼女を慰める気持ちが芽生えた。だが、私たちの違いは、私が何を言えばいいか分からず、ローが分かっていたことだ。

ケースが空になった。半径十キロ以内で見つけられる地上の石が使い終わった。

「石」ローはゆっくりと動きを止め、空になったケースを見て言った。彼はいまどういう気持ちなのだろう。彼に気持ちはあるのか。私はなぜ気になり出したのだろう。

予想に反し、ローはロードスに向かって引き続き「石」と言った。

「動物さん」がまた故障したと思った。機械は絶え間なく「石」「石」「石」と発言し、ローはまだロードスの方を向いている。しかし突然、「動物さん」の構造が単純すぎて、「石」という言葉しか訳せていないことに気付いた。ローが言いたい言葉は、「言岩」だ。

ロードスは彼の心の中の言岩だ。天から降り、熱を放射し、詩や歌のように振る舞う。彼らはみなこうして、雪と他の物が自分の身に降りかかるのを待つ。彼らは観察し、聞き、受け入れ、吸収し、理解し、与える。彼らの死は新たな放射を受け入れないことで、彼らの生は絶対零度以上のあらゆる対象だ。

彼らには耳がないが、私たちより細かく聞き分け、一つの光子すらも漏らそうとしない。

今の光景を彼がどのように聞いているのかは分からない。ロードスは彼の必死の呼び掛けと慰めの中で、下唇を噛んで声を殺して泣いている。

少なくとも私が聞く限り、耳をつんざく沈黙の声に、物理学の定義を越えた意味が現れ始めた。

十

イマーションスーツを冷房モードのハイパワーに設定しているのに、私は熱さで満身大汗をかいていた。

「もう一度言うぞ、ドプリン。お前が一言言えば、俺たちはこの馬鹿げたことをすぐに止める」

反応炉は天を貫く大きな柱のように、ボイラー室の中央にそびえている。通常、この炉を使って異星で製錬する。目的の大部分は価値のある元素であり、どれも煆焼(かしょう)という簡単で乱暴な方法で原石から分離できる。

現在、炉で焼いているのは落言星の雪だ。純粋な水素が雪の結晶から分離して水素ガスとなり、またたく間に液化して上の冷却管から燃料缶に入り、不純物が炉の底に残る。アイゴーが炉を開けて出て行ってから二日経つが、最初に入ったのが私になった。

「作業員が撤収したのは正解だ。だが船にはお前以外にまだ俺がいる。炉が爆発したら、死ななくても障害が残るぞ」

言岩とシステムの連結を切断した後に高温のボイラー室に残り、適切なタイミングで反応炉の周辺システムを起動するのが私の任務だ。こうすれば、炉で新しく生成された高温の水素が逃げ場を失うことはない。アイゴーの任務は、上階のコントロール室でエネルギースイッチの切り替え、および私が意識を失わないように会話することだ。

「……エネルギーシステムを切り替えたらすぐにブレーカーが落ちる。その時はレバーを上げられなくなるぐらい回路が熱くなるが、少し間を置けば自然に冷却する。数十秒かかると思うが、俺もよく分からん。圧力計に注意して……」

意識が朦朧としてきた。アイゴーの声がイヤホンから断続的に聞こえるが、彼がずっと喋っているのは分かる。熱すぎるだけだ。この場所は人がいていい場所じゃない。イマーションスーツは本当に作動しているのか。

「限界を超える……元に戻らない……石なんか放って……冷却管が割れる……」

灼熱の記憶とロードスがまとわりついて一つになる。

火星の夏至は夜九時でも太陽が空を照らし、死にそうなほど暑い。彼女は窓のそばに現れ、ひとたび泣いたかと思えば小さな四肢を動かして笑い出し、人混みの中から私を見つけ、私を見据え、私にもそうしてほしいとお願いする。その時の彼女は永遠に沈まない太陽のようで、私は彼女のひまわりだった。

「ドプリン？」

だが間違っていた。ひまわりは太陽の考えなど聞いたことなく勝手に行動するのに、それでもそれが双方向の愛だと思っていた。全ての親と同じく、私は彼女のことを気にかけていたが、彼女がどう感じているのかを気にしたことがなかった。

「始めろ」

「何とか言え！」

意識が戻った。「大丈夫。ちょっと熱いだけだ」大丈夫じゃない。諦めたい。「始めろ」

「しっかりな……」とアイゴーが言ったかと思うと、周囲の機器の作動音が部屋の灯りと共に消えた。ローの言岩はもう電気回路系統から分離し、システムはすでにダウンし、船内には化学反応を起こしている炉と私のイマーションスーツだけが独立して動いてる。

ロードスが顔をそむけて去っていく足音、「動物さん」を力いっぱい掴んで修理を頼んだ時の指先の血管が絞り出す音、「パパ」と叫んだ時の口と唇が触れ合った気流の音。

肘と後頭部が最初に著しく熱くなった。

お願いしている口調、高望みしない口調、失望した口調。彼女が世界に初めて登場した時に発した泣き声、ローの前で涙がマスクの中で蒸発して水分子となりブラウン運動が発した衝突音。

圧力計が炉の限界を訴える。腕時計が回路の冷却がまだ終わっていないことを訴える。まぶたが熱中症を訴える。

満点の答案用紙を持ってきた彼女が、船長室の前で私が晩御飯を食べ終わるのを待ち、待ち疲れて壁にもたれかかり、眠っている時に発する規則的な寝息。私を待たずに何も一緒にしなくなってから、外にオウムを連れて行って雪を踏みしめる音。

待っていられない。飛行船の電力供給レバーを押し上げようとしたが、バーの熱がスーツ越しに伝わり、手のひらに焼けつく痛みと共に強い抵抗感を覚えた。コイツはまだ下がりたいようだ。腕の骨の力を使って、強引にそれを上げた。

部屋が明るくなり、作動音が聞こえ始め、想像の中で冷却管が再び冷気を散布し始めた。

痛くない手で言岩を拾い、おぼつかない足取りで外に向かった。ロードスの笑い声が再び耳元で響いた。

十一

「本当にそうしたいのか」

「うん」ロードスが船窓越しにますます遠くへ離れる白い惑星を見つめる。黒い山脈が積雪を割り、平原にしわをつくっている。「語学学校に行きたい。異星言語の仕事に就きたい」

「そういう学校に入るのは難しいぞ。未知の文化に接触するのも危険だ……」手が火の点いたように痛み出した。手はこの一週間で凍傷と火傷を経験した。唯一変わっていないのは、相変わらず無意識的に手を背後に隠そうとすることだ。

「成績良いんだし、危険でも怖くないよ」

「怖い怖くないの問題じゃない」

「ローは私たちが原子力を必要としてることなんか知らなかった。彼はただ、自分があげられる一番良いものをくれただけ」

私もだ。私もそうしたい。

「推測した原因が正しいかは分からない。アイゴーおじさんは、落言人が分裂する放射性物質の上で発展させた文化を分かる人間は、人類世界にはいないって言ってた」

彼女は振り返って私を見た。口調は柔らかいが、目の奥には疑いようもない決意が満ちていた。

「でも知りたいの、落言の言葉を。落言だけじゃなく、この星域にはまだ他の言葉があって、この星域の外には別の星域があって。誰かがやらなきゃいけないことなの。声があってもなくても、言葉はとっても大切なものだから」

彼女を抱き締める力が強すぎたから、羽ばたく時、より遠くに飛んで行きたがるのかもしれない。アイゴーが言った通り、人体のフィードバックは負荷より常に強い。

落言星に来るまで、ロードスを自分のそばに置く理由について本当に考えたことはなかった。自分が彼女を守り、彼女に寄り添い、いつでも彼女の願いに応え、できる限りの最良の生活を彼女に与えたいからだと思っていた。実際、最後の部分はほとんどできていた。最新の電子機器、ペット、おやつを欠かすことはなく、船内の誰もが彼女を愛し、彼らは彼女に面白いものを与え、危険な場所から遠ざけた。

だがそれらは全て、本当の理由を隠していただけだった。私には彼女が必要だった。

ロードスは外を眺めている。白い惑星から離れていくと同時に黒い宇宙が視界を占め始める。彼女の心はもうこの船から離れていた。

彼女はローに言岩を返しに行った時、「動物さん」を持たずに出て行った。もういらない、と彼女は言った。

今まで「愛している」と言ったことはなかったが、一部の言葉は「言う」ものではない。

「そばにいる」こと以外でも、愛は他の言葉や方法で表すことができる。例えば、聞くことや理解することだ。

「お父さんはロードスの決定を尊重するよ」

時のきざはし

滕野（トン・イエ）
林　久之　訳

"时间之梯" by 滕野

――秋風渭水に吹き、落葉長安に満つ。（賈島《憶江上呉処士》）

車がしきりに揺れつつ高くそびえる宮門の前にさしかかったとき、陳渙央の脳裏に浮かんだ詩句だ。彼女はみずから言い聞かせる。これは何世代もあとの詩句で、いまの長安を描写したものではない、と。

「車を降りよ」外から伝わってきたのは冷然たる声で、たちまち垂れ幕が掲げられると、干からびた顔が現れた。

陳渙央の意外そうな様子を見て、その顔にはからかうような笑いが浮かんだ。

「何じゃ、おのれは車馬のまま未央宮に入れる身分とでも思うたか？」

陳渙央は何も言わなかった。これは皇帝からの命令なのだ。

「降りよ」老宦官が再び催促した。

陳渙央は従順に車を降り、老宦官のあとに従った。宮門を入ると、延々と続く通路が現れ、通路の突き当りが未央宮の前殿になっている。前殿は高く築かれた台の上に据えられ、そこにたどり着くと、さらに一筋のきざはしを上ることになるのだ。

時はたそがれに近く、秋の光のもと未央宮は静まり返り、殿宇は沈黙したままいやが上にも厳かにそびえて、ここの主が威儀を正しているがごとく、仰ぎ見るのも憚られた。

陳渙央は宜室殿の外でずいぶん待たされた。腹は立たなかったし、焦りもしなかった。いまや時間だけは十分にあった。ようやく、老宦官が中から現れた。「退屈いたしたか？」横目で陳渙央を見て、たずねた。

「どういたしまして」陳渙央（チェン・ホアンヤン）は静かに答える。「かつて文皇帝はここにて賈誼（かぎ）をお召しになり、景皇帝は晁錯（ちょうさく）をお召しになり、董仲舒（とうちゅうじょ）先生もまた読書人のために万世の規矩を締結なさいました。宣室殿の門外に待つことは、誰にとっても光栄なことにございましょう」

老宦官は驚いた。陳渙央（チェン・ホアンヤン）にこんな応対ができるとは思いのほかだった。「たしかに、そなたは光栄に思わねばならぬ」口調がいくらか柔らかくなった。「入るがよい。陛下には会ってくださるとの仰せじゃ」

陳渙央（チェン・ホアンヤン）は頭（こうべ）を垂れて宣室殿に進んだ。かつて叔孫通（しゅくそんつう）と蕭何（しょうか）が定めた礼法に従い小刻みに進み、礼を行った後、その場に立ったまま、ひとことも発しなかった。

「顔を上げい」大殿の上からついに老いさびた声が響き渡る。

陳渙央（チェン・ホアンヤン）が言葉に従って顔を上げると、そこに坐る男はすでに年老いて、歳月人を待たずというとおり、頭髪は真っ白く、顔にはいくつもの深々とした皺が加わっていた。ただその威厳だけはいささかも減ずることなく、かえって昔に比べ日々に増すかと見えた。ただそこに坐っているだけで、大漢帝国、すなわちこの天下の主なのだった。死後、子孫は彼を漢の武帝と呼ぶことになるのだ。

「なんと女であったか」しばらく見つめた後、武帝は嘆息するように言った。「そのほう何者じゃ？」

「ここにいてはならぬ者でございます」陳渙央（チェン・ホアンヤン）は答えた。

「朕（ちん）はここにいてはならぬ者をあまた見てきたし、ここにいてはならぬ者をあまた殺してきた」武帝の干からびた唇に冷笑が浮かんだ。「騙（かた）り、やぶ医者、敗軍の将、無能なる官吏、そのほうはいずれに当たるかな？」

「いずれでもありませぬ」陳渙央（チェン・ホアンヤン）は武帝の恫喝（どうかつ）にびくともしなかった。「あえて申しますならば、道に迷った者、帰る道を探している者にございます」

「それならば、道を誤ったな」武帝は目を細めた。「未央宮は朕の家じゃ」

「むしろ時代を誤ったと申しましょうか」陳渙央（チェン・ホアンヤン）の放った言葉は、武帝を混乱させた。「わたくしは未来から参りました」

「朕はあまたの方士を見てきたが、みな一様（いちよう）に、口にするのはことごとくわけのわからぬ話ばかりであったぞ」武帝は身を乗り出して、「朕は文帝でもなければ景帝でもない、賈誼や晁錯はあるいは鬼神の説によって先の二帝に寵幸せられたかも知れぬが、そちはそうはいかぬぞ。一度は呪詛の一件で大漢帝国の筋や骨を傷つけたこともあったが、朕は二度とだまされぬ。もしかすると、朕はたった今そちを殺して、江充（こうじゅう）のごとき衆を惑わす妖言を絶つべきかも知れぬな」

陳渙央（チェン・ホアンヤン）は黙って何も言わなかった。つい最近やっと結束した呪詛の事件は連座した者も広きにわたり、百年千年のちの史書に記されて、いつまでも人の耳目をそばだたせることになるのだ。

「そちは朕のため様々な働きをなしてきた」武帝の目は深くくぼみ、くぼみの奥の光にはこの上なく烈しいものがあった。「張騫（ちょうけん）は西域にあってそちの道案内を得た。郭去病（かくきょへい）と衛青（えいせい）は漠北の地でそちの伝える敵情を知った。桑弘羊（そうこうよう）と東方朔（とうぼうさく）はいずれもそちを賞賛してやまなかった。朕が即位して数十年、大漢の天下の至る所にそちの影を見た。それが朕の老いてほどなく世を去るというころになって、ようやく未央宮にて朕に会おうとしたは、何ゆえじゃ？」

「参るのが早ければ、陛下はわたくしを仙人と思われたかも知れませぬ」陳渙央（チェン・ホアンヤン）は武帝の衰えた顔を見て、心中何ともいえないものが浮かび上がるのを覚えた。

「仙人、仙人とな」武帝はまたも嘆息して、「朕は李少君（りしょうくん）に一度だまされておる、もう懲りごりじゃ。朕の治世と武略を語るならば、秦の始皇帝を超えぬものなど一つとしてないが、ただ仙術を求めることにおいては、ともに竹篭で水を掬（すく）うがごとき空（むな）しさであったわい」

「この世に仙人などおりませぬ」陳渙央（チェン・ホアンヤン）はうなずく。

「それゆえ、そちにも朕に不死をもたらす法はあるまい」と武帝。

　陳渙央（チェン・ホアンヤン）も再びうなずいた。

「そちのほかに、もう一人の男が同行しておったはずだが。聞くところでは西域と漠北とを問わず、そちたち二人は形影不離であったという。あの者はどこにおる？」武帝は宣室殿の入り口を眺めながらたずねた。

「かの者は……」陳渙央（チェン・ホアンヤン）はふと顔を曇らせた。「もう永遠に去ってしまいました」

　武帝はしばし思いに沈んだが、まもなく、目の前の女の不思議な言葉を詮索（せんさく）するのはやめることにした。朝廷は酷吏に事欠かず、この女の来歴を追究する気になれば、武帝にはいくらでも手立てがあった。さしあたって大切なのは……

「朕に残された時間はいくらもない、一つ答えてもらわねばならぬ……大漢帝国が人力物力を傾けて成さねばならぬことじゃ」武帝の声が突然はっきりした口調になり、金属を打ち合わせるような力強いものになった。「もしもそちが朕に会いに来たのが報酬のためであるならば、何なりと申せ」

　傍らの老宦官がさっと顔色を変え、眼には抑えきれない羨望の色を浮かべた。天子の一言（いちごん）、万金（ばんきん）の値（あたい）どころではない。

「わたくしはこれより消失いたしたく存じます」陳渙央は考える様子も見せずに言った。

武帝は驚きの余り、すぐには反応しなかったた。「消失じゃと?」それから大笑いして言った。「ならば朕はそちを刑部の臣下どもに紹介してやらねばならん、あの者たちは人を牢獄から蒸発させる法などいくらでも承知しておるぞ」

「刑部の手を煩わせるまでもありませぬ」陳渙央は首を振る。「太史公に会わせて下さいませ」

武帝の顔色が沈む。「宮刑になった者に会うと申すか?」

「ほかの方ではつとまりませぬ」陳渙央は言う。「わたくしを歴史から徹底的に消失させるのはあの方にしかできませぬ」

「朕には理解できぬ」武帝が三たび嘆息した。「だが朕の言葉は必ず行われねばならぬ。そちはいつ会うつもりか?」

「たった今」と陳渙央。

武帝は眉をぴくりと上げたが、それ以上は訊かず、例の老宦官に言いつけた。「楊得意よ、この女を天禄閣へ帯同せい」

冷ややかな月光のもと、未央宮の床の敷石は一面の霜かと見えた。

夜それ如何? 夜いまだ央ばならず。

「着いたぞ」老宦官が手を伸べて指さす目の前の高閣、その窓の一つから灯火が洩れていた。「どうやら司馬どのはまだ休んではおられぬ。そなた自分で行くがよい、年寄りは外で待つとしよう」老宦官は石段の下に立ち止まり、それ以上天禄閣の中に入りたくないように見えた。

陳渙央は扉を推して入っていった。中にいたやつれた老人が顔を上げ、誰が来たのか懸命に見分けようとする。「何者じゃ？」

「太史公よ」陳渙央は向かいの席に坐った。「わたくしがお分かりになりませぬか？」

司馬遷はしばらく考えていたが、その眼がしだいに光を帯びてきた。「分かったぞ！　そなたは……」

「お分かりならば結構でございます」陳渙央は手を上げてその言葉をさえぎりながら言った。「わたくしはここにいてはならぬ身、よって、忘れていただくために参りました」

「それは何ゆえじゃ？」司馬遷は訳が分からない様子で見つめる。

「わたくしへの借りを返していただくのです」陳渙央は言った。「それと、あなたはわたくしのことを史書に記しておいでですね」

「さよう」司馬遷は机の上の竹簡を指した。「まもなく書き終えるところじゃが」

「どうか史書の内からわたくしの登場する箇所を一切削除して下さいませ」陳渙央はためらわずに言った。

司馬遷は驚いた。「それは、いささか承知しかねるのう」彼は答えた。「史官とは筆を取ったら書かねばならぬもの。昔そなたと会うたとき、もう一人の先生が添うておられたが、あの方もこの史書の中に座を占めておられますぞ」

「あの方のことも一緒に削除して下さいませ。三十二年前、司馬子長先生はわたくしに、いつかきっと願いをかなえてくださると仰せられました」陳渙央はまっすぐに眼を見ていた。司馬遷は漢の朝廷の太史令に過ぎないから、彼の答えと武帝の答えとは、その重みは同日の言ではない。だが二人とも決して前言を翻すような人物ではないと陳渙央は知っていた。

司馬遷はじっとその顔を凝視していたが、ついに頭を垂れ、難しい決断をしたように言った。「大漢帝国が後世に伝えるあらゆる文章から、そなたと、かの先生に関して一字たりとも残しますまい」

太史令は宮中の典籍を掌握している。彼のいまの承諾には、武帝みずからの承諾よりもさらに効力があった。陳渙央は立ち上がって司馬遷に会釈をした。「太史公にはお手を煩わせますが、わたくし天禄閣の中に参照したい典籍がございますれば、長年の願いを叶えていただけませぬか」司馬遷は手を振った。「朝廷の蔵書は、ことごとく天禄・石渠の両閣にある。お好きなように」

陳渙央は燭台を手にすると、司馬遷の背後のひときわ大きな書架に向かって歩み去った。天禄閣は漢代皇室の書庫であり、巻子のたぐいが霞むほど積まれている。書架のあいだをいくつか曲がると、司馬遷の机の豆粒ほどの灯火はすでに見えず、ゆらめく火影ばかりになった。

陳渙央は黙々と足数を数えて、百四十歩になったところで、天禄閣の奥深い壁の一つで立ち止まった。壁のおもてを手探りしていくと、壁は軽い音を立てて、一つの扉が現れた。背後を望んでも、誰もついて来ない。扉を開けば、中は狭い階段になっている。

上る前に、陳渙央は最後に頭をめぐらして、ちらりと窓の外を見た。

漢宮の秋月、月華まさに濃やかなり。

時を同じくして、楊得意が御林の軍を引き連れて天禄閣に踏み込んできた。武帝の意思は明らかであった。陳渙央に恩賞を与えると約したが、裏の意味は殺せということである。漢の朝廷の上から下まで彼女に借りのある者などいはしない。かほど不思議な力を持つ者は、功を立てていても、決して生かしてはおけないのだ。

だが御林の軍が見たのは司馬遷の驚愕の顔だけで、陳渙央（チェン・ホアンヤン）の行方は知れなかった。

ハルン・アルラシッド教皇（ハリファ）は玉座の下にいる女を見下ろした。両側に居並ぶ文武の大臣たちがひそひそと耳打ちしている。いつもならば、こんな不敬の挙動はハリファの厳しい懲罰を招くところなのだが、きょうはハリファ本人がすっかり驚きに包まれている——イスラム世界では、およそ先覚の子弟の土地である以上、女が朝堂においてやんごとなき陛下に謁見（えっけん）を賜（たま）わるなど前代未聞のことなのだ。

陳渙央（チェン・ホアンヤン）は横目で大臣たちを見渡した。どの顔もみな悪意に満ちていて、明らかに、ここは男のいる場所で、このような女の居場所といえば、ハーレムの華麗なる大床（おおゆか）だぞと言わんばかりである。

「そなたのことは覚えておるぞ」ハルン・アルラシッドがついに口を開き、宮殿はたちまち静かになった。「ビザンチンの軍隊と対峙したとき、そなたとそなたの夫の助けを得たことがあった。そなたの夫はいずこにおる？　先覚の定めるところでは、かの者を通じてそなたの話を聞くべきなのだが」

「あの者はアッラーのみそなわすところへと去ってしまいました」陳渙央（チェン・ホアンヤン）はイスラムを信仰してはいなかったが、イスラム世界における言葉や礼儀は心得ていたし、イスラムの人々とつきあう術も心得ていた。「願わくば先覚のご加護のあらんことを」

「そなた何が望みじゃ？」ハリファは単刀直入にたずねた。「あのときわしが約したのは、そなたたちへの褒美として、バグダッドで最も豪華な邸宅、チグリスの両岸の最も肥沃な土地を与えるということであった。アッラーにかけて、ハルン・アルラシッドは約束をたがえぬ、誓いを発したなら必ず行わねばならぬ」

「陛下、どうかご命令を。わたくしとわが夫がこの世界にいたという一切の痕跡をぬぐい去り、わたくしたちについて述べた記録も焼き捨てて下さいますように」

ハリファは眉をひそめた。なぜなのか理解できなかったが、詳しくたずねることはなかった。「たやすいことじゃ」一人の書記官を呼び出すと何事か言いつけ、書記官は命にしたがって立ち去った。「今宵より以後、バグダットの図書館にそなたたちに関する記載がとどめられることは二度とない」ハリファが両手を打ち合わせると、手にはめた指輪が打ち鳴らされ、澄んだ音を発した。みずからの威勢を帝国の隅々に行き渡らせ、民草たちにアッラーのほかただ一人のハリファの名のみを植えつけるべく、少なからぬ者の名を抹殺してきたのだ、いまさら一人くらい抹殺したとて何ほどでもなかった。「ほかに望みはあるか？」とハリファはたずねた。

「どうかわたくしのために最も早い車馬を調え、わたくしをパミールまで送って下さいますように」と陳渙央(チェン・ホアンヤン)は答えた。

パミール。ハリファは知っていた。その山脈の向こうには、また別の強大な国があって、その風俗、言語、文化いずれも先覚の教えのもとにある土地とは大いに異なるということだ。

「そなたの容貌からすると、たしかにパミールの向こうから来た民のようじゃ」ハリファは言った。「そなた郷里に帰るというのか？　バグダッドで生涯を終えてもよいのだぞ、このアッラーの守護し給う街で、世のすべての楽しみを尽くすこともできるというのに」

「感謝申し上げます」陳渙央(チェン・ホアンヤン)は礼をした。「たしかに郷里に帰りたいと願っておりますが、わが家は決してパミールのすぐ東ではなく、それは帰る途中の宿（しゅく）の一つに過ぎませぬ。わたくしは明日より参りました」

ハリファはあまたの占星術師を見てきていて、目の前の女の話し方も彼らとまるで同じであると見て取った。

「とどまるのを望まないとあらば、強いて止めはすまい」ハリファはうなずいた。「人に命じてそなたの住まいへ足の速い馬をつかわそう、明日は旅立つことができよう」

その夜、ハリファの親衛隊が陳渙央（チェン・ホアンシャン）の投宿する豪奢な駅館に踏み込むと、すでに立ち去ったあとだった。

「あの女は砂漠で死ぬことになるだろう」衛兵の頭領は駅舎を捜索して首を振った。「案内もおらん、もともと帰る気はなかったのだ」

そのころ、陳渙央（チェン・ホアンシャン）はすでにとある隊商とともに旅の途中にあり、らくだの鈴の音とともに砂漠に歩み入るところだった。

歴史学者として、彼女はこの偉大なる時代のことを知っていた。ちょうど『千一夜物語』に描かれるあの時代で、アラビア帝国は繁栄の極みにあった。アッバース王朝の著名な君主であるハルン・アルラシッドは才に長けており、行動において武帝に似た風格があり、人物を見て任務を任せるにあたっては細節にこだわらないと見えて実は疑い深く、彼の治下におけるバグダッドは世界で最も繁華な都市の一つであった——「一つ」という表現を外せないのは、西にビザンチン帝国のコンスタンチノープルがあり、東にも大唐の長安があったからである。

長安。またも長安を見ることになろうとは。

今も渭水に秋風は立ち、いまも落葉は城に満ちている。貞観、開元の繁栄に比べ、いまの長安はいささか蕭索の感があった。李世民や李隆基の時代はすでに過ぎ去り、李白や杜甫の時代も過ぎ去った。安史の乱よりのち、地方領主の力は日々に増し、虎視眈々とねらう壮漢の群れを彷彿とさせ、長安はといえば長い袖を翻す美人の壮漢らのあいだに舞うがごとく、微妙にして脆弱な平衡を保っているだけであった。

数ヶ月の長旅を経て、隊商はらくだの鈴の音とともに長安の城に入り、陳渙央はようやく再び漢人の衣服に着替えることができた。その夜は、やっと心置きなく眠れると思われた。漢の武帝が差し向ける御林軍の剣も、ハリファの衛兵の刀光も恐れることなく。

だがやはり久しく眠ることはできなかった。夢は単調な灰色ばかりで、その中にただ一人の男の面影と背中が見えていた。

李識非。無意識のうちに唇が動き、しきりにその名を繰り返していた。

山を下りる途中でその石段を発見した。

李識非がしきりに呼ぶのを聞いて、陳渙央が急いでロープを伝い滑り降りると、彼の目の前に着いた。李識非は真っ暗な洞穴の前に立っていて、洞穴のかたわらにはたった今動かしたらしい大きな石の板があった。

「ぼくが見つけたんだ」李識非が指さす石版は、誇張された人の顔が刻まれ、瞳のない大きな目が前に立つ突然の来客を見つめている。図案の輪郭はすでに明らかな風化の跡を見せていたが、顔に浮かべた神秘的な笑みをなお消せずにいた。

　陳渙央（チェン・ホアンヤン）はすぐに、これが古蜀文明のものだと分かった。三星堆（さんせいたい）遺跡の青銅の面の意匠が目に浮かぶ。例外なく大きくデフォルメされた目と不思議な微笑を持つ。だが彼女の注意はすぐに洞穴のほうに吸い寄せられていた。

「あなたが動かしたの？」石版をさしてたずねる。

「たたいてみたら、中は空洞だと分かった、だから——」李識非（リー・シーフェイ）は肩をすくめた。

　陳渙央（チェン・ホアンヤン）は思わずムッとした。「勝手に遺跡を開くと中の文物を損なうことになるのよ」彼女は李識非（リー・シーフェイ）を叱った。「竹簡、絲帛（しはく）、塗料、みんな日の光や空気に触れただけで、風に飛ばされてしまうかも知れないのよ、酸化して何も残らなくなることだってあるんだから！」

　李識非（リー・シーフェイ）はちょっとあわてた様子で、「ごめん……そこまで考えなかったんだ」頭を下げて、「すぐに元に戻すよ」言いながら石板を抱えて、元に戻そうとする。

「もう遅いわ、放っておいて、もう気密性は破れてしまったんだから」陳渙央（チェン・ホアンヤン）は押し止めた。「中に入って様子を見て、それから文物局の人に来てもらったほうがいい」

　洞内には真っ暗な空間が見えている。射しこむ光はとても弱く、どうにか一本のせまい通路が見えるばかりだ。

「何を見つけたんだと思う？　古代の王墓かな？」彼は心配そうに言った。

　陳渙央（チェン・ホアンヤン）は笑った。「ううん、そんなに甘くはないわよ、民国の時以来発掘や考察をしてきたんだから、四川盆地から大型の遺跡が突然出てくるなんて可能性はもうないの」

李識非が懐中電灯をつけて洞内を照らすと、中の通路は厚い石を削って作られ、石の表面にはつるつるした苔が一面に生えていて、ぽたぽた落ちるしずくの音がしていた。

通路は長いものではなく、四、五十メートルも行くと、目の前に半ば隠れた石の扉が現れた。陳渙央がよく見ると、扉には図案が刻まれていたようだったが、とうに歳月に侵食されて読めなくなり、かすかな模様のようになっている。手を伸ばしてさわってみると岩石の粉末が指の間からさらさらとこぼれた。

「何が書いてあったかわからないけれど、すっかり風化しているわ」陳渙央が言った。

石の扉の隙間からのぞくと、かなり大きな空間のようだった。「開けられるかな？」李識非が自信なさそうに陳渙央を見た。

陳渙央は肩をすくめた。「鍵はかかってないみたいね」

李識非が肩で押し開けてみると、中は階段になっていて、さっきの通路に比べると、意外なほど乾燥していて、苔も水滴もなく、階段に積もっているのは厚い土埃で、明らかに何世紀ものあいだ誰も足を踏み入れていないようだった。

「どっちへ行こう？」李識非は懐中電灯を上下に振った。階段はどちらの方向にも曲がり角が見えていた。

「下よ」陳渙央はためらわなかった。「歴史学者と墓泥棒には同じ癖があるの、どっちもいいものは深く埋まっていることを知っているから」

三十二段下りたところで、階段は直角に曲がり、続いて下へ向かう。そしてまた三十二段目で、さらに直角に曲がる。四つ目の階段を曲がったところで、李識非が急に立ち止まり、陳渙央は急には止まれず、彼の背中に突き当たった。「どうしたの？」

李識非は答えず、懐中電灯で前方を指した。階段の片側の壁に木の扉があった。好奇心を覚えて、陳渙央は前に出ると把手を動かそうとしたが、少しも動かず、蝶番がすっかり錆びついているようだった。

李識非は肩をすくめ、続いて下りていった。

まもなく、別の扉が見えた。陳渙央がまた試してみると、向こう側は何か重いもので塞がれているとみえて、李識非が力を入れて押しても、びくともしなかった。

続いて下りていくうちに、ほぼ一階ごとの壁にさまざまな意匠の扉があるのがわかった。石製、木製、鉄製などがあり、たいそう立派で、宮廷を思わせるものもあれば、血のような汚れがべったりとついているものもあり、中には鉄の鎖で閉ざされたものもあって、監獄のような不吉な連想を招いた。

二人は下へ下りて行きながらたえず壁の扉を試して行ったが、一つとして開けられなかった。十分ほどすると、陳渙央はついに少し怯えた様子で足を止めた。「どこまで深いのかしら？」気になって爪立ちしてのぞくと、階段は相変わらず下へ伸び、暗闇の中に消えていた。

「戻りたい？」李識非が振りかえって訊く。

陳渙央は唇を噛んで、うなずいた。「この扉が……」壁を指して「何だか怖いの」

「怖くないさ」李識非はその肩をたたいてなだめた。「もう一段下りてみて、ほかの道が見つからなかったら、戻ることにしよう」

「気をつけてね」陳渙央は彼の腕をとった。李識非はザックからもう一本の懐中電灯を出して手渡した。「心配いらないよ」

彼が曲がり角の向こうに消えたあと、陳渙央（チェン・ホアンヤン）はそれ以上内心の恐れを抑えきれず、地べたに坐り込んでしまった。しっかりと懐中電灯をつかんでいても、漆黒の闇に支配された空間では、懐中電灯の細い光など昔の火皿のように暗く、少しも安心させてはくれなかった。

陳渙央（チェン・ホアンヤン）は古蜀文明に伝わる一つの伝説を聞いたことがあった。先住民たちが崇拝する神々は森林の中の一切を取り仕切っていて、陽射しや雨や疫病から食糧の収穫にいたるまで、先住民たちはことごとく神々の意向を占って、然るのちようやく行動を取るのだという。以前の陳渙央（チェン・ホアンヤン）は古蜀文明の物語を伝説にしたものに過ぎないと思っていたのだが、いまや、何者かが石の壁の向こうからこちらを窺っているのをひしひしと感じていた――

森の古老のいう神々なのだろうか？　それとも何かもっと名状しがたいもの？

壁をじっと見つめると、石の壁は重々しく、堅固で灰色で、太古の時代からすでにこの地にそびえ、永遠にこのままなのではないかと思われた。懐中電灯の光の中、壁にはでこぼこの切石によって作られた奇妙な輪郭の影が浮かび、声を発することのない幽霊のようにこちらを見下ろしていた。

陳渙央（チェン・ホアンヤン）が電灯を取ってむやみに打ち振ると、壁の上の影もすばやく方向や形を変えた。そこには何もない、考えても無駄だ。彼女はそう自分に言い聞かせるほかはなかった。

ややあって、李識非（リー・シーフェイ）の呼ぶ声が聞こえてきた。「渙央（ホアンヤン）、下りておいで！」

何かから逃れるようにあとを追った。李識非（リー・シーフェイ）が立っているところには、少し開いた小さな扉があった。

陳渙央（チェン・ホアンヤン）が中をのぞくと、こんな地下深いところには絶対にありえないものが見えていた――燦爛たる星空だ。

それが長安をおとずれた最初のときだった。

街の通りに沿った建築の形や、城内に張られた布告の文字から、陳渙央（チェン・ホアンヤン）はすぐに結論を出した。自分たちは唐の徳宗年間の長安城にいるのだ。

李識非（リー・シーフェイ）はこれを聞くと、まず大笑いした。陳渙央（チェン・ホアンヤン）も何だか滑稽に思ったが、たちまち笑えなくなった。通りの向こうから手に松明を持った巡邏隊が現れ、兵士たちは自分たちを見るやてんでに武器を抜き放ち、突進してきたのだ。

二人にとって唯一の選択はさっきの扉へ逃げ込むことだった。李識非（リー・シーフェイ）は力いっぱい扉を閉めると、陳渙央（チェン・ホアンヤン）の手を引いて地下に向かい何十段も駆け下り、兵士たちが追ってこないのを確かめると、ひざの力が抜けてしまい、壁によりかかってはげしい息をついた。

「唐の……都では……夜間外出禁止なの」陳渙央（チェン・ホアンヤン）は襟をくつろげて、息も絶えだえに言った。「夜の二更を過ぎて街を歩くものがいたら、みんな盗賊としてつかまえられるのよ、もしつかまっていたら――」

李識非（リー・シーフェイ）も天を仰いだ。「神様に感謝しなけりゃ」

陳渙央（チェン・ホアンヤン）も李識非（リー・シーフェイ）も現実を受け入れるのに慣れているほうだった。最初の驚きと恐怖が去ると、興奮と感激が心臓をとらえていた。ここはありきたりの遺跡ではなかった。たえず階段に沿って下りていくうち、陳渙央（チェン・ホアンヤン）の豊富な歴史学の知識を借りて、自分たちが一つまた一つと時代を越えているのを発見したのだ。

それは歴史学者にとって夢のような出来事だった。李識非（リー・シーフェイ）にともなって下るあいだに、陳渙央（チェン・ホアンヤン）は漢や唐時代の長安、アッバース朝のバグダッド、ユスチニアヌス時代のコンスタンチノープルを訪問していった。この階段はまるで迷宮の中枢のように四通八達していて、それらの扉は二人を古代のバビロンから、最古のエジプトの名城テーベにまで連れて行ってくれた。むろん、それらの時代の偉人たちに会うこともできた。ハルン・アルラシッド、司馬遷、衛青、霍去病、そうした人々と交わることができたのだ。もうすっかり好奇心を抑制できなくなり、階段をたえず下へ下へと、時の大河にそってどんどん遡って行き、やがて――

それはテーベを離れたところにはじまった。ずいぶん階段を下っていたのにどんな扉も現れず、冷たい石の壁はすべすべとして硬く、それでも狭い階段は依然として続いているのだった。

陳渙央（チェン・ホアンヤン）は不意に夫の顔がなんだかおかしいことに気づいた。「あら、あなたの顔どうかしたかしら？」

「ぼくの顔？」李識非（リー・シーフェイ）は疑わしそうに両頬をさすってみた。「どこがおかしいって？」

「自分で見てごらんなさい」陳渙央（チェン・ホアンヤン）がバックパックから折りたたみの鏡を出し、李識非（リー・シーフェイ）が受け取ってのぞくと――思わず悪態をついた。目鼻立ちに変わりはなかったが、頬骨がやや高くなり、額が張り出し、おまけに顔全体がかなり扁平になって、まるで正面から一撃を見舞われたようになっている。

「あなたの腕ってそんなに毛深かった？」陳渙央（チェン・ホアンヤン）が眉をひそめた。「しばらく手入れしなかったからだろう」李識非（リー・シーフェイ）は気にしていないように見えたが、自分の顔の変化を受け入れられなかったようだ。

「さっきまでこんなじゃなかったのに」陳渙央（チェン・ホアンヤン）は彼の腕をさすった。「ハッキリ言って、識非（シーフェイ）、イケメンだったとは言わないけど、こんなゴリラみたいな顔じゃなかったわ」

ゴリラだって？

懐中電灯の明かりで自分の〈尊容〉を確かめてみると、ほかにも全身に違和感があり、どういうわけか体毛がずいぶん濃くなっているようだ——

李識非（リー・シーフェイ）は突然陳渙央（チェン・ホアンヤン）の顔に手を伸ばし、頬骨や眉のあたりをしきりに撫でた。「きみこそどうしたんだ？」陳渙央（チェン・ホアンヤン）は恐るおそる夫の胸を押す。「きみの顔も少し変化してるよ」李識非（リー・シーフェイ）は彼女から離れながら言った。

女にとって自分の容貌は孔雀にとっての尾羽くらい大事なものだ。陳渙央（チェン・ホアンヤン）は李識非（リー・シーフェイ）の手の鏡をひったくった。

李識非（リー・シーフェイ）の言うとおりだった。顔の骨格が以前より大きく、突き出ていて、中央アジアか北アフリカの遊牧民の女のようになっていた。

「どういうことかしら？」つぶやいてみたが、李識非（リー・シーフェイ）は答えず、鏡をまた取り返すと、身を翻して上に向かって駆け出した。

「どこへ行くの？」陳渙央（チェン・ホアンヤン）も続きながら呼びかけた。「そこにいるんだ、待っててくれ！」李識非（リー・シーフェイ）はすでに階段の曲がり角から消えて、声だけが氷のような石壁のあいだから返ってきた。

李識非（リー・シーフェイ）が上りながら、ときどき鏡をのぞいていると、鏡の中の顔は肉眼で目視できるほどの速さで変化していき、頬骨がしだいに低くなり、腕の毛も少しずつまばらになっていった。

再び方向転換して下りていくと、陳渙央（チェン・ホアンヤン）の手にはもう一つの手鏡があり、懸命に自分の額をさすっていて、眉骨をもとの場所に押し戻そうとしているように見えた。

「無駄なことしちゃいけないな」李識非（リー・シーフェイ）は笑って肩をたたいた。「これはちょっとした先祖がえりさ、身体にご先祖の特徴が現れ出したんだ」

陳渙央（チェン・ホアンヤン）は困惑の様子で彼を見た。

「この階段がどんなふうにできているか考えてみたかい？」李識非（リー・シーフェイ）は話題を変え、周囲の冷たい壁を見渡した。はじめに持っていた懐中電灯はとうにバッテリーが尽きていて、いま手にしているのはテーベの街で求めてきた松明だったが、松明のゆらめく光の中、下に向かう階段は濃密な闇に満たされ、どこまで続いているのかわからない。

李識非（リー・シーフェイ）は会心の笑みを浮かべた。古生物学者として、いままでずっと妻の歴史の知識にばかり頼っていたのだが、ようやく自分の地質学の出番が来たのだった。

「地質学ではよく知られていることだが地層の重なり方には法則があって、正常な堆積岩としては、先に形成された岩層が下になり、あとで形成された岩層が上になる」李識非（リー・シーフェイ）は説明する。「水を器に入れて、その中に砂を撒き続けていくと、水が蒸発したあとの砂は何百万年もの地質作用によって圧縮され、硬くなって、堆積岩を形成する。もちろん、先に撒いた砂が下になり、あとから入ってきた砂は上になるわけだ、そうだよね？」

「それって当たり前のことじゃない？」陳渙央（チェン・ホアンヤン）は眉をひそめた。「地質学上、ほとんどの法則はそういう『当たり前のこと』なんだ」李識非（リー・シーフェイ）は肩をそびやかした。「ぼくの考えでは、ぼくらはいま堆積した岩層の中を移動している……ただし、ここに堆積しているのは時間なんだ」

陳渙央（チェン・ホアンヤン）がよくわからないようなので、李識非（リー・シーフェイ）は説明を続けた。「一つ一つの時代が一粒の砂で、時間が器の中の水だと思ってごらん。無数の時代が時間の河の底に堆積していって、厚い岩層を形成し、いまその岩層の中をひと筋の階段が作られたとしたら、どうなる？」

「古い時代ほど深く埋まっているのね」陳渙央にもわかってきた。「だから下へ行くほど、太古に近づいていく……。」

「いまぼくたちには新石器時代の人類の特徴が見られるようになったんだ、頬骨が高くなり、顔が平たくなった」李識非は陳渙央と自分を指さした。「ぼくの考えでは、もし続けて下りていったら、ぼくらは原始人に変わっていくかも知れないな、ホモ・サピエンスから直立原人へ、さらにホモ・ハビリスへ、しまいには退化してアウストロラピテクスへ――文明の発展速度に比べると、人類の進化はとてもゆるやかなものなんだ」李識非はまた自分の顔をなでながら、「土器から原子爆弾まで、たった数千年だった。けれども猿からホモ・サピエンスへという、それだけの過程に二百万年以上もかかっている。ぼくらはこの階段でずいぶん長い時間を越えてきたので、身体や骨格にはっきり変化が現れるほどになったんだ」

「どれだけの時間？」と陳渙央。

「うん、十万年くらいかな」李識非は言った。「ぼくらはいま生物分類学上から言えばホモ・サピエンスなんだが、かなり古いホモ・サピエンスだな。十万年前の人類はいまの人類の知力とそれほどの違いはないから、もしもちゃんとした教育を受けられれば、立派に現代社会の一員になれるだろうよ」

陳渙央は笑った。「じゃ、私たち文字通り新人類ってわけね」惧れと期待のまじる表情で、下を望む。「このままずっと下っていったら、どうなるのかしら？」

李識非行動で答えた。「ついておいで」

「オランウータンになんてなりたくない」陳渙央は迷っていた。「この階段を作った人に会えるの？」

李識非は振り返って言った。「下り続けていったら、きっとこの階段ができた頃の年代にたどり着くだろうけれど、そこにはずいぶん発達した文明があるに違いない」

陳渙央（チェン・ホアンヤン）は口を曲げてちょっと考えたが、結局足を踏み出して、彼についていった。李識非（リー・シーフェイ）はひそかに笑った。陳渙央（チェン・ホアンヤン）は古代文明に対してまったく免疫力がないのだ。

さらにいくつか角を曲がっていくと、李識非（リー・シーフェイ）はまた歩みを止めた。陳渙央（チェン・ホアンヤン）はその肩越しに階段に新たな変化があるのを見た。そのあたりから、壁や階段の素材は岩石ではなくなり、厚い黄土に変わり、天井からは曲がりくねった木の根が突き出ていて、まるで森林の地下にいるように気がした。黄土の壁には長い亀裂が走り、ひと筋の陽光が亀裂を通して射している。

李識非（リー・シーフェイ）は懐中電灯を消し、亀裂に近づいていった。「おや、何てことだ……」彼は驚きの声を上げた。「来てごらん、渙央（ホアンヤン）、見なかったら一生後悔するぜ！」

李識非（リー・シーフェイ）が身をよけたので、亀裂に近寄ってみると、まばゆい陽射しに一時目が開けられなかったが――目が光に慣れてくると、外は一面の草原で、一群れの黒く大きなものが草原を歩き回っているのが見えた。

「マンモスかしら？」信じられないというようにそれらの巻き上げた鼻と長い牙を見て、言った。

「正確にいうと、コロンビア・マンモスだね」李識非（リー・シーフェイ）が得意そうに答えた。「更新世の南米に生活していて、気候が比較的温暖だったので、欧亜大陸にいた親戚のような全身を覆う長い毛はなかった。ぼくらはもうこの前の氷河期まで来たんだよ！」

マンモスの群れが歩みを続けゆっくりと草原を進んでいくところは、氷河期の得がたい太陽の輝きを楽しんでいるように見えた。この時代この巨大な生き物はまだ人類を恐れることも知らず、壮年になったマンモスにとってはほとんど天敵もなく、両米大陸はすべてかれらの楽園になっているのだ。

亀裂の外から不意になまぐさい臭気が漂ってきた。陳渙央（チェン・ホアンヤン）はほど近い草むらが動くのを見つけたが、すぐにそこから野獣の背中が現れた。続いてもう一頭、三頭、四頭――。「李識非（リー・シーフェイ）、あれは何？」

「どれどれ」李識非（リー・シーフェイ）が彼女に身を近付けると、野獣はそっと抜け目なく草むらを進んでいく。背後に二人の人類がこっそり様子をうかがっていることに少しも気づいていない。かれらの目標は明らかにマンモスの群れのほうなのだ。「剣歯虎（サーベルタイガー）だな」李識非（リー・シーフェイ）は落ち着いて言った。大きな牙によって判断したのだ。

最後尾にいた一頭が急に振り返った。陳渙央（チェン・ホアンヤン）と李識非（リー・シーフェイ）の話すのが聞こえたらしい。鼻をうごめかせ、ゆっくりと亀裂のほうへやってきた。李識非（リー・シーフェイ）が陳渙央（チェン・ホアンヤン）の口を手でふさぐ。この猛獣に対処する最善の方法は安静を保って発見されないようにすることだと、よくわかっていた。

剣歯虎が亀裂の前を横切るとき、陳渙央（チェン・ホアンヤン）はその体の生臭いにおいさえ感じられた。だがほっと息をつく間もなく、陽射しが急にさえぎられ、一対の琥珀色の大きな目が亀裂の中を覗いていた。ほぼ真正面から。

剣歯虎は一声吼えると、たちまち前足で亀裂に撃ちかかり、まわりの黄土がばらばらと崩れた。陳渙央（チェン・ホアンヤン）はびっくりして李識非（リー・シーフェイ）の手を振り払い、必死で下へと駆け出した。「落ち着けよ、渙央（ホアンヤン）！」李識非（リー・シーフェイ）が呼びながら追いかけたが、聞く耳を持たなかった。あの壁が剣歯虎の攻勢に耐えられるとは思えなかった。

李識非（リー・シーフェイ）はずいぶん追いかけてようやく陳渙央（チェン・ホアンヤン）の肩をつかまえた。陳渙央（チェン・ホアンヤン）は坐りこみ、荒い息を吐いていた。「追いかけてこないわね？」

「もう大丈夫さ」李識非（リー・シーフェイ）は微笑んで助け起こす。「忘れちゃいけない、これは時間の階段なんだよ、ぼくらははるか過去に向かって遠く遠く来てしまったから、あの剣歯虎みたいなやつはもう時間の河の下流のほうへ引き離されているよ」

陳渙央（チェン・ホアンヤン）はうなずいたが、引き続き下へ向かった。史前世界の巨獣なんかちっとも興味がなかったから、少しでも遠く離れていたかった。

又一つ角を曲がると、急に明るくなった。外側の壁が完全に崩れて、空一面に黒雲が広がり、どこまでも真っ白な原野が続いている。

李識非（リー・シーフェイ）が出て行ってあたりを見渡した。そこは小高い丘になっていて、階段の位置はその斜面の下にあり、斜面にはつい最近地すべりが発生したらしく、転がり落ちた岩石が壁を打ち砕いていた。だが彼の注意力は荒涼とした原野に向けられた。目の及ぶ限り地面は雪に覆われ、生命のしるしである緑色はどこにも見えない。

「寒いわ」陳渙央（チェン・ホアンヤン）が腕を抱きかかえて彼のそばに寄ってくると、震えながら言った。

「寒いわけさ」李識非（リー・シーフェイ）もつぶやいた。「ここは更新世で、第四氷河期の真っ最中なんだから」

彼は空をあおいだ。いまアジア大陸とアメリカをつなぐベーリング陸橋はまだつながっていて、あと数万年の時を経たころに、陸橋はしだいに海面の上昇と地殻変動との相互作用によって水底に沈み、ベーリング海峡を形成するはずだった。

同じように、あと数万年の時を経て、人類はかろうじてベーリング陸橋が沈む前にかれらの獲物——マンモスの群れを追って、アメリカ大陸に到達することになる。

いま、アメリカは一片の荒れ果てた土地に過ぎないのだ。

李識非（リー・シーフェイ）はしっかりと陳渙央（チェン・ホアンヤン）を抱きしめた。突然はげしい孤独感に襲われた。この時代、自分たちから最も近くにいる人類は遠く太平洋の対岸、アラスカからアンデス山脈に至る広大な土地にあって、自分たちは唯一の知的生物なのだった。

振り返れば、荒野にさらされた階段はすでにほとんどその存在すら見えない。それは土の層に掘られた下へ延びるトンネルにしか見えず、その黄土もかつて階段の形状をしていたのが、今は寒風のために磨耗してほとんど消えようとしていた。

この神秘の建造者たちは、最後の氷河期が訪れる前にすでにアメリカへ来ていたことになる。

彼らはいったい何者なのか？

「先へ行こう、ここには見るものもない」李識非（リー・シーフェイ）が言った。

二人は階段に沿って下り、さらに下っていった。時間の長い河を流れに逆らって上っていく。一万年、十万年、二十万年、階段と隔壁はたえず材質と様子を変化させた。沈積してできた石灰岩から黄土へ、さらにマグマの流れる形に固まった黒い玄武岩へ。これは階段の位置する環境もまたたえず変化していることを現すものだった。

「識非（シーフェイ）、わたし……少し疲れてきたわ」陳渙央（チェン・ホアンヤン）はとうとうそれ以上進めなくなって、壁にもたれたままけだるそうに言った。「頭がはっきりしない、考えるのもおっくうになった――」

「正常な反応だよ、きみ」李識非（リー・シーフェイ）はその顔を両手で包んだ。彼女の顔はいよいよ扁平になり、皮膚が暗黄色を帯び、腕には細かい毛がたくさん生えていたけれども、その目はやはり十分きれいだった。「ぼくらはもう直立原人の時代に入ってきたんだ」彼は言った。「二百万年前から二十万年前まで生きていた人類の先祖で、脳の容積は現代人とははっきり違う。これ以上下っていくと、ぼくらの知能は退化し始める。なぜなら直立原人の頭蓋骨はそんなに多くの記憶蛋白を収容し切れないからね」

陳渙央（チェン・ホアンヤン）はあごを夫の肩にもたせかけ、一休みした。再び顔を上げたとき、目の前の曲がり角に何か変わったものがあるのに気づいた。李識非（リー・シーフェイ）の頭越しに、目を凝らす。「あれは何かしら？」

李識非（リー・シーフェイ）はこれを聞いて振り向き、松明を高く上げると何歩か下っていった。火に照らし出された曲がり角の壁には——

「え、何てことなの……」陳渙央（チェン・ホアンヤン）は思わず声を上げた。

二人が階段に足を踏み入れて以来、壁に文字が出現したのは初めてだった。床から天井に至るまで、壁一面に各種さまざまな符号が刻まれている。

「これは……」李識非（リー・シーフェイ）松明を掲げて、それらの文字の跡を判読しようとした。「みんな異なる時代のものだぞ」

「それに異なる文明のものね」陳渙央（チェン・ホアンヤン）もそばへ寄って、顔を上げて言った。七、八種の系列の符号が読み取れた。古代エジプトの象形文字、ギリシャの線形文字、ローマのラテン文字、はっきり刻まれたバビロンの楔形文字、さらには流暢に流れるアラビア文字、ハルン・アルラシッドの宮廷で見たものとそっくりだった。

むろん、その中には見覚えのある文字——中国の小篆、大篆、隷書や楷書もあった。「建元十六年、衡山の趙伯当」李識非（リー・シーフェイ）は松明を隔壁に近づけて、そこら書かれている名前や年号を読み上げた。

「建元といえば東漢の光武帝劉秀の年号ね」と陳渙央（チェン・ホアンヤン）。

「まだあるぞ。大興二年、長沙の周子恒」李識非（リー・シーフェイ）はまた別の文字を読んだ。

「それは晋の元帝、司馬叡の年号よ」陳渙央（チェン・ホアンヤン）が付け加える。

さらに下ると、人名、地名それに年号はますます増えていき、李識非（リー・シーフェイ）がさっと見ただけでも、有名なものからいつの時代なのか分からないものまで多岐にわたっていた。隋の煬帝の大業、唐の太宗の貞観、宋の仁宗の慶暦、明の成祖の永楽……

「ぼくらが初めてここに来たわけじゃないな」李識非（リー・シーフェイ）は松明を下ろして声を低めた。「どの時代、どの国家でも誰かがこの階段を発見して、ここまで下ってきているんだ」

「わたしたちが最後というわけでもないわ」陳渙央（チェン・ホアンヤン）が突然隔壁の片隅を指差した。李識非（リー・シーフェイ）が松明を近づけると、そこにははっきりと刻まれた数字があった。２１２６・１１・０８。

思わず顔を見合わせる。百年近い未来ではないか。

階段のこの部分には、いわゆる過去と未来との区別はないようだった。陳渙央（チェン・ホアンヤン）が首をひねって高いところを望むと、上に行くほど文字は見慣れないものになっていき、符号のうちには数学の式か幾何の図形としか見えないものもあった。何世紀も後の言語なのだろうか？

「こんなのもあるぞ」李識非（リー・シーフェイ）がまたさっきの数字のあたりに注意を向けると、そこに日付を記した人物は簡体字でこんなことを書いていた。

〈理知の境界へようこそ。人間性の黄昏へようこそ。恐れることはない、この先には暗闇のほか、何もありはしない〉

「理知の境界、人間性の黄昏……」陳渙央はその言葉に考え込んだ。「どういう意味かしら？」

「こういうことさ、もし続けて下りていったら、ぼくらはもう二度と人類に戻れなくなるんだ」李識非は静かに言った。

「じゃ、引き返すときなのね」陳渙央が壁にもたれて言った。

「いや」と李識非が言う。「ぼくはもっと下っていきたい、もっと太古の時代に行って、そのころの生物を見てみたい」

陳渙央はびっくりした。「李識非、あなたが古生物学者だということは分かっているわ、たしかにあなたにとって大変な誘惑だということも。だけどもっと下っていったら、自分のすべての知識もなくしてしまって、そうした生物を目にしたところで、見分けることさえできなく……」

「分かっているよ」李識非はかすかに笑った。「でもぼくが持っている知識はみんな化石や屍骸をもとにしたもので、生きている古代生物を見るときの衝撃とはとても比べものにならないじゃないか？」

「でも……」陳渙央は我慢できなかった。「知力が退化するのと一緒に、あなたは自分が何のためにそこに来たのかさえ忘れて、ただのアウストロラピテクスになってしまう。絶滅した種族が目の前に現れても、それらを見たところで、まるで動物園の猿みたいに、木の根っこか何かをもてあそぶのに一所懸命になってるかも知れないのよ！」

「問題はそこなんだ」李識非は拳を握りしめた。「知恵があっても知識を得られないのと、知識はあってもそれを理解する知恵を持たないのと、どっちが有意義だと言えるんだろう？」

陳渙央はしばらく考えたが、ついに頭を抱えてしまった。「くらくらしてきたわ、識非、わたしはもう考える力もなくしたみたい、あなたはまだ哲学的思考ができるのね」

「ぼくにとっては、存在は理解することよりも重要なんだ」李識非(リー・シーフェイ)は言う。「もしも中生代の森林に戻ることができたなら、そこの美しい生き物と同じ時代の陽光を浴びよう、たといぬかるみの中の虫になって、一秒の後に踏み潰されようと悔いはないんだ」

パシッ。陳渙央(チェン・ホアンヤン)はその頬をたたいた。「でもわたしは？」怒りが爆発した。「わたしも一匹の虫になれっていうの？」

「そんなことないよ」李識非(リー・シーフェイ)は驚いた。そんなことは思ってもみなかったようだ。「きみは戻ってもいい、ぼくについて来なくたって」

「李識非(リー・シーフェイ)」陳渙央(チェン・ホアンヤン)はほとんど泣き出しそうだった。「帰れっていうの？　たった一人で？」

李識非(リー・シーフェイ)にもやっとわかったらしい。

「バカなこと言っちゃいけない、ぼくらは一緒に帰るさ」

陳渙央(チェン・ホアンヤン)は彼が動揺しているのを見て、続けた。「もう十分遠くまで来てしまった、そうじゃない？」

李識非(リー・シーフェイ)は少し黙ってから、ようやくうなずいた。「ごめん」

「謝らなくたっていいの」陳渙央(チェン・ホアンヤン)は首を振って、キスをした。

「これは人類として最後のキスになるんだな」李識非(リー・シーフェイ)が笑って言った。頬がすっかりくぼんで、ぼうぼうになった頭髪は不恰好に見えたが、それでも目には依然として力があった。

陳渙央(チェン・ホアンヤン)は怪訝そうに言った。「李識非(リー・シーフェイ)、それどういう意味？」

突然後頭部に一撃を受け、目の前が真っ暗になった。

目が覚めると、頭が割れるように痛んでいた。どうにか体を起こしたが、自分の指さえ見分けられない。

ふと何か足に触れるものがあった——松明だ！

陳渙央（チェン・ホアンヤン）はあわててひざまずくと、松明を探り当て、それからポケットのライターを取り出す——よかった、まだ使える、いくつもの時代を越えてきたが、まだ着火することができた。

火がまたあたりを照らし出しても、李識非（リー・シーフェイ）は影さえ見えなかった。

「識非（シーフェイ）？」呼んでみる。

真っ暗な階段から返事は来なかった。恐怖に心臓をつかまれて、のど一杯の声を上げた。「李識非（リー・シーフェイ）？どこにいるの？」

かさかさという物音が曲がり角のほうから聞こえた。すぐに松明で下を照らしたが、何も見えない。少しして、勇気を奮うと、ゆっくり下へ向かった。壁面は無数の符号に満たされ、千年も前、百年も後からやって来た無数の文字が声を出さずに見つめているかと思われ、それらさまざまな時代からの目の光が孤独な自分の身の上に焦点を結ぶように思うと、陳渙央（チェン・ホアンヤン）は突然自分が時間の河の中で一粒の砂になって、二度と戻れないところへ沈んで行くように感じた。

とてもゆっくりと歩みを進める。脳裏にある見えない弦が引き絞られていき、一旦切れてしまったら、もう人類ではなくなるのではないかと感じながら。

角を曲がると、かさかさという音は大きくなった。腰をかがめ松明を低くすると、気のせいなのかどうか、曲がった先の階段がことに長く感じられ、踊り場のあたりに小さく背をかがめた人影がかすかに見えた。光に気づいたらしく、それは顔を上げて、陳渙央（チェン・ホアンヤン）のほうへ這い寄ってきた。その〈人〉は下顎が突き出て、毛髪はもじゃもじゃで、関節はごつごつしていて、全身に野蛮な空気をまとっていた。直立して歩いてはいるものの、時々前脚を地について支え、顔は青黒く、半分以上はゴリラの血を引いているように見えた。

陳渙央(チェン・ホアンヤン)が恐るおそる見ているとそれはゆっくりと近づいてきた。「李識非(リー・シーフェイ)?」小声で呼ぶと、その生物は階段の途中に立ち止まり、よく動く小さな目でじっとこちらを見た。試しに手を伸べてみると、その〈人〉はためらった後、やはり手を伸べてきて、てのひらを開いた。

てのひらにきらきら光るものがあった。李識非(リー・シーフェイ)の結婚指輪だった。

陳渙央(チェン・ホアンヤン)は声を出さずいるのに耐えられなくなった。「李識非(リー・シーフェイ)、もう行かないで!」思わず叫んだ。「わたしと帰るのよ!」

小さな人影は驚いたように飛び跳ねると、一声吼えて、指輪を陳渙央(チェン・ホアンヤン)に投げつけ、何か鋭く叫びながら飛ぶように駆け下りていき、たちまち角を曲がって消えた。

陳渙央(チェン・ホアンヤン)は全身の力が抜けてしまい壁に沿って坐り込み、いまの指輪を探り当てて握りしめた。

李識非(リー・シーフェイ)ほど古生物学に精通してはいなくても、少しはかじっている。いまの生物は、ホモ・サピエンスと直立原人の祖先——ホモ・ハビリスに違いない。もっと遡れば、南方古猿になるが、それは人と猿との最初の分水嶺になるのだ。

小さな人影が遠く走り去ったあと、陳渙央(チェン・ホアンヤン)はしばらく待ってみた。心に点っていた希望の火種が揺れて消え、灰になってしまうまで。

あの小さな人影が発する声は二度と聞こえてこなかった。

陳渙央（チェン・ホアンヤン）は松明を消して、じっと潮のように満ちてくる闇に身を浸した。

李識非（リー・シーフェイ）、なんてバカなの。

想像の中で李識非（リー・シーフェイ）の後ろ影は、ますます小さく、ますます背をかがめていく。もしも時間の流れを逆転させて、進化の道に沿って遡っていったなら、四千万年ほど前には四足歩行をする原始哺乳類になり、六千万年前には中生代に君臨する爬虫類、二億年前には二畳紀の沼沢地の両生類、三億年前には石炭紀の森林にいる巨大な昆虫になり、四億年前には陸から海へと戻って、デボン紀の魚類の仲間になり、さらに遡れば生命が誕生して間もないカンブリア紀かオルドビス紀になって、微小な浮遊生物になるのだろう……

もしも時間の階段をその時代にまで伸ばしていったなら、もしも時間の階段を沼沢地に、森林や海中にまで伸ばしたなら、もしも時間の階段の建造者がそれよりもっと古い時代だったとしたら。

すすり泣きを止めると、陳渙央（チェン・ホアンヤン）は頬をぬぐつて、再び松明に点火して、上に向かっていった。

李識非（リー・シーフェイ）は過去にこだわったが、自分は未来をこそ熱愛していた。歴史学者として、砂漠に、荒野や密林の奥深くに消えていった古代文明を一つまた一つと発見するたびに奮い立ち、その度にまた人類の創造力に驚嘆させられてきた。知恵に目覚めてからは、十分な時間を与えられて、人類はどんな奇跡も実現させてきたように思える。

李識非（リー・シーフェイ）をとても愛してはいたが、一緒に原始世界にまでついて行くわけにはいかなかった。

重い足どりで一層また一層と階段を上っていく。現代の世界に返るつもりだが、その前に、しなければならないことがあった。

李識非（リー・シーフェイ）と訪れた時代をすべて再訪し、自分たちが出現した痕跡を徹底的に拭い去らなくてはならなかった。ずいぶん多くの時代に足跡を残してきたから――それが現代世界に影響するのかどうかわからないけれども、危険を冒すわけにはいかない。物理学者ではないけれども、タイムパラドックスについては聞いていた。

階段の材質がまた変化し始めた。泥岩、石灰岩、玄武岩、黄土と、時間の河の流れに沿って下っていく。何度も氷河期の寒風にさらされ、アメリカ大陸の荒野の陽を浴びながら。

見なれた扉が再び壁の両側に現れはじめたたとき、陳渙央（チェン・ホアンヤン）のまぶたは熱くなった。たった一人で人類のはるか古代から返ってきた。文明未開のときから始まって、原始部落が城郭や帝国に発展していくのを目撃し、李識非（リー・シーフェイ）と一緒に見て回った名だたる都市を再び訪れる。テーベ、アテネ、ローマ、バグダッド……

そして長安。

長安の客桟の床に目覚めたとき、ほの暗い空の光がちょうど陳渙央（チェン・ホアンヤン）の顔を照らしたところだった。とても長い、茫漠とした夢をみていたような気がした。李識非（リー・シーフェイ）さえその夢の一部であり、もう取り返すことはできないのだ。

ここが最後の寄留地だった。これよりあとの歴史には、自分と李識非（リー・シーフェイ）の足跡は残っていない。

陳渙央（チェンホアンヤン）は記憶にしたがって旅館を離れ、唐の徳宗年間の長安城から小路をめぐり、あの扉を探しあてた。扉の後ろには見なれた階段があった。ちらりと振り返ってみたが、長安の東市に人声は喧（かまびす）しく、平凡な一人の女に注意を向ける者などなく、彼女は階段から姿を消した。

　陳渙央（チェン・ホアンヤン）は自分がどれほどのあいだ上り続けたのかわからなかった。それでもついにあの平凡な石の扉を見つけた。扉の向こうにはせまい通路があり、通路の一方の端は四川盆地の森林、自分が生きていたあの時代なのだ。

　陳渙央（チェン・ホアンヤン）は思わずため息をついた。まるでいくつもの人生を送ってきたような気がした。通路の出口に立って、今までの習慣からつい上を見る。いつ尽きるとも知れない階段が上に向かって延び、折れ曲がり、そして静かに暗黒の中に消えている。

　突然鼓動が早くなるのを覚えた。もしも停まらずに上に向かっていったなら、どうなるのだろう?　文明の発展する加速度は怖るべきものがあった。人類の二百万年の歴史のうち、九十九パーセントの歳月はみんな未開の段階に過ぎなかった。あとの一パーセントの歳月でいまの文明の九十九パーセントの成果が創造されたのだ。もしもこの一パーセントの時間を取り出して見るならば、このわずか一、二世紀における創造はそれ以前のあらゆる時代の総和を超えているのを発見するだろう。

　上にはどんな光景が見えるのだろう?

　陳渙央（チェン・ホアンヤン）は思わず息が詰まる思いがした。

　再び通路の先を見上げると、石の扉からかすかに入ってくる光が見えた。外はまだ暗くはならず、四川盆地の密林には、名も知らない鳥が鳴いている。

　陳渙央（チェン・ホアンヤン）はついに心を定め、身を翻して通路に背を向け、ゆっくりと階段を上っていった。

解説　中国ＳＦは劉慈欣（リウ・ツーシン）だけではない

任冬梅（レン・ドンメイ）（中国社会科学院台湾研究所 助理研究員、博士）
立原透耶 訳

ネタバレを多分に含みますので、作品を読み終えた後に解説をお読みください。（訳者）

立原透耶先生が日本で中国短編ＳＦ小説傑作選を出版するつもりだが、あなたに解説を書いてほしいと伝えてきたので、わたしは喜んでその使命を引き受けた。この作品集の目次を受け取ったとき、非常に驚喜した。というのも、この小説集は十七名の作者の作品から各一編を採録していて、中国ＳＦで現在活躍しているベテラン・中堅・若手の三世代の作家たちを含んでいるのみか、題材は豊富、風格も多彩だったからである。この作品集を通して読者は中国の現代ＳＦは劉慈欣（リウ・ツーシン）一人ではないと理解できるだろう。このまさに発展途上の土地は、百花繚乱、万紫千紅、という状態なのである。

劉慈欣（リウ・ツーシン）は「中国ＳＦのトップ」と呼ばれているが、実際にＳＦ界隈ではほかに「中国ＳＦ四大天王」という呼称もある。つまりそれは劉慈欣（リウ・ツーシン）、王晋康（ワン・ジンカン）、韓松（ハン・ソン）、何夕（ホー・シー）という四名の作者を指し、彼らは目下、中国で最も成熟し、最も影響力のある四人のＳＦ大家たちなのである。

王晋康（ワン・ジンカン）は一九四八年に河南省南陽に生まれ、元々は高級工程師（エンジニア）で、中国作家協会の会員である。一九九三年にＳＦ小説の最初の作品を発表し、今に至るまで八十七篇の短編小説、十篇ちょっとの長編小説、合わせて五百万字を発表している。かつて第十五回の中国ＳＦ「銀河賞」（訳注1）を受賞し、二〇一四年には全球華語ＳＦ「星雲賞」（訳注2）で終生成就賞を獲得した。その代表作は『生命之歌』（訳注3）、『天火』（訳注4）、『生死平衡』、『養蜂人』（訳注5）、『水星播種』など、長編小説『類人』、『蚊生』、『十字』、『与吾同在』など。彼の作風はもの寂しく憂鬱、冷たく険しく、濃厚な哲理意識に富んでおり、よく二〇世紀の最新科学の発見を、とりわけ生物学的発見を追求している。文章は優美で流暢、構成は精緻、構想は巧妙で、多くの作品はミステリの要素をそなえ、高いリーダビリティを持つ作品となっている。本作品集が採録した『七重のＳＨＥＬＬ（シェル）』も代表作の一つで、かつて一九九七年中国ＳＦ「銀河賞」の一等賞を受賞した。『七重のＳＨＥＬＬ』は仮想現実技術が既に高度に発達した時代に、人間は自分が現実世界にいるのかそれとも仮想現実の世界にいるのかをいかにして判別するかという物語を描いている。小説の筋は込み入っており、アイデアも巧みで、筒井康隆『パプリカ』の中国版と呼ばれている。しかし小説が書かれたのが一九九七年であることを考えると、その当時の中国のインターネット環境はまだ普及もしていなかったわけで、小説の先見性と超越性に驚かされるのである。

韓松（ハン・ソン）は一九六五年に重慶に生まれ、武漢大学で文学学士と法学の修士の学位を得る。現在は新華社の対外ニュース編集部副主任兼中央ニュース採訪センター副主任である。その文化背景および仕事環境の影響で、韓松（ハン・ソン）のＳＦ小説は決して伝統的な意味での「ハードＳＦ」には属しない。その作品は「技術時代の『聊斎志異』、電子檻の中のカフカ」に例えられ、文体には抑制がきいているが、奇抜なものがあることで有名な「新浪潮SF」（新しい波のSF）といった感じである。韓松（ハン・ソン）の代表作には『宇宙墓碑』、『再生砖』（訳注6）、『独唱者』、『看的恐惧』など、長編小説には『紅色海洋』、『地鉄』、『高鉄』、『医院』（『駆魔』、『亡霊』）三部作など。『地下鉄の驚くべき異変』は韓松（ハン・ソン）の代表作の一つで、男性主人公がいつものように出勤途中に地下鉄に乗ったところ、地下鉄がとつぜん外界と隔絶され、不思議な時空のトンネルに入り込み、車両ごとに人々に変異が訪れ、人間性の悪の部分が暴露されるという物語である。読み終えるとただ「怪しい風が飄々と吹き、魑魅魍魎が集結する」といった感じがするのみ、骨の髄まで冷え冷えとするだろう。

何夕（ホー・シー）、一九七一年生まれ。一九九一年にSFの創作を開始したが、ソフトSFを中心とし、主題はマクロな科学に対する未来および人間性の善悪の探究に集中しており、繊細な情感をSFのストーリーに溶け込ませることに非常に長けている。代表作に『愛別離』、『六道衆生』、『傷心者』、『人生不相見』など。『異域』は一九九九年に創作され、その年の中国SF「銀河賞」の一等賞を受賞した。小説中の西麦農場は、人類の大自然に対する過度の搾取の代償であり、「もし同じことが起きたら、われわれは代々そこから逃れることはできないだろう」。

黄海（ホアン・ハイ）は中国台湾の作家で、また別に凌霄子（リンシアオズー）というペンネームも持っている。一九四三年、台中市に生まれる。台湾師範大学歴史系を卒業。黄海（ホアン・ハイ）は文学の創作に携わること数十年、一九六〇年代末期にSF創作領域に転入し、台湾地区の現代SF小説の開拓者の一人となった。代表作に『一〇一〇一年』、『銀河迷航記』、『新世紀之旅』、『天堂鳥』、『奇異的旅行』、『第四類接触』、『星星的項鏈』など。彼は台湾地区で唯一のSF作品で国家文芸賞、中山文芸賞を受賞した作家でもある。『宇宙八景瘋者戯（うちゅうはっけいふうじゃのたわむれ）』は二〇一六年に発表され、人類が宇宙に進出した時代の後、マイナスエネルギーが人類の心理に与える影響を描いた。

小説では宇宙と人類の生命との間にある深く何層にも連なる関係を描こうとしており、独特の風格がある。

一九九〇年代後期から二〇〇〇年以降、七五―八五後（訳注7）の若いSF作家たちが続々と誕生した。潘海天（パン・ハイティエン）、陳楸帆（チェン・チウファン）、江波（ジアン・ボー）、飛氘（フェイダオ）、梁清散（リアン・チンサン）がその中の優秀な作家たちの代表である。

潘海天（パン・ハイティエン）は一九七五年生まれ、清華大学建築系を卒業、建築設計士、SF作家。代表作に『克隆之城』、『偃師伝説』（訳注8）、『大角快跑』、『黒暗中帰来』などがあり、何度も中国SF「銀河賞」を受賞している。潘海天（パン・ハイティエン）は同時に有名なファンタジー作家でもあり、九州系列（訳注9）創始者の一人でもある。彼の作品は純粋で詩的な品質で、この品質の源は彼の文章中に浮かび上がる想像力、純粋に美しい言語と遥かなる情趣からきている。潘海天（パン・ハイティエン）はブラッドベリ風のほのかな悲しみと憂鬱な詩意を継承しており、清新さは群を抜いていて、おのずから一つのグループとなるSF作品を生み出している。『餓塔』は彼の作品の中では、比較的冷酷で冷たい風格と言える一編である。一艘の船が茫々たるゴビ（砂漠）のなかに墜落して壊れ、幸いにも一命を取り留めた者たちは生き延びるために旅を始める。皆の全ての希望を寄せる避難所の修道院は既に廃棄されており、凶悪獰猛な人食い怪獣が虎視淡々と狙ってくる中、彼らが面した最も原始的な恐ろしい苦難は、飢餓だった。人々は己が生きるために手段を選ばなくなる中、一人の神父が修道院の塔の中で驚くべき秘密を発見する。小説は密閉された空間での人間性の光明と暗黒の衝突を描いており、末尾で神父は人間性の悪が最高潮に達した中で死を迎える。その結末の巧妙な設定は作者の深い嘲笑を表しており、悪をなす者はついには人を害し己れをも害するのだということを示しているのである。

陳楸帆（チェン・チウファン）は一九八一年に広東汕頭に生まれ、北京大学中文系および影視編導系を卒業、ダブルディグリーを取得。かつて百度（バイドゥ）、Googleなどインターネットの会社で働いていた。SFの創作以外にも、翻訳者、映画の編劇、脚本顧問、コラム作家などを兼任している。陳楸帆（チェン・チウファン）は現在、世界華人ＳＦ協会の会長であり、最も影響力のある中国青年ＳＦ作家の一人でもあり、「中国のウィリアム・ギブスン」と見なされている。その作品はＳＦ現実主義と新浪潮の風格で有名、代表作に『麗江的魚児』（訳注10）、『鼠年』（訳注11）、『霾』、『無尽的告別』、『G代表女神』、『造像者』など、また長編小説に『荒潮』（訳注12）がある。陳楸帆（チェン・チウファン）は多数、国内外の様々なＳＦの大賞を受賞し、既に八カ国の言語に翻訳され、英文市場で出版、英文のシナリオに改編され、現在同タイトルの映画が準備されている。本書に収録された『勝利のV』またのタイトルを『虚擬的勝利』は、二〇一六年に歌徳学院未来オリンピックテーマのために創作された小説である。これは彼にとって最も代表的という作品ではないのだが、この小説は仮想現実技術にずっと注目してきて、人類の五感の全く新しい体験を、さらにはこれらの技術が人類社会に持たらす衝撃を描いている。背後には陳楸帆（チェン・チウファン）のシミュレーション、創造、科学技術、意識と社会に関係する思考が反映されている。

一九七八年に生まれた江波（ジアン・ボー）は、二〇〇三年に清華大学微電子専攻を卒業、同年にＳＦ処女作『最後的遊戯』を発表する。これまでに発表した中短編ＳＦ小説は四十篇あまり、代表作品に『湿婆之舞』（訳注13）、『時空追緝』、『宇宙尽頭的書店』など。二〇一二年に長編作品の創作を開始、『銀河之心』三部作が二〇一六年に完結、「銀河賞」および全球華語ＳＦ「星雲賞」長編小説金賞を受賞、二〇一八年に出版された『機器之門』で、再び第九回全球華語ＳＦ「星雲賞」長編小説金賞を受賞した。江波（ジアン・ボー）の作品は豊富な内容、完結な言語、冴え冴えとした風格、縦横無尽な想像力、ハードＳＦ独特の芸術的な魅力に満ち溢れている。『太陽に別れを告げる日』は典型的なハード宇宙ＳＦで、オーソン・スコットカードの『エンダーのゲーム』を思い起こさせる。小説の構想は成熟しており、組み立ても完璧、とりわけ結末が「わが征くは星の大海」

的な積極的な雰囲気に溢れているところが、前世紀八〇年代の中国ＳＦの味わいを帯びている。

飛氘（フェイダオ）、一九八三年生まれ。現在、清華大学中文系副教授。二〇〇三年よりＳＦ、ファンタジー作品を発表、歴史と幻想を結合させた「カルヴィーノ式」風格で有名。代表作に『皮鞋里狙撃手』、『蒼天在上』、『一覧衆山小』など、短編ＳＦ小説『一個末世的故事』はイタリア語に翻訳され、同タイトルの中編小説を改変したＳＦ映画の脚本『去死的漫漫旅途』は「第二回扶持青年優秀電影劇作計画」賞を受賞した。『ものがたるロボット』は二〇〇五年に創作された、典型的な飛氘（フェイダオ）式ＳＦ風格の小説である。飛氘（フェイダオ）にはロボットに関する物語シリーズがあり、これらのロボットは全て古代王朝で生活し、彼らと彼らの創造者の間の軋轢、矛盾、論理矛盾を生み、極めて変化に富んだ想像力の背後には人情味あふれる哲学的思考がある。小説の文体は表面的には曖昧で、柔らか、繊細だが、強靭で頑なな芯があり、構想にすぐれ、長く余韻に浸ることができる。

梁清散（リアン・チンサン）、一九八二年生まれ。晩清の歴史に集中し、晩清パンクＳＦを創造した。代表作に『広寒生或許短暫的一生』、『枯葦余春』など、既に出版されたＳＦ長編小説『新新日報館：機械掘起』、『文学少女探偵』など。二〇一八年には独創的な『済南の大凧』で全球華語ＳＦ「星雲賞」最佳短編小説金賞を受賞。『済南の大凧』は梁清散（リアン・チンサン）式晩清歴史ＳＦの中で最も成熟した一篇で、文献考証を通して発掘した、隠された歴史の隙間の物語を、順を追って真実に迫り、虚実を結合、真実でもあり虚構でもある方式で、優れたＳＦを生み出した。中国の当代ＳＦでは独自の道を切り開いている。

このほかに、現在は多彩な風格の八五、九〇後（訳注14）の新鋭ＳＦ作家たちが続々と誕生している。彼らは優れた新人として中国ＳＦの未来を発展させる礎となっている。

滕野は一九九四年生まれ、未来局契約作家、かつて「未来全連接」超短編SF小説大賞金賞、未来SF大師賞を受賞。代表作品に『至高之眼』、『黒色黎明』などがある。本精選集に収録された『時のかけはし』は時間を超える螺旋階段を構想し、二つの時間の旅人の見聞を用いて読者に壮大で緻密な読書体験を提供している。時間の階段は絶えず深いところへとのびていき、人類の進化の節点に戻ったとき、時間の旅人も自身の生理と知力の敷居に直面しなければならなくなる。劉慈欣の『朝聞道』と同様の難題に遭遇するのである。真相と滅亡の間で、どのような選択をするのか？　この小説において、タイムトラベルの物語の歴史は細部に至り、地質年代の視覚的な奇抜さもあれば、人と人との間の共に苦境に身を置いて互いに助け合う真心もあり、最終的には滕野は登場人物に全てを捨てさせ、時の矢を別の方向へ進め、全く新しい未来を啓示している。

陸秋槎、かつてはハンドルネームを斜陽院梨柩、斜陽院を使っていた。一九九八年北京生まれ。復旦大学古籍所古典文献学専攻の修士、現在は日本に滞在する中国人推理作家。短編『前奏曲』で第二回華文推理大賞最佳新人賞を受賞、『元年春之祭』は日本で出版された後に「本格ミステリ・ベスト10」にランキング入りした。『ハインリヒ・バナールの文学的肖像』は著者がSF小説として挑戦した作品で、一人のナチ時代のドイツのあるSF作家の伝記を作り上げ、SF小説のタイプに新機軸を打ち出した。

SF小説の創造者メアリ・シェリーは女性ではあるけれども、非常に長い期間SF小説は男性文学とされ、作者にせよ読者にせよどちらにせよ男性に主導的な地位を占められていた。中国の女性SF作家の数は二〇世紀八〇年代以前は極めて少ない。時代の発展に従って、女性のSF作家は徐々にだがやっと登場するようになった。趙海虹、凌晨の二名は九〇年代の中国SF作家の代表である。二〇〇〇年以後に入って、さらに多くの女性作家がSF執筆の列に加わった。銭莉芳（チェン・リーファン）、遅卉（チー・フイ）、程婧波（チョン・ジンボー）、夏笳（シアジア）、陳茜（チェン・チエン）、郝景芳（ハオ・ジンファン）、陳奕潞（チェン・イールー）、糖匪（タンフェイ）、王侃瑜（ワン・カンユー）、呉霜（ウー・シュアン）、靚霊（ジン・リン）、双翅目（シュアンチームー）、昼温（ジョウ・ウェン）など、彼女たちの特色ははっきりしており、繊細な筆致である。小説の質も男性作家と比べて何ら遜色はない。SF作家の年齢は若くなっていき、女性作家の比率は高くなっているが、これも世界的な範囲でのフェミニズムが掘り起こした自然な現れと言えるのかもしれない。

本作品集には六名の優秀な女性SF作家の作品が収録されている。

凌晨（リン・チェン）、一九七一年北京生まれ。彼女は宇宙飛行士の家庭に生まれ、首都師範大学物理教育専攻を卒業、かつては北京の某中学で教えていた。また雑誌『大衆軟件』で編集をしていたこともあり、その後は全てを文学創作にあてている。凌晨（リン・チェン）は宇宙飛行や物理、パソコン、インターネットなど職業的な専門知識を備え、良好な科学素養でSF創作の堅実な基礎を築いている。二〇世紀九〇年代中期から今に至るまで彼女が発表したSF小説は百万字あまり、短編『信使』、『猫』、『潜入貴陽』は中国SF文学「銀河賞」を受賞、短編『太陽火』と長編『睡豚、醒来』は全球華語SF「星雲賞」を受賞した。二〇〇七年に執筆した『プラチナの結婚指輪』は非常に典型的な凌晨（リン・チェン）の作風で、事情背景、複雑な現実に隠された背後、比較的平坦な叙述、平凡な市民の生活の辛酸さと努力が生き生きと紙の上に表現され、振り返って噛み締めさせる味わいを醸し出している。彼女はとても繊細なプロットで人の感情を表すが、女性のある種の善良さと忍耐を文字を通して伝えており、共感をよぶものとなっている。

糖匪（タンフェイ）、一九七八年生まれ、SFWA（アメリカSFファンタジー作家協会）会員。小説は主に上海で発表、二作が『The Year's Best Science Fiction & Fantasy』などの選集に選ばれ、多くの作品がイギリス、アメリカ、オーストラリア、スペイン、日本、韓国などで翻訳され、さらに多くの作品が中国語より先に英語で直接翻訳されて発表されている。糖匪（タンフェイ）は自分のテンポで歩むことを好み、一般の習慣によって束縛されることもなければ、販売部数や通俗的な書き方などにも左右されない。『鯨座を見た人』は代表作で、小説は親子の情を深く掘り下げて描写するだけでなく、社会と人間、現実と芸術、芸術と美を追求している。糖匪（タンフェイ）の小説は熱心な読者に好まれ、何度も読むことでやっとゆっくりとその味わいを感じ取ることができる。彼女は鋭敏にこの時代のある種の現実を掴み取り、ＳＦとは関係ないような文字を用いて、この時代の日常生活を描写し、時にそれは残酷で冷たい時代に対する質問となってもいる。

呉霜（ウー・シュアン）は一九八六年生まれで、現在は三体宇宙文化発展公司で働いている。短編集に『双生』があり、ケン・リュウの作品集『思惟的形状』の翻訳もしている。かつて全球華語ＳＦ「星雲賞」ＳＦ電影創意金賞、中篇小説銀賞を受賞している。『人骨笛』は古代の伝説を元に書かれたＳＦ小説である。東晋の中国神話志怪小説集『拾遺記』のなかに貫月槎の物語が記載されており、読むと他の惑星からきた宇宙船にとても似ていることがわかる。呉霜（ウーシュアン）はこれを基礎として一篇の独特な情緒あふれるＳＦ小説を創作し、貫月槎の出現と消失を説明した。本作は歴史ＳＦの範疇に属する。

双翅目（シュアンチームー）、一九八七年生まれ、中国人民大学哲学博士。「銀河賞」提名賞、豆瓣閲読小雅賞最佳作者賞を受賞。中編ＳＦ『精神採様』、『複製時代的芸術作品』、『空間囲碁』、『公鶏王子』は豆瓣の第一回から第四回までの征文大賽に入選した。また『公鶏王子』は第四回豆瓣閲読征文大賽近未来ＳＦ故事組で一位をとり、二〇一八宝珀・理想国文学賞に入選した。双翅目（シュアンチームー）の作品は世界に対する究極の思考や質問と密接で、彼女は全ての物事が物質を基礎とし、物質の秩序はある種の超越的存在を、智慧、実体と客体、文明および信仰、ひいては禅に関することまで導いていると信じている。『超過出産ゲリラ』はある種の人類とははっきりと異なる異星の知識生命体を作り出し、彼らが地球で遭遇し、環境に適応するために絶え間なく努力し変化していく様を通して、宇宙の生命の意義を探究している。

靚霊（ジン・リン）は一九九二年生まれ、未来局契約SF作家で、地質工程専攻の大学院を卒業、その後地質災害研究の仕事に従事していた。未来局第三期SF写作キャンプの優秀なメンバーで、今後何らかの賞を受賞する可能性がありそうだ。代表作品に『黎明之前』、『落言』、『珞珈』がある。靚霊（ジン・リン）は広大で不思議な設定の中で人類の暖かな感情を表現するのに長けている。『落言』における落言星人は言岩を体の中に取り込み、一生涯の時間をかけてそれが何を話しているのかを聞くという設定で、これは詩的でかつ哲学性に満ちた味わいである。種の異なる異星人と交流するのは決して難しくないかもしれないし、血の繋がった身内であっても気持ちが通じないかもしれない。言語を用いることは必ずしも相互理解できるわけではなく、心でそれが可能となるのだ。

昼温（ジョウ・ウェン）は一九九五年生まれ、言語学専攻で、未来局契約作家。第一回中国SF読者選択賞（引力賞）最佳短編小説賞を受賞。二〇一九年ジョージ・R・R・マーティン賛助の「地球人賞」（訳注15）に選ばれ、その年の「Taos Toolbox　ワークキャンプ」（訳注16）に参加した。代表作に、『偸走人生的少女』、『沈黙の音節』、『最後的訳者』など。昼温（ジョウ・ウェン）の創作は彼女の言語学的専門知識を多く利用しており、独自の特色あるSF作品を構想している。『沈黙の音節』は音声学、語音学および物理学にわたるSF的な創意工夫があり、サスペンス的な設定と感情の変化の点でも優秀な小説となっている。昼温（ジョウ・ウェン）は成熟した筆致で、すこぶる才能があり、将来ますます成長するだろうと期待できる。

十七名の作家、十七篇のSF小説によって、読者は中国当代のSF小説のおおよその風貌を押さえることができるだろう。もちろん、他にも多くの優秀な中国SF作家や作品はこの一冊の選集には収めきれない。今後彼らを日本の読者にご紹介できる機会があればと思う。というのも、劉慈欣（リウ・ツーシン）の『三体』の日本での爆発的なブームで、この選集も誕生したのだから。もしこの選集を読み終えて、この中の作者の誰かに興味を抱いたなら、もっと多くの彼／彼女の作品を読みたいと思ったなら、もしくはさらに多くの中国SF作家の作品を読みたいと思ったなら、この選集の使命は果たされたのだとわたしは思う。SFは世界性を持つ言語の一つで、人類の命運に対する憂慮を表現する。同時にSFは一種の時代文学でもあり、現実に立脚して、時代の精神を反映している。中国SFは中国と世界が対話するための架け橋になることができるし、より多くの人々に今の中国を見てもらうことのできるものでもある。どうぞ中国からきたSF料理をご賞味ください。みなさんが気に入ってくれますように！

【訳注】

1　中国SF「銀河賞」：中国国内で発表された作品が対象。一九八六年成立。王晋康、何夕、韓松、劉慈欣、江波など。

2　全球華語SF「星雲賞」：全世界の中国語で書かれた作品が対象。二〇一〇成立。劉慈欣、韓松、王晋康、陳楸帆など。賞の種類も多い。

3　『生命之歌』：邦題「生命の歌」立原透耶訳　早川書房『ミステリマガジン』二〇一九年三月号掲載。

4　『天火』：邦題「プロメテウスの火」泊功訳　三田文学会『三田文学』二〇一九年春季号掲載。

5　『養蜂人』：邦題「養蜂家」立原透耶訳　全日本中高年SFターミナル『SFファンジン』第六二号（二〇一八年七月）掲載。

6　『再生砖』：邦題「再生レンガ」上原かおり訳　『現代中国文学』第一三号（二〇一四年九月）掲載。

7　七五―八五後：一九七五年以降生まれを「七五後」、八〇年生まれ以降を「八〇後」というように世代ごとに分けて呼ぶ。

8　『偃師伝説』：天津一・下村思游訳　東北大学SF推理小説研究会『九龍』第二号（二〇一八年一二月）掲載。

9　九州系列：九州という架空の地域を舞台にしたシェアードワールド。

10　『麗江的魚児』：邦題「麗江の魚」中原尚哉訳　早川書房『SFマガジン』二〇一七年六月号掲載、ケン・リュウ編『折りたたみ北京』早川書房所収（二〇一八）。

11　『鼠年』：中原尚哉訳　早川書房『SFマガジン』二〇一四年五月号掲載、ケン・リュウ編『折りたたみ北京』早川書房所収（二〇一八）。

12　『荒潮』：中原尚哉訳　早川書房（二〇二〇）。

13　『湿婆之舞』：邦題「シヴァの舞」阿部敦子訳　早川書房『SFマガジン』二〇〇八年九月号掲載。

14　八五、九〇後：それぞれ一九八五年生まれ以降、一九九〇年生まれ以降の世代。

15　「地球人賞」：Terran Prize　ウォルター・ジョン・ウィリアムズ、ナンシー・クレスらによる、将来有望な若手SF作家を育成するための賞。ジョージ・R・R・マーティンが賛助しており、彼自身も受賞者対象のワークショップ"Taos Toolbox workshop"で教鞭をとる。

16　「Taos Toolbox　ワークキャンプ」：ウォルター・ジョン・ウィリアムズ主催による、よりレベルの高い創作をするための、若手SF作家を対象にしたワークショップ。「SFの大学院」と目される。毎年夏にニューメキシコで開催されている。(ジョージ・R・R・マーティン、Facebookでの説明。二〇一九年四月二十九日)

【編者略歴】

立原透耶（たちはらとうや）　大阪生まれ、奈良育ち。小説「夢売りのたまご」で1991年下期コバルト読者大賞を受賞、翌年文庫デビュー。中華圏の文化をこよなく愛し、中国や台湾、香港に通う日々。SFからファンタジー、ホラーまでさまざまな作品を手掛け、代表作は『立原透耶著作集』全五巻（彩流社）にまとめられている。中華圏SFの紹介をライフワークとし、主な仕事に『三体』（早川書房）監修のほか、翻訳が多数ある。日本SF作家クラブ、中国SF研究会会員。

時のきざはし　現代中華SF傑作選

2020年7月9日 初版発行

編者　立原透耶

編集協力　牧原勝志（合同会社パン・トラダクティア）

発行人　福本皇祐
発行所　株式会社新紀元社
〒101-0054 東京都千代田区神田錦町1-7 錦町一丁目ビル2F
Tel.03-3219-0921 ／ Fax.03-3219-0922
http://www.shinkigensha.co.jp/
郵便振替　00110-4-27618

協力　未来事務管理局
藤井太洋

装画　鈴木康士
装丁　鈴木久美
組版　清水義久

印刷・製本　中央精版印刷株式会社

ISBN978-4-7753-1828-7
定価はカバーに表示してあります。
Printed in Japan